"中央高校基本科研业务费专项资金资助"（supported by "the Fundamental Research Funds for the Central Universities"）项目号：63192413。

中国先锋诗人论

罗振亚 著

中国社会科学出版社

图书在版编目(CIP)数据

中国先锋诗人论 / 罗振亚著. —北京：中国社会科学出版社，2019.6
ISBN 978-7-5203-4533-0

Ⅰ.①中… Ⅱ.①罗… Ⅲ.①新诗—作家评论—中国②新诗评论—中国 Ⅳ.①I207.25

中国版本图书馆 CIP 数据核字（2019）第 104942 号

出 版 人	赵剑英
责任编辑	周晓慧
责任校对	无 介
责任印制	戴 宽

出　　版	中国社会科学出版社
社　　址	北京鼓楼西大街甲 158 号
邮　　编	100720
网　　址	http://www.csspw.cn
发 行 部	010-84083685
门 市 部	010-84029450
经　　销	新华书店及其他书店

印　　刷	北京明恒达印务有限公司
装　　订	廊坊市广阳区广增装订厂
版　　次	2019 年 6 月第 1 版
印　　次	2019 年 6 月第 1 次印刷

开　　本	710×1000　1/16
印　　张	20.75
插　　页	2
字　　数	289 千字
定　　价	88.00 元

凡购买中国社会科学出版社图书，如有质量问题请与本社营销中心联系调换
电话：010-84083683
版权所有　侵权必究

目　录

绪论
　　中国先锋诗歌的命运、倾向与价值/1

第一章
　　李金发诗歌成败论/14

第二章
　　戴望舒诗歌的特质情思与传达策略/29

第三章
　　反传统的歌唱：论卞之琳的诗歌/44

第四章
　　扇上的烟云：何其芳前期诗歌论/61

第五章
　　迷人而难启的"黑箱"：废名诗歌解读/74

第六章
　　传统诗美的认同与创造：林庚诗歌的创作个性/91

第七章
　　偏僻而智慧的抒情之路：金克木的诗歌选择/102

第八章
　　都市放歌：徐迟前期诗歌的创造性/113

第九章
  对抗"古典"的背后：穆旦诗歌的传统性/128

第十章
  纪弦、郑愁予、余光中、洛夫、痖弦：台湾
  现代诗人抽样透析/142

第十一章
  苦难的升华：曾卓的诗歌世界/159

第十二章
  挽歌低吟：舒婷诗歌的转换/175

第十三章
  海子诗歌的"盖棺论定"/189

第十四章
  "要与别人不同"的西川诗歌/219

第十五章
  张曙光诗歌：沉潜的力量/242

第十六章
  坚守独立的方向写作：于坚诗歌论/258

第十七章
  伊沙在"后现代"路上的孤绝探险/273

第十八章
  诗人翟永明的位置/289

第十九章
  在"日常生活"和"自己的心情"之间：王小妮诗歌论/309

后记/325

绪论 中国先锋诗歌的命运、倾向与价值

"先锋"最早作为军事用语，乃武装力量的"先头部队"之意。19世纪，利·德·圣西门将其应用于文化范畴，并被转用到文学艺术领域后，开始有文化姿态、精神和方法的隐喻内涵。而"先锋诗歌"则指代那些饱含超前意识和实验色彩的诗歌，它"至少具备反叛性、实验性和边缘性三点特征"[①]。若从这一标准出发巡视百年新诗，人们将会惊奇地发现，自沈尹默现代味儿十足的《月夜》问世起，中经部分新月派诗歌和象征诗派、现代诗派、九叶诗派、台湾现代诗、朦胧诗派、第三代诗歌、个人化写作、下半身写作、垃圾派诗歌、低诗歌以及跨越近30年时空的女性主义诗歌，由现代主义、后现代主义创作构成的中国先锋诗歌，在新诗历史的每一个重要转捩点上，都不乏深度的影响和介入，它虽未在诗坛上掀起过洪波巨澜，引发出强烈的轰动效应，却也始终不绝如缕，越到后来生命力越是顽韧，越成为新诗艺术魅力和成就的辐射源。那么，百年中国先锋诗歌的命运是步步坎坷还是一路辉煌？它和现实、读者之间呈现着怎样的结构关系？若要谋求自身的有效突破，它尚需克服什么局限或弊端？这一切对每位有责任感的诗人和研究者来说恐怕都是无法回避的拷问。

---

① 罗振亚：《20世纪中国先锋诗潮》，人民出版社2008年版，第3页。

一

最近常听人说，"新诗回暖了""新诗升温了"，并且言之凿凿，不容置疑。这对被边缘化困境折磨20余年的新诗来说，自然是件令人感奋的好事。放眼当下诗坛，也的确可以捕捉到许多新诗"繁荣"的迹象：写作者几代同堂，众声鼎沸，不辨男女长幼皆可心态自由地恣意抒情，众人每年推出的产品远超《全唐诗》的总量，任何一种类型的诗歌均获得了生长的空间和可能；诗人们早已不止于"纸上谈兵"，层出不穷的网刊、民刊、广告和自媒体，让诗歌栖居的园地越发流布纷然，蔚为大观；至于名目百出的诗歌节、研讨会、朗诵会、改稿会、讲习班、讲座，堪称此起彼伏，走势连绵。据不完全统计，仅仅2015年，举国上下每天的诗歌活动平均达到三个以上；就是一向寂寞的新诗研究，似乎也凭借新诗百年诞辰的东风，伸开日渐僵化的"触角"，开始活络起来，论题、论坛、论苑多点开花，一些名气显赫的批评家不得不感叹分身无术，日夜兼程地赶场。一句话，从创作到传播再到批评，新诗生态的诸环节都前景看好，"春意盎然"。尤其是历经20世纪90年代运动情结之后的艺术沉潜，新世纪诗歌自觉调整与现实的关系，走"及物"路线，同时努力完善诗歌本体的创造，实现了本质内在的精神提升，更给人造成一种感觉，那就是新诗"复兴"的时代已经莅临。

如果诚像一位批评家所说，"中国当代诗歌，其实也就是当代先锋诗歌"，"占据新时期以来诗坛主流位置的并不是其他流派的诗歌，而是先锋诗歌"[①]。按照这一逻辑推衍，中国先锋诗歌就理应庆幸，因为从异端的、非主流的"地下"生长状态，上升为覆盖诗坛主体的主流存在，说明它的栖息氛围得到了彻底改观，和W.J.F.詹纳尔公开断言的"五四以后的中国文坛根本就没出现过

---

① 姜玉琴：《当代先锋诗歌研究·后记》，复旦大学出版社2013年版，第306页。

绪论　中国先锋诗歌的命运、倾向与价值

现代主义"①的80年代的文化语境相比,已经完全不可同日而语,而当下诗歌的发展生态就愈加证明中国先锋诗歌进入了最佳时期。

事实果真如此乐观吗?我以为,说新时期诗歌的主流是先锋诗歌道出了先锋诗歌繁荣的正值一面,是有别于一般性认识的真知灼见,只是它并未更多地言及先锋诗歌的局限与潜在危机。W. J. F. 詹纳尔的论调固然无须辩驳,不足为信,但是中国先锋诗歌的命运一直多舛,先天的孱弱与后天的"水土不服"遇合,注定了它从没进入过引领风潮的新诗中心或主流的位置,甚至无法和常动不息的现实主义或浪漫主义诗潮分庭抗礼。由于种种原因而沦为被"割裂的缪斯"②,百年孤独,则也是它不争的客观存在:20世纪20年代,象征诗派将象征主义引入中国,令人耳目一新,可它多停浮于对法国象征主义的复制上,其"现代"的艺术土壤很快被大革命失败后的现实风潮所淹没;30年代,现代诗派在中西诗歌的交汇点上创造,标志着先锋诗歌进入了清朗的创造阶段,但由于抗战烽火的烧灼而旋即衰颓;40年代,九叶诗派进入了中国式的现代主义境地,只因社会动荡和自身规模太小,苦力挣扎的结果是无奈地成为先锋诗歌在现代时段的"回光返照";50年代,台湾现代派诗歌曾经席卷岛内,风光一时,惜乎过度西化而失去了持续发展的根基;待朦胧诗出,声势浩荡,成就空前,遗憾的是有些文本错入难以诠释的朦胧晦涩深潭,曲高和寡;第三代诗一方面全方位地释放生命信息,语言意识高度自觉,另一方面反叛和破坏情结也导致了无建树性的恶果;90年代,个人化写作既保证了诗人的风格绚烂,又难找到读者间彼此能够通约的焦点和中心;21世纪,众多群落的肉体、艺术与网络的狂欢热闹异常,人气兴旺,唯平庸与无秩序让人失望。也就是说,回暖、升温只是繁荣的表象,诗坛热闹喧腾的背后是一种空前的寂寞,中国先锋诗歌迄今尚未真正走出边缘的处境,而且被经典焦虑与稀少这一"老问题"的困扰,圈里之热和

---

① W. J. F. 詹纳尔:《现代中国文学能否出现》,《编译参考》1980年第9期。
② 逄增玉:《割裂的缪斯——中国现当代文学中现代主义思潮的内在矛盾》,《作家》1992年第6期。

圈外之冷的强烈反差，使它在百年后的今天，仍一直没有摆脱骨子深处那股内在的悲凉。在这个问题上，有一组调查数据是颇具说服力的，那就是赵晋华在2001年12月26日的《中华读书报》上发表了《中国当代诗人生存和写作现状》一文，文中提到："1995年，某市针对18所大学的近万名学生做过一次问卷调查，调查的结果是，经常阅读诗歌的仅占被调查总人数的4.6%，偶尔读点诗歌的只有31.7%，从不接触诗歌或者对诗歌根本不感兴趣的超过半数。而在阅读诗歌的人中间，仅有不到40%的人表示对当代诗歌有兴趣。"其中对先锋诗歌感兴趣所占的比重就更是少得可怜了，并且这种状况至今没有发生本质性的改变。

中国先锋诗歌所遭遇的百年孤独，暗合着古今中外一切先锋都往往落寞寡和的内在本质。历史证明，由于"影响的焦虑"，它每一次在诗坛上的崛起都难以维持较长时间，都无一例外地很快就被下一种流派或潮流所反叛，所替代，其内部流动序列充满着严重的"弑父"情结；尤其是它举步维艰，一路上在被时间链条上的后继者不断颠覆的同时，还要左冲右突，绕开、化解各种对立势力的"围追堵截"，在孤独之外忍受质疑、批评、诘难、攻击乃至谩骂，这就颇耐人寻味了。本欲将中西"两家所有，试为沟通"的象征诗派，虽为诗坛带来了"新的颤栗"，结果都被判定为"堕落的文学风气"，"使得新诗走上一条窘迫的路上去"[①]，当事者穆木天也把当初沉醉于象征主义视为"不要脸地在那里高蹈"[②]。现代诗派隽永典雅的纯诗创造，技巧稔熟，也没走出毁过于誉的怪圈，被贬低为"特多早年的美丽的酸的回忆，并且不时出现一些避世的虚无的隐士的山林的思想"[③]。就是被誉为现代主义高峰的九叶诗派那种将现实、象征和玄学综合的经验书写，仍被批评存在着"传统文学

---

① 梁实秋：《谈谈〈胡适之体的诗〉》，《自由评论》1936年第12期。
② 穆木天：《我的文艺生活》，《大众文艺》第二卷五、六期合刊，1930年6月1日。
③ 蒲风：《五四到现在的中国诗坛鸟瞰》，《诗歌季刊》1934年12月15日—1935年3月25日，第1卷第1—2期。

风格的单纯与倩巧"①的缺憾。台湾现代诗基本上完成了领导新诗再革命,推进新诗现代化的使命,但同样遭到了苏雪林、言曦、寒爵、关杰明和唐文标等人连续性的大面积围攻,被指认逃避现实,空洞无物。恢复了诗歌情感哲学生命的朦胧诗,在否定者那里居然成了"读不懂"的畸形怪胎,"新时期社会主义文艺发展中的一股逆流"②,以致逼得柔弱的女诗人舒婷为他人的"读不懂"而空自嗟叹。第三代诗开释了诗歌的另外一种写作可能,但因其反叛的激进姿态也被严厉批评为绝对反传统必意蕴肤浅,片面技术竞新必让群体期待落空。③ 在个人化写作时期,民间写作和知识分子写作之间过于情绪化的相互诋毁,即是对双方诗歌探索价值的最大消解。"70 后"诗歌在不少批评家看来,是在以肉体和语言的狂欢为诗歌赢得自由,但也被视为嬉皮状与痞子相太重,其最大的缺陷"在于诗歌的象征、隐喻、暗示功能的萎缩"④。

可见,中国先锋诗歌起步虽晚,但在百年行旅中就把西方现代主义、后现代主义走过的路重新走了一遍,只是它不像在西方那样顺畅,而是一路"红灯",频频受阻。它历经无数次拼杀突围才成就的骄人业绩来之不易,其间的酸辛坎坷可想而知,来自各方面的论争、打压和先锋诗人的应对,也远难仅仅以文人相轻之故而做出合理的解释。孤独路上重重障碍的设置与突破,可视为多元差异性文学观念的"对话",彰显出中国先锋诗歌饱具顽韧的生命强力,也在某些侧面隐含了先锋诗歌无法在中国"根深叶茂"的缘由。

二

随着诗歌的优劣不能以读者的多寡作为估衡标准观念的确立,人们越发觉得,百年孤独中一路"悲壮"前行的中国先锋诗歌到现

---

① 唐湜:《辛笛的〈手掌集〉》,《诗创造》1948 年第 9 期。
② 臧克家:《关于"朦胧诗"》,《河北师院学报》1981 年第 1 期。
③ 石天河:《重新探讨"前卫"的真谛》,《诗歌报》1997 年第 1 期。
④ 马策:《诗歌之死》,《70 后诗人诗选》,海风出版社 2001 年版,第 359 页。

在为止还仍然蜷曲于边缘的位置，虽然不无边缘的无奈，但是边缘也自有边缘的力量，漫长孤独里的沉潜，也自有了诗歌的深度和高度。它在艺术品质上并不弱于长时间红火不已的现实主义或浪漫主义诗歌，相反"从实际艺术成就来看，现代主义诗歌却优于现实主义和浪漫主义诗歌"，并且"中国新诗史上艺术成就较大的诗人，大多是现代主义诗人或具有现代主义倾向的诗人"[①]。中国先锋诗歌在"写什么"和"怎么写"这一双重维度上的诸多建树，提高了中国新诗的品位，也给诗坛留下了无限的思索和启迪。

　　和现实主义、浪漫主义诗歌不同，中国先锋诗歌一般不正面触碰时代、现实，而多从内视点出发书写时代、现实在诗人心中所激起的投影或回声。这种内在把握、感知世界的思维方式，虽然在一定程度上淡化、疏离了百年中国的历史，弱于宏大叙事，但却通过心灵和人性的视角，以大量饱具心理深度的生存境遇展示的文本聚合与连缀，间接地表现了历史风云的变幻，从而在另一个向度上介入现实，重建诗与现实的关系，构筑了时代的心灵历史，诗人们心灵的道路即是历史的道路的缩影和折射。如在内敛式的感知方式统摄下，象征诗派的精神独白常涉足下意识、潜意识视域，蓬子的《在你面上》嗅到的气味都指向厌倦、恐怖与死亡，指向对残缺爱情的忧思和不忍诅咒；李金发《弃妇》中的"弃妇"更是命运、人生的象征，内蕴着命运不宜把握的孤寂与惶惑。它们离 20 年代强劲的社会情绪较远，却完成了五四运动退潮后部分知识分子灰色心态的扫描，其灵魂苦痛的袒露也可视为对灵魂的深远探险，在客观上能够消除一些读者的精神饥渴。现代诗派的浊世哀音和出世奇想也都以心灵总态度的方式，洞开了比现实生活更为广袤的心理空间，将现代人绵密、细腻与繁复的精神世界传达得十分到位，在更高层次上把握了 20 世纪 30 年代的社会现实，像戴望舒的《雨巷》貌似手写自我，实则心系风云。这一流派在为解决生活失调而努力中的"小众"情感，从道

---

① 龙泉明：《中国新诗成就估价》，《江汉论坛》1999 年第 2 期。

德视角评价或许略显消极，但在心理学意义上却审美价值浓郁；同尖锐而严峻的时代生活相比虽显得狭窄单调，"但就整体人生经验和情感潜流的容量来看，它又是出自特有的广阔与深邃的丰采"[①]。到在现实和心灵之间鸣唱的九叶诗派那里，诗人们一切审美观照既烙印着主体经验，又拂动着社会、历史、现实的气息，写出了中华民族彼时的精神阵痛和焦躁感。若说辛笛的《布谷》是自我与布谷契合后人生体验的发现，充满着暗含批判因子的民族忧患；杭约赫《最后的演出》中"痉挛的笑笑得发抖/你明白我们是用绳子拴来的观众/以充血的眼睛来欣赏你最后一段演技"，其严肃指陈和剑拔弩张的讽刺已不无"行动"的力量。至于朦胧诗人承继寓大我于小我中的精神旨趣，使命感与忧患意识兼具的歌唱，说穿了更接近屈原以来中国诗歌的品质内核，顾城的《一代人》凝聚着从怀疑感伤到沉思追求的时代共性情绪，低音区的感伤咀嚼也仍是理想被阻隔的苦痛，有着向上的力度。第三代诗看上去有种嬉皮士似的玩世不恭，但精神深处依旧燃烧着理想之火。像李亚伟的《中文系》荒诞无比："中文系也学外国文学/着重学鲍狄埃学高尔基，有晚上/厕所里奔出一神色慌张的讲师/大声喊：同学们/快撤，里面有现代派"，在反文化、自我亵渎造成的捧腹不止效果后，蛰伏的是当代大学生相对怀疑精神的凸显和对高校陈旧教学观念、封闭教学方式的极度不满。在经过20世纪90年代"深入当代"的个人化写作到21世纪，很多先锋诗人懂得了承担的内涵、技艺和思想融汇的重要。像雨田的《五月的咏叹》以冷静、深邃的姿态回望汶川地震，"那个从外地打工回到山村的人/他从废墟中挖出的那把镰刀和锄头已经磨得闪闪发亮"这一细节，形象地诠释了一个民族顽韧和希望的含义，人性的抚慰落到了实处。可以看出，先锋诗歌从另一种向度上，以更艺术的内视角接近、折射现实，与直面现实的传统现实主义与浪漫主

[①] 孙玉石：《中国现代诗歌艺术·面对历史的沉思》，人民文学出版社1992年版，第246页。

义诗歌殊途同归，共同恢复、支撑起了百年中国的历史和心灵空间，共存互补，虚实相生。

相对而言，先锋诗歌不论在任何时段都将形式因素作为诗歌魅力的来源之一，而且注重诗歌本体的经营和打造，崇尚艺术实验和创新，所以几乎每一次勃发均会带来审美的异动和丰收，引发读者的关注乃至模仿，并渐次形成了自己的独立品质与个性。象征诗派即善于发掘象征背后的暗示效应，尤其有着强烈的形式感，凭借音乐性与画意美的整合达成一种形式自觉。如王独清《我从Cafe中出来》里感觉交错所促成的"音画"追求，就实现了律动、音色、情调的三位一体，外观虽复现着醉汉摇晃的身心行程和轨迹，黯淡的背景却已趋向心灵化，渗透着浓郁的抑郁情调，复沓的全程也拓长了情思氛围空间。现代诗派突出意象的朦胧美，讲究智性抒情的"隐"和"埋"，所以出现了卞之琳《酸梅汤》《尺八》的戏剧化写法，废名的《理发店》《十二月十九夜》等常人跟不上的时空跳跃。九叶诗派意象的知性强化十分普遍，杭约赫的《题照相册》为发挥形式功能，竟大胆地断句破行，将固定词"青春"拆成两行排列，既突出了陌生感，又增进了意象的连绵紧密，使之具有了原义、时间季节"春"、视觉色彩"青"三重内涵。台湾现代派诗歌在追求语言张力的同时，多数诗人倡导以符号入诗，"读"与"看"的双重经验并重，"以图示诗"，林亨泰的《风景（二）》、白萩的《流浪者》、詹冰的《水牛图》都创造了一种有意味的形式。朦胧诗将意识流、蒙太奇手法引入诗中，创造了向主体中心化聚敛的文本结构，像舒婷的《路遇》、顾城的《生命幻想曲》等都属于典型的幻想，重构了有别于物理时空的感性心理时空。第三代诗的口语化追求甚至把语感当作诗美的来源，用语言自动呈现感觉状态，杨黎的《高处》就完全靠语感取胜——"A/或是B/总之很轻/很微弱/也很短/但很重要/A，或者B/从耳边/传向远处/传向森林/再从森林传向上面的天空"——以纯粹飘忽的连绵声波，衬托出生命的内在空寂，是非非主义"回到声音"的典型代表。从20世纪90年代至今，文体互动、多元技术综合、反讽频繁使用等成

绪论　中国先锋诗歌的命运、倾向与价值

为诗人们的拿手好戏，特别是80年代中后期"叙事"意识渐次强化，不少诗人把叙述作为维系诗歌和世界关系的基本手段，陈先发的《最后一课》、翟永明的《老家》等诗都通过将细节、情境、对话、片段入诗，缓解诗歌内部的压力。像贯穿先锋诗歌历史的语言通感、陌生化、虚实镶嵌等手法，更是多到了读者熟视无睹的地步。应该说，中国先锋诗歌的本体化艺术取向，以特殊的方式克服、补正了浪漫主义过于滥情和现实主义过于泥实的局限，垫高、提升了新诗的艺术水准，推进了新诗现代化的进程。

中国先锋诗歌还有一个成就值得圈点，那就是没有以现代性的艺术旨趣规约每个诗派、诗人的结构特质、艺术想象和话语方式，从而走向大一统的存在形态；相反，它为所有的探索风格预设了自由而广博的伸展空间，先锋诗人们也如过海的八仙，神通各显，在以多元竞荣的艺术型范输送玉成的个人化艺术奇观中，一批功力和才华兼具的流派、诗人、文本，组构起启迪性丰富的"借鉴场"。这里且不说自象征诗派以来的现代诗派、九叶诗派、台湾现代诗、朦胧诗、非非主义诗群、莽汉主义诗群、他们诗派、女性主义诗群、下半身写作群落、垃圾派等数十种流派姚黄魏紫，姿态万千，也不说百年中涌现出李金发、冯乃超、穆木天、王独清、戴望舒、冯至、卞之琳、何其芳、废名、穆旦、郑敏、杨炼、舒婷、北岛、顾城、西川、王小妮、翟永明等众多经典的先锋诗人，甚至不说仅仅在新时期范围内出现的《内陆高迥》（昌耀）、《神女峰》（舒婷）、《结局或开始》（北岛）、《春天，十个海子》（海子）、《有关大雁塔》（韩东）、《尚义街六号》（于坚）、《中文系》（李亚伟）、《在哈尔盖仰望星空》（西川）、《车过黄河》（伊沙）、《女人》（翟永明）、《帕斯捷尔纳克》（王家新）、《十枝水莲》（王小妮）等大量形质双佳的文本所蕴含的艺术经验；单是诗人们在探索中形成的风格就足以让人大饱眼福，惊叹不已。现代时段怪诞的李金发，凄婉的戴望舒，缠绵的何其芳，沉雄的穆旦，机智的杜运燮，忧郁的艾青，深邃的冯至，晦涩的卞之琳，诙谐的路易士，阴冷的篷子等已经让人目不暇接，到了当代甚或仅仅是新时期就群星闪烁，个性

纷呈，像昌耀的沉雄悲凉，北岛的峭拔孤傲，舒婷的婉约典雅，于坚的自然大气，西川的精致变换，韩东的朴素天成，王家新的低抑内敛，翟永明的张力繁复，伊沙的狡黠智慧，王小妮的沉静恬淡……难以数计的诗人每每都有自己追逐的个性的"太阳"。回想先锋诗歌的来路，时而还有诗人、诗派之间唇枪舌剑的意气之争，殊不知在诗歌创作的竞技场上，每人都有自己的方向和轨迹，彼此谁也不挡谁的道儿，百年先锋诗歌历史上流派、诗人、文本的活水流转，争奇斗艳，正是正常发展的良性表征，也唯有如此，中国新诗才能最终走向繁荣。

同时，先锋诗歌和浪漫主义气质、现实主义精神并行不悖，异质同构；立足现实基础上综合传统与现代、中国和西方，努力使传统精神现代化、西方艺术民族化等选择，至今仍有重要的借鉴价值。由此可以说，中国先锋诗歌正是在边缘行走的孤独中，逐渐找准了一条通往艺术福地的路，一条充满神秘魅力又不无荒僻的路，这是它的优长，也是它的局限。

三

一个严重的悖论令人疑惑，中国先锋诗歌的艺术姿态先锐，成就有目共睹，相继推出了大量优秀诗人，有力地代表着新诗现代化的运行方向；但是在百年历史中却始终命运不济，前景黯淡，迄今仍然没有走出孤独之域。缘何如此呢？我想，需从文学与非文学两种因素中找寻答案。

先锋诗歌在中国不是没有"土壤"，但"土壤"不够肥沃则是应该正视的事实。由于百年中国的国情和现实规定性的制约，先锋诗歌不可能成为诗坛的大潮，甚至其现代主义、后现代主义形态也非西方诗歌在本土严格意义上的翻版或移植。20世纪上半叶，纷乱的社会环境和民族救亡的使命，使人们连生存与温饱的权利都得不到保障。那样的时代向文学呼唤着杜鹃啼血和鼓手迭出，呼唤着匕首和投枪，所以贴近社会、进行现实抒情的现实主义、浪漫主义诗歌自然更容易被接受，其时而兼具战士身份的抒情主体，自然比弱质的知识分子诗人接近大众，更易博得读者和社会关注的眼球；而大部分诗人不会企及形而上的人性、心灵境界漫游，即便像九叶诗派似地进入经验提纯与升华的境地，也因社会的动荡而难以引起人们的广泛注意。同时，理性实践精神突出的中华民族心理压着阵脚，使先锋诗歌即便遭逢西方现代派文学的虚无、荒诞、自我扩张和生命玄思，也绝不可能原封不动地照搬效仿，或任其影响成为反客为主的角色，而只会逐渐敦促其中国化、本土化，令个体的精神探索同民族、社会的关怀相协调，最终升华为群体意识的诗意构成。中华人民共和国成立后，面对一片明朗平和的社会景象和心态，非理性的思想情绪更是失去了恰适的滋生温床；而从新时期至今，"我国基本上正处在温饱型和小康型之间，正从温饱型向小康型过渡"，"中国尚未有产生后现代主义及文学的社会土壤"①，市场经济大潮的迅猛冲击，大众文化的空前挤压，先锋诗歌和其他新诗一样，根本逃避不了边缘宿命的折磨。这一切都注定了先锋诗歌在中国的尴尬处境和地位，总是引领艺术风潮之先，却总难和谐熨帖地加入新诗的"大合唱"，只能被迫蜷居于现实主义大潮旁边，成为一条有特色的支流，孤独而寂寞地淌动。

当然，把问题完全归结于外部的压力别人是不能信服的，先锋诗歌百年孤独的最大症结，恐怕来自于其自身潜存着的许多不可逆转的遗憾或倾斜。比如一些诗人或诗派的排他性、自主性非常显豁，或仅仅替心灵负责，或只为个人、圈子写作，或把晦涩当作一种美学原则进行标榜。结果当然是现代诗派病态青春的苦闷和惆怅的呈现，第三代诗的丑的展览、死亡的回味和平庸自我的戏谑；或者像80年代女性主义诗歌那种隐秘生理心理世界的袒露、性行为和性欲望的书写，下半身写作对躯体表演的沉湎，"从肉体开始，到肉体为止"；或者如象征诗派一样认为晦涩是值得崇尚的审美境

---

① 朱庆芳：《小康社会指标体系及2000年目标的综合评价》，《中国社会科学》1992年第1期。

界，像朦胧诗初期诗人那样矢志把诗写得朦胧而"曲高和寡"，以致大量先锋诗歌在思想上常常提供不出时代所需要的思想与精神向度，无意更无力于宏大叙事。对现实语境不同程度的疏离，造成其不可能理想、到位地传达诗人们所置身的时代境况与灵魂动态，小情小调、小花小草的咀嚼，灰色情调与狭窄视野的结合，压根儿和他们曾经企盼的轰动效应无缘；在艺术上，因为思想的贫困、孱弱而往往走形式的极端，陶醉于断句破行、音画一体、以图示诗、蒙太奇跳跃、语感滑行、能指滑动、零度写作等技术层面的狂欢和解构，有时甚至把诗歌写作异化成了文本游戏和实验竞技，真正的思想创造力则委顿缺失，本末倒置，只能蹈入以技术替代诗歌的悲剧渊薮。换言之，不少中国先锋诗歌对西方诗歌存在着严重的形式误读倾向，缺失节制的艺术实验，导致文本经常迷踪于不关乎生命的形式至上的游戏快感，对西方诗歌形式背后的哲学意识和思想洞悉反倒忽略不计。如李金发领衔的象征诗派，在皈依波德莱尔、魏尔仑等代表的法国象征派过程中，就只复制了人家音、色、力的形式追求和情调上的颓废和虚无，而失去了人家直面残酷现实的批判精神和锋芒，在本质上造成了诗意的无谓流失和对充满批判精神的西方现代主义、后现代主义的误读，自然也就削弱了影响的穿透力。

　　先锋诗歌的孤独和先锋的本性特质也有一定的关系。先锋是什么？回答林林总总，但不论到任何时候，反叛、求新都是它的本质所在。追新逐奇的实验时时能够为诗坛输送生机和生气，这也是中国先锋诗歌永葆鲜活的生命力、不断吸引读者的魅力所在。但其另一面就是诗人们难免心浮气躁，不容易长时间地敛心静气于艺术打磨，有悖于具有相对稳定性的艺术品性；加之因为"影响的焦虑"或观念差异所带来的频繁的反传统，多注重"反"向的破坏，而弱于"立"向的建设，自然也有损于诗歌艺术的相对稳定。这两个因素的聚合，极其不利于新诗史上诗歌大师和诗歌经典的玉成，所以百年来先锋诗歌中虽出现了无数的好诗人、优秀诗人，却少有大诗人、经典诗人显影，以致迄今为止仍然内愧于屈原、李白、杜甫等伟大诗人建构的诗学传统，外弱于由艾略特、里尔克、普希金等诗人支撑的西方诗歌影响，能够标志着诗歌繁荣的相对稳定的天才代表和偶像越来越少。对此，已故的诗歌研究者陈超有一段尖锐而精准，把问题说到了点子上的批评："中国的'后现代主义'者们，只是西方后现代主义中最软弱的一面的仿写人、没出息的传播者。没有深度的人要反深度，没有历史意识的人要反历史意识，没有理性的人要反理性，说到底是一种讨巧的方式，想走快捷方式。"[①] 的确，中国先锋诗歌史上这样的教训并不鲜见。第三代诗歌提出的"pass 北岛""打倒舒婷"的口号及其反诗意、反崇高、反传统的极端行为，今天看来或许只是历史上的一个口号和一种姿态而已，事实上，老北岛和老舒婷不是轻易就能被打倒、被超越的，历史证明，他们已经留下了辉煌的定格；"下半身写作"的诗人们要将知识、文化、传统、抒情等因素一网打尽，统统消解，到头来也是不了了之，空留下一批有刺激而无意义的精神消费品。从这个向度上说，如何处理破与立、现代与传统、反叛与继承的关系，值得每一位先锋诗人认真地反思和斟酌。

也正因为先锋诗歌的局限，不少人认同了西方"后现代主义的终结"观，以为先锋诗歌在中国前路渺茫，甚至可能不久即会寿终正寝。这种观点和那种受先锋诗歌优质的暗示，断定将来的诗坛必定是现代主义、后现代主义的天下的判断，同样都是缺乏十足依据的非科学臆测。事实上，在后现代主义在全球已经渗透进各个空间区域的今天，人类仍在继续经历着灵魂的流浪，人际关系的淡漠与异化将越来越重，社会分工也将越来越细，它们同日趋繁复的深刻的哲学、心理学等研究一道，都会给先锋诗歌的生长提供社会、文化乃至理论上充分的养料；所以只要还有人类和诗歌存在，先锋诗歌就不会灭绝。仅仅是百年先锋诗歌输送的经典诗人和佳作，就为后来者留下了无限的启迪，这也是本书的逻辑起点和事实依据。当然，先锋诗歌有朝一日是否能够主宰诗坛的潮流，或依旧在孤独之中默然前行，对此谁也难以做出确切的预知。

---

① 欧阳江河、陈超、唐晓渡：《对话：中国式的"后现代"理论及其它》（上），《山花》1995年第5期。

第一章　李金发诗歌成败论

　　驻足于李金发构筑的诗歌艺术殿堂前，人们心中会滋生出一种奇特的感觉：李金发算不上天才的大诗人，但却重要的无法回避；他的诗存在着不少缺憾，但它的历史却无法一翻而过。是他把象征主义诗歌引进中国，开启了中国现代主义诗歌的源头，以其独特的诗歌思维术、逻辑学与朦胧美创造，矫正了当时诗坛的流弊，为后来者设置了丰富的经验启迪场。

　　遗憾的是，自李金发崛起至今已有近百年的历史，他的诗学价值却始终未得到学界的切实定位，其诗的命运一直在否定和赞誉之间起伏、徘徊着。肯定论者称它"是诗界中别开生面之作"①，"李金发确给五四运动后彷徨歧途的诗坛开拓了一条新路"②，是"中国抒情诗的第一人"③；否定论者则贬斥它堕落的文学风气"使得新诗走上一条窘迫的路上去"④，是"笨谜"，"新诗一到李金发的手里可说全成为魔书的玩意"⑤。种种观点见仁见智，各执一端。事实上，作为矛盾综合体，李诗的成就与缺憾一如硬币的两面，相生相长难以割裂，所以它面世后才出现"许多人抱怨看不懂，许多人却在模仿着"的局面，并且李诗的成就与缺憾同样特殊而显在，

---

　　① 周作人语，《语丝》1925 年第 45 期。
　　② 覃子豪：《论象征派与中国新诗：兼致苏雪林先生》，台湾《自由青年》1959 年第 22 卷第 3 期。
　　③ 曾小逸主编：《走向世界文学》，湖南文艺出版社 1986 年版，第 384 页。
　　④ 梁实秋：《我也谈（胡适之诗体）》，《自由评论》1936 年第 12 期。
　　⑤ 屈轶：《新诗的踪迹与其出路》，《文学》1937 年第 8 卷第 1 期。

同样留给人们许多的启示。

开拓新路的先锋

许多事物都是因为非尽善尽美才拥有生命活力。李金发诗虽不无可挑剔处，但它却对传统诗艺构成了强力挑战与美学哗变，通过充满启迪意义的艰难探索，为新诗发展开辟了不失生命力的通途。李金发诗成功的第一点也是其最大的功绩在于他最早寻路问津，将法国象征主义诗歌的美学原则和表现方法移植、引入中国，使中国诗坛真正开始了象征主义诗歌类型的实验，宣告中国新诗进入了现代主义发展的新阶段。这是赞誉派与否定派共同认可的不争事实。李金发是第一个把象征诗"介绍到中国诗里"的"一支异军"[1]，"近代中国象征派的诗圣李诗而始有，在新诗界中不能说他没有相当的贡献"[2]，他是中国现代主义的诗宗。

李金发引进法国象征主义诗歌有偶然因素，也反映了历史发展的必然。进入20世纪后，象征主义运动逐渐超越国界，扩大衍化为全球性艺术潮流。在拥有吐故纳新的开放气度、西风东渐的五四时期，它理所当然地涌入了中国。刘半农、田汉、周无、周作人等新诗艺术的先觉者，就曾尝试着对它进行理论输入与艺术实验，催生出《鸽子》（胡适）、《桃花》（鲁迅）、《月夜》（沈尹默）、《小河》（周作人）等技巧情趣全新的象征主义诗花，郭沫若甚至悟到"真正的文艺是极丰富的生活由纯粹的精神作用升华过的一个象征的世界"[3]，把象征作为诗的精义。但新诗发难期的理论输入与艺术实验尚属浅层尝试，理论评介皮相零碎，创作数量少品位低，其象征也多为不自觉的情绪感应、"类比"方式的模仿，远未走出传统诗借景抒情模式的笼罩。只是它透露出一种审美信息：摆脱喷泻式的抒情羁绊，寻求诗感传达的现代化已成不可遏止的趋向，并为

---

[1] 朱自清：《中国新文学大系·诗集导言》，上海良友图书印刷公司1935年版。
[2] 苏雪林：《论李金发的诗》，《现代》1933年第3卷第3期。
[3] 郭沫若：《批评与梦》，《创造季刊》1923年第12卷第1期。

真正的象征主义诗人脱颖而出提供了必要契机。李金发的诗感并不十分优秀，诗人气质也不足，历史为何选择他而不是别人引进象征主义诗歌？这实在是众多因素合力作用的结果。李金发少年时期就耽于鸳蝴小说，养成了徐枕亚式的多愁善感的性情，留学法国，漂泊他乡所受的民族歧视侮辱、爱情屡遭不测的煎熬折磨，使他日益颓废，滋养成厌世远人的心理结构；他当时置身于象征主义诗艺大本营巴黎"腐水朽城"的情调中，对直接领受象征主义的艺术熏香有"近水楼台"、得天独厚的优裕条件；他留学时主攻雕塑专业，而20世纪初绘画和雕塑中流行着反古典主义、浪漫主义的现代意识，雕塑王国中新潮艺术的冷静态度、怪异技法与对都市文明阴森苦痛的展现，使他对丑怪美充满着神往，他最欣赏卞米那墓上那个骨瘦如柴、冷森可怖的尸体铜像和罗丹创作的丑陋"老妓"。艺术门类间的内在精神是相通的，李金发艺术趣味的现代性与孤寂的心理结构、便利的地域条件聚合，使他极易对颓废感伤而又朦胧隐秘的象征主义诗歌产生共鸣，所以他一头钻进了象征主义艺术天地，认魏尔仑为"名誉老师"，对《恶之花》"爱不释手"[①]，为自己忧郁隐蔽灵魂的外化找到了理想的表现方式。于是他听命于心灵与艺术的双重呼唤，借波德莱尔、魏尔仑等制作的象征主义艺术芦笛吹奏出了心灵的音响，以其飘忽的诗意、朦胧的情绪、奇迷的想象与晦涩的语言，为中国诗坛带来了"新的颤栗"。从此在其主攻的雕塑界建树不多的李金发，在作为副业的诗界声名鹊起，并渐渐以诗人的光彩遮蔽了雕塑家的身份。

李金发是在毫无心理准备的前提下被诗界匆匆推出的，他的"成功"有种无心插柳的偶然。在缺乏充分的诗的准备的情况下，仓促进入诗的大门的时候，也注定了诗与诗人的不成熟，但他毕竟填补了诗史的空白，缩短了新诗与世界现代艺术潮流之间的距离，这份拓荒之功谁也无法抹杀。

李金发诗歌成功的第二点在于，作为人类灵魂的探险者，他以

---

① 黄参岛：《〈微雨〉及其作者》，《美育》1929年第2期。

灵魂的全方位呈现恢复了诗为主观艺术的本质,为五四退潮后知识分子的灰色心灵中贮存了一份清晰的情思档案,消除了当时众多心灵的饥渴。应和现代诗意"向内转"原则,李金发认为,写诗这种精神作业必须向人的灵魂深处掘进,"艺术家唯一的工作,就是忠实表现自己的世界"[①]。这一贵族性的诗观规定他的诗形成了内向聚敛的感知方式,同现实生活保持距离,而向心理体验的内宇宙趋赴,诗成了个人情绪与灵感的记录。诗人的人生际遇与象征主义诗歌精神的辐射,使他的诗充满了分裂紊乱的黑色情绪——"对于生命欲揶揄的神秘及美丽的悲哀",人生的孤寂、爱情的苦痛、噩梦似的幻景、畸变的心态是其主要内容,感伤忧郁是其基本情感特征。他的内心有着"一切的忧愁/无端的恐怖"(《琴的哀》),生命是"死神唇边的笑"(《有感》),只有"美人""坟墓"才是真实的(《心游》),所以他愿做死神"唯一之崇拜者"(《死神》)。

但李诗中并非皆是浊世的哀音,不少作品都是个人与民族情绪的郁结,曲折地透露着作者对时事的忧愤与忧思之情;尤其是在真善美统摄下的家园感、情爱美、异国情调表现得积极明朗。如《故乡》《给母亲》抒写了由空间距离位移与民族歧视刺激而产生的对故国家园的亲和爱恋;某些情诗给人的是暖的享受和美的愉悦,《记取我们简单的故事》无海誓山盟的缠绵与卿卿我我的狂热,只摄取"蚂蚁缘到臂上"与"雕塑的珍品"两个细节,便把初恋男女的交往渲染得羞涩含蓄,纯洁无比;《寒夜之幻觉》等描写异国风情文明的诗,为人打开了一扇异域的窗口,拓宽了新诗题材疆土。还有那种对人生价值的迷惘沉思,对畸形世态的揶揄不平,对物质文明与精神颓败间不协调反差的关注,都透射出诗人心灵为解决生活"失调"所做出的紧张而有意义的努力。

即使对李诗中的忧伤苦痛也应加以辩证分析。其苦味儿的诗学主题在某种程度上是不合理社会的产物,也是现代人被残酷现实扭曲压抑的心理变形。他设置的一扇扇病态精神窗口,实则是病态社

---

① 李金发:《烈火》,《美育》创刊号,1928年10月。

会风貌的碎片，因此说他是苦味的歌者不如说他是苦味时代的歌者更恰适。另外，从心理学意义上说，忧郁幽暗也许是更深刻的清醒，感伤或许由绝望不幸酿成但可能会孕育更大意义的抗争，李诗对此岸世界的否定恰好反衬出对彼岸世界的神往。在现实、浪漫诗人们突入时代与现实前沿而对人的心灵有所忽视，或重视心灵中昂扬乐观的"明朗"面而轻视悲苦低沉的"阴暗"面的时节，李诗的苦味歌唱无疑构成了对五四落潮后时代心灵与历史风貌的必要反映与修补，在把当时人的精神深层揭示得更绵密、细腻的同时，以心灵袒露的方式，使众多处于类似心灵状态的读者在阅读中获得了一种心理补偿，在更高层次上开掘出了诗与现实的联系。这种对人类心灵的关注与重视，对当下的生活与艺术也不无启迪意义。

李金发诗歌成功的第三点，是起用了以象征与暗示为支撑的诗歌思维术，创造了一种朦胧美，既强化了诗歌本体意识，又矫正了新诗偏离含蓄传统的困窘无治状态，推动了新诗从描摹表象到表现本质的进程。

对法国象征派诗风的推崇，使李金发反对诗的主题与语言的明确性，认为诗是"你向我说一个'你'，我了解只有'我'的意思"[①]，视朦胧为"不尽之美"，"美是蕴藏在想象中、象征中、抽象的推敲中"的。[②] 至于怎样走向朦胧美，他提出"象征派诗，是中国诗坛的独生子"，并把新诗的希望寄托在"这个独子的命运上"[③]。在诗中他用象征与暗示的方法，并以不同常规的方式对意象进行组合，营造朦胧之美。

诗人寻找情思的客观对应物抒情以达朦胧境界。法国象征主义诗派认为，万事万物之表象皆为隐秘的象征符号，是与人类心灵对应的"象征的森林"。步先师们的后尘，李金发认为，"诗之需要

---

① 李金发：《艺术之本质与其命运》，《美育》1929 年第 3 期。
② 李金发：《序林英强〈凄凉之街〉》，《橄榄月刊》1933 年第 35 期。
③ 李金发：《卢森著〈疗〉序》，转引自《李金发的生平及其创作》，《新文学史料》1985 年第 3 期。

image（形象、象征）犹人身之需要血液"①，他在诗中以此岸世界象征彼岸世界，在客观景物中注入诗人的感兴与情绪流变。如《弃妇》以对应物的象征意味赋予、暗示了一种高度抽象的复杂情感。初读感觉似对弃妇的同情，复读则可触摸到沉痛绝望的哀戚，再品才发现因思考力的渗透，弃妇渐成象征意象，既是人生的象征又是命运的象征，深层意味里凸现的是诗人灰暗的人生情愫。象征已成李诗的本体性内容，既是自身又富于自身以外的无限含义，有了功能的多层性、多义性，含蓄异常。与戴望舒的情调象征不同，李金发诗多意念象征，用朦胧的意象暗示缥缈不定的意念，所以更加朦胧。

李诗还用暗示效应的张扬造成朦胧效果。法国象征主义诗人主张对情感不予以直接表现，而应用隐喻来暗示，波德莱尔说诗是"富于启发的巫术"，魏尔仑说诗应像"面纱后面美丽的眼睛"。受其启迪，李诗"虽用文字，却朦胧了文字的意义，用暗示来表现情调"②。常凭直觉力在瞬间即把握住自然万物与人类性灵间固有的神秘联系点，使把握外物的本质属性表现外物的过程成了赋予诗以暗示力的过程，因此，李诗常是一个个情思暗示场，穿过意象就会走进他的心灵世界。《有感》以颓废的观念审视人类的生命价值，但没有用直陈的方式，而是用一连串的暗示性意象和意义朦胧的语言表达痛苦的思考，在"死神"和"生命"间寻找联系，创造了"死神唇边的笑"这一新奇意象，以此暗示颓废的彻悟：人生短促，时光不再，只能在爱与酒的享乐中消除痛苦。李诗暗示的多为多层主题复杂抽象的世界与情感，这本身就强化了朦胧美。

为寻求朦胧暗示效应，李诗还力图凭艺术品类间的交融与音、色、形的系统调动，敦促诗向绘画、音乐靠近，在音乐美、画意美中收回诗的价值。他较好的悟性与绘画雕塑的训练，使《故乡》《律》等诗音色相融，节奏整齐。《里昂车中》巧妙地捕捉了车厢

---

① 李金发：《序林英强〈凄凉之街〉》，《橄榄月刊》1933年第35期。
② 朱自清：《抗战与诗》，《新诗杂话》，作家书屋1949年版，第56页。

内外色彩、声音、光亮的瞬间变化与印象，呈现为光、影、音闪烁不定的朦胧美，与自我漂泊时光流逝的叹息融为一体，深得印象派绘画之真髓。

读李金发的诗常会遇到挑战。一切外在的意象都已经不再是异己的死物，由它们组构的诗更贮蓄着极大的暗示能，有弦外之音又难于破译。众所周知，20 年代中叶后，新诗步入了困窘与停滞期，现实主义诗浅白粗糙，浪漫主义诗疲软得平淡浅露，都无力传达五四落潮后所滋生的苦闷忧郁情绪，并且其形式也趋于散文化。整个诗坛可用"单调"二字概括："一切作品都像个玻璃球，晶莹透明得太厉害了，没有一点朦胧"，"缺少了一种余香和回味"[①]。李金发这种去明显而就幽微、轻说明而重暗示的艺术选择，无疑驱赶了五四以来新诗把话说尽的毛病，加强了情思宽度与内隐韵味。从此以后，不但意象与象征的操作更受重视，而且文本价值日益凸现。其实，朦胧是一种美，拒绝单一清朗，崇尚朦胧昭示已成为现代诗的一大趋势，李金发对朦胧美的高扬体现了一种创新精神。

李金发诗歌成功的第四点，在于他对意象奇接、远取譬、通感等方面的语言、技法进行探险，为诗歌带来一种陌生感、新鲜感，掀起了一次重构诗歌逻辑学的革命。

被誉为语言学时代的 20 世纪，传统语言陷入无法指称象征意义与真实的危机之中，于是现代主义诗人开始从"语言"上探险。承续先师们的遗风，李金发强调追求语言的陌生化和技巧的新奇化，不讲语言的畅达和谐与技法的平易圆熟，而求诗歌句法的复杂、语义的多重和词语搭配的错位，以及技巧的变异和怪诞，因而破坏了逻辑、时空、语法常规，强化了诗的暗示能。他的探索主要从三个向度上展开。

一是意象奇接。诗人意念感觉的迷茫闪烁、飘忽不定与对意境明确性的否定，规定了李诗在意象组合时很少围绕一个或几个中心意象深入拓展，而总要攫取其他联想轴上相近或无关的意象，构成

---

① 周作人：《〈扬鞭集〉序》，《语丝》1926 年第 82 期。

第一章 李金发诗歌成败论

链条间距陌生悠长的无序空间，想象转换奇幻随意，对一些联络的字句又常常省略。如《夜之歌》在不长的篇幅中贯穿着十余组并不统一的意象，每组意象间的联系也被省掉，内在的感伤如不靠想象力搭桥，捕捉总体氛围，几近无法解读。这种意象奇接与纯个人的意念感受达成了理想契合，实为经济方法的表现，它在人类情感与艺术想象间开拓了跳跃的中间地带。

二是远取譬。李金发少在人们熟知的领地游弋诗思，总是凭借超常的想象力重组经验感觉，在普通人以为不同的事物中看出同来，即朱自清说的远取譬。毫无关联的事物常被硬拷在一处，想象的距离十分遥远，喻体甚至已从美好事物转入丑恶意象，美好的生命被说成"死神唇边的笑"（《有感》），枯萎"如牲口践踏之稻田"（《时之表现》），对庄严典雅的反动诡谲得难以捉摸。这种远取譬已不是甜得发腻的"彼特拉克"式的老化"死亡"比喻，它的别出心裁荒诞不经富于昭示，打破了传统比喻以物比物的想象路线，大胆而有刺激性。朱自清说"至于有的讲究用比喻，怕要到李金发氏的时候"[①]，确有见地。"新诗尝试之初多数诗人都有一种极沉涸的通病，那就是弱于或竟完全缺乏想象力，因此他们诗中很少秾丽繁复而且具体的意象"[②]，因此李金发纳想象比喻为诗之命脉的探索就有了特殊的意义与贡献。

三是通感。为实现暗示内心信息的主旨，李金发认同诗是全官感或超官感的东西这一观念，刻意将观念、联络不同的词按非正常秩序重新组合，使各种官感交错挪移，让颜色有温暖、声音有形象、气味有锋芒——"奈寒气之光辉/发出摇空之哀吟"（《一瞥间的感觉》），"粉红之记忆/如道旁枯骨/发出奇臭"（《夜之歌》）色彩转换为带情感色调的声音、气味，乃发他人之未发。通感造成的间离感，超出了正常想象力的轨道，荒诞而合理，陌生而简隽。

---

① 朱自清：《中国新文学大系·诗集导言》，上海良友图书公司1935年版。
② 闻一多：《〈冬夜〉评论》，《清华周刊》1922年11月。

李诗由意象奇接、通感、远取譬构成的观念联络奇特的表现方式所造成的联想轴意义发掘了语言潜能，加大了诗美的暗示力、朦胧性与内涵量，以其鲜活超群的反传统姿态，冲击了语言的惯性平板模式，给人留下了广阔的想象再造空间，使人在阅读时因美感刺激而产生哥伦布发现新大陆似的兴奋与喜悦。我们认为，美的全部意义就在于创造，李金发诗的语言探索又一次证明了这一法则的不可抗拒。

未完成的探索

仿佛是个悖论，为何李金发诗歌具有诸多优长而他却终未成为一代显赫的大诗人？为何他的诗只在当时诗坛上生长了几年的光景，开放的同时就透露出凋萎的信息？为何与对他的褒扬同步，批评的浪潮几十年不绝于耳、持续升温？他的诗被贬斥为糊涂体，"近半数的诗与读者之间，像有一道不可逾越的高墙，读者只好望诗兴叹"①，甚或"没有一首可以教人了解"②，"过分浓厚的法国象征派诗人的气息，渐渐的为人厌弃"③，以致诗人也被人称为"假洋鬼子"。我们认为，最关键的症结在于文化的隔膜和李金发中西文化文学素养的贫乏，使他没有真正得到象征主义艺术的精髓，没有完全消化象征主义诗歌艺术，只得了象征主义的皮相，而未楔入象征主义的实质，因此在艺术操作上产生了许多不可逆转的遗憾或倾斜。

首先是诗歌内质的贫弱，具体说就是理性批判精神的淡薄和哲理意识的匮乏。李金发从未把诗当成经国之大业，将歌唱"建设在社会上"，这在血泪与战火交织的20世纪20年代自然无法很好地履行诗人的崇高天职，所以他的诗曲折地透露的五四落潮后感伤的

---

① 陆耀东：《二十年代中国各派诗人论》，中国社会科学出版社1985年版，第290页。
② 苏雪林：《论李金发的诗》，《现代》1933年第3卷第3期。
③ 刘西渭：《鱼目集——卞之琳先生》，《李健吾文学评论选》，宁夏人民出版社1983年版，第84页。

时代氛围，也多属个人的牢骚与慨叹。"忠实表现自己的世界"的诗学立场，注定其情思天地的狭小、声音的纤弱，充满着悲观厌世的情调，"诗里有谜"的美学情趣又为之披上了神秘与颓废的外衣。《风》《雨》《心游》《希望与怜悯》《琴的哀》等都是这种格调在不同向度上的覆盖，其悲观绝望使人"读他的诗，总感觉到好像是在抚拭一具僵尸，或走进一座冰窟"[①]。如果说他的感伤、颓废与神秘情调是对法国象征主义诗歌情思的认同与皈依，那么，其情调与后者又存在着明显的差距。波德莱尔等人的诗虽有绝望与颓废感，但更有"透过天堂"挖掘出地狱的反叛精神与批判锋芒之意蕴；而李金发只学到了人家虚无消极的一面，却失去了人家直面惨淡人生的勇者气魄和透过天堂洞察地狱的犀利目光，这是他的致命弱点。如《长林》等诗皆为自然主义的毫无诗意与深度的无病呻吟情绪的展览，其苍白萎缩难以产生共感效应。对个体经验的极端强调，使真诚的使命感与艺术良知远遁，诗蜕化为纯个人感受隐私的器皿，泪水与忧郁病态地叠合复印，更休谈什么传统的忧患意识了。

  诗质孱弱还表现为哲理意识的缺乏。西方象征主义诗人对人性、人道精神、人类意识的表现大都饱具哲理内涵，常从个人的生理心理层次的开掘进入形而上的哲学层面，有超验的深刻。李金发对法国象征主义诗的移植主要体现在诗艺范畴，对诗的内质挖掘与开拓用力不够，想发掘心里深处的东西却缺乏情感体验的深度。如《恸哭之因》《慰藉》貌似探索人生，前者说明爱悲、得失相依存乃生活的必然，美好与痛苦相伴才构成生活的谐和，后者昭示对命运与情爱的体认；但思想简单，单是题目就减少了诗意的蕴藉。因为诗人对人的本体论的非理性回答，对形而下的瞬间感觉意念的题材选择，使李诗少有理性对诗歌规律性认识的控制，多呈现为实际人生忧思的随意漫游，对人的生命的清浅体验感悟并不"抽象"，尚不具备形而上意味。由于李诗哲理意识不够深厚，难以把握日常

[①] 周敬、鲁阳：《现代派文学在中国》，辽宁大学出版社1986年版，第24页。

生活与事物的内在底蕴，诗之肌体失去理性筋骨，自然也就失去了深刻度与穿透力，这也注定了李诗产生不了举世公认的杰作。

其次是过分强调朦胧神秘美，把晦涩提到美学原则的高度加以推崇，使诗歌堕入了难以索解的晦涩渊薮中。李诗的象征暗示方法用得好可以让人理解，起到曲线表达的效果，如《弃妇》；但过分标举朦胧美的贵族性牵拉，则使朦胧美走向了反面。刘西渭说，李诗"有一点可贵，就是意象的创造"；可惜它在进行意象组合时，未注意对传统意境的领悟与撷取，注意肌理的整体效应，而是过分趋新；注意感觉意象的跳跃奇接，而忽视内在"情绪线"的支配作用，超出了思维和想象的限度，使一些诗缺少内在逻辑关联，一些诗意象的无序陈列与抒情视点的转换未取得内在的协调，所以显得支离破碎，阅读障碍较大。如令人费解的《题自写像》中，月、武士、革履、羽等主要意象间缺少必要的联系，意象的跳跃有天马行空的随意，而无整合一致的趋向，任凭你使出浑身解数也难读出其中的"解"来。

想象力的解放有助于李诗朦胧美的形成，但它的结果是使诗的结构呈现为主观想象的自由飞跃，而飞跃链条间的痕迹却被完全省略，有时一节一句即一个想象单元，节与节、句与句间一片空白，转换的奇峭突兀类乎小说中的意识流，它所造成的诗意断裂、空缺难免令诗莫名其妙，令人难以理清诗意的来龙去脉，企及作品欲表现的境界，"没有可靠的章法，一部分一部分可以懂，合起来却没有意思"[①]。如《晨间不定的想象》简直就是诗人精神的"逍遥游"，众多物象心象的拼贴，几乎一二句一个视点，忽儿岩穴忽儿烦闷忽儿脑汁忽儿上帝之手，想象路线唐突怪异，想象视点相互矛盾，读者除了能感受到一点感伤情绪外很难说清它的具体内涵。而像《朕之秋》干脆就成了"一盘散沙"，直觉印象的堆积因无理性审定而指向不明，任凭你想象力再强也穿不起散落的"珍珠"。

[①] 朱自清：《中国新文学大系·诗集导言》，上海良友图书印刷公司1935年版。

第一章 李金发诗歌成败论

另外，李诗的经验世界本来多是情绪性的，可诗人有时硬要诉诸理性表现的暗示，要在本来说不清楚的感受和体验中挖掘人生的微言大义并想将其暗示给读者，所以它的朦胧就把读者彻底"朦胧"了。《秋兴》《我认识风与雨》都表现出了这种弊端。

李诗思维方式的奇僻与涣散无序的结构通合，使其意念显得愈发飘忽，迷离隔膜，奇幻而晦涩，曲高和寡，令人望而生畏。甚至有些诗如痴人说梦莫知所云，把读者完全挡在了诗外。若说早期诗似玻璃球太透明不好，那么它设置的不易开解的"谜团"一味求隐，也无异于自设迷津。

再次是在语言探险上走进了一些误区。谢洛夫斯基说诗就是"把语言翻新"，语言对诗至关重要；但诗的语言革命应以能令人接受为前提。李金发从语言切入加强诗的本体意识与朦胧美感，不失为一种明智的选择，也确实为读者提供了一定的新鲜感；可惜，他的探索有时走过了头，因此也带来了一些负效应。他"不知是创造新语言的心太切，还是母语太生疏，句法过分欧化，教人像读着翻译；又夹杂着些文言里的叹词语助词，更加不像"[①]，"败坏语言，他是罪魁祸首"[②]。李诗至少存在着几个语言误区。

通感手段运用时有脱离意味，有着为技巧而技巧的游戏之嫌。通感本是走向含蓄的有效途径，可李诗却常忽视寓于其中的体验，因此在很大程度上破坏了意象的真实性和完整性，产生混乱迷离的结果。"你的杂乱之小径／与随风之小磨／在深谷之底／如黑夜寡妇之孤儿"（《朕之秋》），由于体验的抽离，诗中的意象未能将感觉混合起来，反而给人拼凑的印象。

在以"不固执文法原则"造成观念联络奇特的语言强刺激时，有时不是源于生命的振荡，而是从字眼上硬性加入，因而缺少内在感染力。李诗突破语言常规的努力有一定的新鲜感，但在语言的有形与无形、显与隐的关系处理上却存在着偏误。真正的好诗是在有

[①] 朱自清：《中国新文学大系·诗集导言》，上海良友图书印刷公司1935年版。
[②] 孙席珍语，转引自周良沛编《李金发诗集·序》，四川文艺出版社1987年版。

形语言中渗透无形语言，使文本充满丰厚的内涵与弹性，在隐显之间产生诗美。可诗人的《春思》《心为宿愿》等诗大多以非正统语言传达晦涩的非正统感受，常在语言上硬扭或粗暴地追求怪异以达强刺激，而不是让生命力活跃的经验进入有形的文字，让人读后能接受或能感觉到。

洋文与文言的混杂、句式的欧化与僵化、词汇的生造，使语言不伦不类，破坏了语言的纯洁性。也许是身在异域的语言的不自觉流露，也许纯粹为趋新，李诗大量夹杂着洋文，并和文言拷合，欧化、拟古的异质语素搭配，就如穿西装戴瓜皮帽一样显得别扭滑稽，不堪卒读。而"专断的祈使句、漠然的疑问句与生硬的陈述句结合"[1]的基本句式过于僵化，又助长了诗的残破无序。最令人无法忍受的是由于语汇贫乏，诗人竟生造词汇，如"生强"（《戏与魏尔仑谈》）、"磊翠"（《你少妇》）、"句客"（《无依的灵魂》），都含混不清，不可理喻。

李诗在语言上故弄玄虚、故作怪态的倾向，无助于表达，晦涩不堪，并且倒了读者的胃口，破坏了语言的纯洁性，令人生厌。看来人们批评他的诗"好像是外国人写的；但却爱用文言写自由体诗，甚至比中国古诗更难懂"[2]，他"对于本国语言几乎没有一点感受力"[3]，并没有太冤枉他。

最后是在融汇中西艺术经验时力不从心，模仿大于创造，背离了传统审美欣赏习惯。1923年，李金发在《食客与凶年》的序文中提出，要把中西作家的思想、气息、眼光和取材"两家所有，试为沟通"，应该说，这是他看准了五四后诗坛病症而开出的良方，可惜，他没有找到解决问题的具体途径，沟通一直停留在愿望之上。究其原因是李金发中外文化文学修养不足，甚至连中西诗歌的根本处尚不甚清楚，缺少融汇的本领；何况当时新诗尚处于不成熟时期，在综合中西艺术经验问题上无可承继与借鉴，他自然难承重

---

[1] 张同道：《探险的风旗》，安徽教育出版社1998年版，第128页。
[2] 艾青：《中国新诗六十年》，《文艺研究》1980年第5期。
[3] 卞之琳：《新诗和西方诗》，《诗探索》1981年第4期。

第一章　李金发诗歌成败论

任。他曾自谦地说自己写诗乃"半路出家","十九岁就离开中国学校,以后就没有机会读中国书籍"[①],所以古典文学根基浅薄,相对而言,对西方现代艺术熟悉、感受深些,只是因对西方文化的隔膜也仅仅得到了法国象征诗的表层,这样在借鉴艺术营养时往往难于兼顾东西两家,而是过于向外采辑、偏倚法国象征诗的情调与技巧,结果又消化不良,模仿力大于创造力,借鉴只停留在赤裸裸的复制上,成为头重脚轻的"墙头芦苇",华而不实,有明显的斧凿痕迹与生涩味,作品自然也难以抵达完满和成熟境地。

李诗对古典诗艺的吸收充其量只是在诗中镶嵌了一些文言虚词,虽然引用了"梦儿使人消瘦,冷风专向单衫开处"(《闺情》),"愁里无春来,又空愁催春去"(《初春》)等一些古词古诗名句,但并未做到古诗词意象、词汇与意境的翻新,传达出现代感受,并且它们固有的意境与现代诗情相互游离,好像只是尚未与篇章浑融的硬性插入的附加物。而对西方象征诗的吸收呢?只能说是其在一知半解状态下在"象征的森林"中的漫游摸索,模仿痕迹更重一些。且不说在颓废情调上与波德莱尔等人如出一辙,多沉迷于酒、美人、腐尸等人世的暗影上;单是意象的照搬雷同就令人吃惊,翻开李金发的三部诗集,坟墓、枯骨、乌鸦、枯叶、尸体、寒夜、死亡、梦幻等语汇满目充盈,有种批量生产的痕迹,并且这些意象仅承袭了法国象征主义诗的外壳而摈弃了原有的文化心理内涵,少有深刻的体验,弱化了象征功能。有些意象的牵强因袭还脱离了民族文化传统,如《下午》的一些意象源于法国象征诗,但脱离了民族语言和文化母体,难以形成统一的境界。这种无休止的模仿重复,自然酿成了创造力的委顿乃至丧失。

中西诗艺融汇不力的直接结果是李金发的一些诗不伦不类,中西读者对其都不买账,西方读者认为它是中国诗,中国读者认为它像西方诗。尤其是那种以丑为美的审美趣味,那种虚实搭配与取远譬的过度陌生,那种意象的怪诞与飘忽,那种语言的拟古与欧化混

---

① 陈厚诚:《李金发回忆录》,东方出版中心1998年版,第16页。

杂，都不同程度地存在着背离诗歌的传统好尚、民族审美习惯的欧化倾向。如此说来，就难怪李金发的一些洋化诗被欣赏习惯积淀深厚又缺少接受心理准备的读者视为异端，难以产生共鸣了。

若把李金发的诗置于20世纪20年代的特定时代语境下加以分析，我们就会发现：从社会影响视点看，李金发难与传递五四动人向上音响的郭沫若比肩；从艺术影响视点看，李金发无法同倡导新格律诗飘逸婉约的徐志摩抗衡。但我们认为，决不能仅仅以成败论英雄，对一种艺术现象萌生的价值不能只从它对传统因素完善的程度上予以估衡，而要以它提供新因素的多少去审定。从这个向度上说，一个遍体鳞伤的失败的探索者，远比那些廉价的英雄与胜利者更令人钦敬。李金发出现于诗坛的主要意义不在他有多少建树，而在他艰难的尝试本身所包含的启迪性。他的探索为诗从传统向现代跨越架起了一道不可或缺的桥梁，昭示了现代诗歌艺术发展的某种可能性，启迪缪斯的后继者去继续探索和追求。那种对现代诗歌艺术的敏感与钟情，那种对诗歌技艺的苦心追索与经营，那种不受流俗干扰的偏执精神，以及他所创建的艺术经验与教训，在其身后的诗歌历史上都有相当的回响与延伸。没有他的拓荒揭幕，决不会有象征诗派、现代诗派、九叶诗派、台湾现代诗派、朦胧诗派这些现代主义诗派的精彩表演。也就是说，李金发在现代主义诗途上虽然走得不远，但却为中国新诗开拓了新景，指明了路向，这既表明了他的功绩，也注定了后来者对他的积极超越。

第二章　戴望舒诗歌的特质情思与传达策略

也许是才高气傲之故，台岛诗人余光中认为，戴望舒在绝对标准上只是一个二流的次要诗人，其诗的境界"空虚而非空灵，病在朦胧与抽象"，语言常"失却控制，不是陷于欧化，便是落入旧诗的老调"[①]。这种观点无论如何也难以让人信服。作为上承古典余泽、下启现代诗风的新诗中的"尤物"，作为现代诗派的重镇、纯诗运动的中坚，戴望舒尽管诗歌创作数量少得近乎吝啬，在20多年的时间里仅仅留下《我的记忆》（1929年）、《望舒草》（1933年）、《望舒诗稿》（1937年，基本为前两集的合集）、《灾难的岁月》（1948年）四本诗集，93首诗，但是却标志着象征主义在中国发展的规模与深度，并且以艺术精神与艺术形式的共时性拓展，实现了象征主义的中国化，预告了新诗现代主义的真正莅临，"他的诗歌中所内含的多种思想艺术质素，都显示着或潜存着新诗的发展与流变的种种动向"[②]。

"真实"与"想象"遇合的诗情

从严格意义上说，与善做理性冥思与扩张的卞之琳、废名等人不同，戴望舒是一个感情至上的抒情诗人。

[①] 余光中：《评戴望舒的诗》，《名作欣赏》1992年第3期。
[②] 龙泉明：《中国新诗第二次整合的界碑》，《中国社会科学》1996年第5期。

戴望舒的《诗论零札》的核心思想即诗情，他认为，"诗当将自己的情绪表现出来，而使人感到一种东西"，"新诗最重要的是诗情上的 Nuance，而不是字句上的 Nuance（变异）"。受这种诗学思想的烛照，他的诗也无不将感情放在首位，重视诗情的营造。这一点似乎与浪漫派诗人不谋而合，但它的优卓在于不似浪漫诗人那样赤裸裸地抒发原生态的情感，而是从艾略特的"诗歌不是情绪的发泄，而是情绪的回避"这一观念中得到启发，确立了诗人自己独特的作诗态度与立场。"诗是由真实经过想象而出来的，不单是真实，亦不单是想象。"① 即既要重视通过朴素、自然、清晰而达到真实的美学原则，又要重视暗示性联想的想象作用，这种想象是伟大作品不可少的、不由自主的那种"梦游症式"的心理状态，对这种由真实而经过想象的心理状态的重视，恰好贴近了象征派诗歌的诗学思想，为通往象征派诗歌的契合境界提供了最佳途径。戴诗由真实经过想象而生的诗情大致有以下几种契合方式，即物物契合、物"我"契合、日常生活情绪与政治情绪的契合。② 物与物契合者如《款步》——"这里，鲜红并寂静得／与你的嘴唇一样的枫林间／虽然残秋的风还未来到／但我已经从你的缄默里／觉出了它的寒冷"，从女友的缄默里觉出枫林的寒冷，即是用想象功能捕捉到的一种真切体验。而《乐园鸟》《古神祠前》《我的记忆》《夕阳下》等则是主体与客体、物我契合的典范。如"远山啼哭得紫了／哀悼着白日的长终／落叶却飞舞欢迎／幽夜的一角，那一片清风"（《夕阳下》），这首变形诗实现了客观外物的主体化。远山即远山，何以啼哭得发紫？落叶即落叶，何以会欢迎清风？原来诗人是借助主体的移情，神不知鬼不觉地将远山落叶以及溪水、晚云等化作了情绪的对应物，神游自然天地间时情与物融，使外物也浸染上了哀伤沉静的主观化痕迹。《我的记忆》中主体的心理在诗人的想象幻觉中脱离主体而化为酒瓶、花片、粉盒、笔杆等缤纷事象，实乃主体心

---

① 戴望舒：《诗论零札》，《现代》1932 年第 2 卷第 1 期。
② 参见吕家乡《戴望舒：别开生面的政治抒情诗人》，《学术月刊》1985 年第 11 期。

灵客体化的表现。至于第三种小情与大情、日常情绪与政治情绪的契合，在戴望舒诗中所占比重也不少。如众口交誉的《雨巷》，其底层视象是一个青年失恋的苦恼与惆怅，形而上的底蕴则是大革命失败后一部分知识分子追求理想而不可得、对现实不满而又无可奈何的情思。《单恋者》《烦忧》也都沟通了个人的内心波澜与时代的现实风雨，达到了自我意识与群体意识的沟通与复合。如前者写到："我觉得我在单恋着/但我不知道是恋着谁/是一个在迷茫的烟水中的国土吗/是一枝在静默中零落的花吗/是一位我记不起的陌路丽人吗？"这是一首单恋丽人的诗，但单恋的对象又远不止丽人，而是日常生活情绪、自然情绪与政治情绪的复合体；后者也兼容着恋爱烦忧与政治烦忧，是个人忧郁与时代忧郁的共振体。

戴诗这种由真实经过想象的心理状态——诗情，因注重真实与想象的遇合，所以它既是符合真实原则的作者真切体验到的心灵境界，又因想象联想功能的介入而与概念道理的图解划开了界限，空灵又真实，不再诉诸理解力，而是诉诸感觉和想象，能引起人们心灵的呼应，含蓄深邃但又具体可解，满贮着魅力，在透明与朦胧、显与隐之间找到了理想的度，并以特殊的感知方式，带来了戴诗异于他人的现代性的诗情特质。

一是微妙性。

戴望舒曾盛赞果尔蒙的诗"有着绝端地微妙——心灵的微妙与感觉的微妙，他的诗情完全是呈给读者的神经，给微细到纤毫的感觉的"[①]，这段对果尔蒙诗印象与评价的语言好似为他的诗歌所作的恰如其分的自画像。戴望舒认为，"诗不是某一种官感的享乐，而是全官感或超官感的东西"，并在艺术实践中表现出超常的感受力。他能从朝霞的颜色想到落日的沉哀（《山行》），从落叶的旋转悟出人生之漂泊（《残叶之歌》），能从飘落的铃声之幽微、青色珍珠坠落古井之沉寂，参透美好事物易逝的道理（《印象》）。诗人主

[①] 戴望舒：《果尔蒙、西莱纳集译后记》，《戴望舒译诗集》，湖南人民出版社1983年版，第31页。

张在平淡的生活里发掘诗情,显示复杂微妙的情思颤动与意绪,写出多元素、多层次的心理内容,"把捉那幽微的精妙的去处"[1],不去表现一种意思或思想,而去表现一种幽深而又细微的感觉或情绪。这种精微程度为同辈诗人所不及的心理深度发掘,构成了戴诗艺术的特殊魅力。如《秋蝇》:"眼睛/衰弱的苍蝇望得眩晕/这样,窒息的下午啊/它无奈地搔着头搔着肚子//木叶,木叶,木叶/无边木叶萧萧下……无数的眼睛渐渐模糊,昏黑/什么东西压到轻绡的翅上/身子像木叶一般地轻/载在巨鸟的翎翅上吗"。它在立体化的流动的心理结构中,在秋蝇的意象中渗透着对日趋没落的现实世界的厌恶与自己作为殉葬品的无奈的复杂体验,诗人与秋蝇早已进入冥合状态,秋蝇对窗外愈来愈昏暗的景物感受,对自身机体渐感沉滞衰亡的体验,这多元素、多层次的心理流程,也同样是诗人的。它交汇了幻觉、联想与情感活动,创造了一个全官感或超官感的"心理格式塔",其纤细其纵深非一般诗人可比。《微笑》的内容构成也不是作者分析认识的结果,而是从感觉到沉思再到祈愿的思绪流程。"轻岚从远山飘开/水蜘蛛在静水上徘徊/说吧:无限意,无限意//有人微笑/一颗心开出花来/有人微笑/许多脸儿忧郁起来//做定情之花带的点缀吧/做迢遥之旅愁的凭借吧"。这一节诗以两个隐喻和一个拟人化的呼唤写出了微笑的感觉,明丽恰适,喻体与喻本间神似而舍形似,令人回味无穷,微笑是无言的,却包含着无法说出的无限情意,也很微妙。

　　上述诗例表明:戴望舒的不少诗都倾心于梦和想象的心理世界的微妙。因为只有深入这方面的心理内容才最适合于展现隐微的内心世界,才能体现出现代性趋向。

　　众所周知,西方象征主义诗歌也常青睐于梦幻描写,马拉美就认为,只有梦幻才可以达到不属于人世的美,写梦才可以创造人类没有的纯粹的美。受其影响,戴望舒不少诗就把诗作里的真实隐藏在想象的屏障中,是借助于梦幻铺就的佳品,如《寒风中闻雀声》

---

[1] 朱自清:《中国新文学大系·诗集导言》,上海良友图书印刷公司1935年版。

《夕阳下》《生涯》《忧郁》《古神祠前》《有赠》《偶成》；而梦本身神秘莫测，飘忽不定，写之就显示了诗情的微妙性。《小病》可称为由想象织成的华章："从竹帘里漏进来的泥土的香/在浅春的风里它几乎凝住了/小病的人嘴里感到了莴苣的脆嫩/于是遂有了家乡小园的神往……"小病的旅人无聊孤寂，从浅春的泥土香里仿佛闻到了可口鲜嫩的莴苣味，于是勾起了对家乡小园的神往与思念。它把念远思乡的感觉化作对家乡小园的神往。诗人驾想象的彩翼飞抵它的近旁进行透视，那阳光和暖，细风柔拂，蜂翅闪烁在莴苣花上，韭菜探出甜味的嫩芽，还有莱菔的叶子……平淡熟悉，宁静和谐，温情可爱，猜测试探的语气，营构出的或然态美景，既朦胧虚幻，又透着对家乡的惦念与关切。而《秋天的梦》则是对以梦为中心的心理过程的摄取："迢遥的牧女的羊铃/摇落了轻的树叶//秋天的梦是轻的/那是窈窕的牧女之恋//于是我的梦是静静地来了/但却载着沉重的昔日//唔，现在，我是有一些寒冷/一些寒冷，和一些忧郁"，前二节是想象中的远方牧女的故事、梦的缘起，第三节写了梦的内容，第四节则写了梦醒后的感觉，无论是恋女之梦，还是诗人的昔日梦，都朦胧而又微妙。

追求心灵的微妙与感觉的微妙，开掘多层次的心理内涵，以提高现代诗的心理深度，是戴望舒对新诗内涵拓展的独到贡献。

二是隐私性。

诗人当初对象征主义诗歌心仪不已，其中一个重要的原因就是西方象征主义诗歌那种吞吞吐吐地表现潜意识朦胧感觉的内涵与表现方式，与感伤的内向的诗人的心理极为合拍。波德莱尔、阿波里奈尔、洛尔伽的诗不但存在着以意象对应物暗示情感的朦胧倾向，而且充满着对女性、爱情、往事的咀嚼与吟诵，戴望舒的诗又何尝不是如此呢？诗人的挚友杜衡说，诗人把诗当作另外一种人生，一种不敢轻易公开于俗世的人生，所以"偷偷地写着，秘不示人"，"他厌恶别人当面翻阅他的诗集，让人把自己的作品拿到大庭广众之下宣读更是办不到"，他像"一个人在梦里泄露自己的潜意识，在诗作里泄露隐秘的灵魂，然而也只是像梦一般地朦胧"，他体味到写诗的"动机是在于表现自己与隐藏自己之间"①。我以为杜衡这段话无异于披露了这样一个事实：戴诗具有一种隐私性，这种隐私性包含两个方面：一是内含的潜意识本身具有一定的隐私性，诗人是把诗当作了灵魂的遁逃之地、隐身之所，当作了个人情怀抒发的锦瑟，在那里泄露着隐秘的灵魂；二是在表现上加婉加曲，在抒放中有约束，弃直泻而取吞吐，避裸露而就掩饰，以此维护其隐私性。

于是我们看到，除了《灾难的岁月》中的个别诗篇外，戴诗的大多数诗都很少直接涉及政治主题，都力求避开政治视角；它不但政治因素缺席，而且在某种程度上排斥了外在的现实世界，而倾心于灵魂与自我的凝视。所以爱的体验与表现暗示，成了诗人93首诗中占压倒之势的主题，至少过了半数；出现最多的意象就是女性，《我的记忆》这本诗集的扉页上更是干脆地写着"给绛年"的字样，其他一些情感略微阔大的诗，也多与女性、爱情有关。总之，结满了一串串爱的情思之花，爱的人生隐私成为诗作的主要内容，正是戴诗现代性的一个突出表现。戴望舒的情诗既是他个人恋爱史的实录，又是渴望爱情这一理想的外现，它从多角度写出了爱的追求和困惑、甜蜜与悲伤。如在《路上的小语》中，诗人请求姑娘给他发上的"青色的花"，红宝石一样的"嘴唇"，火一般的"十八岁的心"，表现出一种勇敢、奔放、追求爱情的精神，热烈而火爆；《赠内》更有一种爱情至上的味道："不如寂寂地过一生／受着你光彩的熏沐／一旦为后人说起时／但叫人说往昔某人最幸福"，爱已高于一切，只要夫妻和美就是最大的幸福，而其他事情均乃过眼云烟，终会"消失"。但是戴诗中的这种情调并不多，爱情的波折坎坷，使他的诗常是忧伤缠绕，饱含着"绛色的沉哀"，充满着得不到爱的回音的危机、相会的冷漠、痛苦的别离、追求的幻灭与遗弃的哭诉。《林下的不语》如此，《雨巷》如此，《到我这里来》虚拟为丈夫表达对亡妻的思念，热烈的爱消失了而热情犹在，愈见

---

① 杜衡：《望舒草·序》，上海复兴书局1932年版。

第二章 戴望舒诗歌的特质情思与传达策略

失落的悲哀;《回了心儿吧》写道:"回来了,来一抚我的伤痕/用盈盈的微笑或轻轻的一吻"。它道出了感情的破裂与心儿的凄楚。

戴诗的爱之情深缱绻,缠绵悱恻,其纯洁与伤感令人倾倒,而诗人对爱情隐私维护的艺术手段则更高妙。他很少毫无遮拦地高歌爱情,总是走隐约的道路,寻找情感的外在寄托或机智的淡化,欲言又止,吞吞吐吐,半隐半露。如《有赠》的后二节:"我认识你充满了怨恨的眼睛/我知识你愿意缄在幽暗中的话语/你引我到了一个梦中/我却又在另一个梦中忘了你//我的梦和我的遗忘中的人/哦,受过我暗自祝福的人/终日有意地灌溉着蔷薇/我却无心地让寂寞的兰花愁谢"。它以人称的变化与"蔷薇""兰花"的暗喻象征,把爱的故事抒发得十分策略,柔婉又内敛。再如《妾薄命》:"一枝,两枝,三枝/床巾上的图案花/为什么不结果子啊/过去了:春天,夏天,秋天//明天梦已凝成了冰柱/还会有温煦的太阳吗/纵然有温煦的太阳,跟着檐溜/去寻坠梦的叮咚吧"。该诗巧借古诗中的弃妇题材,通篇以象征手法来暗示企求爱而不可得、自己被遗弃的悲哀绝望,"混淆"了弃妇与诗人的悲情。《不寐》则是梦与现实难辨;《烦忧》《单恋者》干脆回避了爱的真相,以政治情绪的渗透干扰来维护爱的隐私。

这种种艺术上的"掩饰"使本已朦胧微妙的隐私更加隐蔽化,无法轻易把捉。它使现代的爱情体验得到了古典形态的表现,既有西方象征主义诗歌吞吐地表现潜意识与个人情爱的长处,又显露出了温庭筠、冯延巳等晚唐五代诗词作者们沉浸于儿女情长、红香翠软节制抒情风格的隐性影响。

三是忧郁性。

戴望舒的诗不乏清新幽默乃至悲壮激越之作,但整体上却承袭了中国古典诗歌传统内在一致的哀愁调子,充满着知识分子特有的忧郁气息。这种现代诗的重要品质之一的忧郁,是贯穿于戴望舒抗战前所有作品里的精魂。戴诗中大量存在的珠泪、梦、荒冢、残叶、枯枝、啼哭、沉哀、废园等意象辞藻的背后,隐含着人与现实不相协调、理想无法实现的命运凄凉的心灵信息。如《灯》就写了诗人独对夜灯所产生的瞬间感悟。"灯"是人类生命流程及形态的见证者，是时间与历史的见证者，它的凝着过程即是诗人对美的渴求和心态幻灭的过程。在"灯"的守护下，"我"的生命伴着木马栏似的时间旋转，由穿着节日衣衫的欢乐儿童幻象而渐趋幻灭，时间依旧流逝，灯依旧守护，可节日却已萎谢，彩衣已褪色。从各感官的视觉幻象到触觉、听觉幻象的转换，已凸现出诗人追忆过去生命时那种超越一切世事纷争的寂寞心境，暗示出生命不过是终究要被打碎的"绮丽的梦网"而已。情人幽会该是幸福销魂的时刻，可在诗人笔下的《夜》却是另一番情调。

> 夜是清爽而温暖；
> 飘过的风带着青春和爱的香味，
> 我的头是靠在你裸着的膝上，
> 你想笑，而我却哭了。
> ……
> 我是怕着：那飘过的风
> 已把我们的青春和别人的一同带去了；
> 爱呵，你起来找一下吧，
> 它可曾把我们的爱情带去。

在幽会的幸福之夜，诗人却想啜泣，怕飘过的风把青春与爱带去，隐约地暗示出谁也逃不出生命的有限性，青春的爱情短暂，更是无法摆脱的遗恨悲哀。原来诗人的害怕来自对青春的生命体验，也就是说，一向与幸福快乐相伴相生的爱情，在戴诗中也变奏为无尽的忧伤或柔美与忧伤的二重奏。《山行》典型地浓缩着这种心态："见了你朝霞的颜色／便感到我落月的沉哀／却似晓天的云片／烦怨飘上我心来"。诗人清晨与恋人在山径上的散步伴随着痛苦矛盾的情感体验，既因觉得自己配不上对方而烦怨，不见对方的声音又痛苦不堪，真是缠绵得恼人，折磨人；"烦怨""呜咽""沉哀"等语汇的选择更强化了情思的苦味儿。即便戴诗中

第二章 戴望舒诗歌的特质情思与传达策略

最明亮、最健康的歌唱，也夹杂着生命的忧伤、凄惶与苦闷，如《寻梦者》写到，若想得到"桃色的珠"，要"攀九年的冰山""航九年的瀚海"先找到"金色的贝"，再在"海水里养九年""天水里养九年"，最后才可遂愿，那种流贯诗间的不懈追求、艰辛、跋涉的精神，足可震醒一切人生昏睡者；但对理想之日正是人生衰老之时，梦的实现即梦的幻灭道理的揭示，又令人无法不忧伤与喟叹。怪不得一些评论者说在中国现代派诗人中，戴望舒在痛苦之路上走得最远呢！

戴诗的"痛苦"之情，有五四以后知识分子觉醒后无路可走的忧郁，有大革命失败后正直的人幻灭的悲哀，有个人不幸遭遇的烦恼，也有忧郁伤感的晚唐五代诗与充溢着世纪末哀痛苦闷的法国象征诗的情调笼罩。它不同于西方象征主义诗中幽邃的忧患，而只是感受状态的细碎感伤；它不似前者常进入超验的思辨领域，而善于在精微的感觉地带盘旋。戴诗中这种忧郁的基调质素，使诗人以独特的诗情风貌与郭沫若的亢奋、闻一多的矛盾、徐志摩的飘逸平分秋色，共时互补，渲染出中国现代诗的情绪走向与色调的斑斓。

"表现自己"与"隐藏自己"

任何艺术革命总是从不满拉开序幕的。戴望舒涉足诗坛之时，诗坛一方面"通行着一种自我表现的说法，作诗通行狂叫，通行直说，以坦白奔放为标榜"，诗人"对于这种倾向私心里反叛着"；[1]另一方面活跃着李金发、冯乃超、王独清、穆木天等象征派诗人们，他们在借鉴西方现代主义诗歌的象征、暗示手法的同时，也搬来了神秘、看不懂的成分，诗写得玄奥、艰深，令人难以卒读，所以戴望舒从"所有的象征诗人身上是无论如何也看不出这一派诗风

---

[1] 杜衡：《望舒草·序》，上海复兴书局1932年版。

的优秀来"的。①诗人之所以对诗坛的两种倾向都存在不满，是因为在他看来，诗是一种吞吞吐吐的东西，它的动机在于表现自己与隐藏自己之间，既要表现自己，又要隐藏自己。为抵达这种介乎朦胧与透明间、模糊又精确、藏而不露的半透明的理想境界，艺术上贯通中西的诗人博采众长，另闪机锋，在浪漫诗风与象征诗风之间走一条中间道路，即融汇晚唐五代诗歌求镜花水月的风度与波德莱尔、魏尔仑等人诗歌缥缈闪烁的朦胧个性，进行隐约抒情，既不直抒，也不全隐，在赋予诗歌以朦胧多义性的同时，又以明晓控制隐约，以清新融化醇厚。所以他的诗"很少架空的感情，铺张而不虚伪，华美而有法度"②，"也找一点朦胧的气氛；但让人可以看得懂"③，走上了一条诗歌的正路。具体说来，最能调解"表现自己"与"隐藏自己"二者的艺术手段就是意象的功能，所以诗人对半透明式的理想诗歌境界的探寻，就是从具有凝练性、客观性特征的意象艺术切入的，并在这个方面体现了沟通中西诗艺的最高成就。

稍加注意就会发现，戴望舒的诗歌基本上避开了直抒胸臆的袒白，而采用"思想知觉化"方式进行抒情，即把思想还原为知觉，像感知玫瑰香味一样感知思想，通过意象这一情绪的客观对应物或象征的营构加以暗示。如"希望今又成虚/且消受终天长怨/看风里的蜘蛛/又可怜地飘断/这一缕零丝残绪"(《自家哀怨》)，希望幻灭，终天长怨这虚幻缥缈的情思意念，借助狂风吹破的蛛网、风中的残绪零丝这些对应物加以表现，获得具体化、实物化的依托。再如《二月》："春天已在野菊的头上逡巡着了/春天已在斑鸠的羽上逡巡着了/春天已在青溪的藻上逡巡着了/绿荫的林遂成为恋的众香国"。它明明在写一种情绪，但它不直接抒发，而是转向对客观事物的观察，从中融入心灵的隐秘，所以由野菊、斑鸠、青溪、绿荫的林，向诗下半部分的暮色、惋叹的游女、蒲公英的弹跳转换，即可视为诗人由欢欣向晦暗情绪波动的转换，物象因子在诗人心灵的

---

① 杜衡：《望舒草·序》，上海复兴书局1932年版。
② 同上。
③ 朱自清：《中国新文学大系·诗集导言》，上海良友图书印刷公司1935年版。

第二章 戴望舒诗歌的特质情思与传达策略

地平线上，无不昭示着内在的情思。《旅思》也许更为典型。

> 故乡芦花开的时候，
> 旅人的鞋跟染着征泥，
> 粘住了鞋跟，粘住了心的征泥，
> 几时经可爱的手拂拭？
>
> 栈石星饭的岁月，
> 骤山骤雨的行程；
> 只有寂静中的促织声，
> 给旅人尝一点家乡的风味。

这首纯粹的意象诗，前后两节分别以征泥、促织声为中心意象，它以二者间的重叠与转换，展现了旅人落寞疲惫的心理状态、难遣难排的浓郁的乡愁。于是乡愁的感受再也不是清晰语义所导致的结果，而完全靠意象的生成与转化来构成。戴诗这种"思想知觉化"方式，不仅具备化抽象为具象、化虚为实的神奇功力，而且意象的直接呈现也节制了抒情成分，充满着含蓄效应，使外在物象成了内在心象的外化，成了人化自然。但对"思想知觉化"的追求，并非戴氏所独有，它是现代诗派的一种普泛趋向，只是戴诗的意象艺术自有它的个性罢了。

古典性与朦胧美。

诗人说："不必一定拿新的事物来做题材（我不反对拿新的事物来做题材），旧的事物中也能找到新的诗情。"[①] 应和这种思想，古典文学修养丰厚的诗人常将古典诗的长处复活在现代诗形里，使诗的题材、形象、意境、情调都具有浓郁的东方型特征，连诗人的名字"望舒"都取自《离骚》的一句诗："前望舒使先驱兮。"尤其是戴望舒常择取那些古诗中积淀性强的意象，用来暗示表现现代

[①] 戴望舒：《诗论零札》，《现代》1932年第2卷第1期。

人微妙复杂的心理感受,使古典意象迸发出新机。戴诗中所充斥的游子、寒风、落月、黄昏、残花、雨巷、花伞、蝴蝶、梦、泪、灯、烟、秋、夜、水等,就都是古诗中的常见意象,它们高频率、大剂量地出现,就昭示着诗人与传统审美心理有着不可分的密切联系,这一倾向在其第一本诗集《我的记忆》的"旧锦囊"中表现得更显豁一些。如《雨巷》就是以古诗意象进行抒情的典范。不可否认,它有浓郁的象征色彩,那孤独的"我"、梦般的"姑娘"、寂寥的"雨巷",都凄清迷茫,有着强烈的象征意味;"雨巷"的泥泞阴暗,没有阳光与温暖,狭窄破败,正是沉闷窒息的黑暗现实的写照,皎洁妩媚又带着苦涩的丁香一样的姑娘正是希望、理想与一切美好事物的假托。诗的想象创造了象征,象征反过来又扩大了想象,它使意境朦胧,一切都未明说一切又都在不言中说清,深得象征诗幽微精妙的真谛。但《雨巷》更回荡着强劲的古典诗美音响,用卞之琳的话说,它是李璟的《摊破浣溪沙》中"丁香空结雨中愁"一句诗的现代稀释与延伸。以丁香结象征诗人的愁心,本是传统诗歌的拿手戏,在《雨巷》中却成为现代人苦闷惆怅情思抒发的机缘点。当然,它也有超越传统的创造,古诗用丁香结喻愁心,它则把丁香与姑娘形象相联结,赋予诗歌更为现代更为丰富的内涵。它的意境、情调也都极具古典化,浸渍着明显的贵族士大夫的感伤气息,诗中映出的物象氛围是寂寥的雨巷、绵绵的细雨、颓圮的篱墙,它们有着凄冷清幽的共同品性;环境中出现的人也忧愁彷徨,默默彳亍,冷漠惆怅,凄婉迷茫,物境与心境相互渗透交合,主客难辨,情即景,景即情,它就如一幅墨迹未干的水彩画,稀疏清冷的图像后面潜伏着淡淡的忧伤与惆怅。象征派的形式与古典派的内容嫁接融汇,形成了婉约朦胧的艺术风范。再如《乐园鸟》那种上下求索的苦行精神与屈原的诗有着内在的一致性,意象也是出于《离骚》的诗句——"吾令凤鸟飞腾,继之以日夜";"是幸福的云游还是永恒的苦役?"乐园鸟的"饮露"是神仙的佳肴还是对于天的乡思?乐园鸟是从乐园里来还是到乐园里去?一切都是未知数,意象本身所带有的多义性,使诗有一种隔雾观花感,或A或B，亦A亦B，由于诗没有将意义限定在一个固定的层面，反倒获得了多种意向发展的可能性，虚实相生，如烟如梦，朦胧不已。戴诗的意象不但古典性色彩浓厚，还常寻求意象与象征的联系，《秋蝇》《古神祠前》《寻梦者》《乐园鸟》等都是具有总体象征特点的诗篇。如《对于天的怀乡病》中的古典意象"天"，就因与象征的联系而建立，使其自身的含义超出了自然层面，幻化为一种高远、美好的理想追求与未来的境界。《我的恋人》则因象征手法的运用而派生出无限朦胧；它对恋人意象的呈现是"她是羞涩的，有着桃色的脸/桃色的嘴唇，和一颗天青色的心"，"你可以说她的眼睛是变换了颜色/天青的颜色，她的心的颜色"。天青色是诗人常用的意象色，天青的眼睛与天青的心象征着什么？是尚未成熟的羞涩的爱情，还是忧郁感伤的爱恋？是理想爱情的幻象，还是人生理想的暗示？似乎都是又似乎都不是，这种不确定性带来了诗意的延伸扩展与朦胧美感。戴诗意象的象征追求有所创造，那就是或明或暗地提供象征的联想方向，因而有象征诗的含蓄蕴藉，却远离了它的杂乱与艰涩；有若隐若现的多向内涵，却又可以捕捉得到，很好地把握了"表现"与"隐藏"之间的分寸感。如《三顶礼》："引起寂寂的旅愁的/翻着软浪的暗暗的海/我的恋人的发/受我怀念的顶礼……"它通过恋人的发写对恋人的情，翻着软浪的暗暗的海是恋人的发引发的奇妙联想与象征暗喻，"海"引发了我的旅愁，也引起了我无限的恋情。明暗、虚实交织成象征的和弦，使喻体与喻本、象征体与象征义之间有一种微妙的联系，令人遐想，但二者间的互补呼应清晰又明朗。

统一性与整合美。

戴诗不仅在物象选择上起用古诗中的常用意象，自身充满迷蒙、邈远、空灵之气，而且以意象与象征、暗示建立联系，创造了意蕴内含的朦胧美。尤其是在意象之间的组合上讲究和谐一致，所以常给人一种张弛有致的流动美感；而流动的便是氛围，这种情调与氛围的统一、整合所造成的情境合一、心物相融，获得了类乎古典意境的审美特质。这种意象与诗情浑然的诗出现的概率较高，如《印象》：

是飘落深谷去的
幽微的铃声吧,
是航到烟水去的
小小的渔船吧,
如果是青色的珍珠;
它已堕到古井的暗水里。

林梢闪着的颓唐的残阳,
它轻轻地敛去了
跟着脸上浅浅的微笑。

从一个寂寞的地方起来的,
迢遥的,寂寞的呜咽,
又徐徐回到寂寞的地方,寂寞地。

　　这是少见的纯意象诗。它抽去了语义上前后的因果关联,以一连串意象的重叠并置直接呈现意绪。初看起来,综合视觉、听觉、幻觉类型的意象幽微的铃声、小小的渔船、青色的珍珠、残阳、微笑、古井等,是处于零碎随意状态的存在,但透过驳杂的外表就会发现各意象分子间内在的一致性:它们不仅都是古诗常用意象,积淀着悲凉感伤的情思,而且其内涵与情调也都具有同一指向,即它们都是稍纵即逝、美妙而渺远、抑郁感伤的,它们在美好的事物或印象都必消逝的惆怅情调那里,又都熨帖和谐地统一在一起,形断而意连,意与象浑,构成了一个幽深隐约的情思意境。此诗表明,戴诗比较注意意象的整合性、意象之间的内在关联。前文列举的《二月》也是以和煦的春意与温馨而又不乏烦恼的恋情合一,使全诗浑然成为团块的整体生命迹象。至于《雨巷》就更是意境化的象征诗了。

　　从上述的分析可以看出,戴诗的意象运用既有通感的现代手段，如"我躺在这里/咀嚼着太阳的香味"(《致萤火》)，《我的恋人》中"一颗天青色的心"，也有"明天会有太淡的烟和太淡的酒/和磨不损的太坚固的时间"(《前夜》)这种纯现代的叙述方式；既有"月移花影地淡然消溶/飞机上的阅兵式"(《不寐》)，"急迫的眼睛/衰弱的苍蝇望得昏眩"(《秋蝇》)这样的奇异组合，也有意象组合上的色调纷呈，如《白蝴蝶》《印象》等采用意象的并置叠加，《流水》《古神祠前》等则以一中心意象带动其他意象。其中的古典化、朦胧化、统一化、意境化的倾向是其总体特征。由于它吸收了象征手法，注重描写朦胧的意象、情景交融以及构思上的镂月裁云，既出人意料，又融入了古诗的形象与情调，因此常常是语义的传达精确明白，而内蕴却模糊深藏，或者说无表面语义上的障碍，而象征的内容却相对宽泛模糊，令人无法做出切实的把握，确实达到了"表现自己与隐藏自己"这一理想境界。

我们没有必要回避戴望舒诗歌中所存在的感情略有狭窄，旧诗词气息过浓的缺憾，但更应该看到它那种形象完整而纯净、结构缜密又自然、风格清丽而蕴蓄的优长。它那种忠于艺术与自我的真诚，那种对想象与真实结合的诗质诗情的注重，那种对融汇中西艺术隐显适度的理想抒情境界的创造，以及那种舒卷自如的自由体诗形式，在提供苦难时代的心灵投影、冲击诗坛向壁虚构的矫情夸饰与投降于想象过度泥实诗风的同时，也提高了现代诗这一文体的艺术品位，昭示了现代诗发展的可能前景。戴望舒不愧为20世纪30年代中国现代主义诗潮的领袖与艺术高峰。

第三章 反传统的歌唱：论卞之琳的诗歌

论及现代诗派，我们无法不面对卞之琳。这不仅因为他虽非风云一时的大诗人，却是非常现代主义的诗人；也不仅因为他上承"新月"，中出"现代"，下启"九叶"，诗歌朦胧复杂而独出风采；更不仅因为他以中西诗歌根本处的融汇而标志着现代诗派的最后完成。而实在是缘于他在现代主义诗歌的荆棘地里拨开了一条新道路，为新诗艺提供了簇新的经验。他的诗在与整个现代诗派的低回迷蒙情调、意象和象征的思维方式同声相应外，又以知性探险、非个人化境界、淘气的机智手段，构成了对传统诗美的抗击与解构，弹奏出落寞寡合的孤独精神音响。这一点理应作为进入卞之琳诗歌世界的逻辑起点。

论说卞之琳的诗歌，无疑是个充满诱惑而又难缠的话题。仿佛是个悖论，卞之琳在60余年的创作历程中写作相当吝啬，诗歌总数不足200有，难与大诗人比肩；而且它们又多为技巧层面微不足道的小摆设，格局与气魄均小，连诗人自己也称之为"雕虫小技"。但是，这些小东西却引起了人们不衰的探究热情，令一批批诗学研究者们以高于诗文本数十倍乃至上百倍的文字进行揣测、破译；尤其是从没有哪位诗人像他那样让人评说起来倍感艰难，歧见迭出，反差巨大。否定论者如当年的文坛左派谴责之没有内容，晦涩难懂，闻一多也曾不无批评地称卞之琳为"技巧专家"；肯定论者则盛赞之"在技术上或表现方法上，比徐志摩该是又进了一步"①，他的文体"完全发展了徐志摩的文体"②。甚至一个评论者心中也有两个卞之琳形象矛盾地绞合在一处，一方面"他是三十年代文坛歌喉最动听的鸟"；另一方面他的诗却是"晦涩的顶点""稀薄的顶点"，"大病在于质与艺不相称，质薄而艺奢"③，这更反证了卞诗的复杂性。我以为，对卞诗不能从格局与气魄方面苛求，而应从其反传统的智性向度上进行解读。

"知性上的探险"

现代诗派认为，情乃诗之动因与安身立命之本，并以意象与象征的独特处理方式，促成了感情表现的加深与内敛。在这一点上，卞之琳与整个诗派是同声相应的。但卞之琳诗歌中还有另外一种品质，那就是理趣绵密充盈，在情感流脉的背后常蛰伏着想象力对知性的追逐，诗在他那里已不再仅仅是一种情感，而成为一种情感的思想，一种智慧的晶体，从中人们"得到的不是一个名目，而是人生、宇宙，一切加上一切的无从说起的经验——诗的经验"④，诗人这种以理做底、神会宇宙人生的理趣倾向，在其早期诗中已露端倪，《长途》《苦雨》《黄昏》《几个人》等诗貌似雕塑乡土，关注下层众生的灰色生活，有凭吊忧思、彷徨苦闷，也有激愤开朗以至喜悦；"但这一切都被一层深思的面纱裹住"⑤，它们的深层底蕴是借人与景的观照，思索感慨命运与人生。如"独自在山坡上／小孩儿，我见你／一边走一边唱／都厌了，随地／捡一块小石头／向山谷一投／／说不准有人／小孩儿，曾把你（也不爱也不憎）／好玩的捡起／

---

① 李广田：《诗的艺术——评卞之琳的〈十年诗草〉》，《李广田文学评论选》，云南人民出版社1943年版，第233页。
② 废名：《十年诗草》，《论新诗及其他》，辽宁教育出版社1998年版，第154页。
③ 司马长风：《中国新文学史》中卷，香港昭明出版社1976年版，第203、209—210页。
④ 李健吾：《李健吾文学评论选·答〈鱼目集〉作者》，宁夏人民出版社1983年版，第112页。
⑤ 屠岸：《精微与冷隽的闪光：读卞之琳诗集〈雕虫纪历〉》，《诗刊》1980年第1期。

像一块小石头/向尘世一投"(《投》)。该诗充满相对观念,表明人生在世乃为偶然,就像小孩将石头投向山谷一样,人的生命也是一种冥冥中的力量投向前世的,今日投石之人,从前也许正是被投之物,这种处境上的对比与对调里,有生命无法把握的"前定"困惑。《一块破船片》则昭示着命运无常观念,一个偶然因素即可置人于死地,刚才还美丽如画的白帆,顷刻间就被粉碎成破船片,生命原本不也如此旋生旋灭吗?

到1934年至1937年,诗人以一系列理意十足的诗篇为标志,进入了知性探索的巅峰状态。《旧元夜遐思》洞悉爱情真谛,《白螺壳》探讨个人的成长与蜕变,《水成岩》表现时间体验,《航海》揭示时空的辩证关系,《车站》思想人生道路。最具知性色彩的还是在英国玄学派和艾略特、瓦雷里启迪下写成的《断章》《距离的组织》《道旁》《圆宝盒》以及五首无题诗。这些诗中的象征虽有引发思考的功能,却没有非常明确的意指关系,所以常包含多侧面多层次的复合意向;或者时空跨越迅疾,以距离、变异、对照作为组织法,丰厚而又费解,当然,大部分还是可以读懂的好诗。如"你站在桥上看风景/看风景的人在楼上看你//明月装饰了你的窗子/你装饰了别人的梦"(《断章》),这首历来为人称道的诗,每句语义清明,整体蕴含却见仁见智。初看似一幅写意画,人已混同,物我合一,寄托着奇妙的爱情之思;再读渐有悲哀的汁液渗出,人生不过是互相装饰;复想又有一种相对、平衡的观念做着支撑,人可以看风景也可以成为风景,主体变客体,可以被明月装饰窗子,也可以反去装饰别人的梦境,宇宙万物原本互相依存,息息相关。寥寥四句竟如此厚实丰富,真乃小景物见大哲学的奇迹。再如,从时空相对性视点揭示存在与意识关系的《距离的组织》:"想独上高楼读一遍《罗马衰亡史》/忽有罗马灭亡星出现在报上/报纸落。地图开,因想起远人的嘱咐/寄来的风景也暮色苍茫了……忽听得一千重门外有自己的名字/好累呵!我的盆舟没人戏弄吗/友人带来了雪意和五点钟"。它经时空距离的二度组织,曲蕴人生危机和失落感。前两句以地球为坐标的时空与超常的时空概念(罗马灭亡星）相对比，表现地球人对宇宙的展望。正当诗人感慨罗马的衰亡时，突见报上说一颗新发现的星，经一千五百光年其光线才至地球，这恰好是罗马帝国倾颓之时间，这事本身就包含着时空的相对关系。而后这种时空相对观则更为强化，既有历史与现实的交错，又有梦境与实情的浑融、友人与自我的对应。上文列举的《无题五》也是有无相生观念的感性显现。就连刘西渭、朱自清都猜不准确的《圆宝盒》也不是没"解"，它实际上是借圆宝盒这一虚有之物表现作者的一种心得、道、知、悟，既响彻着悟性自由的快乐旋律，又包蕴着宇宙万物相对的思想。圆宝盒小而大，可以容纳大千世界的色相，搭起精神契合的桥；又大而小，不过是一颗珍珠、宝石、星星，大与小乃相对而生的。当然，对卞诗的解释不能太凿实，诗原本就是没有唯一的解说定本。

从上面的分析可以看出，卞诗已成为人类知性的完整看法和个人经验的结晶，那种对宇宙人生哲理奥妙的探寻常流露出某种只可意会不可言传的玄学味儿；其理意理趣的基本内容，或者说支撑点乃是一种相对平衡的观念，这种观念赋予了卞诗一种辩证意识、一种思辨之美。要知道，辩证法不是诗，但诗中若有辩证意识的闪光，却是一种令人企羡又十分难得的智慧境界。

那么为什么同是现代派诗人，其他诗人的诗中没有而偏偏卞之琳的诗中却有浓厚的理意理趣？原因恐怕是多方面的。卞之琳本质上属于静观默察的诗人，愿向无穷放眼，向无限开窗，注重结晶升华了的生命体验与玄思，而茫然于时代风云，如此冷静客观的心态决定了他的诗必然走向知性的探险。同时，这种个性也决定了诗人在汲取中外艺术营养时，虽同戴望舒、何其芳一样，醉心于西方象征诗艺与晚唐五代时期精致冶艳的诗词，但真正令他在精神深处认同并促成其艺术成熟的却是艾略特、庞德、里尔克等后期象征主义诗人与李商隐式的静观型诗人。而后期象征主义的一个重要特征就是放逐情感，追求理性观照；正是受这一特征熏陶与老庄辩证思想的影响，卞之琳才步入了哲学智慧领地，摒弃了仅仅生动如画的印象主义官感诗美，摆脱了具体事物的羁绊，洞察探寻世界的根柢本质，追求官感与内涵兼具的思辨美。尤其是爱因斯坦的相对论与弗洛伊德的潜意识学说对诗人感觉思维方式的激荡，使卞之琳更喜欢对生与死、动与静、绝对与相对、偶然与必然、有限与无限、时间与空间、梦境与现实等相对命题做不同一般的玩味思索，建构诗的立体内容与四维诗意空间，走上了以相对意识与精神为支撑的理意的诗路。

众所周知，哲学不等于诗。如果卞之琳诗歌的写作动因是放映系统的哲思，那么它将毫无魅力可言。卞诗的成功秘诀在于，诗人深得诗歌创作"诗有别趣，非关理也"中的三昧，因此总是力求在具体的境界中展示理，或把哲思凝聚在象征中，或在情绪激流的淌动中涌现理性，从而使诗完成了合目的性、合规律性的诗意造型，使集形象、情绪、思想三位于一体所形成的思想磁力场深广有力，既避免了理意哲思的硬性介入，又有较高的具象化程度。可以说，卞之琳的诗将诗的知性化与具象化程度，双双推向了现代诗史的高峰。如《距离的组织》中的相对辩证观念，在诗中只是诗人深沉茫然失落情怀的点缀，推动诗的动力不是理性的逻辑而是情思运动的节奏，其思想观念是在一片灰蒙景象与想象的转换中渐渐凸现出来的。关于这一点，诗人的自白可做充分的佐证，他说，《距离的组织》"整首诗并非讲哲理，也不是表达什么玄秘思想而是沿袭我国诗词的传统，表现一种心情或意境"[①]。再如《第一盏灯》一类的诗也体现了感性移情、以意象说话的倾向。"鸟吞小石子可以磨食品/兽畏火。人养火乃有文明/与太阳同起同睡的有福了/可是我赞美人间第一盏灯"，它表现作者多年悟出的一种"心得"，赞美人类的一切发现、发明与创造；但却不直接说理，而是通过鸟吞石子、兽畏火、太阳、灯等几个具体的细节与意象流动、转换与撞击来暗示的。第一、二句的比喻为后句做出说明，正如鸟吞石子助消化增加营养一样，人类经历了许多苦难才学会使用火，逐渐创造了文明，这又超出了兽；这三句说明人得益于"火"与文明，能够与

[①] 卞之琳：《雕虫纪历·序》，人民文学出版社1984年版。

太阳同起同睡,"享福"了,尾句扣题,至此"第一盏灯"已成人类文明的象征。

诗的最高层是哲理,优秀的抒情诗总在情感律动中流贯智慧节奏;同时诗也"不能容忍无形体的、光秃秃的抽象概念,抽象——必须体现在生动而美妙的形象中"[①]。卞之琳的诗歌以融合感性与知性的情知化探索,提高了现代诗的思维层次与深度,抵达了把握世界与人类的本质境界,以形而上的视角打开了现代诗的神秘之门,对尚情的中国抒情诗传统构成了一次强有力的冲击与反叛。

冷峻的非个人化抒情

卞之琳写诗,在规格不大的空间里"喜欢淘洗,喜欢提炼,期待结晶,期待升华";在情感不能自已时"总倾向于克制,仿佛故意要做'冷血动物'";还"喜欢表达我国旧说的'意境'或者西方所说的'戏剧化处境',也可以说是倾向于小说化,典型化,非个人化,甚至偶尔用出了戏拟"[②],这种淘洗提炼、客观化、戏剧化的艺术趋向,使卞诗一变现代诗的软抒情方式为硬抒情方式,形成了冷峻的非个人化抒情风格,并独领了现代诗派非个人化风格内涵的风骚。

(一) 淘洗与提炼

优秀之诗常追求艺术的极值,在有限的狭小空间里收获丰厚的诗意。卞诗缺少鸿篇巨制,大都为短小精悍之作。面对抒情对象,诗人喜欢用水的"淘洗"与火的"提炼"之功,去除其表层与芜杂,而做人生化的内在抽象,使之只剩下本质与智慧晶体。因此,他的诗常寥寥数句胜过万语千言,一花一世界,一沙一天国,以有限寓无限,以一时一地启示无穷。具体的方法则是做必要的压缩与

[①] 别林斯基:《别林斯基选集》第2卷,上海译文出版社1979年版,第506页。
[②] 卞之琳:《雕虫纪历·序》,人民文学出版社1984年版。

意义间隔。"有些诗行,本可以低徊反复,感叹歌诵,各自成篇,结果只压缩成一句半句。"① 卞诗不去铺展每句每段的诗意,把话说尽,而是使诗的每个意义单元(最小为意象)都孤立、凸现出来,产生纵深感,产生一段一意的西方诗中少见的、一行一意的密集诗意。如《归》:"像一个天文学家离开了望远镜/从热闹中出来闻自己的足音/莫非在自己圈子外的圈子外/伸向黄昏去的路像一段灰心"。读惯连续性较强的诗再读它,可能会感到不够顺畅,句间转换因少过渡而显突兀,整体感差;可仔细读就会发现它紧凑简炼得近于绝句,一、二、三句与四句间的分别联系,构成了三个独立而又和谐的意义单元或者具有短诗内涵,虽然语义关联词的省略让人感到其隐晦不明。它似乎是对孤寂悲观情思的观照,前两句以对照视点言明天文学家失去凭依,陷入孤寂的思索中,由热烈而冷清,由闹而静,由大而小;第三句表现在冷静中寻找心灵归宿的孤单,"圈子外的圈子外"这特殊句式强调了自己与众人之疏远,透着离开人群又被人疏远的怅惘与归向何处的渺茫;于是结句延宕出一句状绘无奈与沉重的诗语,黄昏路已昏暗不已,"灰心"更强化了这一心理内涵,令人思索再三。《尺八》也是虽短短20行,却有情语、心语、景语,熔历史与现实于一炉,凝重厚实,仅在叙述上就有七个跳跃的段落,有种多声部音乐的层叠感,跳出跳进的疑问与呼喊又加强了重合感。读者不从其叙述方式入手,便无法捕捉其祖国式微哀愁的意指。

对诗的淘洗提炼,令诗人惜墨如金,尽量把衔接省略到最低限度,不但在全诗的组织上如此,即便在段落句子中也是如此,有时也运用一些典故与比喻。如"友人带来了雪意和五点钟",本是一觉醒来天色将暮,要下雪了,这时恰好有友人前来拜访;可是这几种事态却被诗人压缩到一个句式里,至于事态间转换的内在关联词却被抽掉了。再如"多少艘艨艟一齐发/白帆篷拜倒于风涛/英雄们求的金羊毛/终成了海伦的秀发",这是《灯虫》的第二段,它既

---

① 卞之琳:《十年诗草》,香港未名书屋1941年版,第214页。

在联想方向上与第一节相背而显突兀，又因用典频繁而手法多样。只有熟悉希腊神话中伊阿宋和阿尔戈英雄的故事，了解金羊毛夜里发光，才会找寻到该节诗与灯、虫的联系；只有抓住隐喻的机制，才会建立起虫翅与船帆的联系。

淘洗与提炼因过分浓缩而隐去了句间、节间的跳跃联络，常出现明显的诗意间隔与断裂，读者必须凭借想象进行创造，搭设空白地带的"桥"，修复断裂，填补间隔，才能体悟到诗的审美指归。这种淘洗提炼的功夫，在铸成诗歌可发掘性的特殊味儿的同时，也增加了阅读的困难，如《圆宝盒》《白螺壳》《寂寞》的内涵，连刘西渭、朱自清等解诗大家都猜不到点子上，就不能不说是诗人自造的悲剧了。

（二）客观化

艾略特认为："诗不是放纵情感，而是逃避情感，不是表现个性，而是逃避个性。""一个艺术家的前进是不断地牺牲自己，不断地消灭自己的个性。"[①] 瓦雷里也认为，诗不是自我的表现。一句话，区别于前期象征主义的自我表现，后期象征主义有种消灭自我的非个人化倾向。吮吸后期象征诗歌奶汁成长起来的卞之琳，受其影响，在诗中常对情感做客观化的冷处理，这既吻合诗人不愿张扬的冷静性情，也暗合了诗歌的非个性化机制。因此，"冷淡盖深挚"便不仅仅是《苦雨》一首诗了，而是卞之琳所有诗歌的风格缩影。一方面，诗人采用克制与淡出策略隐蔽自我。诗人对自己饱经沧桑的生活很少做充满激情的宣泄，而是把自我意识放逐为背景，与之拉开距离做"冷血动物"；这样在卞诗中就找不到个人际遇、生活情感经历的直接外化，即便对某些刹那间的感受也是以深沉的冷处理替代自我炫耀，以致连闻一多也被蒙蔽，错认为他不写情诗。《一个和尚》《寂寞》《断章》《古镇的梦》《一块破船片》

---

① 艾略特：《传统与个人才能》，《艾略特诗学文集》，国际文化出版公司1989年版，第8页。

等诗，都体现着客观冷静的叙述方式，对生活情感做"冷眼旁观"，没有叙述者"我"的介入，个人情感被转移到"第三者"处，呈现的全部都是客观化的世界。"茶馆老王懒得没开门/小周躲在屋檐下等候/隔了空洋车一排檐溜/一把伞拖来了一个老人/早啊，今天还想卖烧饼？'/'卖不了什么也得走走'"（《苦雨》）。该诗就纯然是下层百姓生活的画面，不动声色的冷淡背后实则涌动着同情百姓、不满现实的情涛。不但一般的诗如此，就是理应热烈缠绵的爱情诗也概莫能外，以思考代抒泄，在个人化情思流动中泛着淡淡的理意。"门荐有悲哀的印痕，淡墨纸也有/我明白海水洗得尽人间的烟火/白手绢至少可以包一些珊瑚吧/你却更爱它月台上绿旗后的挥舞"（《无题三》），不见海誓山盟、卿卿我我的缠绵，海水冲不掉烟火烧不毁的悲哀呈现，倒像对爱的思考而不是爱的抒发。当然，并不是说卞诗中没有主体精神活动，只是它隐藏得太深，不易被发觉罢了。

另一方面，为使情感客观化，诗人还接受了"客观联系物"理论，"借景抒情，借物抒情，借人抒情，借事抒情"，仅提供诗的面貌，不说明诗的确切含义，不求直抒的情感冲击力，而致力于形象的间接表现。如《傍晚》《黄昏》借景抒情，《白螺壳》《一块破船片》借物抒情，《一个和尚》《几个人》借人抒情，《尺八》《路过居》借事抒情。《半岛》中有这样的诗句："半岛是大陆的纤手/遥指海上的三神山/小楼已有了三面水/可看而不可饮的/一脉泉乃涌到庭心/人迹仍描到门前/昨夜里一点宝石/你望见的就是这里/用窗帘藏却大海吧/怕来客又遥望出帆"。它避开直接抒情，以半岛为情思对应物，婉曲而巧妙地传达出对爱的吁求与渴望，每处意象都成了情人身影、足迹、情思的寄托与代指。借景抒情乃中国诗的传统，以意象抒情在新月诗人、象征诗人以及现代诗派其他诗人那里也不稀罕，如果卞诗仅仅停留于此也就不足为奇了，卞诗的贡献在于发展了中国诗歌这一物态化传统，使之有了更为繁复、更为客观、更为多样化的创造。

(三) 戏剧化

卞之琳的创作有中外两个参照系统，对艾略特之类的几乎所有伟人的诗都是戏剧性的理论领会，与对闻一多"尽量采取小说戏剧的态度，利用小说戏剧的技巧"①方法的秉承，使卞之琳打通了中国的意境与西方的戏剧性处境，"在自己诗创作里常倾向于写戏剧性处境、作戏剧性独白或对话，甚至进行小说化"②。即注重运用戏剧化手法，或采用人物对话或铺排戏剧性场景，间接抒情达意，于是展现出来的往往是带些情节的对话与细节、人物与画面，在诗的小格局里刻画人物"典型环境里的典型性格"，并且在戏剧化手法运用上比艾略特、闻一多与徐志摩等更具客观性。《苦雨》《春城》《归》《鱼化石》《水成岩》《酸梅汤》等诗就都运用了戏剧独白或对白（与他人对话、相互说话、对上帝说话都属对白）；《旧元夜遐思》《寒夜》《道旁》《尺八》《白螺壳》《音尘》等诗则靠客观自足的戏剧化场景支撑诗意。不论前者还是后者，都因主观性叙述的减少、主体声音的隐蔽，而产生了客观的非个人化效果，给人一种亲历感。

《酸梅汤》可视为卞诗戏剧化独白的典范之作。它用戏剧性独白传达体验，在凝练的基础上，又俘获了戏剧的故事性，生动逼真与对小说人物性格的细致揭示。"可不是？你这几杯酸梅汤／只怕没人要喝了，我想／你得带回家去，到明天／下午再来吧……哪儿去，先生，要车不要／不理我，谁也不理我！好／走吧……这倒有一大杯／喝掉它！得，老头儿，来一杯／今年再喝一杯酸梅汤／最后一杯了……啊哟，好凉"。它交错心态与场景，以洋车夫（说话者）内心与黄昏街头卖酸梅汤老头的调侃，感叹世态年成不佳，很有戏剧气氛，结尾六句从话语、口吻到心态，都见出了洋车夫在赌气中求痛快的

---

① 朱自清：《闻一多全集·序》，《朱自清序跋书评集》，生活·读书·新知三联书店1983年版。

② 卞之琳：《完成与开端：记念诗人闻一多八十生辰》，《人与诗：忆旧说新》，生活·读书·新知三联书店1984年版，第10页。

乐天性格：别人不说话我说，酸梅汤没人喝我喝，树下睡眠也很有趣。它以当事者的现身说法，缩短了诗与读者及生活状态本身的距离。《道旁》则流露出强烈的戏剧化处境的特点，以对倦行人与树下人对话的现实细节捕捉，在动与静、行与止的对比中宣示人生哲理。"家驮在身上像一只蜗牛／弓了背，弓了手杖，弓了腿／倦行人挨近来问树下人（闲看流水里流云的）／'请教北安村打哪儿走？'／／骄傲于被问路于自己／异乡人懂得水里的微笑／又后悔不曾开倦行人的话匣／像家里的小弟弟检查／远方回来的哥哥的行箧"，以简练的笔致勾勒出了人物行为动态及微妙心态，具有自然明晰的画意。倦行人与树下人两种行路态度的反差构成了诗的戏剧性矛盾，倦行人为寻找宿地而无心领略路上的美景，树下人虽也身在异乡却忙里偷闲，一切都充满乐趣。这是两种人生态度的对此，白描式的现实情节里寄寓着象征含义，它有对倦行人的理解与同情，对树下人的肯定与忧虑，对人生之路的兴趣与怅惘，阐明人生艰难，人要在善意中给予更多的理解。也可理解为诗人以二重人格的互补对比，说明人既要像倦行人那样艰苦劳作，也要像树下人那样逼视自身，进行自我调剂。这样就使复杂的情思在典型的戏拟形式里获得了综合完整的呈现，证明了戏剧化手法的优长。

"这种抒情诗创作上小说化，'非个人化'，也有利于我自己在倾向上比较能跳出小我，开拓视野，由内向到外向，由片面到全面。"[①] 卞之琳这段话正道出了诗歌戏剧化抒情的妙处。它可以熔个人情思、万物体悟、人生世界于一炉，减轻个人琐碎情感的干扰，帮助诗人对世界与人类本质进行思索。对于卞之琳来说，它奠定了诗人后来反映人生世相的《慰劳信集》问世的基础，也将卞诗构架由单声部引向了多声部，使诗充盈着生活气，以对过程的注重强化了整体性指向能力与诗的可观性。需要指出的是，戏剧化只是一种手段，它吸收了叙事文学的笔法成分，但在事态构架上仍注重情趣情绪的渗透，其终极指向还是人的主观情思。

[①] 卞之琳：《雕虫纪历·序》，人民文学出版社1984年版。

另外，格律的形式谨严也强化了诗的冷峻的非个人化风格。

卞之琳诗歌冷峻的非个人化风格，是以"反"诗形式走进诗歌探索的，它对于以抒情为本质使命的中国诗歌传统，无疑构成了一次强有力的"革命"。

"淘气"的智慧

优秀的艺术家在面对传统时一般持两种态度：或合理地吸收继承而使其日益光大，或"反其道以行"而另寻规范。卞之琳大体上属于后者，他的诗不仅意味、风格与传统背道而驰，就是手段运用也有股对抗传统的"拧劲儿"。"存心作戏拟""存心戏拟法国十九世纪末期二、三流象征派十四行体诗"[①]，两个"存心"表露出他是故意"淘气"而向传统使"坏"的；好在他不像胡适那样只负责破坏而不负责建设，所以"淘"得机智，"淘"出了个性。诗人写过一首诗，名为《淘气》，他的诗就可视为一种"淘气"的艺术。诗人在艺术手段上对传统进行"淘气"式的对抗，除了存心作戏拟、运用十四行体外，大体是从以下几个向度展开的。

一是诗意的凡俗化处理。卞之琳自崛起于诗坛那天起就对诗坛风气极其不满。在他看来，当时诗坛上传统的直接体现者新月派诗、象征派诗，或柔媚缠绵充满才气，或新奇朦胧略有神秘，它们都体现着创造艺术、美化生活的优卓个性；但它们那种贵族化倾向总不免让人感到隔膜与疏远，所以他在创作中有意调整了观照视点，为对抗新月诗、象征诗，故意在俗白中摆弄小玩意，剔除瑰丽的自然风光与柔美甜腻的爱情，而与日常生活中的一些细微、琐屑、不入诗的事物邂逅，从中发掘诗的材料，包藏意味深长的玄想思想。对这一点，只要留意一下诗人作品的题目即可证明，如《墙头草》《一块破船片》《白螺壳》《灯虫》等都是些凡俗而普通的物象，可却被诗人赋予了独特的意趣。下面样态的诗在卞诗中十分常

[①] 卞之琳：《雕虫纪历·序》，人民文学出版社1984年版。

见:"古镇上有两种声音/一样的寂寥/白天是算命锣/夜里是梆子//敲不破别人的梦/做着梦似的/瞎子在街上走……是深夜/又是清冷的下午/敲梆的过桥/敲锣的又过桥/不断的是桥下流水的声音"(《古镇的梦》)。新月诗与象征诗中绚丽神秘的梦,在诗人笔下竟然如此俗白,没有花前月下小河潺潺,更缺少动人的夜莺与竖琴声,主宰古镇的两种声音——算命锣与梆子,将古镇之梦衬托得寂寥凄冷幽暗,仿似死寂单调的《荒原》;但诗人正是以这古镇的两种意象为中心,营造出荒凉的氛围,透视30年代的社会黑暗,鞭笞人们冷漠麻木的心理,曲现苦闷忧郁的心境,冷漠盖深挚。即便对于像传达人生宇宙感受这样"庄重"的命题,卞诗也无雅趣雅情、雅物雅词,而是用身边的琐屑事物加以言说。如被文人骚客钟情不已,该以箫声细雨出之的《寂寞》,到了卞诗里却以丑陋的俗物蝈蝈去寄托,高雅的名士情怀好像给活活"糟蹋"了;但该诗的魅力就在于借助俗物的力量,测试了生命的本质及与死亡的距离,新鲜而有活气。再如意欲表现对民族命运飘摇世人麻木不醒焦虑的《旧元夜遐思》,则以粗俗的玻璃、鼾声、屠刀等现代意象出之,以求一种反讽效果。这种用凡俗事物表现并不凡俗浅淡的玄想思路的做法,是诗人不可重复的创造视点,恢复了世俗生活的本质面目。

诗意凡俗化处理的直接后果是使诗在严肃背后有种"淘气"痕迹,《寂寞》如此,《春城》更是如此。它的写法真是别致:"倒霉!又洗了一个灰土澡/汽车,你游在浅水里,真是的/还给我开什么玩笑……那才是胡闹,对不住;且看/北京城:垃圾堆上放风筝……蓝天白鸽,渺无飞机/飞机看景致,我告诉你/决不忍向玻璃瓦下蛋也"。乖谬荒诞的人事情节,雅俗美丑交接的矛盾张力,这种违反生活常态的题材本身已有了幽默因素;而诗人揶揄调侃的叙述方式,则加强了喜剧性的谐趣色彩,使荒诞的世相观照饱含着否定意识与忧患感,玩笑出辛酸。另外,诗人"淘气"的叙述和议论使诗显得十分活泼,如"天天下雨,自从你走了/自从你走了,天天下雨/两地友人雨,我乐意负责/第三处没消息,寄一把伞去"

(《雨同我》)，传达出生命与忧愁同在而无奈本是严肃的命题，可诗人写得却极风趣，第一、二句内容相同，但诗人却先写"天天下雨，自从你走了"，然后再反说一遍，颠来倒去的别致形成耐人寻味，暗示雨同自己分不开，忧愁与人生永在，"你"可理解为"我""他"或任何一个人。这种"淘气"行为，是动荡时代知识分子矛盾辛酸而又难以逃避的心理的一种智慧化解。

二是俗白语言的活用与杂糅。卞诗始终以口语为主，有闻一多、徐志摩诗口语的"干净利落"，且圆顺洗练，深沉又富于变化，并且卞诗语言有种非正统的"野"与"杂"的品质，它至少有三点为诗人所独有。其一，俗白得彻底而又蜷曲。它无警句妙语，少富丽离奇，普通的文字被赋予意象与生命后，不仅有浅淡之后的醇厚，而且在让人惊叹其平淡的同时，折服其句子调式的陌生新鲜，蜷曲有趣。如"骄傲于被问路于自己/异乡人懂得水里的微笑"(《道旁》)，就活用了欧化倒装句法与文言的被动句式，以蜗牛爬行的蜷曲之势，略带诙谐地传达出"树下人"内心得意的层叠，真是"欧化得有趣，欧化得自然"。"三日前山中的一道小水/掠过你一丝笑影而去"(《无题一》)，也用了欧化的倒装句法，增添了活泼的生气与波澜。至于像"店小二""酸梅汤""核桃"等词汇也都以俗为雅，寄寓着诗人对宇宙人生的独特妙悟，如"我为你记下了流水账"，这貌似枯燥的诗句中潜伏着多少丰富的内蕴，"流水账"又是怎样的烦琐而美丽。其二，语词的陌生跳脱。为蜷曲婉转起见，卞诗常以语言的机智跳脱，建立人与世界陌生而不怪诞的跨时空联系，它具体表现为对词性的活用与对汉语使用习惯的改变。如"我喝了一口街上的朦胧"(《记录》)，"友人带来了雪意和五点钟"(《距离的组织》)，即是词性活用，它进行跨时空跳转的根据是传统的时空观与矛盾观，虽然难于理解却很新奇。至于像"踉跄的踩着虫声/哭到了天边"(《夜风》)，"呕也呕不出哀伤"(《长途》)则是以实动词谓语与虚名词宾语搭配，改变汉语言习惯，构成诗意逻辑，扩大诗的弹性张力。其三，卞诗因取法诸家，常将异质语言意象并用，使之互相撞击出特殊韵味，引导诗摆脱肤浅的幻想沉迷，更具张力美。如"绿衣人稔熟的按门铃／就按在住户的心上／是游过黄海来的鱼／是飞过西伯利亚来的雁／'翻开地图看'，远人说……在月夜，我要猜你那儿／准是一个孤独的火车站／然而我正对一本历史书／西望夕阳里的咸阳古道／我等到了一匹快马的蹄声"（《音尘》）。诗中的门铃、鱼、雁、地图、座椅、火车站、咸阳古道、蹄声，通过中国的西方的、古代的现代的、科学的想象的、诗意的非诗意的意象并举，将诗人因自身悲悯而孤独地怀念友人的情怀表现得内敛节制又精致现代。"隔江泥衔到你梁上／隔院泉挑到你杯里／海外的奢侈品舶来你胸前／我想要研究交通史"（《无题四》）。前两句是传统意象的变体，三、四句是现代非诗意的俗物意象，尤其第四句没一点浪漫味；但异质意象的融汇，却苦涩而恰切地再现了诗人对主宰自己与情人未成眷属而离散的"中介"交通者的疑惑。《旧元夜遐思》《雨同我》也都有类似的语言杂糅现象。这种将两种或多种意象冲动杂糅的追求，避免了一色化语言令读者朝一个方向简单采取行动的弊端，多色"杂"的意象在共时性框架下的异质对立与词汇并置，促成了充实饱满的诗歌生长空间的绵延。

　　司马长风说，卞诗最惹人皱眉的是在诗中加注加括号。《距离的组织》加了七个注，可谓世界之最，《鱼化石》注释的文字超出诗文字本身数倍，这既有诗人的道理，又看出了诗人的"淘气"痕迹。

　　三是结构与主体的复杂转换。这是卞诗难解又诱人的一个重要原因。废名曾说卞诗"观念跳得厉害"，真说到了点子上。卞诗为表达顿悟的思想，追求淘洗与提炼，常在诗思结构、叙述方式上以距离、对照、变异做组织法，像李金发似的搞语境的随意转换、意象间的陌生跳接。这种自由联想因把衔接语省略到最低限度而显得大幅度跳跃，所以易造成前言不搭后语的非逻辑境况，句子清楚而整体模糊，阅读时只要稍不留神就会跟不上作者的思路。如《距离的组织》那种迅捷的串联法、意识流的组合，令不少人望而生畏。一会儿是《罗马衰灭史》，一会儿又是远人的嘱咐；一会儿是灰色

第三章　反传统的歌唱：论卞之琳的诗歌

的天、海，一会儿又是雪意与五点钟，句与句、意象与意象间疏远而散乱，思路在现实、心理、梦境中跳进跳出，无拘无束，如不凭想象力搭桥捕捉，其总体意向几近无法解读；但众多散乱的"点"在诗人失落的灰色情绪中又都十分和谐默契，组构成浑融的共享空间。《旧元夜遐思》也呈现着思接千载、视通万里的意识流动曲线，只有八行的小诗却贯穿了镜子、灯火、愁眼、鼾声、利刃、独醒者等十余个并不统一的意象，无机而飘忽；但却共同烘托出内在的感伤与焦虑。《无题四》《雨同我》等也是诗句间意象间跨度较大的诗。这种结构的跳跃、转换、奇接，以暗示与凝炼度的强化给人以突兀新奇的感觉，能调动读者阅读的能动性。当然，它因联络奇特而缺少内在逻辑，因联想太远以致有时与题旨无关，陷入纯技巧的操作中，让人无法卒读。

　　为求得多重声部的复调效果，诗人在一些诗里常交错叙述场面与戏剧场面，使作者、叙述者、主人公三个主体层次出现分离或重合，造成主体的转换、互换。"极大多数诗里的'我'也可和'你'或'他'（她）互换，当然要随整首诗的局面互换。"①如《无题四》中"付一枝镜花，收一轮水月……我为你记下流水账"，其中的"你"就可与"我""他"乃至"我们"互换。总之，它是在回味那些感情交流中记下了一段"流水账"。而《无题一》则是主体变换转位的范例。第一节主述者是诗人，通过相会时流水的变化时间表示爱之生长；可到第二节的后两句时，人称则转换交错成"你"。《旧元夜遐思》似乎更妙——"灯前的窗玻璃是一面镜子／莫掀帏远望吧，如不想自鉴／可是远窗是更深的镜子／一星灯火里看是谁的愁眼"，仿似主体"我"与"你"对话，又仿似"我"与内心对话，"谁"更可指代任何人。全节诗里无一人称出现，却隐含了人称可以互换的机制，有"不著一字，尽得风流"之妙。如果说前面几首诗是主体转换互换的典型，那么《尺八》就是叙述者、诗人与主人公分离主体既分层又综合的诗，其"海西客"、叙

---

①　卞之琳：《雕虫纪历·序》，人民文学出版社1984年版。

述者与诗人都可被视为抒情主体的一部分。"海西客"闻尺八而动乡愁,遂买尺八做纪念,叙述者在叙述海西客故事时又加入了自己的观感,它与海西客并非重合;甚至叙述者也不同于诗人,诗人在北平经历过日军兵临城下的危机,有祖国式微的痛苦,他让叙述者在台前而自己则在作品背后,不时闪现一下身影,"归去也"的呼唤层叠,即为诗人情感的介入。这种抒情主体的分层综合,既有多声部的复调效果,铸成了众多的情思指归与联想方向,单纯而丰富,又使诗的非个人化程度加深了,使情感表现愈加节制,诗意愈加内敛。不可否认,它也有让读者理不清诗人思路脉胳而迷乱的时候。

综上所述,卞之琳这位反传统的歌者,通过知性上的探险、冷隽的非人化抒情、淘气的智慧发挥等一系列现代诗学策略选择,背离了传统诗学的内质,步入了新诗现代化的前沿,形成了貌似清水实为深潭的冷凝幽秘的诗风。

需要指出的是,我们这样细致地论述卞之琳诗歌反传统的倾向,只是旨在标明卞之琳诗歌的独特个性特征,并非就以为卞之琳的诗与传统诗美势若水火两极。相反,诗人一直生长在传统之中,从未割断与传统的联系,并且如同受惠于西方诗一样,卞之琳也是受惠于古典诗最多的诗人,他的许多诗就占尽了古诗词含蓄凝练的便宜。

第四章　扇上的烟云：何其芳前期诗歌论

对真正诗人的评定标准应该以其作品的质量而不是数量为尺度。与那些洋洋洒洒的高产诗人相比，20世纪30年代在诗坛崭露头角的何其芳诗歌创作的数量少而又少。在中华人民共和国成立前近20年的岁月里，他除了与李广田、卞之琳合出一本《汉园集》外，还留下了两本薄薄的诗集《预言》《夜歌》（又称《夜歌和白天的歌》），但他却无愧于真正诗人的称谓，在诗坛上享有较高的声誉。这两本诗集既提供了一份诗人从梦幻之曲到为时代而歌的心理流程的情思档案，又以独标一格的艺术形式开拓丰富了现代诗歌的表现方法，包蕴着丰厚的审美价值。尤其是诗人作为《现代》诗群主干所创作的《预言》，更显忧郁而美丽，真诚又精致，是典型的如烟似梦的艺术范本，在30年代一面世就曾风靡海内，奠定了诗人的艺术声名。只可惜后来因艺术观念褊狭、社会动荡，人们对它充满了误解，有人甚至视之为艺术雕琢，思想不健康，有人干脆在文学史书中对之避而不谈，这是不公平的。事实上，作为一幅卓然的艺术风景，《预言》是永恒的，作为一种独特的艺术品类，诗已成为何其芳生命构成的一部分，是其人生的出发点与归宿。

云：凝聚与消散

少时的情绪记忆足可以影响人的一生。何其芳出生于四川万县的一个封建家庭，父亲的暴躁冷漠与外部世界的阴暗喧嚣，造就了诗人孤独忧郁的性格，这种性格与善于幻想的心理结构遇合，使诗人很早就走上了寂寞的"梦中道路"，构筑自己于美丽的、宁静的、"充满着寂寞的欢欣的小天地"①，而渐渐趋向于诗性世界，并以此逃避残酷的现实，对抗身外风雨的侵袭。1931年进入北京大学哲学系后，渐有新诗发表，不久与卞之琳、李广田合出诗集《汉园集》，引起诗坛瞩目，成为"汉园三诗人"之一。但真正奠定何其芳诗坛地位的艺术雕像则是诗集《预言》，它体现了诗人30年代初到抗战前的创作风貌。

企图在《预言》中找寻洪钟大吕之音、激越慷慨之貌者会大失所望。因为当时何其芳是抒写理想的浪漫诗人、纯诗艺术的忠实信徒，他公开宣称"文艺什么都不为，只是为了抒写自己，抒写自己的幻想、感觉和情感"②。在这种向心型审美观念的统摄下，《预言》自然不同于向外扩张、以再现现实为职责的现实主义诗歌，而十分注意心灵潮汐的律动，视界狭小，不过是一个远离现实、苦于找不到出路的敏感知识分子青春心理戏剧的记录。它以表现个人、个人梦幻、个人哀乐为主要内容，具体辐射为美、思索、为爱牺牲三种思想。这些差不多都是飘在空中的东西，是诗人画在"扇上的烟云"，那里有青春的寂寞感伤、爱与美的渺茫、幼稚的欢欣与苦闷。它是诗人在梦的轻波里徘徊飘忽而微妙的心灵语言。

历时性地看，写于1931年到1937年的《预言》是诗人迷茫、苦闷、幻灭、追求的心灵变奏的连绵乐章。

卷一多为梦幻式的爱情吟唱。爱情是美好的，只可惜"爱情这响着温柔的幸福的声音的，在现实里并不完全美好"③，生活中诗人被他爱慕的少女抛弃过，爱慕他的两位少女又都被他忽视了，这

---

① 何其芳：《一个平常的故事》，《何其芳文集》第2卷，人民文学出版社1982年版，第217、218页。
② 何其芳：《〈夜歌和白天的歌〉出版后记》，《何其芳文集》第2卷，人民文学出版社1982年版，第253页。
③ 何其芳：《一个平常的故事》，《何其芳文集》第2卷，人民文学出版社1982年版，第217、218页。

第四章 扇上的烟云：何其芳前期诗歌论

二者都属于海市蜃楼式的爱情。这种爱情因为是没有实现的或然态的爱情，所以也就无所谓痛苦与欢乐；然而，若干年后它却在诗人的头脑中复苏了，只是仅剩下回忆了。这种现实经历折射在诗中便使情思复杂起来，既在幸福中感受着不幸，又在不幸中咀嚼着幸福；有甜美的期盼，也有痛楚的相思；有温馨的怀想，也有清醒的失落，酸甜苦辣搅拌在一起而难以名状。《预言》把爱拟为"年轻的神"，"我"热切地盼望她来临，好向她表露爱恋，可她却"无语而来"又"无语而去"，消失了骄傲的足音，空留下"我"之感叹与无望。这种爱尽管略显缥缈，却也是一首真挚而炽热的向往的梦之歌。一般说来，只有逝去的东西，人们才愈觉其可贵，已成"珠泪玉烟"的爱情使诗人沉湎于记忆中，患了刻骨相思的"季候病"，一件《罗衫》惹起他对花一般时光的怀念，"和着幽怨"，一阵《脚步》在他心里"踏起甜蜜的凄动"；他不断地梦想着美好的爱的未来，"我要织一个美丽的梦／把我的未来睡在当中"（《我爱》）；他明知"对于梦里的一枝花／或者一角衣裳的爱恋是无望的"（《赠人》），但他又感到"无希望的爱恋是温柔的"，偏偏钟情地追求着，甚至甘心为之牺牲，"我心张开明眸／给你每日的第一次祝福"（《祝福》），深沉地将爱埋在心底，为爱人真诚祝福。当然，他也揭露现实中爱的虚伪与欺骗，诘问"是谁偷去我十九岁骄傲的心／而又毫无顾念的遗弃"（《雨天》）？他更为自己的过去而懊悔不已，幻想着旧梦复归，"日夜等待着熟悉的梦覆我来睡"（《慨叹》），可见痴情之深。这就是何其芳式的爱情，它不同于至上的爱情肉感的爱情，它深情缱绻，细腻缠绵，蕴涵着真挚纯洁、健康真诚，既有"只是近黄昏"的悲凄，也有"夕阳无限好"的妩媚，并且因其悲凉而愈显其美。可以毫不夸饰地说，在人心不古、物欲横流的现代社会，这是一种令人温馨、令人感动的可贵情感。

梦再美也终要醒。梦与现实格格不入的撞击，使诗人不得不从理想中回到现实，品味着"旧社会的不合理"，从幻灭的爱情走进《预言》卷二"荒凉的季节"，充分感受着成人的忧郁，"从此始感到成人的寂寞／更喜欢梦中道路的迷离"（《柏林》）。经两次返归故里的省察、现实不胜负荷的抽打，他难再留恋于花香与月色织就的柔美梦中，目光开始向《古城》遍是风沙、野草与霜雪的荒凉延伸，有了一个个"风沙日"和"失眠夜"，辗转反侧的结果是陷入了对现实浸满苦恼悲哀的不满怨诉中。他厌恶战争，预言世界将在沉默中爆发出一股热力（《短歌二》），他在《夜景一》里"曾看见石狮子流出眼泪"，再现出下层人阴暗凄凉的无望生活图景，他的一切观照都灌注着对人类深沉的终极关怀。他瞩望身外世界后再回顾往昔，"朦胧间觉我是只蜗牛/爬行在砖缝/迷失了路"（《墙》），开始否定自己过去的盲目与过失。纵观《预言》卷二中的诗，虽然仍是抒写个人的愁苦，但已少了"为赋新诗强说愁"的意味，多了现实因子的渗透，视野在无形中拓宽了；精神主调已由为自己失意的苦恼上升为不满现实又找不到出路的忧郁，一扫《预言》卷一中的清丽柔美。这种视点的转移，这种关注社会与人生的离心力，注定了诗人的思想必然会发生本质性的飞跃。

若说前两卷诗是"扇上的烟云"的凝聚的话，那么《预言》卷三中的诗则是"扇上的烟云"的消散，表现出诗人人生观、艺术观的觉醒和朦胧的反抗意识。大学毕业后，置身于山东莱阳灰色的现实中，目睹了世间的贫富对立，认识到一个诚实的个人主义者除了自杀便只有放弃他的孤独和冷漠，走向人群，走向斗争，所以看着无数人生活于饥寒之中，就忘了个人的哀乐，反抗思想像果子一样成熟了。他否定自己的过去"不过嗡嗡嗡/像一只苍蝇"（《醉吧》），决定"不再歌唱爱情"，把自己的过去埋葬，同时也把那个世界埋葬。在面对现实的《声音》里，他抨击帝国主义战争制造恐怖与死亡的残酷性，诅咒其必然灭亡。压卷之作《云》对比了庄严工作的劳苦与上层人的荒淫无耻后，凛然地发出"从此我要叽叽喳喳发议论/我情愿有个茅草的屋顶/不爱云不爱月/也不爱星星"这样响铮铮的反抗宣言。至此，一个与时代精神共谐、忧国忧民、心系天下的正直诗人形象已悄然耸起。

对《预言》的精神世界进行巡视后我们发现，尽管它有柔弱感伤、疏离现实的局限，但它仍有许多充满启迪意义的正面价值。首先，它真切精细地记录了有追求有理想而又被现实烦扰的知识分子的心态，有珍贵的认识效应。尽管有不少充满着孤独寂寞的诗篇蒙着一层欲语泪先流的阴影，但它正是社会激荡的心理折射与映照，寄托着诗人对黑暗现实的不满与怀疑。诗人正是以梦中迷离的道路、对甜美之爱的沉醉，抗击着身外世界的残酷与严峻，如此看来，笼统地说它为有闲者逃避现实的结果恐怕近于武断。其次，优卓的感知方式达成了对现代人心灵的有效拓展。诗人从自我出发的诗歌艺术，偏向于个体心灵的隐秘之隅，或多或少地疏离了群黎苦痛与时代风雨，对青春寂寞、幻梦、叹息的偏重，造成了情感纤弱的充塞，以致使一些诗与现实脱了节；但是，这个缺点也恰是何诗的个性，所以不必过于苛责，它契合了诗歌情感哲学的生命本质，将现代人的精神深层揭示得更为绵密细致，尤其是诗人走向现实后接通"小我"与"大我"的吟唱，更是手写自我、心系风云的艺术佳构。最后，它表现了诗人可贵的赤子真诚。集中不倦地歌颂爱情是何诗的一个独到贡献，无论是对忧郁还是欢情，无论是对烦恼还是快乐，无论是对自我心灵还是现实中的所见所感，诗人都一视同仁，予以真挚健康的表现，以袒露心灵的方式进行细致精微的抒写，不做作，不掩饰，不无病呻吟，不虚张声势，那样认真，那样赤诚，表现了一个诗人最宝贵的精神品格与最高尚的美学情趣。《预言》的夺人魅力恐怕就源乎此吧。

如烟似梦的艺术范本

高尔基在给一位青年作者的信中说：只有用合适的优美的外衣装饰了你的思想的时候，人们才会倾听你的诗。的确，再深透伟大的思想，一旦失去恰适的艺术形式的支撑也会变得苍白而毫无意义。作为一个诗感出众的探索者，何其芳深得此中三昧，认识到颜色美好的花朵更需要一个美好的姿态，只有文质相谐的作品才会放射出美的光辉。所以他在向忧郁的内心世界拓进的同时，自始至终都追求"纯粹的柔和，纯粹的美丽"这一艺术创造。他以晚唐五代诗词，李商隐、李清照等诗词的美艳深厚与西方现代主义诗歌的超脱抽象的嫁接，使诗焕发出一派迷人的精美婉约的成熟气象。具体说，它表现在以下几个方面。

一　情感的具象策略

何其芳是一位典型的自我抒情诗人。他的诗总是敞开心扉，真诚坦率地流泻细微的灵魂隐秘与情思律动，甚至对缺点也不加掩饰，表现出一种真挚深切、丰富而扣人心弦的情感美。这一点只要做一下抽样分析即会清楚。如寂寞、梦这种"最隐秘最深沉的心声"，在一般诗人那里是不愿公开袒露的，可它们在何诗中却有着深入的辐射与展开。《花环》中有"我爱星光，寂寞的星光"，《梦后》中有"是因为一个寂寞的记忆吗？"《柏林》中有"从此始感到成人的寂寞"。"寂寞"是这样俯拾即是，那么"梦"呢？据统计，《预言》34首诗中写梦者竟达19首，出现了28个"梦"字，比例之高令人吃惊。"有人梦里也是沙漠"（《失眠夜》），"我梦里也是一片黄色的尘土"（《再赠》），"今宵准有银色的梦了"（《月下》）。梦幻、寂寞这种内向性的真情实感，在诗中高频率、大剂量、不加回避地表现，足以证明诗人的真诚。而且诗人的真诚情感有多色调的表现，《罗衫》浓烈，《花环》纤细，《夜景》凄婉，《爱情》幻美，《预言》朦胧，《赠人》温柔，诸多情调的聚合，多层次、多向度地表现了诗人心理世界之纷繁之复杂的形态。

诗的本质规定了裸露的情思如同裸露的人一样苍白无力，情感的躯体只有穿上质感的衣裳才能得以直立。流动于何其芳诗中的是纯个人化视境，它的朦胧美妙呼唤着间接曲折的形式寄托，为避免真情实感的直接喷涌、大喊大叫或低婉倾诉，诗人携直觉式的诗感经验来往于心灵与世界之间，努力"捕捉着一些在刹那间闪出金光的意象"[①]进行抒情，以万物灵性与人类精神物质对应相通点的寻

[①] 何其芳：《梦中道路》，《何其芳文集》第2卷，人民文学出版社1982年版，第62—63页。

第四章 扇上的烟云:何其芳前期诗歌论

找,实现心物共振,建立索物以托情的内聚性言说方式。也就是说,何其芳的创作不是从概念的闪动靠理性导引去寻找形体,而是依据情思需要在不断涌来的意象中自行选择,因为浮现在诗人心灵中的原本就是一些颜色一些图案。这一特质使何其芳的诗思在具象境界中进行,意象的流转就是诗人心态的流动,聚散着灵魂的风雨。甚至有时物象本身就是血肉兼具的诗意符号,其中寄托着诗人的感受与启迪。如"驴子的鸣声吐出/又和泪吞下喉颈/如破旧的木门的呜咽/在我的窗下","衰老的太阳渐渐冷了/北方的夜遂阴暗、更长"(《岁暮怀人一》)。全诗灌注的是岁暮时节怀人念远的心理感受,但它并不直接和盘托出,而是用驴子的鸣声、泪、破旧的木门、夜等意象的隐秘跳接与流动转换来暗示,意象本身萧索冷清的色调特质,具有鲜明的情感指向性,带着诗人怀念友人的深沉重量和凄清的色彩。《花环》也因想象力的提升,使幽谷里的花香、朝霞、没有照过影子的小溪等清丽的比喻意象不再是大自然纯客观的孤寂存在,而染上了如烟的轻愁与生命情调的沉思,在暗示出少女柔美的同时,使恐怖的死亡也幻化出沉静的美丽。为使意象情感化,诗人常采用带有感情色彩的词汇进行穿插,或用化实为虚的方法。前者如"寂寞的砧声散满寒塘"(《休洗红》),"一个幽暗的短梦/使我尝尽了一生的哀乐"(《古城》),寂寞、幽暗二词的运用,情感化了砧声与梦,使之染上了一股凄清的味道;后者如《岁暮怀人一》中驴子的实景,即被虚化为人的愁苦情怀。

与意象情感化相对,何诗还常通过比喻、象征等手段,将对人生、生命等的哲思感受做客观对象的观照,利用想象功能创造物态化的形象对应,即将难言的感觉、情绪化为生动的意象。如写内在视境的《欢乐》,通过博喻手法使欢乐化作"白鸽的羽翅""鹤鹚的红嘴",化作"一支芦笛""簌簌的松声""潺潺的流水",抽象的欢乐有了色彩、声音、形状,难以名状的复杂情思获得了活脱神奇的感性寄托。"谁的流盼的黑睛像牧人的笛声/呼唤着驯服的羊群,我可怜的心"(《秋天一》),感情通过黑睛比笛声、心比羊群这种比喻的手法,获得了形象化的外衣。若说这两例是以比喻使情感意象化,那么《预言》《送葬》等则是通过象征来实现情感意象化的,如《预言》中"年轻的神"即是象征,以之为中心意象组构的全诗结构也是一种象征,其外在视象背后具有深层的意蕴;《送葬》中燃烧的蜡烛也是象征,其中寄寓着诗人暗夜中的压抑感,象征着这是个送葬的时代的情感。

这种情感与意象互化的具象策略,不但使诗变得质感形象,化抽象为具体,化虚幻为实在,避免了诗的空洞苍白,而且以不说出来的方式达到了说不出来的缥缈朦胧的效应。尤其是情感的纤细柔媚与意象的绮丽空灵,更增添了诗"镜花水月"般的韵致。

二 艺术形态的古典化

不可否认,何其芳受过西方现代诗的影响。但他诗的骨子里却积淀着深厚的传统血缘,延伸并重铸了古诗传统的某些因子。我们深知,运用感性形象烘托暗示人类心灵情思的意境审美范畴,是中国诗美的核心与精髓。可对这个诗画一统的传统,新诗人大多不屑一顾。何其芳是传统文化滋养起来的诗人,他反对食洋不化,受骨子里镌刻的传统意识的烛照,他的诗歌自然传递了古典音响,在意象选择、意境组构、技巧运用等方面都对古典诗进行了现代翻新,在艺术上进行了积累转化。

意象的古典化。

生活圈子的狭小,决定了何诗缺少社会性意象,而多静态型的自然与生活意象,如暮霭檐雨、衰草落叶、寒塘砧声、月波清梦、兰花幽径、扇上烟云、虚阁悬琴、罗衫残泪等,这些清朗寂寥、充满幽渺梦幻情调的意象都是标准的国产物象,诗人正是以这种意象系统的建构,诉说着青春的寂寞与缥缈的心灵秘密。如"你青春的声音使我悲哀/我忌妒它如流水声睡在绿草里/如群星坠落到秋天的湖滨/更忌妒它产生从你圆滑的嘴唇/你这颇有成熟的香味的红色果实/不知将被啮于谁的幸福的嘴"(《赠人》),通过古典性十足的意象营造,将诗写得宛如一首凄婉动人的小夜曲,温柔的忧郁与缱绻的感伤情怀被渲染得无望又温馨,苦涩而现代。何诗就是以这些东方特有的国产意象，制约、反叛着架空的理想抒情，迷离而恍惚，有一种悠远绵厚的古典美。

意境整合的古典化。

何诗在组合意象时虽不乏跳跃，常省略意象到意象之间的连锁，有如越过河流并不指点给人桥在何处一般；但对具象化情感间的衔接契合的强调，使它在组合意象时十分注意传统诗歌的意境范畴，注意诗歌肌理的整合效果。这样就使得众多的意象分子不是处于杂陈状态，而是具有共同的情感指向性，天衣无缝地衬托出一种浑融圆润、晶莹如玉的意境。如《月下》就似一幅色调淡雅的写意画："今宵准有银色的梦了／如白鸽展开沐浴的双翅／如素莲从水影里坠下的花瓣／如从琉璃似的梧桐叶／流到积霜的瓦上的秋声／但眉眉，你那里也有这银色的月波吗／即有，怕也结成玲珑的冰了／梦纵如一只顺风的船／能驶到冻结的夜里去吗"。白鸽、梧桐叶、素莲、船等意象从不同的方向，向怀念远人这一情思定点靠近，构成了一个完整和谐的有机体，读着它，有如走进了物我同一的唐诗宋词般婉约缥缈的意境里。这种追求因与传统意境的鉴赏心理契合，而让人倍感亲切。

古典题材、技巧、语汇、思维方式、张力等因子的转化翻新。

何诗艺术形态的古典化不独包括意象、意境的营构，还包括其他技巧层面对古诗的承继革新。如《休洗红》的题目就和《罗衫怨》一样，源自晚唐五代诗词题材；"践履着板桥上的白霜"的句式语汇，又令人感到是对温庭筠的名句"鸡声茅店月／人迹板桥霜"的点化。《预言》中"年轻的神"来而又去，可望而不可即的惆怅情调，既与戴望舒的《雨巷》异曲同工，又与"所谓伊人／在水一方／溯洄从之／道阻且长／溯游从之／宛在水中央"（《蒹葭》）的情调、氛围、构思惊人的一致；对女神不正面描写，而用"我"之感情与语言从侧面烘托的写法，似乎又可看出受到《陌上桑》描写罗敷形象方法的间接影响。

诗人的成功在于师古而不泥古，在传统的翻新转化中，又以现代语汇、意境、手法的融入进行了新的创造。如古典气十足的《休洗红》传达的却是现代人叹息爱情失去的惆怅:"我的影子照得打寒噤了"那种句式,以及对生活感受的把握方式也都是现代所特有的。再如《罗衫》《扇》《古城》等都充溢着浓厚的古诗词韵味,但在它们的古典意境语汇里却蛰伏着现代的艺术信息,即象征手法的运用。尤其是《扇》的抒情方式的客观化与重知性特征,则是受后期象征主义诗歌的影响所致。《预言》《那一个黄昏》整体象征的构思,也多得自法国象征诗之神韵。何其芳诗歌在艺术形态上对传统的这种创造性转化,既促成了现代诗的锐意精进,又避免了现代诗的过分欧化。

三 精致、绚丽、雕琢的语言

语言是绘制诗人心和梦的符号形式,是审美主体在客体上的情绪投影。选择什么样的语言往往体现着一个诗人的审美情趣、心理意向、风格特质。与缠绵忧郁的情思、静穆寂寥的视象相应和,《预言》少冷僻的字眼与恢宏硬朗、掷地有声的词汇,出现最多的是夏夜、月光、梦、花环等有着典雅清丽色调的语汇。诗人用这种柔婉得近乎伤感、清丽得近乎妩媚的言说方式,诉说着对青春、爱情最复杂最缠绵最优美的情愫。如《罗衫》中舒缓节奏与清丽语言的遇合,恰切地表现了诗人细腻而缠绵的心灵无奈与哀怨,纤细清新,令人喜爱。这种语言轻盈而有诗意,纯粹又意味绵长。诗人说,"我喜欢那种锤炼,那种色彩的配合","有时我厌弃自己的精致",这坦诚的自白表明,为创造晶莹的意象、浑成的意境,为恰切有力地抒发感情,诗人十分注意打磨、雕琢语言,刻意求工,即便在梦里也不松懈。"南方的爱情是沉沉地睡着的/它醒来的扑翅声也催人入睡","北方的爱情是警醒着的/而且有轻矫的残忍的脚步"(《爱情》),即是梦中吟成的神仙般的句子。如此说来,这种追求已有点艺术至上的唯美意味。功夫不负有心人,由于诗人的苦吟,何诗不但文笔精致典雅,辞藻华丽浓郁,色彩绚烂至极,而且不少诗经通感比喻、正反组合、虚实相生的方法,变得语言浓艳隽美,陌生新鲜。如"你的声音柔美如天使雪白之血臂/触着每寸光

第四章 扇上的烟云：何其芳前期诗歌论

阴都成了黄金"（《圆月夜》），感觉的联通扩大了想象的空间，荒诞又合理；《欢乐》一诗的比喻令人眼花缭乱，瞠目不已，"美丽的夭亡""甜蜜的凄动""欢乐如我的忧郁""秋天梦寐在牧羊女的眼里"，即是语言正反组合、虚实搭配，它们化抽象为具体，在无限活力中贮满丰厚的理意。尤其是何诗的雕琢更是突出而显眼，它在 30 年代的雕琢趋向中，既有别于卞之琳偏重语象的对照与配合，也不同于戴望舒倾心语言的流动与转换，而是侧重于词语的色彩与情调，绘制出一幅明媚艳丽、情调浓郁的图画，《季候病》《祝福》等诗中的一些诗句即有迷人的色彩与情调，并且因之而使诗强化了暗示力与朦胧感。

另外，何诗善于寻找与内容情绪相谐和的体式。形式是情感的凝结，一种情感需要一种形式的承载。对应着从云的凝聚到云的消散的情感流程，何诗创造了一种既严谨整饬又灵活舒放的体式，兼具活泼跳荡之美与简净凝练之美，有较大的开放性与包容性。其中前期侧重于音乐性探寻，后期则侧重于内在律的抒唱。

最初，何其芳吸收了新月诗的营养，用匀称的章节、合度的句式、音乐的旋律包裹自己极端内隐的忧郁，但诗人的创造天性与生活的激荡，使他很快摈弃了豆腐干体的拘谨，开始注重用内在律与口语的自然本色表现生活，创造了严谨又舒放的成熟诗体。如三十六行的《预言》即构成了六叠乐章，章法整饰声韵楚楚，每段变韵自然天成，与情感由低缓沉闷而轻松明快进而激昂强烈的内在律动相对应，诗的韵律也不断调整，高低相间，一唱三叹，余音缭绕。它的句子与情思却跳荡不已，现代感极强。1935 年以后，随着诗人走向社会，诗人在《古城》《失眠夜》《云》等诗中用极自然的自由旋律表现广阔的生活。何诗这种与情绪同构的语言体式节奏追求，赋予其诗歌一种难以言说的音乐美感，既无旁逸斜出的随便，又无戴着脚镣跳舞的拘谨，而是整饬中有舒展，自由中见法度。

上述几个特点的聚合，铸成了何其芳诗歌如烟似梦的情调。他苦心琢磨，精工词句，近于戴望舒，仿佛矢志要把诗写得不像李广田那样泥土气息十足，朴实自然，也不像卞之琳那样冷淡而深挚；

71

而要华艳瑰丽，镂金错彩，绚烂至极。事实上，何诗也的确抵达了这一境界，它的情绪色彩温婉亲切，飘逸缠绵，几近呢喃的细腻；联想波状柔曼舒缓，平和稳定；意象系统谐调斑斓，古典气强，纤细精巧；虽也运用象征但其中又常弥漫着浪漫情绪；语言雕琢清丽，精致绚烂，这种艺术特质与心灵的神秘感应、缥缈幽思的向心感受结合，使何诗柔、精、润、甜，"像夕阳中晚霞一般华美"①，婉约空灵，多得晚唐诗风的气象；使何其芳成了现代派最难了解的诗人中最易读懂的一位。难怪港人司马长风用"如烟似梦"四个字概括何其芳的诗歌风格呢！

当我们从何其芳诗的风景中走出后，闭目冥想，发现何其芳的整体性追求虽然过于纤弱精美，但已抵达了朦胧、婉约、精致的审美境地，既有东方欲言又止的含蓄，又不乏现代诗跳荡的深沉风韵，做到了世界性、民族性与现代性的三性统一。何诗是一种轻型诗，在它的世界里找不到大江东去的豪放，也缺少金戈铁马的刚健；它更像是向隅低诉的缕缕絮语，灯下与友人促膝的娓娓交谈。读它会令人想起诗人李清照、李商隐、温庭筠、柳永的延伸，想起诗人陈敬容、郑愁予、舒婷的承继，想起飘逸的流云、雨后的彩虹、轻柔的白纱，想起《预言》的字眼何其美妙何其富有诗意"何其芳"！它清澈而不见底，深邃而不晦暗。何其芳诗歌对内在世界的探索，虽不能说堪称独步的精神操作，却也吹送了一股清新的婉约风，以与其他诗人的互补共存，增添了现代诗派风格肌体的绚丽与生气。所以可以肯定地说，几十年来那些一直批评《预言》为雕琢幻想的寻梦的东西，批评《预言》思想不健康，显然是一种艺术的误解。

何其芳是一位勇于否定自我、突破自我的诗人。1938年他奔赴革命圣地延安后，由一个寻梦的孤旅成为搏击黑暗的战士。出于对延安欣欣向荣的蓬勃新生活的热爱，诗人开始为时代歌唱，写下另一本诗集《夜歌》，连人带诗一同走进了政治烽烟里。为检讨清

---

① 张景澄：《〈汉园集〉中何其芳的诗》，《国闻周报》1936年第13卷第3期。

算《预言》时期抒写个人、过于精致的倾向，诗人怀着对过去作品的"原罪感"，严厉地否定自己的人与诗，从而使《夜歌》表现出别一种风貌。它以讴歌光明、讴歌革命为主要思想特色，表现了一个知识分子告别过去、力争进步的情感。其中最有革命气息的是《革命——向旧世界进军》，它通过革命者与革命历史的抒写，揭示了革命"残酷性与长期性"的特点，歌颂不屈不挠、艰苦奋斗的革命力量，说明共产主义信仰才可以给人不可征服的勇气。《我为少男少女们歌唱》《生活是多么广阔》等诗则明朗开阔富有朝气，是对新生活的热情礼赞，或启发青年去挖掘人生宝藏，以坚实的劳动创造美好的未来；或歌唱"早晨、希望、正在成长的力量"，渴盼它飞入青年的心中。这些诗大都明朗乐观，朴素单纯，刚劲有力，气势磅礴，自由流畅，具有浓郁的时代色泽和革命气息，所以极有鼓舞人心的力量，当时就曾鼓舞许多青年走上"生活的正路"。

诗人这种突破式的探索是难能可贵的，只可惜在诗人那里优点即是局限。在思想上积极探索走上坡路的同时，何诗在艺术上却走了一条每况愈下的下坡路，表现出一种非艺术化倾向；在向现实开放自己的同时，艺术上却没有再上层楼，反倒陷入了审美价值与功利观念冲突、意味与形式的两难窘境里。放眼《夜歌》，已不见以往跳跃的意象、蕴藉的情趣、优美的调子，平白、浅淡、粗率成了人们阅读的基本感觉。为什么会发生这一艺术错位呢？艺术技巧方法的准备不足，使他无力表现崭新的世界观与生活情感，造成了思想与艺术的脱节；更为内在更为重要的原因则是诗人违反了创作个性的内在规定性，完全否定了自己已确立的艺术风格，以忧郁柔弱的个性吃力地做粗豪激越的歌唱，并把个性完全消融在原则里，从而泯灭了个性，失去了自己。原来何其芳的诗歌留下的经验与遗憾同样值得人们深思啊！

第五章 迷人而难启的"黑箱"：
废名诗歌解读

在缪斯的版图上，废名是寂寞的，生前如此，死后依然。

好像有一条不成文的规律，诗人写小说品位必高，而小说家写诗却大都失败。废名写一手空灵淡远的诗化田园小说，《竹林的故事》《桃园》《桥》都曾红极一时；可诗名在 20 世纪 30 年代并不响亮，仅有的三十几首诗（1945 年收入诗合集《水边》）因过分超脱奇僻，偏离流行的大众的趣味而令人难以捉摸，"无一首可解"[①]，是现代诗派中最难开启的"黑箱"。人说卞之琳的诗意连解诗行家朱自清、李健吾等都猜不中，可谓最难懂了；可实际上，废名的诗才是新诗坛上第一的难懂，所以不少人将他与李金发并提，送他一个绰号：新诗怪。如此说来，废名的诗在中华人民共和国成立后成为少人问津的存在与研究的冷门，也就再自然不过了。

随着诗人的成就大小不该以读者能否读懂为评判标准观念的确立，人们却愈来愈发现废名的三十几首诗，是经得起时间淘洗并已取得永久生命的存在，它们"足以使冯文炳（废名）成为我国诗坛某一方面的大师"[②]，"即使以今天最'前卫'的眼光来披阅仍是第一流的，仍是最'现代的'"[③]，愈难解读则愈显迷人。它们那种交响东西方文化，从传统思想中对现代意识的引发，那种不温不火的超脱与禅趣，以及那种自由自在的悟性思维，使它们在时尚外别

[①] 刘半农：《刘半农日记》（1934 年 1 月 6 日），《新文学史料》1991 年第 1 期。
[②] 痖弦：《禅趣诗人废名》，《中国新诗研究》，台湾洪范书店 1982 年版，第 69 页。
[③] 同上书，第 71 页。

开异花，奏出了现代诗派中孤绝的音响；甚至彻底超出了现代派诗歌的高度，让人再也无法将它们混同在哪个诗派中标识个性，因为它们原本就完全属于诗人自己。

盎然的禅趣

若想开启废名诗歌的"黑箱"，必须经过意味与形式两道锁。

朱光潜先生说，废名的诗"有一深玄的背景，难懂的是这背景"[①]，这背景指什么呢？笔者以为，当指诗人的脾气秉性、人生际遇，更主要指的是诗人心智结构中的禅宗思想，也许废名是与禅宗结缘最深的现代诗人。

诗人与禅宗结缘有多种因由。诗人的履历表平凡又简单：1922年入北大预科后转入英文系学习；1929年毕业留校任教；抗战时回湖北老家教中学和小学；抗战后重回北大任教；1952年转吉林大学任教。几个分镜头多与教师职业相关，平静清苦的教书生活养就了诗人孤僻内向，落落寡合，狷而不狂，生活简朴，衣衫不检的性格，常留和尚发式，仿若都市老衲。这份寂寥、多思与淡泊已暗含了禅道精神。而诗人又是禅宗圣地——黄梅之子。自幼多受乡土文化浸染，喜欢说曾在黄梅修行的禅宗五祖六祖的故事；稍大后常登山入旅游胜境五祖寺，更加亲近佛门，"独具慧根。自幼多病而能忍耐痛苦。以私塾为牢狱而能于黑暗中独自寻求想象中的光明"[②]，在北大求学任教期间，因不甘随波沉沦而又无力把握社会，遂对佛经道藏兴趣剧增，不仅"私下爱谈禅论道"，"会打坐入定"，而且在中华人民共和国成立前与人谈及抗战动乱中写的佛学著作《阿赖耶识论》，仍"津津乐道，自以为正合马克思主义真谛"[③]。几个因素聚合，使废名富敏感好苦思，有禅家与道人风味，

[①] 朱光潜：《文学杂志·编辑后记》，1937年6月。
[②] 冯健男：《废名与家乡的文学因缘》，《黄冈师专学报》1993年第3期。
[③] 卞之琳：《冯文炳选集·序》，《卞之琳文集》，安徽教育出版社2002年版，第337页。

心向佛老，亦禅亦道，既强化了修养消释了精神苦痛，又影响了审美趣尚，促成其诗在现代派诗人中独树一帜，充满盎然的禅趣。因此谈废名诗必谈禅，否则将不得要领。

禅宗是一种具有人文气息的宗教，它主张从具体的、市俗的日常生活中参悟"佛性"，诗化日常生活，培养淡泊宁静而又达观的人生态度。按李泽厚的《漫述庄禅》所说，是讲究"破对待，空物我，泯主客，齐生死，反认知，重解悟，亲自然，寻超脱"；在修行之法上则有如冯友兰在《中国哲学简史》中所阐述的那样不求"有为"，而在于"无心做事，就是自然地做事，自然地生活"。废名学佛参禅，把所学之禅理、所悟之禅趣，自然地融入诗中，从几个方面开拓了新诗的诗意本质内涵。

首先，佛道禅家的玄理顿悟与直觉联通，注定了诗人不但平日话语每带禅机（如"最高兴我的文章的是我自己，最不高兴我的文章的是我自己"），令初见者每不知其所云；而且在诗中常"走出形象的沾恋，停留在一种抽象的存在"[①]，表现具有参禅意味的哲学玄思感悟，满贮智慧之气，神秘而又美丽。如《掐花》：

  我学一个摘花高处赌身轻，
  跑到桃花源岸攀手掐一瓣花儿。
  于是我把他一口饮了。
  我害怕我将是一个仙人，
  大概就跳在水里淹死了。
  明月出来吊我，
  我欣喜我还是一个凡人
  一天好月照彻一溪哀意。

该诗的"动机是我忽然觉得我对于生活太认真了，为什么这样认真呢？大可不必，于是仿佛要做一个餐霞之客，饮露之士，心猿

[①] 李健吾：《李健吾文学评论选》，宁夏人民出版社1983年版，第121页。

第五章 迷人而难启的"黑箱"：废名诗歌解读

意马一跑跑到桃花源去掐了一朵花吃了。糟糕，这一来岂不成了仙人吗？我真个有些害怕，因为我确实忠于人生的，于是大概就是跳到水里淹死了。只是这个水不浮尸首。自己躲在那里很是美丽"[①]。诗人说这是一首情诗，我看倒是一首感悟人生的禅理诗。风尘与仙境的叠合，曲现着人世与超世的心理矛盾，欲超凡脱俗去饮花又怕成仙，而冷峻尘世又多羁绊的悲哀，难怪"好月照彻一溪哀意"了。它隐蔽的含义是对禅宗虚静解脱境界的企望，是对超然物外的"拈花一笑"佛境化解的禅悟。再如悟道之作《喜悦是美》这样写道："梦里的光明/我知道这是假的/因为不是善的/我努力睁眼/看见太阳的光线/我喜悦这是真的/因为知道是假的/喜悦是美"。前三句的写实尚可解释，后几句暗藏的禅机则不易明白。其实，它正应了禅宗在过于玄奥处领悟、在不可思议处思议的思维方式，揭示世上那些看似假的东西往往都是真的。人生如梦、白色的太阳、镜花水月等按常规理解都是假的，但在禅宗背景下却又都是真的，因为在禅宗看来虚即是实，无即是有，假自然也即是真了。《十二月十九夜》的玄思也有参禅意味，深夜一灯幻化出宇宙间的一切，最终一切又都归之于灯。

废名诗歌中禅理玄想带来的诗情智化，似乎与卞之琳无异，其实不然。同样充满思辨玄理，卞诗出奇地雕琢，少自然之趣；它主要源于西方现代哲学与瓦雷里等人的理性思辨诗风的启迪，核心是相对论思想，多属情理合一的形上思辨，更近哲学；思维结构相对易把握些。废名诗却仿佛举重若轻，涉笔即成；废名压根儿不知魏尔仑、瓦雷里、庞德与艾略特，其诗中玄理完全得益于东方禅宗哲学的静观顿悟，与晚唐五代温李诗词以及禅诗意境感觉的滋养，其核心为禅意佛理，不大讲究形上思辨；读如参禅，解读难度更大，它更近宗教。即卞之琳等现代派诗人的诗情智化多源于西方哲学诗学的启发，而废名的智化现代意识则是从本土传统思想体系里引发而来的。

[①] 废名：《〈妆台〉及其它》，《论新诗及其他》，辽宁教育出版社1998年版，第203页。

其次，禅宗崇尚的人生态度与修行方式为废名诗歌涂了一层达观超脱的色泽。禅宗的教义表明，它是一种中国化的哲学，核心是以"自我解脱"为精神归宿的理想人格，企望人们树立一种任运随缘、宁静淡泊的人生态度，以及不求"有为"的"无心""自然"精神。这一禅理投影在创作中，废名便总能以恬淡的心境、无为的方式，透过平淡悲苦的日常生活现象，把握人生世界，描绘灵性化的自然与自然化的人生，营造超悲哀、亲自然、乐人生的达观超脱境界。这一追求也体现在其小说中，像《桃园》《浣衣母》《竹林的故事》就交织了田园寂静的美与人性的美。自然景观静谧淡雅，是怡情养性、澄心静虑之所在；男女老少一干人虽生活简陋却心地坦诚，自得其乐，有吐纳万物之情怀。人与景的交汇则构筑起自足达观的理想乐园。就是在其为数不多的诗中也有所表露。如《十二月十九夜》即是诗人精神自由自在的"逍遥游"，宣泄着一种超然洒脱、天地万物融于我心的精神。

> 深夜一盏灯，
> 若高山流水，
> 有身外之海。
> 星之空是鸟林，
> 是花，是鱼，
> 是天上的梦，
> 海是夜的镜子。
> 思想是一个美人，
> 是家，
> 是日，
> 是月，
> 是灯，
> 是炉火，
> 炉火是墙上的树影，
> 是冬夜的声音。

第五章 迷人而难启的"黑箱":废名诗歌解读

题目并无其他明确特指,足可见出诗人选材的灵活随意性,即心灵的自由性。因诗人耽于禅家境界,深夜对灯思想,于是思绪心猿意马海阔天空,进入辽远宽阔的时空。由灯而星而思想,最终点出灯与星之室的本体:思想。禅宗认为,尘世本属虚无,内心才是实在,没有心即无世界,没有思想就没有光、美和文明。没有思想则万古长如夜。诗人在赞颂人类思想是灵魂之家、生命之光的同时,也体现出一种跳脱自如的生命状态。如果说《十二月十九夜》有一定的乐人生意向,那么《画题》便是亲自然的杰作。"我倚着白昼思索夜/我想画一幅画/此画久未着笔——/于是蜜蜂儿嘤嘤的催人入睡了/芍药栏上不关人的梦/闲花自在叶,深红间浅红","芍药"真乃"梦中传彩笔"。诗人久未着笔,想画没画的画,在入睡后却自然地完成了,初听不可思议,细品又觉真实。人在缤纷梦里,花在自由开放,无须着墨,风景人物已自成一幅画,动静兼有,疏密有致,浓淡相宜,意境与情趣俱佳。在无"画"即有"画"的禅意感悟里,已蛰伏着诗人对自然的喜爱。

由于空物我、薄生死、尚心性这种禅宗教义的审美诗化,废名在诗中常带一份欣赏之情去抚摸日常生活,对悲苦题材"无所用心",即便与穷、愁、病、死一类悲剧性题材不得已碰了头,也因淡化处理而使悲剧氛围变得稀薄超然了许多。一叶知秋,体味一下诗人有关死亡诗篇的生死观,这个观点会更明晰。如《小园》:

> 我靠我的小园一角栽了一株花,
> 花儿长得我心爱了。
> 我欣然有寄伊之情,
> 我哀于这不可寄,
> 我连我这花的名儿都不可说,——
> 难道是我的坟么?

"坟"是废名诗中一道不错的风景。诗人在《中国文章》一文中说:"中国诗人善写景物,关于'坟'没有什么好的诗句。"为改变这一文学事实，诗人特别好写坟，如小说《桥》中就写了家家坟、清明上坟等，诗里坟的意象就更多了。歌吟爱与死的《小园》，开篇"有寄"的"欣然"与"不可寄"之"哀"构成的矛盾，好像把诗搞得悲情缱绻。而至"我连我这花的名儿都不可说"已逸出个人的悲与喜，有名有实之花成了"无"之抽象，情若长久爱至极限何必寄花，不寄即是寄了。"坟"可解为花或小园，它与红花、绿园联结，不但意象妙善，而且体现出一种异于古代写坟诗的禅宗式的死亡观，使原本荒凉枯寂的意象焕发出葱郁蓬勃的生机。因为在禅宗那里，生死无别，死亦不死，"生死忘怀，即是本性"，死乃人生的最好装饰，死乃人类的精神故乡，《小园》表现了禅宗的达观与彻悟。《花盆》中的植树人称其树高，想起自己的墓，"仿佛想将一钵花端进去"，真是异想天开得特别又新颖，如若摸清了诗人达观的生死观后，自然可以理解植树人想以"花"装饰"墓"的心情了。

最后，禅宗背景的辐射，赋予废名的诗一种空灵静寂的美感。禅本是静虚、止观之意。禅宗的道义往往是一个虚幻的不可把握的东西，属于"无"之范畴，它的最高境界乃是"空"，让人追求心无挂碍的灵魂空悟。因此，历代禅宗影响下的禅趣诗，往往都以"用"显"体"，趋向清、静、虚、空的境界。受禅宗影响，废名的诗喜欢选择那些月、灯、花、星、水、镜等空寂的自然意象，做禅理、禅趣的有机载体，为自己的精神世界平添一层空灵静寂之美。如《点灯》从意象、意境到情调都禅趣盎然，空灵得很："病中我起来点灯／仿佛起来挂镜子／像挂画似的／我想我画一枝一叶之荷花／我看见墙上我的影子"。它已空灵纯净到一尘不染的程度。与侧重外在景物空灵静美的《点灯》《星》不同，《街上》《理发店》等则揭示了人类生存本质的内在精神空寂。如《街上》：

行到街头乃有汽车驰过，
乃有邮筒寂寞。
邮筒 PO

第五章　迷人而难启的"黑箱"：废名诗歌解读

乃记不起汽车的号码 X，
乃有阿拉伯数字寂寞，
汽车寂寞，
大街寂寞，
人类寂寞。

　　它是诗人孤寂情思的具体体现。汽车从邮筒前驰过，邮筒无动于衷，上面的"PO"字样像两只凝思的眼睛也是寂寞，被误记号码的汽车更为寂寞，于是大街寂寞，人类寂寞。这是对纷扰人生大彻大悟的忧患，是知音难觅、人情冷漠的忧患。生活在熙攘茫茫的世界上，人与人缺少沟通理解，心与心交臂而过互不相干，这是怎样深入骨髓的可怕情怀啊！"理发店的胰子沫/同宇宙不相干/又好似鱼相忘于江湖/匠人手下的剃刀/想起人类的理解/划得许多痕迹/墙上下等的无线电开了/是灵魂之吐沫"（《理发店》）。这也是写人际隔膜的诗。胰子沫、剃刀、无线电与宇宙、江湖、灵魂联系的建立，暗示人与人灵魂与灵魂沟通的艰难，胰子沫与宇宙不相干，自己与理发匠又好似鱼相忘于江湖，宇宙间的芸芸众生正如涸泽之鱼，做着无聊的灵魂吐沫驱逐孤独之努力。《亚当》中"亚当惊见人的影子/于是他悲哀了/人之母道：这还不是人类，是你自己的影子"，亚当形影相吊孤立于天地之间，可见诗人是太识得人类的寂寞了。

　　孤寂曾大面积地覆盖现代诗派的作品，但废名诗中的孤寂却异于流行的趣味，自有风度与内涵。对于现代诗派那些黑夜的寻梦者、荒原上的行路人，孤寂总伴着愁眉苦脸的焦虑；可废名诗中的孤寂却是难得的智慧福地，是走向深刻的必由之路。禅宗的统摄使诗人缺少西方存在主义哲学那种悲观，而善致虚守静，在孤寂中安心悟道，既得到了精神闲散自由之乐，又因沟通了儒释道而远离了浅薄浮躁，所以废名的孤寂是一种"光荣的寂寞"[①]。如同样的

[①]　李健吾：《李健吾文学评论选》，宁夏人民出版社 1983 年版，第 122 页。

《灯》，在戴望舒那里化成了暗色调的生命冥思，凝结着诗人对美的追求与幻灭的心态；而在废名那里却不焦不躁宁静幽远，以淡泊诙谐笔调出之："深夜读书/释手一本老子《道德经》之后/若抛却吉凶悔吝/相晤一室/太疏远莫若拈花一笑了……"灯下迷离的联翩幻想，不乏孤寂；但诗人又宽慰自己"莫若拈花一笑"，尤其结尾更以冷淡的自嘲化解了孤寂，将人引入了光明朗照的顿悟世界。

总之，禅宗哲学的支配，决定了废名诗歌缺少或化解了同时期诗人诗中那种儒家思想的悲悯情趣与浓重的悲剧色调；以静美、淡雅、悠远，在现代诗派病态的诗化青春歌唱中提供了一种风格变体。读着废名的诗，人们仿佛看见"一个扶拐杖的老僧，飘着袈裟，循着上山的幽径，直向白云生处走去"①。当然，禅宗思想的作用，也使废名长时间徘徊在时代洪流之外，表现出一种"出世"化倾向。但是任何严密的哲学背景、任何内向的灵魂顿悟，总难抵挡住时代风雨的侵袭，成为永久的独立存在，所以在《北平街上》与《四月二十八日黄昏》中，人们就看到诗人入世化的努力，以诗承载在民族危亡关头对周围人精神麻木的悲凉思考。

美涩之间

废名写诗出奇得快，像《妆台》的吟成只一二分钟光景。这更令人感到诗人写诗信手拈来，平淡洒脱，既没有复杂意象，文字也明浅如话，毫不艰深，但这是表层的假象。废名的诗本质上内蕴幽深玄奥，言近旨远，具有淡而浓的意趣。笔者以为，这种诗美的形成，与晚唐诗词、六朝文的影响分不开，更与"深玄的背景"——禅宗的思维、表达方式息息相关。

作为一个沟通东西方文化传统面向世界的诗人，废名受益于古典哲学与诗学最多，立足现代，从古典传统中发掘现代性，正是他殊于他人的立身之本。在他看来，中国诗词发展有两大趋势：一是

---

① 司马长风：《中国新文学史》中卷，昭明出版社1976年版，第131页。

第五章 迷人而难启的"黑箱":废名诗歌解读

元(稹)白(居易)易懂的一派,二是温(庭筠)李(商隐)难懂的一派。温李一派如庾信的赋一样潜藏着与新诗相通的艺术精神技巧因子,李诗"具有诗的内容",温词真是"诗体的解放","简直走到自由路上去了"①,"他可以横竖乱写,可以驰骋想象"②,它们与"内容是诗的,文字是散文的"新诗极其相似,新诗本质上就是温李一派的发展。而真正的六朝文如何?废名在《三竿两竿》一文中认为"是乱写的,所谓生香真色人难学也",废名对其的"乱写"曾心仪许久,所以在吸收了莎士比亚、哈代、梭罗古勃等厌世派西洋文学的法度与技巧后,一掉头就迅速回向六朝文的"乱写"传统,可以说,温李诗词、六朝文传统是废名诗的第二影响源,它与废名诗的第一影响源禅宗的静观、心象、顿悟、机锋交汇,形成了废名的"立体的内容"与"天上地下跳来跳去"的自由形式结合的诗学理想,以及独特理想统摄下的美而涩的艺术风貌,这种风貌概括说表现为以下两个方面。

一 表现的简洁

废名诗语的简洁有口皆碑。他的诗体制一色的短小,倒不是诗人来不得长篇巨构,而实在是简洁至极的表现。它们常常小而大,短而丰,追求结构诗意包孕的极致,隽永而耐咀嚼。正如诗人用唐人绝句方法写的小说一样,他用禅宗表现方式写的诗同样有唐人绝句的意韵。禅宗倡导"不立文字,教外别传",认为在真正的玄旨面前一切的语言文字都苍白无力,即便非运用语言文字不可时也该单刀直入,明心见性,"直指人心","决不赘以便疣,以便寄寓遥深,启人开悟"③。为求禅家语的效果,诗人从如下几个方面进行了尝试。

首先是运笔节制,单刀直入。废名的诗惜墨如金,简净至极,甚至有些吝啬。不论叙述还是描绘都力求干脆利落,句子短捷,不

---

① 废名:《已往的诗文学与新诗》,《论新诗及其他》,辽宁教育出版社1998年版,第25、29页。
② 同上书,第29页。
③ 罗成琰:《废名的〈桥〉与禅》,《中国现代文学研究丛刊》1992年第1期。

拐弯抹角拖泥带水，尽量剪去形容词修饰语的婆娑虬枝，使诗枯瘦得只剩下灵魂的树干，本色质朴地"直指人心"。如《理发店》的前三句简练天成，枯涩中见丰润，寥寥四句便容纳交合了场景、心理与形象，似漫不经心，实寄寓遥远，巧妙地表现了诗人深入骨髓的孤独。《十二月十九夜》也没有曲折回环的造句，没有华语艳词的渲染，除却前三行外一律起用直指式的"是"字结构，别致而有力地传达出诗人行云流水般的、一气呵成的情绪动势。"是"字结构"读起来有些单调。实际上是服从于写情与造境的需要，如飞流直下的瀑布，造成极大的感情落差，读者的想象不能不跟随作者的急骤的想象而疾速地跨越向前"[1]，这种多得不厌其烦的结构是诗人独具的特色，它有一定的情思冲击力，纵横酣畅。如"我想写一首诗/犹如日，犹如月/犹如午阴/犹如无边落木萧萧下"（《寄之琳》），在表达上与《十二月十九夜》异曲同工，可导引出读者的绵绵遐思，本色而简隽，疏荡而遒劲。

其次是感性化抒情。废名不以才学与文采入诗，对偶然瞬间的感悟总是借助意象加以敛曲抒发。应和于理念感悟的空蒙，诗人拈来的意象也大都是心智生发的、以禅理为本的空蒙意象。除却《北平街上》《街上》《理发店》等少数"都市诗"中所出现的邮筒、巡警、飞机、胰子沫似的都市意象外，出现更多的是"星""灯""海""画""妆台""小园""树影""高山流水""梦""桃园""小溪"等迷离灵秀的意象。作者描写这些自然景观又不局限于自然景观，在其中可感受到禅境与领会到禅意。这样，表面上看来各不相干的存在，就构成了一个圆满自由、和谐空灵的"真如"境界，既含蓄隽永又神韵超然，"羚羊挂角，无迹可求"。这个模糊而不确定的意象系统，恰好与无定飘忽的禅悟感念达成了契合。如说梦诗《镜》的性善论宗旨就是通过镜一般的感性化境界表现的。

---

[1] 孙玉石：《读废名的诗》，《中国现代诗歌艺术》，人民文学出版社1992年版，第421页。

第五章　迷人而难启的"黑箱"：废名诗歌解读

我骑着将军战马误入桃花源，
"溪女洗花染白云"，
我惊于这是一面好明镜？
停马更惊我的马影静，
女儿善看这一匹马好看，
马上之人
唤起一生
汗流浃背，
马虽无罪亦杀人，——
自从梦中我拾得一面好明镜，
如今我晓得我是真有一副大无畏精神，
我微笑我不能将此镜赠彼女儿，
常常一个人在这里头见伊的明净。

诗人梦中骑战马误入"桃花源"，波光如"镜"的溪旁，心地明净、思无邪的少女仿佛一面善的"好明镜"，照出了"马上之人"的丑恶与猥劣，诗人遂由自悟自愧而自警，于是桃园又成为人生的"好明镜"。诗人就是借助"镜"意象，将梦幻式的偶然人生启悟，寄寓在略具情节事态的具象化视境中，既实现了劝人向善的目的，又朦胧含蓄，"非有妙悟，难以领略"。《路上》有关人生命运的禅机，也是借助树影—伞—灯闪跳而又自然的转换完成诗意的。另外，像《宇宙的衣裳》《画》也都表现了类似的艺术状态。

最后是追求语义的复调性。诗人清楚，"一切艺术只要不是单纯地讲故事或单纯地描写人物，就都含有象征意义"[1]，所以用意象构制玄幽之境时一些意象自然就具有了象征性，这与诗作的悟性发生机制结合在一起，使废名诗的意念常成为一种充满弦外之音的

---

[1] 叶芝：《绘画中的象征主义》，《诺贝尔文学奖作家谈文学》，北京大学出版社1987年版，第47页。

复调系统，不同的人从中会悟出不同的东西。《妆台》产生于即兴的敏捷悟性。"因为梦里梦见我是个镜子/沉在海里他将也是个镜子/一位女郎拾去/她将他放上她的妆台/因为此地是妆台/不可有悲哀"。诗人说，这首一二分钟即写好的诗本意只注重一个"美"字，认为女子哭不好看；但从情诗角度看，它的巧思又源于"爱"的甜蜜，"我"是镜子，掉进海里被女郎拾出摆上妆台窥照，这样"我"与女郎便合成一个，这不正是爱的理想境界吗？还可以说，该诗表现了人生的"悲哀"，虽然"你—我"合为一体，但也不过是镜花水月，天各一方，空欢喜一场。《诗情》也具有多义性特征："病中没看梅花/今日上园去看/梅花开放一半了/我折它一枝下来/待黄昏守月/寄与嫦娥/说我采药"。按诗人侄儿冯健男的解释，该诗是写诗人的深情。"采药"可解为自己正处病中，也可解为嫦娥有相（乡）思病，寄梅花慰之治之；嫦娥可说是天上仙女，也可以说是世间美人，一切随你。废名许多诗的解释都可或此或彼亦此亦彼，有明显的多义性。对之很难做出十分确切的判断，但可找到大致的诗意方向。

运笔节制、感性化抒情与语义复调性的追求，使废名诗的表层文字背后常潜藏着画外音，充满广阔的联想再造空间，言简意繁辞约义丰，真是"禅"得经济又现代。

二 思维的奇僻

崇佛习禅的废名所写的诗，潜移默化地受了禅宗思维方式的影响。禅宗的致思方式说穿了就是一种悟性思维。禅道也讲究止观、内照与妙解，认为一切事物都乃"真如"的显现，对之不能以正常的逻辑思维进行判断推理，而要用神秘的直觉——顿悟去把握，在过于玄奥处领悟，在不可思议处思议。这种思维方式契合了从情感层次透视人性的艺术视角，能迅速进入并展示人的刹那心理，让人在迷离中豁然开朗。它曾助长了唐诗宋词的空灵、宋元绘画的神韵，也培植出废名"妙悟、顿悟，擅发奇论甚至怪论的思想方法"，并造成废名诗歌一系列的奇僻反应。

第五章 迷人而难启的"黑箱":废名诗歌解读

首先是结构的跳跃性。九叶诗人郑敏说的"结构感是打开全诗的一把钥匙"确有道理,只是废名诗的结构感特殊的太难把握。对温李诗词"自由联想"的推崇,对六朝文"乱写"的追慕,尤其是对不重事物推理过程、缺少逻辑中介的禅性思维的吸纳,使废名常常"笔下放肆"地"乱写"。在结构上进行主观的想象飞跃,上天入地恣意驰骋,而飞跃链条间的"悟"性连接痕迹却被完全省略,有时一节一句即是一个世界,而节与节、句与句之间却是一片空白,转换得奇俏突兀。这种诗意断裂、诗意空缺的结构方式,类乎小说中的意识流,有时确实能将人引入淡远幽深而朦胧蕴藉的境界,利于揭示心灵隐秘而又活跃的心理动感;但过于突兀奇俏的跳跃则难免晦涩神秘得莫名其妙,令人难以理清结构诗意的来龙去脉,更难企及废名诗的奇绝境界。《星》即可视为诗人精神自由自在的"逍遥游"。"满天的星,/颗颗说是永远的春花。/东墙上海棠花影,/簇簇说是永远的秋月。清晨醒来是冬夜梦中的事了。/昨夜夜半的星,/清洁真如明丽的网/疏而不失,/春花秋月也都是假的,/子非鱼安知鱼"。它多变,时而天上时而人间,时而梦境时而空间;形式也灵活自由,起得突兀结得随意,中间句与句、意象与意象间的跳跃转换似乎也是毫无关联的"乱写",这样,诗的意味自然就迷离闪烁不易把捉。但只要破译结尾处留下的精神密码仍可获得诗意答案。"子非鱼安知鱼"源自《庄子·秋水》,说的是庄子由自己在濠上之乐推及水中鱼之乐,是典型的审美直觉的移情。知晓了这一点就不难看出,诗人是夜深凝视太空,把舒展自由之乐移情于星星,从而表达出自己悠然自得的心境。而那视点多变、结构跳跃和开篇梦中想象的自由无束,则是诗人悠然自得心境的外化和折射。《北平街上》这一点更突出。它是古今中外杂陈的"乱写",是街上即景的大"拼贴";几乎一句一个视点,毫无关联,但它诗情跳脱,自然又自由地写出了战争中人们的荒凉心情。《十二月十九夜》也是想象的飞跃,笛卡尔式的心理活动的飞跃。"作者在哲学深思时突出的一瞬,忽然看见了这些迸发的事物都是相通相连相似的,但他把这瞬间里(相信是真的)悟得万物相通的痕迹和这一瞬间发生的气氛和印象完全忽略了。"① 对于这种思维天南地北来去无凭的诗，需费些功夫才能读懂。

其次是借用化用旧诗词的词句和典故、神话。禅宗思维的无拘无束与中外诗学的"乱写"传统，使废名有时兴之所至便不避成规禁忌，大胆引用借用化用古诗文或先哲典籍中的一些诗句、典故，或加以引申或赋以新意。如《掐花》不仅开篇借用清代诗人吴梅村的原句"摘花高处赌身轻"，引申出自己身为凡人摆脱不了欲望纠缠而寻求希望的心态，为后文的寻求解脱起了蓄势作用；而且"此水不现尸首"一句又借用了"海不受尸"的佛意大典，《维摩经》曾记载"海有五德，一澄净，不受死尸"，按大乘佛学说佛门弟子死在海里，是向更小更苦众生的最后一次施舍，诗人这里用此典无疑美化了死亡，将"不现尸首"的境界写得煞是美丽。《宇宙的衣裳》中"我认得是人类的寂寞／犹之乎慈母手中线／游子身上衣"，乃用了孟郊《游子吟》的原句，点明诗人的寂寞源于人生世态的忧患，那种对人类的诚挚之爱同母性伟大的爱是相通的。《寄之琳》也用了杜甫《登高》中的一句"无边落木萧萧下"，喻诗人思念友人的孤寂凄清。典故与古诗文词句的合理化运用自有妙处，它能以与现代白话语言的比照形成一种新鲜张力，节省笔墨。有时一个典一句诗用得恰当胜过数十倍的铺展解释，还可以暗示一些东西；但用得过多过滥，则会令朴素的诗中显出文白互见的芜杂，节外生枝的诗意联想方向的转换让人一下子难以摸清头脑，再者所用者本身的生疏也令人产生隔膜，冲淡人们的阅读兴趣。

最后是意在言外的机锋艺术。废名诗中的对话语言似与西方诗中的戏剧化处境相通，实则借鉴了禅宗的机锋语言艺术。禅宗的传宗一般凭靠公案训练法，即将历代高僧的禅理丰盈而无答案的语录或对话让传人体悟，以求开悟；机锋语言与它类似，一般都点到为止，从不说破，内里玄机让人去参悟，似信口说出，但已表出意思，不过意思不在话中而在话外，这也是绕路说禅的方法。《海》

---

① 叶维廉：《中国诗学》，生活·读书·新知三联书店1991年版，第233页。

第五章 迷人而难启的"黑箱":废名诗歌解读

就是道地的悟禅诗。

> 我立在池岸
> 望那一朵好花,
> 亭亭玉立
> 出水妙善,——
> "我将永不爱海了。"
> 荷花微笑道:
> "善男子,
> 花将长在你的海里。"

    它以非理性的对话形式表现了带理性意味的禅意。初看不涉理路,觉得荷花亭亭玉立出水妙善,遂语"我将永不爱海了",可荷花却道"花将长在你的海里","你"又何海之有?再读则觉它寄居着相对性原理,尤其第五句表明诗人已进入禅宗(心智)的"无明"状态,后几句则表明世间花本非花,海亦非海,花海同一,爱花即是爱海,"花将长在你的海里",就是长在你自己的悟性里。本诗就是诱发读者产生一种美的心境,去创造美,因"花"就长在你的心海里,没有主体的参与悟,美便不复存在。《花盆》也是这样的作品,它以树言"我以前是一颗种子",草言"我们都是一个生命",植树人言"我的树真长得高——我不知道哪里将是我的墓"组构作品。树、草、人的对话仿佛根本接不上话茬,各说各的,种子、生命、死亡也好像三个独立的存在;可它们组构联结成一个整体后,人们便可以悟出许多言外之旨。种子、生命、死亡正是人与自然命运的"三部曲",正如草与树会生会死一样,人的生与死也是无法回避的必然,所以人生应该淡化漠视死亡。这样想"将一钵花端进去"以装饰"墓"的淡泊宁静也就再自然不过了。废名诗的禅机语言常回避事物的表层指向,落笔于人意料之外,在他人看来的不合理处发现可能性,于险中取胜。

    废名把艺术作为无意识活动,以观念情绪为诗本身已朦胧得不易捕捉，禅宗哲学的突入渗透使他的诗愈加玄理深奥。这种意味特质与语言的过分简洁、思维的奇僻顿悟、文体的涣散无序结合，就使废名诗歌更显意念飘忽，迷离隔膜，幻美而晦涩，"曲高和寡"了。对于这种介于美涩之间的诗文本，必须有较强的感受能力与丰富的阅读经验积极参与介入，才可能得出一个并不一定十分确切的"解儿"来。当然，这也是诗独自享有的权利，一旦诗的含义被无遗地确切说出，人们就会兴趣索然，感到它已异化为散文。也就是说，废名的诗虽然如同镜花水月，无法完全破译，但仍有"解儿"，对之既要求解，又要不求甚解，做到仿佛得之即可。但不可否认，废名的一些诗如《雪的原野》等过于晦涩，如痴人说梦，似疯僧胡言，无从索解，完全"拦住了一般读者的接识"，把读者挡在了诗外，这就是自设陷阱了。因为文学作品一旦问世就不再完全属于作者自己，如果令人无从索解还不如搁置山林；所以说废名诗因超诣奇僻而牺牲了许多读者，无疑是刀刃上的舞蹈。朱光潜说"废名所走的是一条窄路"，的确，他走的既是一条通往智慧福地的路，又是一条通往无人区的荒僻之路；这种选择是他的价值，也是他的局限。

第六章 传统诗美的认同与创造：
林庚诗歌的创作个性

因为学术成果丰厚，林庚的诗人身份逐渐被学者光彩所淹没了。其实，林庚首先是位诗人，早在20世纪30年代他就是《现代》诗群中虽不显要却十分活跃的歌者，诗作数量虽有限诗品却很高。他不但以《夜》《春野与窗》《北平情歌》《冬眠曲及其它》四部诗集筑起了诗坛上一道清远、雅洁、美丽的艺术风景线，而且以诗情、诗艺方面对古典诗美的沉潜认同与坚守，以自己的独特价值创造，打破了现代诗群源于西方现代主义诗歌影响的发生发展机制的错觉，表明真正的中国新诗完全可以不依赖西洋文学的影响而独立存在，从而宣显出东方民族艺术的恒久魅力。难怪有人认为，"在新诗当中，林庚的分量或者比任何人更重些，因为它完全与西洋文学不相干。而在新诗里很自然的，同时也是突然的，来一份晚唐的美丽"[1]，称林庚为优美的闲雅的具有"中国气息的诗人"[2]。林庚是东方现代诗的寻梦者，是传统诗美的守望者、创造者。

"路上"的诗情

断言林庚是古典诗美的重铸者，其依据当然既涵括其诗艺具有东方化倾向，又涵括其诗情与传统诗意味特质具有契合性，在古典

---

[1] 废名：《林庚与朱英诞的新诗》，《论新诗及其他》，辽宁教育出版社1998年版，第171页。

[2] 李长之：《春野与窗》，《益世报》1935年第5期。

诗歌中都有过。那么林庚诗托出了怎样的诗情形态？也许了解一下诗人的生平创作道路对搞清这一问题会有所帮助。

　　林庚，字静希，福建闽侯人，1910年生于北平。书香门第出身的文化氛围与开明自由的空气，在夯实其国学基础的同时也胚胎了林庚心中的诗歌生命，所以1928年由北师大附中考入清华大学物理系后，课外的书海泛舟唤醒了诗人的诗心。1930年转入中文系，获得了更恰适的成长环境，与诗友创办系刊《文学月报》，诗名迅速传遍清华园。此时诗人写旧体诗，第一首词《菩萨蛮》即语意浑成，不弱于古调，深受俞平伯赞许。"九一八"事变后写的"为中华，决战生死路"那首抗日战歌，在全校风靡一时，之后曾随请愿团赴南京要求国民党抗日。

　　请愿回校后，林庚悟出古诗类型化语言难以表现现代人的情感，以往自己"并不是在真正的进行创作，而是在进行着古诗的改编"①，于是告别旧诗始作自由诗。被解放的诗情的自由喷发成就了诗人，使之短期内即走向了成功，在1933年与1934年分别捧出《夜》《春野与窗》两本自由诗集，因而声名鹊起。1933年，林庚毕业留校任朱自清的助教，兼任北平《文学季刊》编辑；1934年毅然辞职去上海，幻想靠专门写诗生活，当年秋又重返北平，先后任教于北平国民学院、北平大学女子文理学院、北平师大。1935年始改写格律诗，并发表《质与文》等系列论文阐明自己的理论主张，出版了《北平情歌》《冬眠曲及其它》两本格律诗集。抗战全面爆发后，赴厦门大学任教授，在从事古典文学教研活动的同时，致力于新诗理论研究，开设"新诗习作"等选修课。1947年回北平任燕京大学教授。中华人民共和国成立后改任北京大学中文系教授，在古典文学研究领域著述丰厚，蜚声宇内，先后出版《诗人屈原及其作品研究》《诗人李白》《中国文学简史》《天问论笺》等专著，以及诗与诗论合集《问路集》，并一直关心新诗研究。1950年后参加自由诗与格律诗讨论中的某些观点，曾产生了广泛影响。

---

　　① 林庚：《问路集》，北京大学出版社1984年版，第278页。

第六章 传统诗美的认同与创造：林庚诗歌的创作个性

对林庚的生平与创作道路的纵向描述表明，诗人30年代与时代现实之间的关系一直若即若离。他关注时代风云变幻，但沉静的内心性情等因素的限制却使他始终处于时代的边缘，从未置身于火热生活激流中，步入时代的中心。"在他里边，分析社会认识社会的理智，似乎还没有开始活动，直观的诗人林庚，是不大了解现代社会的机构的。"① 加之林庚涉足诗坛时，正值开掘人的内心与深层体验、追求纯化的《现代》诗风盛行，所以顺应这一艺术潮流，诗人便理所当然地走向了对诗情的提炼与抒发，将情感作为诗歌生命的第一要素，无意中一开始即进入了对新诗艺术本质的探寻。诗人认为："人类的永恒的情感，才是走向纯艺术的第一步。"② 对于诗，内容"永远是人生最根本的情感，是对自由、对爱、对美、对忠实、对勇敢、对天真……的恋情，或得不到这些时的悲哀"③。受这种观念的支配，诗人将笔触伸向了深邃细腻的灵魂深处进行开掘，为读者提供了一个心灵敏感精神丰厚的抒情主体的个人化情思的天地、体验的世界，再现了一个暗夜寻梦者在寻找"路上"心灵的孤独寂寞与渴望吁求。也就是说，林庚当时写诗，是怀着"一个初经世故的青年"心绪，去展示"内心深处的荒凉寂寞之感"，展示心灵中萦绕着的"理想与现实的矛盾"④。它有对光明、未来与美好理想的追求，但却朦胧得常停浮于观念的空想层面。在这片"路上"的诗情中，找寻不出什么微言大义与冲天气魄，因为它缺少洪钟大吕的震撼力，因为它"若即若离的人间味"里现实主义气息微弱。但它们所展示的心灵世界真诚深邃，丰富无比，以特殊的形态与视角保持着与现实间时浓时淡或浓或淡的联系。

任何生命个体都维系在社会群体与氛围中，被多事之秋的"时代病"所笼罩，使林诗染上了感伤的时代情绪色泽、跳荡着幻灭的心灵哀音。虽然诗人缺少直接突入生活获得正确认识的心理机制，

---

① 穆木天：《林庚的〈夜〉》，《现代》1934年第5卷第1期。
② 林清晖：《上下求索：林庚先生的诗歌道路》，《新文学史料》1993年第2期。
③ 林庚：《春野与窗·自跋》，开明书店1934年版。
④ 林清晖：《上下求索：林庚先生的诗歌道路》，《新文学史料》1993年第2期。

但锐利敏感的直觉又使他能在某些时候把握社会片断的本质真实,准确捕捉"九一八"后动荡现实与人们心灵的信息。《月上》中"每个风尘的脸/带着不同的口音与切望",活画出了农民因食不果腹而恐慌逃难的情形;透过《风沙之日》的云层,诗人看到了"惨白的是二十世纪的眼睛";至于《二十世纪的悲愤》"乃如黑夜卷来/令人困倦/漫背着伤痕,走过都市的城",对现代都市罪恶的诅咒与否定已溢于言表。但在沉重的现实而前,诗人无力做彻底的扩张与批判,所以只好返归内心,饮吸生命的寂寞与孤独。众所周知,寂寞孤独是种可怕的情感,可林庚却一度酷爱它品味它,他说:"我是天性愿意忍受一些悄悄与荒凉的;而且我也曾经在苦中得到过一些快乐;乃使我越发对于寂寞愿意忍受下去。"[①] 他觉得,"在这个世界上/没有一个人真的爱我"(《古园》),感到"眼前只有影子混来/在那里欺骗慰藉"(《冬风之晨》);因而独恋暗夜与黄昏,"烛光摇动着一团黑影/直闪过不定的明年"(《除夕》),对未来的不可知要"今宵有酒今朝醉"(《夜行》),不管将来,不问明朝,在幻灭的情思淌动中已有刹那主义的享乐之嫌。诗人身陷寂寞孤独的原因,除了社会挤压外,其他的诗人已在其诗中提及:"才出世的苍蝇啊/你怎样与人认识呢/生于愚人与罪人之间/因觉得天地之残酷"(《在》)。原来诗人心目中社会之人只是愚人与罪人的凑合,将自己剔除人群者必被社会与人群所剔除,空余下寂寞孤独。

林庚的寂寞固然源于荒诞时代的挤压,但更是热爱青春的智者对形上问题探寻而产生的寂寞。林庚的一些诗就是对生命价值与自由境界叩问追求的形象诠释,就是物象与心象融合的哲思超越。因为诗人深知忧伤与寂寞于事无补,所以在展示它们的同时更在寻求超越的途径。《夜》是逃离寂寞的心象图。"夜走进孤寂之乡/遂有泪像酒/原始人熊熊的火光/在森林中燃烧起来/此时耳语吧//墙外急促的马蹄声/远去了/是一匹快马/我为祝福而歌"。孤寂让寻梦者

[①] 林庚:《问路集》,北京大学出版社1984年版,第180页。

第六章 传统诗美的认同与创造:林庚诗歌的创作个性

流泪,但死寂里的马蹄声却隐喻了对寂寞现实的逃离,宁静、热烈而急骤的三层意象转换,曲透出诗人跃动的渴望光明之心。而《无题二》则抒发了人到中年的忧伤感受。"海上的波水能流去恨吗/边城的荒野留下少年的笛声……黄昏的影子哪里是呢/晚霞的颜色又是一番了"。它道出时光的流逝、自然的变迁、人生的失落永远也难以追挽与弥补,人必须体味领会那些无法拒绝与逃避的承受,这是谁都要独自品尝的美丽而忧伤的人生况味,在抽象命题的昭示中透着一种从容与镇静的超脱。进一步说,林庚就生活在希望之中,他对美好的事物始终怀着坚定的信念与向往。在《五月》里,他建构了"芦叶的笛声吹动了满山满村"的理想化牧歌世界;在黑夜里,他听到渴望已久的"额非尔土峰上刻碑的声音",看见"平原之歌者/随风而走上绿草来","踏着欢欣之舞步"(《时代》),这烛照生命之光正是引导诗人摆脱苦闷、迈向理想世界的原动力。再如"破晓中天旁的水声/深山中老虎的眼睛/在鱼白的窗外鸟唱/如一曲初春的解冻歌(冥冥的广漠里的心)/温柔的冰裂的声音/自北极像一首歌/在梦中隐隐地传来了/如人间第一次的诞生"(《破晓》),跳跃的意象并置,整体烘托出一种欣喜向上的情思。它传递的是晨醒前似梦似醒的纷繁心象,尾句一出,那种对青春向上的展望、对人与人间获得新生的欢愉喜悦,已昭然若揭。诗人对美好事物的追求向往是多向度辐射的,在有关春天题材的诗中体现得最为强劲有力。对春天,诗人似乎情有独钟,具有特殊的敏感,竟写下那么多关于春天的诗。如《春天》《春野》《春晨》《春雨之梦》《春天的心》《欲春之夜》等,不胜枚举。人说,只有热爱人生的人才会热爱春天,在诗人笔下春已累积成希望、欢欣与美的象征与代名词。《春野》里生长着葱郁的生机;《春雨之梦》满滋着土地对春天的生命渴望;《春天的心》充满着生命苏醒的欢欣:"春天的心如草的荒芜/随便一踏出门去/美丽的东西到处可以捡起来的……江南的雨天是爱人的"。它境界高远,句式中跳荡着春的温柔;缠绵与欢欣已缓缓渗出。

现实的严酷黑暗,希望又显渺茫,自然而然地使林诗表现出对过去的眷恋回顾。痛苦的抑或欢乐的、绚烂的抑或黯淡的,所有逝去的在诗人笔下都幻化成美好的记忆,慰藉着诗人空虚之心。《那时》的童年乐园敞亮透明,清新爽朗,"与友伴嬉戏在小山间",天真烂漫欢乐无比,与如今险恶冷酷的人生格格不入。《秋深的乐园》里流露出童年乐园荒芜的惆怅。《斜倚在……》更满贮着田园牧歌气息与"欣欣的古意","斜倚在荒原暮景的山坡/有童子唱着古代游牧之歌/远处的笛声与牛羊的低叫/随晚风流出芳草的深笑/这时正有:一行白鹭/从天边带着晚红/跌入野霞飞处"。它的境界温馨如画,优美似诗,英雄美人,其乐融融。这个境界也许是现实的存在,也许只是虚幻的创造;但无论怎样它都属于艺术的真实,既表现着诗人否定现实人生的价值取向,又说明了诗人对美好事物追求的执着。

可见,林诗建构的情思世界,乃是一个远离时代风云的知识分子寻梦"路上"的个人化诗情,它视野狭窄,现实气息微弱,格调也嫌感伤纤巧,具有"短诗派"作品的短处;但它决非毫无价值的浅斟低唱,诗人的许多体验感悟已融汇了现实因子与人类群体经验的深层,所以能在一定程度上恢复时代与人们心灵的面貌,引起人们的精神共鸣,提供不尽的人生启迪。也正因为这种"路上"的诗情与时代现实的中心情绪"若即若离",才保证了诗人对时代、现实审美意义上的观照,使诗获得了空想的观念色彩,为诗平添了一份空灵、朦胧、闲雅与清丽,从而与内向性的古典诗情特质达成了契合,还给予读者一份亲切。

"晚唐的美丽"

林庚诗歌艺术的传统色彩远胜于其意味的传统色彩。戴望舒认为,"旧诗倒给了林庚先生许多帮助","林庚不过想用白话一点古意而已",是"拿白话写着旧诗"[①],这无疑是因为艺术与心灵隔阂

---

① 戴望舒:《谈林庚的诗见和四行诗》,《新诗》1936年第2期。

第六章 传统诗美的认同与创造：林庚诗歌的创作个性

而造成的误解贬低，好在它无意中道出了林庚诗歌的优卓之处，即其中流贯着强劲的东方古典风。林庚开始写诗时的确受过西方现代派先驱的艺术影响，波德莱尔的作品曾使他热血沸腾、周身战栗，并因此知道自己是活人才爱上文学的；但最有力地推动他诗艺发展成熟的乃是古典诗歌艺术。《诗经》《楚辞》、唐诗宋词的长期浸淫，使诗人不但内心萌生了沟通新旧文学的愿望，更在实践中努力运用古诗的形式技巧表现现代人的心灵，重铸古典诗美，为新诗送来一份"晚唐的美丽"。这种古典美在诗情之外的艺术天地遨游中有更为内在彻底的表现。

一是意象选择的古典性。林庚诗歌呈示着浓郁的抒情倾向，它常常以景与物抒情，用意象暗示表现生命的体验和感悟，间接、客观、朦胧。他的这种抒情倾向与传情模式都暗合了整个现代诗派的追求，以致当时人们就称林诗为"中国所流行的意象诗派"，只是诗人在这种意象艺术追求中已加入了独特的创造：常用传统意象传达现代情绪，或者说，化用古诗的境界与意象表现心灵，引入体验的象征内涵。稍作检索就会发现，林诗中除常用远山的狮吼、冰裂的声音、春天等几组热烈明朗的意象，以求与诗人追求渴望的乐观明亮情怀对应外，大量存在的是黄昏孤灯、荒村枯树、细雨秋风、静夜斜阳等古诗常见意象，同诗人孤独寂寞的心灵相契合，这一趋向赋予了诗整体象征的深层意蕴以及完整的境界，能够唤起人们蛰伏在心底的审美体验积累，让人倍感亲切。如"邻院的花香随着晚风/黄昏的家门蝴蝶飞出了/没有梦的昨夜留恋什么呢/无声的荒草变了颜色/远处杜鹃啼/暮色沉重下/双燕如青春的影子/掠过微黄的窗外"（《春晓》）。随着缤纷意象花瓣的飘落转换，诗曲折地暗示出了诗人由寂寞而悲愁而欣悦的心理情绪流程。这种以意象暗示的写法避开了浪漫的直抒，是象征诗的典型写法。间接婉转而又含蓄，但它的意象几乎全出自旧诗，尤其五、六句愈见古诗之神韵，内涵也明朗而定型，子规啼夜的杜鹃固定寓意，令人一下子即可捕捉到诗人的悲愁心境。《春野》以春风流水暗示诗人心灵的欣喜也是象征笔法。但"春天的蓝水奔流下山/河的两岸生出了青草"这

97

种景色渲染，与"柔和得像三月的风/随无名的蝴蝶/飞入春日的田野"这种境界、画面、比喻，在古代田园诗中都屡见不鲜，多而又多。

需要指出的是，林庚诗的意象艺术追求，并非无益的复古。因为林诗意象语汇的外形是旧的、古典的，而境界情感的内生命却是新的、现代的。对这一点，稍留意一下他的春天诗与古代的春天诗就会清楚。同写春天，古诗多以春天的系列意象烘托情感，意象本身的地位醒目突出；而林诗意象的缤纷错落已让位于现代人生命的自由自觉、现代人生的解放与舒展。前者让人承受的是某种心灵触动，后者却会让你感动而切近。如《春天的心》中桃花、眼睛、水珠、江南的雨天等传统意象，已成为现代情绪、现代人青春躁动复杂情绪的载体，这也正体现了林诗现代性之所在。

二是语言的简隽暗示。在林庚看来，多余的诗句会减小诗的力量，尤其是形容词更容易把原有的气象限制住，所以他写诗常为锤炼语言而呕心沥血，在注重意象的跳跃外十分注重语言的删繁就简，精益求精。在写《窗》那首诗时，他"不断地把七八行诗变成两行，一行，到有一句可用仿佛才可以喘过一口气来"①。《破晓》更是数易其稿，堪称千锤百炼的结晶，前八句跳跃的意象并置有蒙太奇之奇妙，那是一种气韵生动、美妙绝伦的意象流转，至结句"如人间第一次的诞生"则已是前八句水到渠成的喷涌，在无穷的韵味里陡增了诗的浑厚。

为追求诗的凝练简隽，诗人还起用了一些陌生的手段，一是有时故意把向度相反或相对的两类意象或情感等因素拷合在一处，使其相生相克，给人以多重复调感，收到言短意丰的效果。《春晓》以花香、晚风、蝴蝶与荒草、杜鹃、暮色两种相反色调的意象对比交织，凸现寂寞又欢欣的两种不同感受。《时代》也混合了抑郁与欢欣两种对立的情思，诗人因时代丑恶而忧郁，又因时代中萌生出打碎丑恶的力量而欢欣；正因为有了足以概括那个时代的复杂情

---

① 林庚：《春野与窗·自跋》，开明书店1934年版。

第六章 传统诗美的认同与创造:林庚诗歌的创作个性

感,所以才有了如此宏大的题目。如果说《春晓》《时代》等是凭借意象、情感的特殊组合而爆发出的张力,那么《春天的心》则是靠语势的对立转换而寻找张力的。"美丽的东西到处可以拣起来/少女的心情是不能说的","含情的眼睛未必为着谁/潮湿的桃花乃有胭脂的颜色",这四句诗里却隐含着语势的转换变化,前两句是相反的平衡语势,一正一反,一轻柔肯定一轻柔否定,两行相连完整又妥帖,三、四句则相互描写,花与眼睛相互衬托印证,出人意料又十分美妙,透着一种心的愉悦,相反的平衡、相互的描写这种不同语势的对比相合,适口活泼,妙不可言。林诗这种意象、情感、语势有跨度的矛盾对立架构既拓宽了诗的内涵量,扩张了诗的聚点与情绪宽度;又以特殊的张力促成了诗的活泼变化、仪态万千。

二是时而创造出令人眼花缭乱、不可重复的比喻,将一切事物化作内心世界的暗示联想。除却路易士的《你的名字》外,笔者从未见过像林庚那样比喻繁复的诗。如"人的娇小/宇宙的涵容/童年的欣悦/像松一般的常沐着明月/像水一般的常落着灵雨/像通彻的天宇/把心亮在无尘的太空/像一块水晶石放在蓝色的大海中//如今想起来像一个不怕蛛网的蝴蝶/像化净了冰再没有什么滞累/像秋风扫尽了苍蝇的黏人与蚊虫嗡嗡的时节/像一个难看的碗可以把它打碎/像一个理发匠修容不合心怀/便把那人头索性割下来"(《那时》),一连串绵延不绝的比喻,清新爽朗干脆痛快,处处洋溢着生命的喜悦。再如《自然》中"独角鬼追逐着风/来去如寻找/吹过如留恋……"一连串"如"的连用,将具象与抽象、景语与心语交错得闪烁迷离,难辨泾渭,流动而不确定。奇的是林诗不少"像""如"的连用根本不是为创造比喻,而是想让一切印象、意念与形象间呼唤出共同的回声,把一切事物都化成相关的暗示联想,显示意象的联系,这无疑增加了林诗语言的新鲜与纯粹。

三是"现代绝句"的创造。有一点令不少人迷惑不解,当林庚具有散文诗情趣的自由诗渐趋艺术峰巅、声誉如日中天之时,却于1935年逆流而上,反叛戴望舒等人提出的自由诗不乞援于音乐的纯诗观,反叛散文化,并阐述韵律主张,开始格律诗的创作,以致遭到了戴望舒、钱献之等人的围攻。实际上，林庚自有他的道理。他认为，在新诗黄金时期的30年代，《现代》的自由诗成了继诗界革命后的又一次革命高峰，但革命即短命，它与那些口号诗一样泛着散文化的弊端，而散文化太重的诗尚不及旧诗的境界，因此新诗在革命后应走向建设，不能让散文革了自己的命。怎样建设呢？历史上诗歌每次散文化热潮后必有诗化过程，如楚辞后乃有五、七言诗这种传统艺术的回顾，为诗人指明了方向；他认为，深入活泼，但只宜深入而不宜浅出，一浅出就会掉入散文的泥淖，它只宜表达刹那的心得，是来不及酝酿发酵的创作；只有韵诗才行有余力从容自然，具有深厚的蕴藏，具有文质一统后谐和均衡的成熟气象，也只有它才能把新诗从散文化困境中解救出来。在这种观念的指导下，林庚开始创作四行诗和兼具四行诗、自由诗长处的节奏自由体，并在实践中寻找新的音组与节奏。他认为，平仄只是应该去除的装饰性外在物，汉诗节奏上有种类似"逗"的节奏点，发现"凡是念得上口的诗行，其中多含有以五个字为基础的节奏单位"①；同时以五字音组为基础尝试九字、十字、十一字、十二字以至十五字的诗行探索。如《秋夜的灯》《道旁》《北平自由诗》《四月》《井畔》《古意》等都可视为典型的现代绝句，都吻合了诗人的理论主张，外形整饬对应，音乐感强。如《秋深》这样写道：

  北平的秋来故园的梦寐轻轻像帐纱
  边城的寂寞渐少了朋友远留下风沙
  月做古城上情人之梦吧夜半角声里
  吹不起乡愁吹不尽旅思吹遍了人家

  首句点出怀乡之思，次句裸现游子寂寞之心，朋友稀少平添了一层寂寞，而深秋风沙所起的焦躁更加重了寂寞之深，尾句则发出无奈之感叹。它不但意象群落古典气十足，诗行排列更是别致，实

---

① 林庚：《九言诗的"五四体"》，《光明日报》1950年7月12日。

第六章 传统诗美的认同与创造：林庚诗歌的创作个性

现了诗人五字节奏最自然的理论主张，那整齐划一的字数、贯穿又自然的韵律、字句繁复的重叠，正适于表现深厚的意蕴，从而把乡思的寂寞写得含蓄内敛，层层叠叠，环环推进，意味深长。其实，林庚1935年以前写的一些自由诗也都具有格律诗成分，如《洗衣歌》即似清新欢快的劳动歌谣，轻松活泼，有着极强的音乐性。

林庚的新格律诗理论主张与见解在当时出现的意义是相当深刻的，只是它在自由诗盛行的特定环境下有些不合时宜而已，因而被人们忽视了。对诗人来说，这是个不小的遗憾。

与那个阔大的时代相比，林庚的诗歌天地是狭小的，声音是微弱的。有些诗只是印象，是毫无深意的排列，但它毕竟以独特的存在留下了一代知识分子心灵跋涉的清丽幽邃的诗情，真诚而又真实。尤其是诗人以一种严谨的艺术态度，为后人创造了一片不可一目十行浏览，而必须句句细读的优卓艺术景观，令人沉醉流连，让人丰富提高，为《现代》的总体格调吹送进了一股沉郁而雅丽的北国信风。

第七章　偏僻而智慧的抒情之路：
　　　　金克木的诗歌选择

　　正如施蛰存一直坚持认为根本不存在现代诗派的观点一样，金克木始终不承认自己是"现代派"诗人，但我们说他是"《现代》派"诗人恐怕是不会错的。

　　金克木走进《现代》多少有一点偶然。他虽然在20世纪20年代于故乡安徽寿县读小学时即已开始习诗，1930年前后来往于北平的几所大学旁听时笔耕愈勤；但当时他并"没有以诗出名的欲望，甚至没有挣稿费的'野心'"①，只是借诗抒发感情而已。1932年，在山东的中学与初级师范任教的他，随意将草就的《秋思》等几首小诗寄给北平的一位朋友，不想那位朋友竟把它交给《现代》刊发了。因之诗人深得编者施蛰存、戴望舒的赏识，彼此成了朋友，也结识了徐迟、南星等诗人；并经戴望舒的举荐，诗集《蝙蝠集》被列入邵洵美主编的《新诗库》于1936年出版，渐成《现代》与《新诗》杂志的创作骨干。

　　那时金克木写诗比较自觉，不但在非写不可时才动笔寄情，还以"柯可"为笔名撰写了《杂论新诗》《论中国新诗的新途径》《论诗的灭亡及其它》等诗论，研讨现代诗的现状及存在的问题，新见迭出。他认为，"新起的诗可以有三个内容方面的主流：一是智的，一是情的，一是感觉的"②，并具体分析了三种主流诗的特

---

① 金克木：《金克木先生访谈录》，《诗探索》1995年第4期。
② 柯可：《论中国新诗的新途径》，《新诗》1937年第4期。

第七章　偏僻而智慧的抒情之路：金克木的诗歌选择

质；称其中的主智诗走的是文学之路中的"僻路"，"然而正因其僻，却适成其为新"①。针对当时诗坛之诗普遍书卷气过重的僵化局面，他呼唤野蛮、粗犷、新鲜的诗风崛起，并且以其满贮"智慧"与"野性"的诗创作，印证了自己倡导的新智慧诗理论，成了继卞之琳、废名之后智性抒情"僻路"上又一位卓越的探险者。

"以智慧为主脑"

金克木诗歌的意象视界斑斓而阔达。从《更夫》的"单调"到《黄昏》的"飘忽"，从《晚眺》的"寂寥"到《生辰》的"清愁"，从《邻女》"微笑"的恋系到北方《鸠唤雨》"变调的哀哭"，几乎心灵内宇宙与现实外宇宙，经诗人灵性的抚摸都幻化成了诗的情思符号。

1930—1937年断续的北平学院生活练就的敏感，使饱具艺术良知的金克木在诗中对"九一八"事变后严酷的世态与心态都有所感应。《秋思》中泪珠"不息地流下，千滴，万滴"，不乏悲秋的感伤；《春病辑》的十首小诗在诗学主题上统统患了"三春小病"的美学流行症。这种时代主潮之外的情思咀嚼，"小处敏感，大处茫然"，充满着哀伤幽怨的浪漫情调。但这并不等于悲观消沉，因为它是与深切的忧患相伴生的，所以在现实黑暗苦痛的矛盾观照中仍有理想主义的筋骨支撑。在《晚眺》枯树、落日、西风织就的颓败景象中，诗人听到的是充满震颤、生机的"边塞的笳声"，"叫破这无穷的寥寂"；《愁春》面对残春中被折磨的老人、肺病的女儿等黯淡世相，却"愿北征的燕子/将南国的春信捎来/给这忧愁的大地吧"。这些拥抱着乡愁的都市抒情，在某种程度上折射出了北国苍茫沉郁的心灵颤动。在孤寂中，《期待》《雨雪》《肖像》《邻女》《招隐》等情诗开始大面积生长。这些情诗多写情而不涉及"性"，纯洁无瑕，情趣盎然，近于五四时期湖畔情诗的天真烂漫。

---

① 柯可：《论中国新诗的新途径》，《新诗》1937年第4期。

如《雨雪》的男女之亲被写得那般洁净，纤尘不染；《默讼》中有对情侣抛爽盟约的责备埋怨，但深层则是对往昔恋情的缠绵留恋，无望却执着，辛酸又美丽。诗人这种具有清丽纯洁趣味的情诗，不但在象征诗风盛行的 30 年代，就是在事隔半个多世纪的今天也十分少见，因此弥足珍贵。

按理说，仅传达北国心灵信息、昭示爱之纯洁深挚这一点已令人倾慕，但诗人风骚诗坛的拿手戏远非这些。金克木认为，新的智慧诗"以不使人动情而使人深思为特点"，"极力避免感情的发泄而追求智慧的凝聚"①；他的诗能确立个性，打动人心，凭借的就是对宇宙、人生、生命等抽象命题智慧的体悟玄想。如《生命》即是诗人刹那间对生命存在形式的体验审视。

> 生命是一粒白点儿，
> 在悠悠碧落里，
> 神秘地展成云片了。
>
> 生命是在湖的烟波里，
> 在飘摇的小艇中。
>
> 生命是低气压的太息，
> 是伴着芦苇啜泣的呵欠。
>
> 生命是在被擎着的纸烟尾上了，
> 依着袅袅升去的青烟。
>
> 生命是九月里的蟋蟀声，
> 一丝丝一丝丝地随着西风消逝去。

---

① 柯可：《论中国新诗的新途径》，《新诗》1937 年第 4 期。

第七章 偏僻而智慧的抒情之路:金克木的诗歌选择

它类似思维平行而无交叉的无主题变奏,生命是悠悠碧落里变幻的云、历经飘摇的舟、被迫呻吟出的无可名状的啜泣、烟尾上的青烟、随西风消逝的蟋蟀声,但它们却共同织成了生命由变幻莫测到溘然长逝过程的忧患感悟,诗人在绝望的处境面前顿悟到生命之渺小之压力之沉闷,进而触摸到了进取与挣扎、美好与悲哀并存的生命本质内核。《羞涩》也是对生命内涵的体认。"一笑便低下眉眼/你有什么不如意吗/得意才感到不安呢/又被我猜对了吗//乍来到世间旅行的生客/你的自觉的悲哀开始了/你已自己知道自己的可爱/不久便会听到你的幽怨声了"。随意的写法似有从智性层次逃脱之嫌,其实不然。诗人从"得意"与"不安"的组构里悟出"可爱"与"幽怨"乃人生的二重奏,生命原本就是如此残酷又真实。再如,《神诰》已进入死亡观的揭示层面:"死于非命者不得托生/永久的漂流,无期的漂流/自由的枷锁,枷锁的自由/安心了吧//安心享你的福命/在世执着,出世解脱/一切苦厄,永劫不磨/游魂呀,去吧"。人生乃无尽无休的漂泊,充满着各种各样的羁绊,因此活着该平静地面对苦厄,死时也不必惊慌,那是一种解脱的福分。宗教用语转世、托生、福命的介入,为诗涂上一层神秘的宿命光晕,达观背后隐匿着人生的大悲哀。金诗的慧思不仅表现为上述诗的整体性覆盖,在一些诗中也表现为局部穿插与闪烁。如长诗《宇宙疯》那"从有到无是这宇宙的目的/无中生有便是宇宙的玄机的抽象",那"群星""动"与"死"的辩证,那霹雷与死寂的交替,无不包孕着一种耐人寻味的深厚哲思。

金克木的诗不但抽象化命题的玄想,沉潜着智慧的风度,就是那几首"不是情诗的情诗"(金克木语)也都理趣丰盈,不直接抒写爱本身,而展开一种爱的思索与体验。如《肖像》:"你的相片做了我的镜子/我俩的面容在那儿合成一个//我在热闹场中更感到孤独/到无人处却并不寂寞/因为我可以对你私语/我有哪些说不尽的回忆……因此我愿在无人处对着你/看你的迷人的永远的微笑"。它虽然散文的意味浓些,但却内含着能给人以深省的哲思;在爱的过程中,海誓山盟固不可少,但那只是外在的形式,最重要的是心与感情的流通,二人"合成一个",成为互相的"镜子";愈是热闹愈会产生思念恋人的孤独,而愈是无人时却愈会感到内心的充实,可以尽情在精神世界里展开对恋的忆念。辩证的思维向度,整合了爱的复杂感受与多重体验。

金诗诗情智化所带来的哲理深度,垫高了新诗的艺术品位。可贵的是诗人虽是享誉国内外的东方文化研究专家,却从不卖弄知识以学问作诗,而是选择了一条"同感情的""非逻辑的"诗性道路,所以他的诗总能"情知合一",将慧思内涵化为意象的整体体现,达到形象、思想、情感的三位一体化。并且受"新诗人若要表现新人生又不能漠视其所处的环境,又不能不对周围的人事有分析的认识和笼括的概观"[①] 这一观念的导引,使诗人的慧思总是力图在现实的底版上展开,以时代因子的渗入强化诗情诗思的现代性,从而超越了古代智慧诗,新颖而不"狭陋"。

如被公认为寻找价值与理想伊甸园的哲思神品《旅人》,就实现了情、知、象的同一。"你背负着雨伞的/辛苦的旅人啊/艳阳天是早已不在这里了/且枕着枯树根/沉沉睡去吧/难道你还要寻觅夭桃秾李//是那天角有绿窗/引诱你奔走吗/辛苦的旅人/待噪倦了归鸦时/小饭铺里的马槽边/无罩的煤油灯将要抚慰你了……可别曳了这里的沙漠风/去伤害远方的未婚花鸟"。它在远天的"绿窗"与现实的"沙漠"对立背景上,表现寻梦的旅人不计路程、时日、后果,向诱惑人的"绿窗"跋涉的价值。其间有对旅人劳顿的同情,有对矢志前行的礼赞与实现理想的祝愿,达到了情绪流动与慧思的交融。而象征性意象的出台与承传递进,又形成了自然而深沉的感情梯度与深度,使形象大于思想,整体寓意趋于含蓄,使生活具象有了超越自身的内涵。"绿窗"可视为遥远又迷人的理想之境,"未婚花鸟"当是梦中未被社会庸俗欲望污染的纯净乐园,"沙漠风"则有现实社会氛围的深层所指,它们与

---

① 柯可:《论中国新诗的新途径》,《新诗》1937年第4期。

第七章 偏僻而智慧的抒情之路：金克木的诗歌选择

"旅人"形象结合既有透明度又具暗示力。《生命》优卓于一般说理诗，就在于它的慧思是在整体抒情建构中隐蔽、深藏、展开的，是在五个并置比喻所提供的一串生动意象中进行立体化的诗意呈现的。主体与喻体间由"是"的联系建立，似平淡单调，但其喻体本身的朦胧实际上模糊了主体与喻体间的联结点，仍使诗在给人以启悟的同时充满着朦胧美。再如"遥远的梦。遥远的梦／三年，九年；三十年，九十年／人生不过百年哪／待天边飘起一片云时／花的梦，鸟的梦，月的梦／都是风里的蜘蛛网了／残留的许只有这临水的岩石"（《抒情诗》）。该诗表现了岁月飘忽、人生短暂、世事多变，对花、鸟、月等意象的起用，使这抽象的思考与怀恋旧情的伤感变得具体可触。金诗的慧思还有一定的现代性。如《生命》就无法抽掉时代的底版而求解，正是30年代的腥风血雨战乱频发，才使诗人感到世界一无是处、生存方位无定，顿悟到生命之渺小与渺小生命压力之沉重，那是与古诗中忧患之思摇荡之秋不可同日而语的典型的现代情绪。《晚眺》中的"笳声"，正是时代的心音、北国灵魂寻求新生的搏动。

总之，金克木的新智慧诗，既在横向上与那些以诗形式说明道理的说理诗、卖弄聪明的警句诗大异其趣，又在纵向上超越了出离时代感悟人生的狭陋的古代智慧诗。它以体悟的"现代性"与"向来产诗的道路"的"诗性"融汇，达到了智性与感性、哲学与诗的同构，避免了诗思僵化，将缪斯引向了智慧的"新"路，虽非人人可解，却多有上佳的明珠。

"野蛮"的活力

金克木放眼30年代诗坛后指出：诗的僵化在于书本气太重，过于文明，因吃得多而营养不良，被古今中外的传统所压倒；"必有野蛮大力来始能抗此数千年传统之重压而前进"，"要有野蛮、朴质、大胆、粗犷，总之是新鲜的青春的活力来的诗中间才能使人耳目一新"①。因此他呼唤要创造诗坛的一种野蛮新鲜的活力。

与理论的倡导同步，金克木在创作中尽力摆脱各种传统的因袭，不拘一格地进行创造。也许是受《蝙蝠集》扉页所题的两句诗——"山石荦确行径微，黄昏到寺蝙蝠飞"（韩愈《山石》）的影响，当年就有人认为，金诗"有意无意地在学'乐府诗'"，意境苍老，多取古代的事物做背景。②事实上，这只看到了事物的表层，因为金诗确多古诗的时空和意境造型，但它从中却总能蜕化出现代意识与现代审美意趣，有种"化古为今"的倾向。同时金诗也"很难说直接受到西方现代派文学、现代主义诗歌的影响"③，艾略特以及其他现代派诗人的作品和理论，都是诗人开始写诗有一段时间以后才看到的，所以对之不能简单地用西方现代派诗歌的先验模式去套评。甚至金诗与30年代的现代诗派也"貌合神离"，它具备施蛰存论述的《现代》诗的共同特征，不用韵，句子段落的形式不整齐，混入一些古字或外语，诗意不能一读即了解；也追求纯粹性，认为新诗应从根本上拒绝散文的教师式的讲解，读之应类似参禅人的悟道，"诗在现代世界上总是一部分人的事，不能和大众中流行的歌曲相比，无法热闹"④。他初期诗歌的意象联络不会太夸张，题旨也不像现代派的有些诗那样晦涩难懂，他的诗起用现代诗派钟情的象征艺术，却无它的晦涩。也就是说，金诗既不是模仿外国诗，更脱掉了古诗的痕迹，以对古今中外各种传统入乎其内、超乎其外的创造性转换，创造了具有"野蛮"新鲜活力的"现代的中国人写的现代诗"，促成了现代主义诗歌在中国具有积极意义的演进。难怪抗战后诗人讽刺汪精卫的《乌鸦》等诗背弃了现代派艺术。

金诗野蛮新鲜的艺术活力来源主要有三个途径。

一是野蛮新颖的意象、想象，饱具一股陌生鲜活的冲击力。如

---

① 金克木：《杂论新诗》，《新诗》1937年第2卷第3、4期。
② 孙作云：《论"现代派"诗》，《清华周刊》1935年第43卷第1期。
③ 金克木：《新诗断想》，《诗探索》1995年第4期。
④ 同上。

第七章 偏僻而智慧的抒情之路：金克木的诗歌选择

《年华》：

> 年华像猪血样的暗紫了！
> 再也浮不起一星星泡沫，
> 只冷冷的凝冻着，
> ——静待宰割。
>
> 天空是一所污浊的池塘，
> 死的云块在慢慢散化。
> 呆浮着一只乌鸦，
> ——啊，我的年华！

首句隐喻一语点破年华像牲畜般被砍杀的惨状，暗紫的猪血虚指青春已凝冻而无一丝热气；而苦难犹未了结，尸体般的青春还要静待宰割，愈见其残酷。高高在上的天空也异化为污浊的泥塘，布满死的云块；连唱挽歌的乌鸦也难以幸免地呆浮为诗人年华的典型意象。猪血、泥塘、乌鸦这以往诗中少见的意象，已让人感到新鲜不已，而年华像猪血、天空似泥塘的出人意料的"远取譬"更是大胆骇人。然而，诗人正是借助它们传达了独到的发现与思索：置身于酱缸文化的社会里，人的生存原已局促到天地不容无所栖止，活即死，死亦如活一样悲哀。创新的意象获得了批判的指向与力量。《生命》用明喻呈现出对生命的思考，它把生命比成烟尾上"袅袅升去的青烟"，随西风逝去的"九月里的蟋蟀声"，这种美妙又奇诡的意象令人经久难忘，且内含着一种彻悟：生命的消逝不可违抗，生命的最后升华即是死亡，生命走完艰难旅程后必然进入告别自身的季节。闭目冥思，好像真的感觉到生命如轻烟缕缕、虫声阵阵渐渐消逝，空留下袅袅又沉重的余响。再如诗人这样写旱天见云："黑衣女。莫更矜惜你的鸩毒吧/许已有携了清凉剂的/匿名的医师姗姗来了呢"，这种感觉真是别致得新鲜，别致得可爱。

金诗这种"野蛮"新鲜的意象，这种在风马牛不相及、间距遥远的本体与喻体间寻找联系的"远取譬",不仅增强了诗的抒情力度和陌生感,造成了一种飘忽不定的朦胧,而且它与习惯的彼特拉克式的老化死亡比喻拉开了距离,显示出诗人葱郁蓬勃的创作生气。

　　二是俏皮奇绝的巧思,"合道"又"反常"。这方面最典型的诗篇是《雨雪》:

　　　　我喜欢下雨下雪,
　　　　因为雨雪是你的名字。

　　　　我喜欢雨和雨中的小花伞,
　　　　我们可以把脸在伞下藏着;
　　　　我可以仔细比比雨丝和你的头发,
　　　　还可以大胆一点偷看你的眼睛。

　　　　我喜欢有一阵微风迎面吹来,
　　　　于是你笑了笑把伞转向前面;
　　　　……
　　　　我喜欢微雨中小小的红花纸伞;
　　　　我喜欢下雨,因为我喜欢你。
　　　　但我更喜欢晶莹的白雪,
　　　　愿意作雪下的柔软的泥。

　　以恋人名字与自然景物偶合点的寻找作为构思契机,这种构思法相当少见。以恋人的名字"雨雪"作为实题,不比路易士《你的名字》的虚题,本身就意味隽永,情思观照充满温情,有一点儿游戏似的新鲜,而至正文则愈见其妙。因有恋人名为雨雪这一前提,爱屋及乌的诗人开门见山地破题:"我喜欢下雨下雪",这只是它一般的内外延含义,真正的内涵是雨天在伞的掩护下,可以尽情大胆地观赏恋人的容颜秀发,所以诗有四分之三的篇幅写伞下情

第七章 偏僻而智慧的抒情之路：金克木的诗歌选择

趣。结尾两句似乎随意突兀，实则感情负荷最重漂亮至极；将雨雪分为两种感情层次，就使诗在温柔缱绻中又加入了深沉的情愫，透露出诗人愿与恋人做浅层的感情交流，更愿做深层的感情渗透的心曲，言近旨远，余味绵长。《默讼》以季节性词语、句子作为结构组织的框架，沟通了过去爱情的姣好、如今诗人的孤独以及对未来无望的企盼，很新颖。"从梁间燕子的呢喃/听到长空的鸣雁/然而何时才听得你足音蹬然呢"，"秋风驱落叶打我的纸窗/又拾起积雪来敲我墙壁/然而还不是你的剥啄声哪"，这两段诗表明诗人从春到秋、从秋到冬，一直等待着恋人践约的足音与剥啄声，却始终没候到。前后两段旋来转去的复沓，将悱恻的责备与深情的怨艾传达得一唱三叹，婉转浓郁。《招隐》的构思也带着些许俏皮。它的第一人称"我"与"远游的人"对话，确切地说是以"我"对"远游的人"的呼唤展开构思，既符合"招隐"的口吻，又使"远游的人"成为诗人情绪外化的载体，令人感到"我"与"远游的人"有种心心相印的契合关系，可以互换。这种有意无意的"模糊"构思，比直接让"我"抒情更具包孕力和含蓄美。

三是反讽的张力。反讽在新批评理论家普鲁克斯那里被解释为"表示诗歌内不协调品质的最一般化的术语"，是"承受语境的压力"；在瑞恰兹那里被称为"反讽式观照"，即"通常互相干扰、冲突、排斥、互相抵消的方面，在诗人手中结合成一个稳定的平衡状态"[①]。不论人们对反讽概念怎样界定，它的内涵都是指诗中诸种因素的对立与不协调，具体有语调反讽、语义反讽、意蕴反讽等几种类型。反讽这种现代派诗歌常用的技巧，在金克木诗中已由一般的方法上升为思维方式的本体论层面，开放出许多"矛盾"情境的智慧花朵。如《年华》这富有诗意的字眼，本该是如花似月、青春活力的同义语，可在诗人笔下却变奏为生命被压抑生活调侃的意蕴反讽，幻化为静候宰割的牲畜、呆浮的乌鸦。这种打破常规的构

[①] 赵毅衡：《"新批评"文集·引言》，赵毅衡编选：《"新批评"文集》，百花文艺出版社2001年版，第379页。

想，使诗带上了意向的多种可能性：是隐性批判生存，还是暗喻生活之沉闷，抑或昭示青春的被动状态？你无法用习惯的思维方式去穷尽它。它事实上应具有的美好形态，与现有的残酷形态，在截然不同的悖逆中有股难以遏止的张力。《招隐》全诗所幻想的沙漠美不但与都市生活沙漠现实的寂寞反差强烈，而且把逃离寂寞的主题表现得极具张力。其中的一些段落还具体运用了语义反讽笔法。如"远游的人啊，我要你快来，快来/快来同我一起到沙漠中去//都市是喧哗的沙漠/这沙漠却一点也不可爱/这里又没有风，又没有太阳/有的只是永远蒸腾着的寂寞"。它的笔法有一种类似悖论的效果。喧哗的都市反倒成了沙漠，充满寂寞，不再可爱；而并不可爱的真正的沙漠却成了人心所向，语义的错综，将诗人沉痛的寂寞感与逃离企图包容起来，对都市的不满与对自由自在的开阔的向往趋于直露。《旅人》兼用了语义反讽与语调反讽。"且枕着枯树根/沉沉睡去吧/难道你还要寻觅夭桃秾李"，诗人不甘沉睡却又无奈，在荒漠中寻找夭桃秾李只是美丽又荒谬的梦，这一事实本身就造成了所想与实际间的对立与差距，容纳着旅人明知不可为而为之的顽强与可悲。而对于旅人的劳顿不堪，诗人却以"难道你还要寻觅夭桃秾李"的戏谑出之，在实际的艰辛与故作轻松中拉开了距离，以自我讥讽的方式从相反方向强化了跋涉的艰辛。另外，像"一任花儿自开自落/到两极去寻找温暖吧"（《雪意》）也是典型的语义反讽。

  金诗的反讽运用，使我们得到的不是浪漫的冲动，不是机智的笑声，而是智慧难以简单征服对象所引起的艰涩与含蓄，它赋予了金诗一种无穷的张力。

  金克木"野蛮"新鲜充满活力的诗艺探求，敦促其诗歌剔除了学问家的书卷气，摆脱了传统的因袭与限制，使诗人成了智慧抒情"僻路"上的高手，"僻"得新，"僻"得智慧，"僻"得才气夺人。

第八章　都市放歌：徐迟前期诗歌的创造性

鲁迅在评介勃洛克的《〈十二个〉后记》一文中说："我们有馆阁诗人，山林诗人，花月诗人……没有都会诗人。"评论家孙作云也认为："现代派诗中，我们很难找出描写都市、描写机械文明的作品。"① 这两位的观点恐怕很难让人信服。如果说鲁迅文出自现代诗派、九叶诗派崛起之前的1926年，仅仅忽视了郭沫若等零星都市诗的存在，尚可理解；而孙文在交错田园乡愁与都市风景的现代诗派出现之后，却否认都市诗的存在，就有失偏颇，与历史真相隔膜了。

应该承认，都市诗从未领略过主潮的殊荣。但作为一种诗的类型，都市诗的历史却与都市同龄。即便在30年的现代诗史上，也耸立着一条迷人的风景线。从郭沫若、李金发、卞之琳、陈江帆、罗莫辰到艾青、袁水拍、唐祈、袁可嘉都做过出色的都市诗操。尤其是20世纪30年代上海大都市的发达膨胀，更掀起了一股都市诗热潮，现代诗派的后来者、最年轻的徐迟，也以诗集《二十岁人》的写作成了都市文明最热烈的歌唱者，在诗坛上刮起一阵年轻有力的"都市风"。只可惜徐迟的诗探索当时没有引起人们充分的注意，后来又被其散文、报告文学的辉煌遮住了光彩。1996年12月12日，当历史尚未来得及对诗人的创作经验进行必要的总结时，徐迟这颗艺术的星辰却过早地从诗国的天空陨落，不无神秘地永别

---

① 孙作云：《论"现代派"诗》，《清华周刊》1935年第43卷第1期。

了人间。如今是该标识出徐迟在新诗史上位置的时候了。

新诗历史的"化石"

说徐迟是新诗历史的"化石"、典型的诗化人生者并不为过。诗人的一生与诗结下了不解之缘,虽然形式上有疏离诗的迹象与时日,但在精神上却从未割断与缪斯的联系,可以说,诗人的一生就是一首婉转的无字诗。他差不多参与了现代中国新诗创作和理论建设的全过程,或者说,他的诗歌活动就是一部浓缩的新诗简史。

徐迟1914年降生于浙江省吴兴县南浔镇。江南清新秀丽的自然风光赋予其诗以灵气;书香门第的自由空气为他营造了最初的诗氛围;而父母为走教育救国之路不惜倾家的义举与牺牲又在他幼小的心田孕育了诗的激情与敏感。所以一俟1931年从苏州东吴大学附中升入东吴大学,他便选择了外国文学作品作为攻读方向。"九一八"事变后弃学北上,想奔赴东北抗日战场为国捐躯;途经北京受阻,于1932年到燕京大学借读。冰心女士在其《诗》中对拜伦、雪莱、华兹华斯、柯尔律治的精彩剖析,引起徐迟对西洋诗风的迷醉。1933年返回南浔及东吴大学后读到发表西方现代派诗歌的刊物《猎犬与号角》,遂萌生了创作欲望,尝试用现代手法写诗并在《现代》杂志上发表。其处女作《献》就多得意象派诗不用修饰、不用诗来叙述的精髓,随后诗人频频亮相,成了《现代》杂志活跃的重要诗人。1936年其诗集《二十岁人》出版,在诗坛上吹起了一股奇崛瑰丽的都市诗风。是年,他又与戴望舒、路易士(纪弦)一道筹办"新诗社",创办《新诗》诗刊,继续倡导现代诗风,这无疑是《现代》停刊后现代诗派艺术活动的延伸,为新诗进入黄金时期建立了奇功。与同时期海明威影响下的散文创作的明朗化不同,《二十岁人》及后来因战乱而夭折的诗集《明丽之歌》相对晦涩难懂一些。

抗战全面爆发后,历史进入了"抒情的放逐"年代。顺应时代的呼唤,诗人一改自己的思想与诗歌风格,他说:"从四十年代一

第八章 都市放歌：徐迟前期诗歌的创造性

开始，我接触了马克思主义和毛泽东思想，初步弄懂了一些革命的道理，就跟了共产党走。我批判，并舍弃了现代派。"[1] 受毛泽东在诗人纪念册上亲笔题赠"诗言志"事件的鼓舞，他伴着现代诗派由炽热而衰微的节律，彻底抛弃了纯诗，努力使诗成为人民的武器，写出了突破一己情思苑囿、汇入争民主反黑暗浪涛声的诗集《最强音》。朗诵诗运动掀起后，他不但身体力行，亲自组织诗人到会场、街头去朗诵自己的诗作，还从理论上探讨朗诵诗与诗朗诵，写了我国第一本研究朗诵诗的专著《诗歌朗诵手册》，认为诗朗诵是诗作的再燃烧，推动了朗诵诗运动的深入。此时的《最强音》《历史与诗》《社论》等已从内心悲观的色调走出，更注目现实人生，具有现实主义的雄健笔力，显示出诗人拥抱时代切入现实的热诚努力。中华人民共和国成立以后，诗人先后以《人民中国》《人民日报》特约记者的身份，两度采访朝鲜战场，足迹遍及大江南北。火热的生活撞击着诗人的心灵，他在撰写大量的特写、报告文学的同时，以按捺不住的喜悦搞起"副业"，写下了《战争·和平·进步》《美丽·神奇·丰富》《共和国之歌》三本诗集。此时的诗兼具记者的敏锐观察与行吟诗人的即兴歌唱特点，以对经济建设中平凡而新鲜生活细节的描绘，弹拨出嘹亮的时代交响乐。1957年对徐迟来说是值得大书特书的一年。这一年，他在中国作协理事会上首先对中国偌大的诗国无一本诗歌刊物的现状表示不满，力倡创办《诗刊》，并且经过他与臧克家、吕剑等人的奔走、呼吁、联络、筹备，终于使《诗刊》创刊号与大家见了面。在创刊的四年里，作为副主编的徐迟大量约稿、编稿、发稿，甘愿为别人作嫁衣，引渡出一批诗坛中坚力量，这是诗人对中国诗坛的最大贡献。此间，诗人的诗创作大量减少，理论上留下了一本《诗与生活》，记录了当时诗歌的历史现象，有一定的指导意义。

在"十年浩劫"中，诗人在劫难逃，被下放到汉水中游一个五

---

[1] 徐州师范学院：《中国现代作家传略》上辑，徐州师范学院编印，1981年，第614页。

七干校劳动,所受折磨不堪言说。新时期伊始,他投入自由的散文怀抱,以火热的激情为科技战线的英雄们树碑立传,接连发表《哥德巴赫猜想》《地质之光》《生命之树常青》等报告文学,起了替思想解放、尊重知识与人才政策鸣锣开道的作用。这些作品既有激情又具思辨力,形式上是散文,本质上则是诗,它们将诗人推向了文学生命的辉煌峰顶。进入80年代后,徐迟基本上不再写诗,但他仍然不忘诗人本色,关注新诗命运。承续1979年提出的新诗现代化命题,1982年发表《现代化与现代派》一文,寻找现代化与现代派二者间的联系,这篇不乏建设性观点的文献,显示了诗人勇于探索的精神,反响强烈。诗人最终在通常意义上的死亡,也仿佛是为赴宇宙深处遥远又亲切的呼唤,是对地球以外其他星球的无限向往,死亡也带上了浓郁的诗意。从这一角度看,徐迟是继徐志摩之后诗坛上又一位"想飞"的诗人。

对徐迟诗歌创作历程的描述表明,他的一生是一首婉转曲折的无字诗,始终保持着真诚与激情的品格气质,一直与缪斯结伴而行。从他的人与诗这颗新诗历史的精神化石中,我们不难感受到新诗沉浮曲折的历史轨迹,每一阶段的风雨潮汐、累累斑痕与纹理走向。总之,徐迟的人与诗已构成一部袖珍的新诗历史。

乡村人在都市

徐迟现代派时期的诗歌,是青年知识分子由乡村进入都市后矛盾复杂感受心态的凝聚,是赞颂与诅咒情绪的二重奏。它既有对都市文明进步欣喜热情的礼赞,又有对混杂于繁华中的都市病态与畸形的诅咒,以及因不满都市而生的对乡村自然闲适秩序的怀恋。

应和现代文明的感召,徐迟不甘乡镇的寂寞而投奔到都市。凭着诗人的敏锐直觉,他感受到了都市乃神奇与腐朽的统一体。一面是由摩天大楼、接踵的商场、电报电话、学校医院写就的繁华喧腾;一面是由妓院赌场、童工乞丐、棚户区、白相人支撑的屈辱与丑恶。它让人崇拜向往,也给人压抑与忧郁;自乡间带来的生活节

第八章 都市放歌：徐迟前期诗歌的创造性

奏与心理结构的惯性，更使诗人与它格格不入，陡生出一份迷惘与失落。徐迟曾情不自禁地赞赏年轻迷人的都市女神，歌颂都市文明。20岁的他"年轻、明亮又康健"，"挟着网球拍子，哼着歌"，"欢喜着呢"（《二十岁人》），充满活力与希望。他意识到"在异乡/在时代中灌溉我的心的田园的/是热闹的，高速度的，自由的肥料/我的心原是一片田园/但在异乡中，才适合于我自己"（《故乡》），在不无矛盾的心态认识中，饱含着对都市文明的渴望与崇拜。但是更多的诗篇却是集中批判都市的生活罪恶等负面质素，抒写对现代都市的内在厌倦与感伤。如《都会的满月》：

> 写着罗马的
> Ⅰ Ⅱ Ⅲ Ⅳ Ⅴ Ⅵ Ⅶ Ⅷ Ⅸ Ⅹ Ⅺ Ⅻ
> 代表的十二个星；
> 绕着一图齿轮。
>
> 夜夜的满月，立体的平面的机件。
> 贴在摩天楼的塔上的满月。
> 另一座摩天楼低俯下的都会的满月。
>
> 短针一样的人，
> 长针一样的影子，
> 偶或望一望都会的满月的表面。
>
> 知道了都会的满月的浮载的哲理，
> 知道了时刻之分，
> 明月与灯与钟的兼有了。

这是纯都市化感受，借时钟、满月意象暗示出人被异化（或人为物役）而失去美的灵性的哲理，揭示了都市生活的真谛，说明都会里没有大自然的满月，只有奴役人的人为的满月。都市人每日先

117

感到的是摩天大楼上的时钟,那十二个罗马字的星围绕着一个齿轮,象征着都市生活的秩序,它与其说是日日的时钟,勿宁说是夜夜的满月;它不似天上阴晴圆缺的月,而无论何时都运转不停,这又象征了都市生活的机械单调。这个似月非月的"满月"兼有月亮、灯、时钟三种功能,它足以左右人的命运,指挥通都大邑跟着它运作;望着它的表面,人们会感到自己就是都市机器上的一个部件,人与影子如同在固定位置上的时针分针,从早到晚不停地忙碌,单调又紧张。

都市人在追逐物质富足时,必然会在精神上走向贫乏,失去一些正常品质。所以诗人不但表现都市芸芸众生被异化的非人状态,而且揭示了浮躁迷惘、无所适从的都市流行病。如《微雨之街》这样写道:"雨,没有穷迫的样子/也不会穷尽的//飘摇飘摇/我的寂寞//泛滥起来/雨,从灯的圆柱上下降了//蔷薇之颊的雨/蔷薇之颊的少年人//神秘之街上/雨从街的镜面上升了//神秘之明镜/从雨的街上显灵了"。全诗流泻着对雨的内在心理感觉。那是自然之雨更是心灵之雨,连绵的雨落在街上,象征着诗人寂寥徘徊的绵延不绝。神秘的明镜照着诗人脸颊,仿佛自然美景消释了诗人的寂寞烦忧,但被排斥在繁华外的雨街行走,愈显出诗人的无聊与忧郁,愈显出诗中深入骨髓的寂寞泛滥。《七色之白昼》从"幽会或寻思只是两人的事呢"一句看似情诗,但它的深层指归却是对都市炫目的色彩生活的反叛。七色之白昼如"七种颜色""七个颜容的胴体的女郎",富丽无比,好像美与爱的象征,可它只在午梦中,七色不但对爱与美,就是对"昼眠"也显得太多,"单色的雾"之纯洁才是美,太多的颜色涂饰就是太多的花哨伪装。诗人以辩证思想的展示,对都市外在的富丽尤其是追求浮华的内在浮躁灵魂进行了独到的批判。原来诗人生活在都市,却是都市生活的批判者。

在徐迟的诗学主题中,与批判都市文明并行的是对理想乡村形态的赞美与怀恋。德国汉学家顾彬在《中国文人的自然观》一书中曾经论及,每当人类对文明生活的复杂性感到厌倦的时候,就会向往一种更接近自然或淳朴的生活方式。由于对都市文明的厌恶反

第八章 都市放歌：徐迟前期诗歌的创造性

感，徐迟的诗在与之对抗时自然会把情感定位在理想化的农业社会，定位在对天人合一的田园牧歌式的乡村的怀念礼赞上。说来难怪，哪个赤子不爱家园？哪个赤子心中的家园不是一块纯洁的圣地？《春天的村子》就表现了这种情感。

村夜，
春夜，
我在深深的恋爱中，
春天的村子，
雪飘着也是春天，
叶飘着也是春天。

打眼就可以看出，诗里似乎充满着悖论。春夜该鸟语花香，和风习习，怎么却飘着雪飘着叶？雪和叶是冬秋的特有景观，诗人为何偏把春夜与这两个不同季节的物象拷合在一起？是故作惊人之语，还是另有企图？然而，一旦把情感词"深深的恋爱"与它们联系在一起考察，便会觉得它反常又"合道"。因为爱的力量神秘巨大，移情作用可令一切事物变形；正因为诗人对村子热恋，所以什么也改变不了故乡在他心中的形象与位置，飘雪也是春天，叶落也是春天，故乡永远温暖，永远充满希望。对这里的"恋爱"不该理解得太实，它不仅仅是男女情感的专指。如果说《春天的村子》中的故乡之爱尚显抽象，那么《苔雪的溪水上》的乡村之爱则具体得多。"荻芦的塘岸／故乡的竹篱／短墙上繁茂着牵牛花……风吹着／水田，桑林，祠庙与屋宇／在故乡的住处／感情与诗奇怪地融合了"，那里有"水车与芙蓉鸟唱着俚俗的歌谣"，"兴啊福啊的小桥与小巷／平和的象征，静穆的长廊"，所以诗人在"我的慈母的生地"，"在那肥的土地上／栽下着我的恋了"。对最日常化的乡村物象、生活细节的选择描述，恢复了江南故乡如诗如画的真实形象，寄寓着最深厚最诚挚的欣喜爱恋情怀；在宁静平和的乡村里，人们的生命形式憩适悠然，清静自得，合度自然，健康优美又充满野趣。乡村

119

《桥上》的一瞥，充满着原始田园牧歌的气息，在那世外桃源般的存在里，一切的烦恼与矛盾都得到了消解与疗治。

诗人是以乡村文明作为参照系统来对抗都市文明的，所以常将乡村与都市并置对比，在乡村的野趣自由闲适与都市的喧嚣苦闷压抑对立的抒写中，使情感爱憎了了分明。如《春烂了时》："街上起伏的爵士音乐，／操纵着蚂蚁，蚂蚁们。／／乡间，我是小野花，／时常微笑的；／随便什么颜色都适合的；／幸福的。／／您不轻易地撒下了饵来。／钻进玩笑的网／从，广阔的田野／就搬到蚂蚁的群中了。／／把忧郁融化在都市中，／太多的蚂蚁，／死了一个，也不足惜吧。／／这贪心的蚂蚁／他还在希冀您的剩余的温情哩，／在失却的情中，冀求着。／／街上，厚脸的失业者伸着帽子。／'布施些，布施些。'／／爵士音乐奏的是：春烂了。／春烂了时，／野花想起了广阔的田野"。演奏爵士乐的春天，芸芸众生在都市的操纵下，异化为疲于奔命的蚂蚁，互相缺少温情，互相倾轧竞争，或者存活或者死去，这异化生命为被动接受体的都市里没有春天；而乡间却是另一番情调，那里生命如野花般自由自在地生长，合度自然，充满"微笑"与"幸福"，春天永远属于"广阔的田野"。都市与乡村两类语汇的异质对立包孕着强劲的张力。长诗《一天的彩绘》中，如河如星的草原的自然之女，在都市的动物园、咖啡座、音乐厅里处处感到隔膜不已，淡漠表情与行动里隐约表露出对都市的不满和无奈，与对自然天籁的回想。

徐诗的另一诗学主题是沉迷爱情。既为摆脱都市病的纠缠，又因为诗人正处于早霞般开放自己的青春季节。爱情的吟唱便自然而然地覆盖了《隧道隧道隧道》《故乡》《恋女的篱笆》《七色之白昼》《六十四分音符》《六幻想》等大量诗作，筑起一方庇护慰安灵魂的精神天地。如《隧道隧道隧道》："我，掘隧道人，／有掘隧道的下午的，夜的……我只是掘着隧道而已／不及黄泉，毋相见也……她掘了一条隧道，／我掘了一条隧道……可是，我却不知道／这宝贵的矿床的剖视图上，／两条隧道是否相见呢？"这里仅引用了诗的主干，却已完全地表达了初恋的情怀。已成陈词滥调的海枯石

第八章 都市放歌：徐迟前期诗歌的创造性

烂的爱情，因构思的别致与《左传》典故的借用，在此爆发出了新意，爱的渴望忠贞被传达得热烈又含蓄。《六十四分音符》这首活泼明朗的青春恋歌，则横画出"爱笑的少女，划舟的少年"水上泛舟的嬉闹图。"爱情的春江"上，阳光灿烂，水波舒缓，木舟自由飘荡，少女的抓水声笑闹声，如同六十四分音符般美妙动听。诗虽运笔节制，爱的甜美温馨却已溢出画外，令人遐想。徐迟情诗的独特在于总与美丽的田园风光、乡野之趣交织，愈显得健康优美，如《六幻想》即是。

诗人又是热情坦诚、笃于友情者，所以写了一些友情诗驱遣寂寞。如《赠诗人路易士》只通过老朋友善在"火车上写宇宙诗"、常挂着"乌木的手杖"、愿豪饮"鲸吞咖啡"等几个个性化细节，便活脱地刻画出路易士爽朗豪放的性格。尾段暗示了友情对自己的影响，"因为你来了，握了我的手掌/我才想到我能歌唱"，说明友情可以赶走寂寥，带来喜悦和力量。五行小诗《寄》也很有味道，"躺在床上的时候/我不相信我们的中间是远离着的/有三个省份/有一条三千公里的铁道/有了黄河长江"，有水陆交通工具，多远的旅程都是咫尺，万水千山只能阻隔视线却永远隔不断对朋友的牵念。

对乡村理想化的企羡、对都市异化罪恶的厌倦，乃是乡下人都市心态的一体两面，它们互为参照互为依存，难以割裂。而爱情吟唱则是都市里乡下人情思的逃避与释放。说穿了徐诗的三个诗学主题都是典型的都市情绪。诗人正是从不同角度切入都市情绪，才恢复了现代都市的内在精神脉动，传达出了现代都市的慌乱、焦灼与感伤，从而与欧美红色 30 年代"对都市文明批判"的主题趋向接上了轨，为现代诗歌题材开拓了新的疆土。徐迟诗歌这种自由抒发的情感"是纯粹的都市生活体验，这种诗学主题在中国现代诗歌史上是从未出现过的新的创造"[1]。可见，20 岁的乡村人在都市的滋味并不全是轻松的，虽然它少生活重压的沉郁之气，还有一种故作深沉之嫌，但那轻浅的感伤与寂寞却同样感人。当然，诗人对乡村

---

[1] 张同道：《火的呐喊与梦的呢喃》，《文学评论》1997 年第 1 期。

田园牧歌式的绚丽色彩涂抹，似乎与30年代乡村的现实本身有些距离，但仍是艺术的真实与美，这恐怕也是一切艺术的权利与优长所在吧。

前卫位置上的表演

坦率地说，现代派时期的徐迟并不十分重视诗的社会意义，倒是一位忠于艺术者。他深知艺术的天职在于创造，所以只要可能，从不放过一个创造与突破的机遇。正是这种艺术态度促使他的诗以殊于他人的态势，进入了现代诗歌实验的前卫位置。

诗人凭借什么看家本领在诗坛上一领风骚呢？看一下诗人类乎自画像的诗《我及其它》也许会找到一点答案。它并非无意义的文字游戏，而是一种有意味的形式。诗中之"我"被无限扩大，仿若宇宙主人，上下左右自由翻滚，不同方向地呈象排列，暗喻出"二十岁"诗人的天性率真、无拘无束，完全是个美化、浪漫化的自由之子。正是这种心态使诗人顺利地走上了诗人之路。那时，徐迟的诗兴勃发不同于戴望舒、何其芳、林庚等现代派诗人——先有古典诗词功力，即便走向象征主义后，其诗中仍充斥着一个古典的灵魂，而是借助外文水平的精湛，一开始就迷上庞德、林德赛、桑德堡等外国诗人，引发了自己的创作。由于诗人个性的狂放不羁，由于诗人直领西方诗歌的熏香，由于诗人自南浔的书香世家到燕京的文化沙龙、上海的同人诗艺氛围从未离开过文化人圈子，更由于诗人在诗学主题开拓上常钟情于少年生命勃发的渴望冲动式的新鲜的都市生活体验而仅仅玩味一种感受，所以徐迟的诗最多挣脱束缚的野性自由，最少民族传统的古典元素，诗性空间里弥漫着强烈的现代风与十足的"洋味儿"，从而也最具前卫性。这种前卫性在以下几方面有所体现。

一是诗语选择力避墨守成规，刻意冲击语言惯性模式，似信手拈来自由随便，又奇峭陌生跃动鲜活。不说《轻的季节》中"栽下着我的恋了"这虚实搭配的经济含蓄，不说《我及其它》的书典文人钟爱不已的明月已发生变异，不再是夜空中的王后，它与齿轮、时针、摩天楼、街灯、匆匆的行人及影子等纯然现代都市意象杂糅，其构图本身即像有的论者所言具有了一种反讽意义。如说该诗侧重都市自然意象的展动，那么《春烂了时》则以社会意象寄托情思，对爵士乐、蚂蚁与失业者伸出帽子"布施些，布施些"等疯狂或破败意象的摄取，已渗透着诗人的批判意向。徐迟曾迷醉西方的意象派、象征派，还写过专文《意象派的七个诗人》《〈荒原〉评》等，介绍庞德与艾略特等诗人，所以他诗中的意象多与象征暗示关联。如《微雨之街》中的雨，就既是自然之雨，又象征着诗人的心灵之雨，微雨之街也是一个象征。《火柴》同样具有现代艺术的意象。

男子是这样的多啊，
反正，是安全火柴的匣子中，
排列着队伍呢。
蠢蠢然一次一次地燃烧着，
而又一根一根地消失了。

"火柴"与男子契合，已超出简单比喻层面既可看作意象，又可说成象征，还可解为象征之意象。至于说火柴一次次燃烧又一根根消失，是说对青春之爱一次次渴求又一次次失败的悲凉，还是说渴求爱又怯于爱的无奈自嘲，则难以说清。

如若徐诗的意象艺术仅如此也就不足为奇了，它还提供了重动感与色彩感的新质。作为工业文明的歌唱者，徐迟的诗情也如同都市一样膨胀，骚动着新生力量。《二十岁人》从植着杉的路、网球拍，到歌者、烟的意象弹跳，将年轻康健又明亮的青年形象由远而近地推到你面前。《一天的彩绘》从草原到动物院、咖啡座、海滨、音乐会、大街、荫巷、公共车，视点的频繁闪跳流转，就是抒情主人公思维线路的运动过程，一个个电影镜头似的闪烁，既凸现了都市工业文明的力度与速度，又表现出抒情主体与自然之女

第八章 都市放歌：徐迟前期诗歌的创造性

写方式的花样频出惊人越轨，也不说《都市的满月》《繁华道上》冒险地将罗马字与分数写入诗中，单是一些词汇、结构的排列就欧化得令你不解，奇峭得让人瞠目。如《秋夜》：

> 秋夜，雨滴总，仿
> 佛是，是春夜雪溶泻的时候的滴水
> 我的年龄的思想。

急骤发展的语言框架本身已造成一些诗意空白；联绵词"仿佛"的断句破行排列法更是少见的大胆尝试，既突出了诗歌的陌生感，又外化出雨断续滴落的形态，它与《我及其它》一样都有种立体主义倾向。上述探索尚可理解，而像《MEANDER》这种所谓的"现代的词藻"则太费解了。

> 图案
>
> MEANDER 是我生活的日常中的恋爱了呢。
> 抉了 MEANDER 的青天，
> 我对 MEANDER 怀恋………

它欧化自由过了头，题目即用外文，正文又文白夹杂，中外文混用，词句间跳跃太急，阻碍了情思传达，令人丈二和尚摸不着头脑，望而生畏。看来语言创新也要有度，过度即失败了。

二是同位对应于迷茫躁动的现代情绪的现代意象，与象征、暗示、自由联想等现代性手段遇合，赋予徐诗一种"瞻之在前，忽焉在后"的难以确定的隐形美。施蛰存在《现代》第四卷第一期《关于本刊的诗》中说现代派的诗："汇集着大船舶的港湾，轰响着噪音的工厂，深入地下的矿坑，奏着 JazZ 乐的舞场，摩天楼的百货店，飞机的空中战，广大的竞马场……甚至连自然景物也和前代的不同了。"徐诗有力地印证了这一点。如《都会的满月》中，古

第八章 都市放歌：徐迟前期诗歌的创造性

"她"那种兴奋而疲倦、激动又紧张的都市心态。这种意象所携带的心理动感，为徐诗输送了一种"二十世纪的动的精神"、一种摇曳妩媚的风姿，因为"媚就是动态中的美"。

徐诗意象不仅有音乐的流动，还因受用色彩呈现情感的美国诗人维琪·林德赛的影响，对意象的色彩、光线的把握异常绝妙，有种绘画般的凝定，《轻的季节》《夜的光》《六幻想》《七色之白昼》等都体现了这一特征。如"雨，从灯的圆柱上下降了"，"蔷薇之颊的雨/蔷薇之颊的少年人"（《微雨之街》），仅只三句，即可看出印象派绘画神韵。前一句写雨被缩小成一束束炫目的光线，意象简洁优美，耐人寻味；后两句则写出蔷薇色的灯光照耀，染红了雨、染红染醉了少年寂寞心和漂亮脸的色调光线，美不胜收。《七色之白昼》对白昼之光的红橙黄绿靛蓝紫炫目七色的分解与单一朦胧白色的融合，表现得令人叹为观止，借助七色板的神奇调弄，将美与爱的思想揭示得辩证又独特。再如"乳色的三月/流荡着了呢//桑葚在浮动着红色了/野鸽子，伴着野鸽子/从水中的白云里飞近来//褐色的桧木的桥栏杆/单恋着/那悠然而逝的水波"（《桥上》），这无疑是幅浓淡相间、疏密有致的色彩图画。不必言情，其间已含"感情的韵与旋律"。乳色、红色、白色、褐色轻淡地呈现在画布上，造成一种清丽、恬静、闲适的气氛，与兰波等象征诗人对色彩的重视殊途同归，色彩与意象的调配，增加了诗的美感。这些色彩即思想的成熟诗作表明，徐迟堪称设色的妙手。

徐迟对意象艺术的讲究，将诗歌推向了现代化前沿，推向了充满灵性又奇崛朦胧的领地，单纯又复杂，透明又朦胧。

三是想象与幻觉的跃动常将诗带入似真似幻的意境，含蓄隽永，开阔了人们的眼界。在内视点的诗歌艺术中，想象是诗的翅膀，是创造力的保姆，没有想象就没有诗歌。徐迟具备这种想象力，他的诗中结满了剔透的想象珠玉。如《恋女的篱笆》：

你的头发是一道篱笆，
当你羞涩一笑时，

紫竹绕住了那儿的人家。
……
如今我记不起你眼眉的一瞥，
只有我伏着窥视过的篱笆，
我记得开放在上面的有一朵黄花。

将恋人的头发比喻成紫竹篱笆，将恋人颜面比喻成整个人家，恋人的一笑也就化成了竹篱上的一朵花儿，这异想天开的神来之"比"，将恋人那种小家碧玉的美和盘托出，真亏诗人想象得出。《都会的满月》将天上的月与星想象成钟表的铜齿轮与周围的十二个罗马星，天空犹如一座自鸣钟，摩天楼的尖顶像是钟塔。纯都市化的感觉想象，使月、钟、灯浑然一片，难分天上人间，贴切又漂亮，既有象征性的整体贯穿，暗指多于实叙，又有朦胧的理趣，形象大于思想。《隧道隧道隧道》一诗，把给情人写情书喻为掘隧道，已很新鲜；而隧道的"弯弯曲曲"及"不及黄泉，毋相见也"，又见出初恋情节的婉转隐蔽，对沟通爱情心愿的执着。

林德赛的影响辐射，使徐迟常进行幻觉想象，骑着幻想的金乌"精骛八极，心游万仞"，在虚幻境界中自由翱翔。《七色之白昼》即幻觉织就的华章，在午梦的框架中融合幻觉与现实、七色的白昼与单色的雾等对立性因素，一切都在幻觉中进行。再如《六幻想》中的几段：

你幻想秋郊的半棵树，
幻想半棵树的吐露：
"风不刺人，阳光和暖"；
是宜于恋人郊外行的气候；
正允许了恋人们的手攀住恋人们的腰
如秋水攀住秋桥
……
幻想一下我们在稻中央，

第八章 都市放歌：徐迟前期诗歌的创造性

你也是；
幻想我们在稻中央的秋之吻；
秋之吻是甜的，
因两人皆是丰收之年的
熟透的果实。

六幻想
邀约你到秋收的稻田去。

诗人在《〈最强音〉增订本跋》中说："我认为只有在战争之后，我才可以再歌唱'明丽之歌'，雪的幻想，云的幻想，草原、动物园、音乐会的幻想，秋收的幻想与多幻想的少女的幻想。"足见诗人的幻想之多。该诗是其系列幻想之六。整诗即是借向恋人铺叙的幻想中秋景的美丽，调动恋人情趣，暗示一种含蓄又深沉的恋情；构成全诗的幻想，也给人以无限幻想。"半棵树的吐露"似向恋人表白赤子之心的情状；"最后的一张叶子的残落"如向恋人暗示青春易逝的思想。可以说，幻想是该诗的生命，没有幻想就没有该诗。这种幻觉奇想常使诗人妙笔生花，在不羁的跃动中显出轻灵的亦真亦幻情调，以实有与虚拟的交错增加妩媚，神采飞扬。

第九章　对抗"古典"的背后：
穆旦诗歌的传统性

对穆旦及其诗歌评价的观点不一。赞誉者称他是20世纪中国新诗第一人，称他最好的品质"全然是非中国的"，"他的成功在于他对于古代经典的彻底的无知"；① 否定论者则说他的诗"过于仰赖外来的资源"，对于古代经典的"'彻底的无知'造成了穆旦的失败"②。观点的对立势若南北两极，但却都认定了一个共同的事实，即穆旦及其诗歌的"非中国"化。不错，西方背景使穆旦诗歌充满着显豁的"反传统"迹象。对此不但论者们纷纷指认；诗人也坦承自己的诗传统的诗意很少，认为旧诗形象"太陈旧"③。尤其是文本的表现更使其反传统"铁证如山"：由理念、知性和经验支撑的"现代感"，客观对应物和戏剧化手法高发的非个人化、人称和视角转换的频繁，英文字母"O"的不时启用等，从内涵、思维到抒情方式、语言句式的欧化异质性，都昭示出和古典诗歌对抗的审美指向。因此，说穆旦是对抗传统的现代性歌者，是"艾略特传统"的中国传人，他的成功乃受惠于西方现代诗风，这一文学史判断在中国学界已成不争的定案，亦无须多论。

穆旦诗歌的外来资源和本土传统关系果真那么壁垒森严吗？它彻底割断了和古典诗歌之间的精神乃至艺术联系吗？否。准确地

---

① 王佐良：《一个中国诗人》，《文学杂志》1947年第2期。
② 江弱水：《伪奥登风与非中国性：重估穆旦》，《外国文学评论》2002年第3期。
③ 郭保卫：《书信今犹在，诗人何处寻》，《一个民族已经起来》，江苏人民出版社1987年版，第178页。

说，是穆旦诗歌的反传统姿态，令人们生出它和古典诗歌无缘而对立的错觉。其实，诗人一直置身于民族的集体无意识和艺术传统之中，富有理性实践精神的民族文化心理的制约，使他难以产生西方现代派艺术那种极端个人化的自我扩张；潜伏在灵魂深处的丰厚的艺术传统也不允许外来影响反客为主的同化，尤其是对于他这样真诚自觉的艺术探索者来说，兵荒马乱的现实永远是充满诱惑力的领域。所以他没有也不可能完全倒向艾略特、奥登传统，而始终是西方和古典的两个"新旧传统在他的心里交战"[①]，他的诗在对抗"古典"的背后，依然有"古典"传统因子的强劲渗透和内在传承。或者说，穆旦对传统诗歌并非全盘否定，而只反对其模糊而浪漫的诗意和"风花雪月"式的陈词滥调而已。只是那些深隐沉潜的传统因子常被西方现代因子遮蔽，而不容易觉察罢了。

以别样姿态"拥抱人民"

法国学者米歇尔·鲁阿称戴望舒、艾青等受西方文学影响的诗人思想本质上都是中国式的，这一判断堪称卓见。事实上，穆旦诗歌和古典诗歌的深层关联也在精神情调上。传统诗歌在儒道互补的文化结构中，一直重群体、轻个体，以入世为正格；而穆旦诗歌从个体本位出发，似乎与任个人而排众数的西方文化相通，但它心灵化的背后分明有传统诗精神的本质制约与延伸。他那些以知识分子视角透视、感受现实的诗歌，呼啸着强劲的中国风，其深层文化意蕴是以家国为本的入世情感和心理，从中人们仿佛可以触摸到现代中国人灵魂的骚动不安，它们折射着特定时代痛苦矛盾的感情和精神表征。

出于对走入艺术却走出人生的现代派诗歌的反拨，穆旦从20世纪30年代登上诗坛起，就不愿做夜莺般的琴师而向壁低吟，经营风花雪月、饮酒弹唱的消闲文字，更不做未来世界美丽却虚幻

---

① 唐湜：《穆旦论》，《中国新诗》1948年第3、4期。

的空头梦想，构筑纯个人化、技巧化的娱性诗，而是应和现实的感召，执着于"此岸"关怀，要"到人民的搏斗里去，到诚挚的生活里去"①，"要以一切拥抱你，你，／我到处看见的人民呵"（《赞美》）。这种对人民和民族的"拥抱"姿态，既显示了知识分子正义、良知的精神立场，也规定了诗人抒情空间的选择。即置身于战争、动乱的文化语境中，总在九叶诗人的象征、玄学、现实结合的路线中突出第三维因素，不大经营完全属于一己的情感，即便有也是一个知识分子为在时代变幻中完成自我的蜕变与新生所做的自觉的向内反省与否定；并力求将自我探索融入社会，上升为群体意识的诗意闪烁。

在更多的情况下，诗人是将灵魂的触须伸向时代、现实、人民、民族命运等宽阔的情思地带，做忧患的人生担待和对芸芸众生的终极关怀，其间充满着传统诗歌的人文精神。这种倾向在诗人涉足诗坛不久即显露端倪："沉夜，摆出一条漆黑的街，／震出老人的工作声音更为洪响。／从街头处吹过的一阵严肃的夜风，／卷起沙土。／但却不曾摇曳过，／那门板隙中透出来的微弱的烛影"（《一个老木匠》）。对社会底层不幸的诗意抚摸，也揭示了诗人和世界之间的异己关系，冷寂客观的场景里隐匿着一股同情、悲切的情绪潜流，忧郁而凄清。诗中的忧患是挚爱的关切，更是一种命运的惋叹。而至40年代，《野外演习》《轰炸东京》《防空洞里的抒情诗》等都开始从正面描写战争，关注现实的旨趣越发强化。尊重底层生命的《农民兵》，已从普通的生命看到人间的不公，从生命对生命的压迫发掘社会良心："他们是工人而没有劳资，／他们取得而无权享受，／他们是春天而没有种子／他们被谋害从未曾控诉"。字里行间溢动的是对社会底层感叹牵念的民本思想，有别于居高临下的"启蒙"、同情的冥思，使诗指向了对灵魂的深刻拷问，甚至不无超越庸俗的口头政治的反战情绪。也正是基于这种对民众的"大爱"，诗人才从"不能够流泪的"（《赞美》）农夫身影，透视出整

---

① 《中国新诗》编者：《我们呼唤》，《中国新诗》1948年第1期。

第九章 对抗"古典"的背后：穆旦诗歌的传统性

个民族内忍坚强的品质，赞美中华民族的脊梁——农民的献身精神，让人感受到民族的力量和希望。同时，和爱相对应的是与生俱来的批判意识被激发得强悍无比，不遗余力地在诗中发掘现实的黑暗、丑恶与荒谬。"我们是20世纪的众生骚动在它的黑暗里，/我们有机器和制度却没有文明/我们有复杂的情感却无处归依/我们有很多的声音却没有真理/我们来自一个良心却各自藏起"（《隐现》），悖论式的混乱逻辑，以一种可怕顽固的方式存在于生活之中，展示了人受制于环境又难以改变环境的悲剧底蕴。

穆旦"拥抱人民"的姿态与精神立场，注定了他的诗不论怎样接受欧风美雨的浸淫，骨子里镌刻的仍是典型的中国情感和中国经验。"勃朗宁、毛瑟、三号手提式/或是爆进人肉去的左轮/它们能给我绝望后的快乐/对着漆黑的枪口/你就会看见，从历史扭转的弹道里/我是得到了第二次的诞生"（《五月》）。那种工业式的意象比喻，那种矛盾乖悖的心理分析，那种陌生的语境转换，以及那种充满力度的抽象，全然似奥登的笔墨，全然似对传统模式的轰然爆破。但它毕竟萌发于中国大地、中国诗人，所以透过形式雾障人们惊奇地发现：那内隐着沉痛的负重意识，那屈原似的理性精神自觉，正是传统忧患意识、实践理性的现代变形与延伸。极具现代风韵的艺术技巧所传达的竟是极其现实的战争感受，民族心灵的历史震颤。

但是穆旦的诗如果仅仅停浮于鞭挞黑暗、体恤民情，为时代风云的面影画像，它和其他诗人的诗相比也就没有什么令人刮目之处了。诗人可贵的选择是，执着于时代、现实但却并不过分地依附于时代、现实，就事论事；而是沟通时代、现实与心灵，传递时代、现实在心灵中的投影与回声或由时代、现实触发的感受和体验。也就是说，超越具体的时空和具象具事的限制，以主体融入后感同身受的冷静思索，发掘出隐伏在细节事件背后的理性晶体，给读者展开一片思想的家园，让你走向生活生命中深邃又潜隐的世界深处，获得智慧的顿悟与提升，从而保证了情感的深厚度。体察民众底层生活的《荒村》《空虚到充实》等诗是这样，和时代的主流情感若即若离；写于 1945 年前后，包括《农民兵》等诗在内的《抗战诗录》更是如此，它们不写具体的抗战具象，而是超越战争的情景，把战争和其中的人放在人类、文化和历史的高度去思考。如那首著名的《旗》：

> 我们都在下面，你在高空飘扬，
> 风是你的身体，你和太阳同行。
>
> 常想飞出物外，却为地面拉紧
> 是写在天上的话。大家都认识。
> 又简单明确，又博大无形，
> 是英雄们的游魂活在今日。
>
> 你渺小的身体是战争的动力，
> 战争过后，而你是唯一的完整，
> 我们化成灰，光荣由你留存。
> 太肯负责任，我们有时茫然，
> 资本家和地主拉你来做解释，
> 用你来取得众人的和平。
>
> 是大家的心，可是比大家聪明，
> 带着清晨来，随黑夜而受苦，
> 你最会说出自由的欢欣。
>
> 四方的风暴，由你最先感受，
> 是大家的方向，因你而胜利固定，
> 我们爱慕你，如今属于人民。

这首诗与其说是战争中"旗"的描绘，不如说是战争中"旗"的思考："旗"是方向，是中心，"旗"是力量的源泉，是

第九章 对抗"古典"的背后：穆旦诗歌的传统性

光荣的象征；而奠定这一切的是英雄们的流血和牺牲。"旗"是领导，"我们"是民众，"旗"常想飞出物外，却为地面拉紧则隐喻着领导超出民众却必须扎根、受制于民众这一抽象命题思辨的关系。文化、哲学等的理意波光对情思河流的照射，给人豁然通明的感觉。

穆旦这种以别样姿态走近、拥抱人民的诗歌本体观，使他不以超验来观察、裁定人生，而是通过对此岸经验升华的悟道，既无天马行空的玄奥，又少大而无当的空洞，它让读者对兼具感人肺腑与启人心智功能的诗歌有了更深层的理解，也和当时的左翼或者抗战诗歌不同显示了迥异的审美品格。

"新的抒情"传统的确立

皮相地看，穆旦和"尚情"的中国诗歌传统背道而驰，他理意丰盈的知性写作是反抒情的。但实质上穆旦"是中国少数能做自我思想，自我感受，给万物以深沉的生命的同化作用的抒情诗人之一"[①]，对感情因素相当推崇。他认为，卞之琳《慰劳信集》的一个失败是"'新的抒情'成分太贫乏了"，平静得"缺乏伴着那男人内容所应有的情绪的节奏"[②]；徐迟的"抒情的放逐"观则过于绝对，放逐消极的感伤、风雅之情固然明智，但不能完全放逐抒情，"为了表现社会或个人在历史一定发展下普遍地朝着光明面的转进，为了使诗和这时代成为一个感情的大谐和，我们需要'新的抒情'"[③]。可以说，他的诗从未放弃对抒情性这一传统血脉的坚守，只是又以冷峻理智的"新的抒情"模式的探索，为中国诗歌传统增添了新的内涵。

说穆旦注意对抒情性坚守的依据主要有两点。

---

① 唐湜：《穆旦论》，《中国新诗》1948年第3、4期。
② 穆旦：《慰劳信集——从〈鱼目集〉谈起》，《大公报·文艺综合（香港）》1940年4月28日。
③ 同上。

一是穆旦的诗不但早期充满浪漫气息，即便在西南联大追求现代主义、贬斥浪漫主义几成"时尚"的40年代也概莫能外。当初抒情气质浓郁的穆旦是从浪漫主义门径跨进诗歌殿堂的，《玫瑰的故事》《前夕》《野兽》《夏夜》都乃浪漫时节浪漫心事的言说。20世纪30年代后期的《我看》这样写道："我看一阵向晚的春风/悄悄揉过丰润的青草/我看它们低首又低首，/也许远水荡起了一片绿潮。//我看飞鸟平展着翅翼/静静地吸入深远的晴空里，/我看流云慢慢地红晕/无意沉醉了凝望它的大地"。如人所说，诗里"还洋溢着浪漫主义的激情"，"照得见华兹华斯、雪莱、济慈的某些光彩"①。《合唱》的热烈情绪、高昂音调和一泻千里的气魄，更容易让人想起郭沫若和惠特曼。至于《一九三九年火炬行列在昆明》还有诗人自己后来抨击的自然风景加牧歌情调的旧抒情风貌呢？这些诗直接抒情与间接抒情兼有，但它们表现的基本上都是单向度的情感，而单向度情感的沉浸正是浪漫主义诗歌首要、内在的特征。进入现代主义的40年代后，穆旦理性十足的歌唱逐渐祛除风花雪月的浪漫因子，但仍没逸出抒情诗的范畴。他在写理性抽象的诗歌之时，并不缺少浪漫情怀（50年代对西方浪漫诗的翻译证明浪漫情怀一直沉潜于穆旦心中），只是现实的遭遇敦促他情感内化，表现出一种更强烈的主体焦虑和悲悯情怀罢了。"事实上已承认了大地的母亲，/又把几码外的大地当作敌人，/用烟幕来掩蔽，用枪炮射击，/不过招来损伤：真正的敌人从未在这里"（《野外演习》）。该诗冷却的热情保证了诗人对战争现实既能扎根又能超越，把战争放在整个人类文化的高度审视，获得了哲学的理性和层次，但其书写的主体仍是一种抗日情绪。像"多少次了你的园门开启，/你的美繁复，你的心变冷，/尽管四季的歌喉唱得多好，/当无翼而来的夜露凝重——/等你老了，独自对着炉火，/就会知道有一个灵魂也静静地，/他曾经爱过你的变化无穷，/旅梦碎了，他爱你的愁绪纷

---

① 赵瑞蕻：《南岳山中 蒙自湖畔》，《丰富和丰富的痛苦》，北京师范大学出版社1997年版，第177页。

第九章 对抗"古典"的背后：穆旦诗歌的传统性

纷"(《赠别》)。这样的诗"从情感意识到情感表现……很有些浪漫派的"[①]味道，意象的跳转流动和对生命过程的冷静沉思结合，使感情藏得很深，但爱的执着专一、坚贞内敛还是遮不住的。

二是与浪漫气息相通，穆旦的诗虽然常将笔触扩展到宇宙、时代的博大空间，但它们都是从个人、个体、"我"这个几乎为穆旦唯一书写对象的角度切入的。或者说，抒情主体"我"始终被凸现着。和主张消泯自我、逃避个性的艾略特不同，穆旦诗中尤其是那些自我解剖、表现内心情感和思考的诗中，"我"以第一人称的方式大量固执地存在着。这一特征和强调个人性的浪漫主义诗歌又是一致的。像《我》《我向自己说》《三十诞辰有感》等诗里时时都有"我"在，众多的"我"共同拼贴成一个带有自传色彩的独特的穆旦形象：穆旦那种哈姆雷特式的自审意识所铸成的对异化和焦虑的体验，那种自我搏斗和否定的残酷，在新诗史上极其少见。"生命永远诱惑着我们／在苦难里渴求安乐的陷阱"，"一个平凡的人／里面蕴藏着／无数的暗杀、无数的诞生"(《控诉》)，这是诗人为谋求上进而自觉进行的残酷的心理分析与心理折磨，人只有战胜自己、战胜自己的欲望才能前行。《我》尤为典型："从子宫割裂，失去了温暖，／是残缺的部分渴望着救援／永远是自己，锁在荒野里，／从静止的梦离开了群体。／痛感到时流，没有抓住什么，／不断的回忆，带不回自己"。生命的个体从脱离母胎开始就是残缺的孤独的，在文明荒野上的跋涉有时是虚妄的，什么都无法把握，那种艰难、孤独而悲观的情绪抒发，那种生命的焦虑都不无鲁迅的影像。诚然，穆旦诗中的"我"变幻不定，一会儿是"我"，一会儿是"他"，一会儿是"你"，或者我们、他们等，叙述主体不比传统诗中"我"那样稳定完整、清晰统一，可究其实都只是"我"的变体而已。"我"以不同的形态和方式出现，反映了诗人分裂、残缺的心理机制。他关心国家和民族的命运，又不愿放弃人的解放

[①] 蓝棣之：《论穆旦诗的演变及其特征》，《一个民族已经起来》，江苏人民出版社1987年版，第63页。

的终极目的；不愿被泯灭于意识形态话语和大众话语，又要追求知识分子的独立性和品格。这种人称的不断转换，使"我"既是自我又在某种程度上成了"他者"，它在代指自我情感的同时，也赋予了诗歌一种内省沉思、不易把捉的品格。

那么穆旦诗歌"新的抒情"新在何处？笔者以为，新在穆旦所说的要"有理性地鼓舞人们去争取那个光明的东西"，不像艾略特那样以"脑神经的运用"代替"血液的激荡"[1]，而主张血液的激荡与脑神经的运用二者并行不悖，从"血液的激荡"的热情和情绪出发，同时再融入"脑神经的运用"，以理节情。因而他的诗不单是情绪，而是一种提纯与升华了的经验，一种情绪与经验的智慧思想。这就跨越了一般意义上的抒情，而转换为对事物存在进行永恒探索的知性化抒情了。

穆旦清楚人们对中国新诗不感兴趣，主要是因其思想过于肤浅，要想改变这一残酷的现实就必须在诗中写出发现的惊异。所以他从自幼就喜欢沉思、探索人生哲理和宇宙奥秘的个性气质出发，自觉探索一种理性化的深度抒情模式：协调感性和知性、个性化和非个性化，在抒情的同时兼顾思想的发现，在情感主调中融入经验成分，增加情感的深度、密度和力度，实现情理浑融，进行深度的"冷"抒情。于是乎穆旦的诗就犹如一系列人生边上的"眉批"，常给人展开一片思想和智慧的家园。那里有对自我的探索，有对生死观的阐发，有对选择和承担的思考。"在一条永远漠然的河流中，生从我们流过去，死从我们流过去，血汗和眼泪从我们流过去，真理和谎言从我们流过去，／有一个生命这样地诱惑我们，又把我们这样地遗弃"（《隐现》）。这哪里仅仅是书写死亡的恐惧和悲凉！它完全是从"人"的角度和名义在思考死亡，存在主义观念的介入使诗人对死亡的认识指向了生命意义的审度。关于爱情的《诗八首》是以现代意识发掘爱情本质的思考，是穆旦的哲学，是经过无数次感情、感觉、

---

[1] 穆旦：《慰劳信集——从〈鱼目集〉谈起》，《大公报·文艺综合（香港）》1940年4月28日。

第九章 对抗"古典"的背后：穆旦诗歌的传统性

思想的痛苦和丰富的体验而提炼出的一种经验。"水流山石间沉淀下你我，／而我们成长，在死底子宫里。／在无数的可能里一个变形的生命／永远不能完成他自己"（之二）。爱的瞬间体验和生死的终极思考相伴随，生发出一种形而上层面的辩证生命意识，上帝造人又不断扼杀人的生命和情感，使人永远无法完整，爱情的这一半始终不能与另一半彻底融合。"无数的可能""变形的生命"与"完成他自己"之间互为联系又否定的缠绕，使西方宗教和文化传统中的恋爱乃人之第二次生命的观点不攻自破，爱的危险的悲剧本质不言自明。《春》在诗人的生命体验中展开了对春的思考，有青春炽热的生命欲望表现，更让人领悟出春天到了，生命"等待着新的组合"的理性启悟。需要指出的是，穆旦诗歌的痛苦、深沉的情感基调，虽与现实的纷乱苦难、诗人个体的敏感弱质相关，但其本质深隐的根源还在于受时代氛围与诗人身世以外传统诗抒情基调的影响，因为在"欢愉之辞难工，而穷苦之言易好"的定向审美选择原则的支配下，古典诗歌千年来是一致的悲凉。

穆旦诗歌的知性化抒情品质，的确主要缘于艾略特、奥登等思想知觉化理论的外力引发，但恐怕也和中国诗歌传统的天人合一、神与物游的悟性智慧有关，尤其和以议论为诗的"反传统的原型"——宋诗传统有着更隐性内在的深层联系。因为在古典传统中，诗分唐宋，唐诗多以风神情蕴见长，宋诗则多以思想筋骨取胜；[①] 唐诗是感性的，宋诗则是知性的；唐诗以抒情为主，宋诗则以说理为骨子。或者说，宋诗可谓以才学、议论为诗的学问之诗、学者之诗，其特征是具有政治上的浓厚道统观念、文化上的鲜明理性意识、人生观上的沧桑体验，和艺术上以文为诗充满议论性语句的革新精神。[②] 穆旦的诗有唐诗浓郁的抒情意蕴，也有宋诗丰厚的思想成分，它们不仅表达感情或情绪，而且着重表达对生活的领悟和思考，注意以理节情，其对生命的理性思考和泛神论的自然哲

[①] 钱锺书：《谈艺录》，中华书局1984年版，第1—2页。
[②] 李怡：《中国现代新诗与古典诗歌传统》，西南师范大学出版社1994年版，第89—91页。

学，同宋诗基本上是一脉相承的。受宋诗的启示，和宋诗一致化的知性选择，既是穆旦节制感情的结果，又带来了诗歌感情的节制。这种深度抒情模式对与风花雪月、感伤浪漫相连的传统"抒情"概念内涵进行了新的丰富、充实和提升，和左翼诗人以概念带抒情的功利论、感伤派诗人以感伤代抒情的宣泄论划开了界限，所以确实是一种"新的抒情"。郑敏以为，穆旦之所以在新时期掀起热潮，主要是因为"他的诗反映出他的拜伦式的浪漫性格与他的现代主义的艺术素养极完美地在诗歌中得到结合"[1]，这说到了穆旦诗歌理性化抒情的骨子上。穆旦晚年希望化合普希金和艾略特的风格所长来探索新诗之路，也透露出要向传统回归之意。

自在的"形式感"

在《玫瑰之歌》一诗中，诗人歌唱"我长在古诗词的山水里，我们的太阳也是太古老了"，果然不虚。虽然穆旦的艺术来源主要是西方，但他毕竟置身于中国和传统的土壤之上，所以作为一种民族的文化心理和集体无意识，传统的古典诗词早已通过生活方式和遗传信息积淀在穆旦的无意识中，滋养出他对艺术"形式感"的先在自觉。难怪王佐良说穆旦"对于形式的关注就是一种古典品质"[2]了。

穆旦对艺术"形式感"的自觉包括多方面。首先是在古诗词中长期出入所带来的对形式和语感的注重。他的一些诗歌讲究外在形式，字句、段落整齐划一，诗节间韵律相谐，工整对仗；在自由化的语句中推敲内在节奏，舒缓或明快的韵律与乐感，透着一定的旧诗词气息。如"流吧，长江的水，缓缓的流，/玛格丽就住在岸边的高楼，/她看着你，当春天尚未消逝，/流吧，长江的水，我的歌喉。//多么久了，一季又一季，玛格丽与我彼此的思念，/你是懂得的，虽然永远沉默，/流吧，长江的水，缓缓的流。//这草色青

---

[1] 郑敏：《中国新诗八十年反思》，《郑敏文集·文论卷》（下），北京师范大学出版社2012年版，第708页。

[2] 王佐良：《论穆旦的诗》，《穆旦诗全集》，中国文学出版社1996年版，第6页。

第九章 对抗"古典"的背后：穆旦诗歌的传统性

青，今日一如往日，/还有鸟啼、霏雨、金黄的花香，/只是我们有过的已不能再有，/流吧，长江的水，我的烦忧"(《流吧，长江的水》)。全诗类似传统味道十足的歌谣，用与古诗相近的平仄强化诗的韵脚与节奏，构成了对于自由化的新诗趋向的一次背反。双音词的重叠、复沓与重复手法的运用，造成一唱三叹、回肠荡气的流动美与情调上的萦回不绝，把爱的"常"与"变"的内涵和诗人的执着情思传达得浑厚又连绵，仿佛不是写出来而是唱出来的。它和李白的"弃我去者，昨日之日不可留；乱我心者，今日之日多烦忧"极其相似，时隔千年，诗人们的艺术思维和感觉方式仍然是相通的。《玫瑰之歌》也是结构整齐，它由三首诗构成，每首诗分三节，每节诗四行，既连贯一体又十分灵活。在语调方面，穆旦则从古老的民族性艺术根系中继承了沉稳、结实而深情的品性，"让我们看到现代汉语具有如此巨大的灵活性与可塑性：既坚硬又柔软，既新奇又流畅，既理性又感性"[①]。"污泥里的梦猪梦见生了翅膀，/从天降生的渴望着飞翔，/当他醒来时悲痛地呼喊……他的安慰是求学时的朋友，/三月的花园怎么样盛开，/通信联起了一片大平原。//那里看出了变形的枉然，/开始学习着在地上走步，/一切是无边的，无边的迟缓"。连这首起用梦猪、跳蚤、耗子、蜘蛛等完全西化的丑恶意象的《还原作用》都让人感到亲切，原因就在于它的押韵和它流畅的音节语调，能够唤醒蛰伏在读者心中的关于古典诗词的诸多记忆。《在寒冷的腊月的风里》《赞美》等在语调上也都具有类似的审美个性。

其次是对传统诗歌意象抒情方式的承继。中国的传统艺术讲究"含不尽之意见于言外"，追求情感处理时的含蓄效果。具体方式之一便是创造意象，使情感在物中依托，具有情景交融、体物写志的赋的精神；而意象一经创造出来就具有某种相对的传承性和相对稳定的所指意蕴。穆旦在创作中经常通过景物和事件的描写，对应传达人生感悟和体验，避免直接宣泄，这种含蓄朦胧的物态化抒情

[①] 刘燕：《穆旦诗歌中的"T. S. 艾略特传统"》，《外国文学评论》2003年第2期。

方式，和传统诗歌完全是相通的。"海波吐着沫溅在岩石上，/海鸥寂寞的翱翔，它宽阔的翅膀/从岩石升起，拍击着，没入碧空。/无论在多雾的晨昏，或是日午，/姑娘，我们已听不见这亘古的乐声……"（《寄——》）全诗灌注的是岁暮怀人念远、眷顾往昔的心理感受，但它不直接和盘托出，而是走情感的具象路线，用海波、海鸥、碧空、亘古的乐声、青绿的草原、茅屋、流水、烟、微风、灵魂里的霉锈等意象的隐秘跳接与流动转换暗示，已然态意象的清丽优美色调和目下意象的寂寞萧索对比，具有鲜明的情感指向性，带着诗人怀念恋人的深沉重量和凄清色彩。诗人用碧空、茅屋、流水、烟、微风、乐声、海鸥这些标准的东方国产意象，反拨着架空的理性抒情，迷离恍惚，有一种悠远绵厚的古典美。《不幸的人们》写到："我常常想念着不幸的人们/如同暗室的囚徒窥伺着光明/自从命运和神祉失去了主宰/我们更痛地抚摸着我们讥笑/笑过了千年，千年中的伤痕/在遥远的古代里有野蛮的战争/有春闺的怨女和自溺的诗人/是谁的安排荒诞到让我更大的不幸"。这首表现博大的关怀和爱的诗篇，也采用了传统的意象和诗歌典故，"春闺的怨女和自溺的诗人"，前半句出自唐代诗人王昌龄的"可怜无定河边骨，犹是春闺梦里人"，后半句则指代历史上的爱国诗人屈原。"既然这儿一切都是枉然/我要去寻找远方的梦，我要走出凡是落絮飞扬的地方"（《玫瑰之歌》），诗里的落絮飞扬也是传统用语，轻灵和生命短促的象喻，这里既有诗人对以落絮为象征的文化的叛逆，又有传统诗歌美的联想。穆旦诗歌中的根、黑夜、流水、守夜人等大量核心语汇、意象，都堪称充满着古典气息的原型意象，虽然它们寄寓的是新的、现代的情感生命。它们和借用、化用的或加以引申或赋以新意的旧诗词词句、典故合理化运用，不但使诗变得质感形象，化抽象为具体，化虚幻为实在，而且能以不说出来的方式达到说不出来的缥缈朦胧的效果，以与现代白话语言的比照形成一种新鲜感。

最后是追求语言的含蓄凝练。为恰切有力地抒发情思，穆旦除了注重意象的跳跃外，还非常注重语言的删繁就简，雕琢打磨，刻

第九章 对抗"古典"的背后：穆旦诗歌的传统性

意求工，注重创造比喻，利用反讽的张力。如"当我缢死了我的错误的童年"（《在旷野上》），"绿色的火焰在草上摇曳，／他渴求着拥抱你，花朵。／反抗着土地，花朵伸出来，／当暖风吹来烦恼，或者欢乐"（《春》）这样充满比喻、正反组合、虚实相生的语言，在穆旦的诗中比比皆是，它们陌生而新鲜，在无限的活力中贮满丰厚的理意。为追求诗的凝练简隽，诗人还起用了一些陌生的手段，故意把向度相反或相对、互相干扰排斥的意象或情感等因素纠结在一处，使其相生相克，造成一种反讽的效果，或语调反讽，或语义反讽，或意蕴反讽，给人以多重复调感，收到言短意丰的效果。"你底眼睛看见这一场火灾，／你看不见我，虽然我为你点燃；／唉，那燃烧着的不过是成熟的年代，你底，我底。我们相隔如重山！／／从这自然的蜕变底程序里，／我却爱了一个暂时的你。／即使我哭泣，变灰，变灰又新生，／姑娘，那只是上帝玩弄他自己"。这首《诗八首》中的第一首诗，就是"矛盾"情境结出的智慧花朵。爱情本是十分富有诗意的字眼，本该以小桥流水、月下花前出之，可在诗人笔下却变奏为本能之爱与理性之爱的不无调侃反讽的意蕴思辨，情与理、永恒的爱与"暂时的你"、变灰与新生、相爱的你我与"相隔如重山"等两种相反色调的意象语汇对比，浪漫的、抒情的和调侃的、机智的比喻等多重因素交融，凸现着爱难以圆满结合的悲剧感受，语势的对立、转换给诗歌带来了无限的张力。

　　正如开篇所说，我们这样细致地论述穆旦诗的传统性倾向，只是旨在承认其具有"反传统"趋向，同时还具有另外一种艺术风貌。西化和传统在穆旦诗中并非势若水火两极；像受惠于西方诗一样，穆旦也受惠于古典诗很多。如果说穆旦诗对西方现代派诗的借鉴开拓了诗人的视野，丰富了创作技巧，那么穆旦诗对古典诗的继承则保证了他能够逐渐摆脱对西方诗的搬弄和模仿，而走上独立自主的清朗创造境地。穆旦的探索也提供了一种启迪，一味向西方寻求移植，和一味向古典继承，都是不可取的，只有把东西合璧、传统和现代融汇，才能创造出现代化和民族化一统的理想的新诗。对这一点穆旦在临终前已非常清楚。

第十章　纪弦、郑愁予、余光中、洛夫、痖弦：台湾现代诗人抽样透析

台湾现代派诗人的繁多，为20世纪中国新诗史上的所有流派之最。他们犹如天空中一颗颗闪烁的星辰，共织起诗国银河的灿烂与辉煌。流沙河先生在《台湾诗人十二家》一书中，分别用12种动物对应喻指12家诗人。称纪弦为"独步的狼"，羊令野为"做梦的蝶"，余光中为"浴火的凤"，洛夫为"举螯的蟹"，痖弦为"忧船的鼠"，白萩为"哀叫的鸟"，杨牧为"孤吟的虎"，叶维廉为"跳跃的鹿"，罗门为"飞逃的鹤"，商禽为"抗议的鸡"，郑愁予为"浪游的鱼"，高准为"流泪的鲸"。应该说，这种对应性的概括贴切而富有诗意。可惜，它还只是缺少系统性的介绍。当然，这绝非流沙河先生的识力不逮，而完全是由他写作时刊物的要求使然。为深入体察台湾现代诗的思想和艺术风貌，我们从现代、蓝星、创世纪三个诗社中筛选出五位最具有代表性的诗人予以透析。

纪弦：独步荒野的"狼"

台湾现代诗派的创始人纪弦，路易士是也。自1929年出道至今，他的诗龄已远远超过一个甲子，在诗的国度里称得上是永不退役的"战士"。20世纪30年代，一首《脱袜吟》使他的名字不胫而走，虽然"流浪的脚"与"袜子"俱臭，却也拙朴得有些可爱。流入台湾后，他一度大写反共诗，不久即醒悟到被愚弄的尴尬，转

第十章 纪弦、郑愁予、余光中、洛夫、痖弦：台湾现代诗人抽样透析

而修炼艺术功力。1953年创办《现代诗》季刊，勇发新诗再革命先声，终使20世纪30年代现代诗派的旁枝发了新芽，开了新花，蔓延为一场宏阔的现代主义诗歌运动。他本人更以出色的理论倡导与创作实绩，化作台岛诗坛一面猎猎作响的感召旗帜和公认的"祭酒"。截止到1977年，他出版的以《槟榔树》为总题的甲、乙、丙、丁、戊集与《飞扬的时代》《无人岛》和《纪弦论现代诗》等，共同支撑起了他艺术生命中最辉煌的时期。

纪弦是从浪漫向现代转型的过渡人物，其文本实践与前卫的理论倡导之间存在着明显的悖裂。他一直企图创造一种超越时空、具有抵制抒情的知性品格的"纯诗"，但骨子里"达则兼济天下，穷则独善其身"的传统人格，使他忍不住要浪漫地抒情，在诗中爆发出不纯的内涵。休说那些政治表态的杂音有"载道"之嫌疑，不够现代；就是最能代表他个性的诗也都源于现实人生，是传统儒道精神的现代变格，构不成严格意义上的纯诗。向外扩张者多愤世嫉俗的忧思，嘲弄现实、人类的丑陋与荒谬，渲染自己与它们的势不两立。如"月亮是李白的勋章，/玫瑰是RILKE的勋章。//我的同时代人，/有挂着女人的三角裤与乳罩的；/也有挂着虚无主义之类的。//而我，没得什么可挂的了。/我就挂它一枚……小小的螺丝钉吧"（《勋章》）。将"三角裤与乳罩""虚无主义"的勋章，和李白的月亮、里尔克的玫瑰勋章作比，情感的褒贬倾向已清晰无比，在恶骂混乱的现实与精神败类的同时，表现出诗人平衡心理的洁身自好，是激愤的发泄，更是彻骨的抨击。内潜的诗则孤高自傲，调侃嘲弄频出，许多篇章都感人至深。为人诟病的《6与7》是诗人自嘲的戏剧性独白，"拿着手杖7/咬着烟斗6"，"手杖7+烟斗6=13之我/一个诗人。一个天才/一个天才中之天才/一个最不幸的数字/唔，一个悲剧"，貌似文人雅士打嗝逗趣的文字游戏，实为诗人对自身沉痛诙谐的嘲弄。烟斗与手杖是他生活的一部分，是生命中性情与风度的象征，自己的狂傲与才气铸成了悲剧，而悲剧又令他人喝彩，真乃悲中之悲。诗出于自嘲诙谐，归结为怒火中烧的讽世，自嘲与他嘲并存，多得诗人谐谑的皮里阳秋。

纪弦是喜欢标新立异的艺术探险者，认为技巧决定一切，要在表现上下功夫。在诗中注意手法的含蓄、多变与丰富，移植象征主义手法，讲究思想知觉化。但孤高自傲、心怀坦荡的性情，使他不习惯也不愿意隐藏自己的思想感情，而总是急欲表达自己，并寻求"形随意移、随意赋形"的形神一致的效果。这种更近于浪漫主义的心智与艺术结构机制，使他的诗并不十分晦涩，风格相对明朗。

首先是始终跃动着浓烈的激情，有性格鲜明的抒情主人公在场，自传色彩强烈。那里有他"B型之血"的"瘦瘦长长的躯体"（《B型之血》）闪现，更有他矫然奔放、愤世嫉俗等率真品性的内在浇铸。"我乃旷野里独来独往的一匹狼"，"而恒以数声凄厉已极之长嗥/摇撼彼空无一物之天地，/使天地颤栗如同发了疟疾；/并刮起凉风飒飒的，飒飒飒飒的……这就是一种过瘾"（〈狼之独步〉）。狼乃诗人的自况，其卓然不群、傲视众雄的勇猛气概，其孤独凄厉、摇撼天地的嗥叫力度，其在张力紧迫中瓦解破坏崇高的过瘾心态，皆为诗人自傲又自嘲直率心理个性的外化。纪弦的乡愁情结很浓，平凡的《一片槐树叶》引发出他无根的失落与归根的渴望，游子的思乡幽情可见一斑。《宇宙诞生》《致水星》等想象触角外伸的诗表明他有一定的宇宙意识。《哭老友徐迟》写到："我就看见你的灵魂正在翱翔……前往宇宙深处，去赴那/蓝袍金冠诗的大神之邀宴"。好友的跳楼而死幻化为超越死亡的宇宙遨游，宣显出一种人性化的深情。

其次纪弦好用平淡明朗的语言传达情思，创造"散文的音乐"。他认为，现代诗的特色是在工具上使用散文，形式上使用自由体，在实践中尽量做到语随其意，自然为美，潇洒随意、晓畅活泼的散文化语言一读就懂（现代感强的诗不一定非用生涩朦胧的语言）。当然，这种散化的明白因圆顺流畅，注意内在的情绪节奏，并未与直露浅薄搭界，而是深沉含蓄，以淡然之表建奇妙之本，兼具散文化与音乐感。更像一个老人心态的抒情小品、意形相彰的《6与7》就是最好的例证。《奇迹》也是内含音乐精神的散化作品，"在我的禁止通过的/要塞之下，/一个可怜的爱情/被执行了枪决；/然后，我把它的尸体洗净，/而且薰了香，/深深地，埋葬在/我的记忆的公墓里"。很短的诗里情感一波三折，在貌似无情中却有不得已的深情。娓娓道来的语言风度，将矛盾迷人的哀伤和诗人潇洒活泼的个性艺术化了。

最后是常运用高度私人化的象征。他吸收并大胆"改编"了象征艺术手段，使之高度私人化，如烟斗、拐杖、槟榔树几乎成了他象征某种精神的符号专利。他的烟斗多象征诗人的灵感，可在《二月之窗》中却"无烟"，流露着诗人的忧伤与孤独。手杖一般象征面对现实的疾恶如仇作风，可《在地球上散步》时却发生了变异："我扬起了我的黑手杖/并把它沉重地点在/坚而冷的地壳上/让那边栖息着的人们/可以听见一点微响/因而感知了我的存在"。诗人要用手杖点地发出声响，让人感到其存在，暗示了个体生命的孤独及寻求沟通的渴望，那是孤独的散步，痛苦的散步。尤其是暗喻人类中渣滓与无耻之徒的"苍蝇"意象，更在《人类与苍蝇》《蝇死》等诗中多次出现，与鲁迅笔下"狗"的原型有异曲同工之妙。这种私人化象征能化抽象为具体，弘扬了诗人的创造力，防止了浪漫诗的滥情。

纪弦诗的风格多元，主要表现为诙谐调侃，并且这一倾向越来越鲜明。他1977年移居美国后创作渐呈衰颓之势，仅写下《晚景》《半岛之歌》两部诗集，但却别具意义。此时，他似乎更悟清了与命运和平共处之道，自嘲与嘲人的特质愈加淡漠，而代之以宽容、诙谐而不失敦厚的态度。或说人生抒写的内蕴依存，只是社会现实观照的比重减轻，加强了平和的个人情感因素，昨日人生的回味赋予了诗作飘逸超然的神采，"不再在诗中作愤世嫉俗的'悲壮'表演，也不再自我嘲弄地装出一副故作洒脱的'诙谐'面孔"[①]，而是平静地"知命"，表现出一种人生态度的超越。《六十自寿》里说，"如今已懂得享受寂寞了，/我还有什么话可说呢"，尚是悲凉与坦然并存；而《七十自寿》里已显轻松顽皮，"咦，怎么搞

[①] 登翰：《〈晚景〉论纪弦》，《诗探索》1995年第1期。

的!/难道你还想再爬一次天梯/去摘他几颗星星下来玩玩吗？纪老啊"，其赤子之憨态令人捧腹。诗人此时的诗情绪饱满又深沉，风格明朗而含蓄，进入了返璞归真的成熟化境。这种美严肃又可亲，它是对难以孤傲的命运与痛苦的化解自嘲，是诗人气度的艺术外化；这种美在新诗历史上本来就不多见，在台湾诗坛上更是孤绝的音响。

郑愁予："美丽的浪子"

郑愁予出身于武略家庭，从事于海洋事业，成就于缪斯创作，喜好于登山运动，是个传奇色彩十足的人物。因为其佳句"我不是归人，是个过客"在台岛的广泛流传，加之后来又羁留美国，真做了过客，所以，人称他为"浪子诗人"。他20世纪50年代初大学毕业后，长期在基隆港码头任职，终日和大海为伴，这种经历构成了他诗歌写作的基本背景。作为台湾现代派的重要诗人之一，郑愁予出版过《梦土上》《衣钵》《窗外的女奴》《雪的可能》等诗集。他的诗同他的名字一样美丽典雅，清倩明澈，天然精巧，旋律琮琮，诗集曾经位列台湾畅销书榜30年而不衰。

少年在国内的漂泊，青年在台岛的流落，终日在海上的浪游，种种悲剧性的体验投影于心灵的回音壁，自然赋予了郑诗一种婉约缱绻的思绪，以浪子意识见长，充满着追忆与思归的动人情结；并以对20世纪40年代辛笛等人的延伸与扩张，和余光中一道成为新诗运动以来最善于把握浪子意识和乡愁题材的歌者。"推开窗子/我们生活在海上/窗扉上是八月的岛上的丛荫/但啊，我心想着那天外的/陆地"（《想望》），表现了游子思乡念归的情怀。那"陆地"既是家乡又指故国，记忆的温馨美好与目下的境遇对比，更平添了一股古典诗词中固有的苍凉和悲切。"漂泊得很久了，我想归去了/仿佛我不再属于这里的一切"（《归船曲》），"不再流浪了/我不愿做空间的歌者/宁愿是时间的石人"（《偈》），则是浪子意识的变奏，时空的纠结错落里起伏着殷殷思恋。《错误》既是倦守春闺的少妇

第十章 纪弦、郑愁予、余光中、洛夫、痖弦：台湾现代诗人抽样透析

寂寞、期盼与失望情怀的抒写，又寓寄着难以归国的某种心态。"我打江南走过／那等在季节里的容颜如莲花的开落／／东风不来，三月的柳絮不飞／你底心如小小的寂寞的城／恰若青石的街道向晚／跫音不响，三月的春帷不揭／你底心是小小的窗扉紧掩／／我嗒嗒的马蹄是美丽的错误／我不是归人，是个过客……"从表层上看，诗似传统的闺怨再现。一个倦守春闺的思妇，时刻盼望着心上人的身影在青石街道出现，但却足音不闻，于是她心灰意冷，云鬓不整，心如寂寞的小城，容颜似莲花般开落，好不容易盼来的马蹄声却是路过，重逢的喜悦顿时化为失望的惆怅。但透过思妇盼归的古典题材帷幕，人们发现他那种游子无家可归的惆怅，恰好暗合了许多台湾人对大陆的情绪体验，所以该诗才扣动过不少漂泊孤岛或异域的"浪子"思念故乡的心弦，这也正是《错误》充满魅力的深层原因。但是正像诗人所辩解的那样，他诗中有的不纯是浪子意识，即便有也异于消极厌世与破坏性的那一种，而在背后则隐伏着古典诗人的情操、敦厚，隐伏着关切人生的豪侠之气。"我从海上来，带回航海的二十二颗星／你问我航海的事儿，我仰天笑了……"（《如雾起时》）诗中耸起的就是粗犷豪爽的大海弄潮儿形象。可见，大海既馈赠了诗人漂泊忧郁的浪子情怀，又馈赠了诗人旷达不羁的豪侠启迪；使他既酷似活脱的李商隐、温庭筠，婉转缠绵，婉约典丽，又极像苍凉豪放的辛弃疾与李白，常在诗中用阴性的外在风姿，寄托刚性的内在底蕴。

　　杨牧称郑愁予是"中国的中国诗人，用良好的中国文字写作，形象准确，声籁华美，而且绝对地现代的"[①]，道出了诗人化西方诗技巧于传统意识的诗歌个性，不愧为知音之谈。他的诗多得传统的旧诗词之美，不仅诗情婉约飘逸，透着一股清纯，语言和缓典雅，是传统而诗的；不仅常用最传统的意象表现最现代的情感与心境，而且意境营造、内在人文精神、优美的旋律也与前述特点达成

---

① 杨牧：《郑愁予传奇》，叶维廉编：《中国现代作家论》，台湾联经出版事业有限公司1976年版，第76页。

了完美谐和。如"四周的青山太高了，显得晴空/如一描蓝的窗……我们常常拉上云的窗帷/那是阴了，而且飘着雨的流苏//我原是爱听磐声与铎声的/今却为你戚戚于小院的阴晴/算了吧/管它一世的缘分是否相值于千年慧根/谁让你我相逢/且相逢于这小小的水巷如两条鱼"（《水巷》）。诗里出现的青山、晴空、窗帷、流苏、磐、铎、水巷都是古典诗歌中高频率运用的意象，但诗人却用它传达了个人与环境的冲突、个人内心的冲突这种极具现代意识的主题。在这方面《错误》是艺术上最美、最典型的综合收获。它以古色古香的意象传达出思妇忠贞纯洁的爱情，和盼归的急切与寂寞，意境优美深婉，用莲花比喻江南的女子，用小城、街道、春帷、窗扉等由大至小的比喻形容女子之心，既使景物层递同人和马的由远至近构成了对应，又新颖含蓄，形象贴切。诗的结构巧妙，整诗倒装，第一段乃是第三段的结果，这在避免平淡无奇和色调过于灰冷的同时，陡增了诗的想象余地。开首一行的短句和第二行节拍多顿的长句，也暗示了过客之匆匆和季节的漫长、思妇等待的悠悠之感。语言上能化腐朽为神奇，不来、不飞、不响、不揭等否定句式的交错反复，既使情感抒发更加委婉，又强化了音律谐和，如此说来就难怪《错误》后来被谱成流行歌曲而名扬四海了。郑愁予语言上点石成金的出奇能力，使平平淡淡的词一经他触动人心的巧思便灵光四溢，音律流转。"自从有了天窗/就像亲手揭开覆身的冰雪/我是此地忍不住的春天"（《天窗》），其构想与语言令人拍案击节。郑愁予的诗都具有情感自然真切的特点，不论高尚的还是纯洁的抑或是隐私的，无一例外都来自性灵深处，带着他的体温和呼吸，和扭捏作态不搭界。这种从心灵流出的情感天生蕴含着再度流向心灵的功能和力量。如"你底/我底/在遥远的两地/却如对口的剪子/绞住了……//莫放进离愁吧！/莫放进欢愉吧！/只要轻轻地/把梦剪断/你一半，我一半……"（《相思》）不能再普通的比喻，不能再平白的语言，但因有情真意切做底色，它们从诗人的唇边滑落的一瞬间，就获得了摄人心魄的神力，把相思的滋味演绎得既有浓度又有强度，煞是别致。

郑愁予诗歌的意象仿佛浸有湿漉漉的海洋气息，安静又跳跃，明朗又含蓄，山海风雨是其总的摄取源，山的安静明朗是理想的归宿，水的跳跃含蓄是漂泊的象征。如此取象途径、特征，与诗人作品的其他诸多因素一起，共同孕育了复合状态下的"愁予风"，那是山与水的二重奏，既有山的刚气，又有水的柔情；既有山的豪放，又有水的婉约。郑愁予诗歌这种刚柔并济、豪婉谐和的风格，后来随诗人向哲理、知性深处的拓展，而不断强化硬度，锻造得颇有筋骨。

余光中："艺术的多妻主义者"

"蓝星"诗社的发起人余光中，"左手为文，右手写诗"，诗文双绝。作为台湾现代诗历史的亲历者和见证人，他重要、特殊的无法回避，同时又是一个相当难缠的学术话题。理论主张的善变驳杂，创作实践的转承多学，使他成了台湾诗坛褒贬反差最大的人物；但只要从纵横交错的视点审视他的创作道路与文本内涵，就会发现他的艺术季节和生命季节一样清晰。

诗人陆续出版的 18 本诗集构成了他创作的四个阶段。1950 年至 1957 年为格律诗时期，受新月诗派与英美古典诗传统的影响，他主张维护抒情传统，《舟子的悲歌》等诗集中的情绪与意境营造走的就是这一路数，这与同时期的先锋诗人比较略显守旧。1957 年至 1962 年转向现代的西方诗实验时期，因诗人奔赴美国，近守西方现代派诗的"楼台"，从艺术灵视、把握方式到创新精神都对西方诗有所移植，但不够彻底，意象与手法的古典化表明他的诗尚处于传统与现代的徘徊之间。1962 年至 1964 年为新古典主义时期，随着中国意识的萌醒，诗人告别了恶性西化的虚无与晦涩，回归民族传统，但回归的是不抛却现代及受现代洗礼过的传统，其标志是《莲的联想》《五陵少年》两部诗集。1965 年以后进入民族写实时期，《冷战的年代》《敲打乐》等诗集已臻于传统与现代的理想交融境地，民族自豪感渐强，诗中总缟着一个浓郁的中国情意结。余光中从格律诗到自由诗、从现代诗到敲打乐与民歌的生命运动轨迹，典型地浓缩着台湾现代诗从西化到回归的全部历程。也正是在熟知传统又不为之所缚，浪迹现代又知回归的吸收和调整中，正是在传统与现代之间风流洒脱、不固守一端的融化和创新中，诗人才被戏称为"艺术的多妻主义者"，并捧出风格多样的累累硕果。其实，艺术上的"多妻"没什么不好，生活中对爱要忠贞不贰，艺术上却没必要循规蹈矩，否则就难以玉成大手笔，转学多师为我师就是这个道理。

"多妻主义"的直接后果是题材与风格的变化多端。余氏诗歌的题材浩阔，包罗万象，生老病死、战争爱情、春夏秋冬、风花雪月、咏史怀古等人性、生活、社会、历史等内容皆被遣入笔端，其中多而且好的是思国怀乡诗，《当我死时》《大江东去》《乡愁四韵》《呼唤》等都是其中最美的诗花。如"一面古镜，古人不照照今人/一轮满月，故国不满满香港/正户户月饼，家家天台/天线纵横割碎了月光/二十五年一裂的创伤/何日重圆，八万万人共婵娟"（《中秋月》），月色泛泛，飘云霜风，破镜创伤，中秋佳节因国家分割而悲痛欲绝，思念盼归渴望团圆之情煞是凄切。它也体现了诗人思国怀乡诗的共性：不同于古代思乡文学的眷恋田园或背井离乡的感叹，也有别于仅仅停留在乡土意识和个人情怀层次的旅客羁人的伤感，而是综合了个人情怀与民族思绪，乡愁常与故国的山河文化、旧日生活与亡母的思念联系沟通，家愁、乡愁与国愁交错，沉痛而不沉沦，表现出渴望统一的爱国情感、民族意识，因而能够暗合人类情思经验的底层，有他个人的乡愁，更有人文的、历史的、文化的、社会的乡愁，意蕴深厚，更显得真切动人。《当我死时》对祖国的挚爱怀念与歌颂，感人肺腑。余光中思乡诗又一个鲜明的特色是具有强烈的寻根倾向。他把关注点定位在民族精神上，选材时常以凝结民族传统风范的中国文化实体为象征依托，以传统意象作为抒情的机缘点，表现民族自豪感。如白玉苦瓜本是陈列于台湾"故宫博物院"的一件玉雕珍品。诗人以之为契机写下的《白玉苦瓜》即是借对珠圆玉润、坚实饱满与清莹鲜活的苦瓜特性的揭示，

第十章 纪弦、郑愁予、余光中、洛夫、痖弦：台湾现代诗人抽样透析

抒发了礼赞传统文化、眷恋祖国的情怀，是向民族精神归根的体现。白玉苦瓜被"皮鞋踩过，马蹄踩过／重吨战车的履带碾过／一丝伤痕也不曾留下"，"仍翘着当日的新鲜"……诗对它受日磨月磋的艰难孕育、生长经过的叙述，象征着中华民族坚强不屈的品格。《白玉苦瓜》之后，余光中的咏史题材诗歌渐多，李白、杜甫、屈原、苏轼等古人，唐马、古琴、蟋蟀等传统物象，后羿射日、杞人忧天、夸父逐日等神话传说，大量涌入抒唱视野，成为他寄托人生体验和意识的载体。这浓郁的"中国情结"显然是诗人寻根意识强化的反映。

余光中诗歌的风格似天花飘落，姚黄魏紫，各臻其态。有壮阔的《大江东去》，有精巧的《民歌》，有缠绵的《等你，在雨中》，有幽深的《与永恒拔河》，有天然的《松涛》，有铿锵的《西螺大桥》。表达理想与意志的诗歌基本上都灌注着男性的雄风，慷慨激昂，抒发爱情与乡愁的诗歌则有女性的柔婉与绵密，似浅斟低唱；但不论前者还是后者都被"清新郁趣、博丽豪雄"的主体风格统帅着。他的诗风多变，但始终坚守着"中国情结"，作品中总是呼啸着古典传统的音响，不论是意境的创造、意象的运用还是音节的讲究都古朴而典雅，古诗佳句的镶嵌、古典节奏色彩与现代白话文体的搭配，愈见其华丽缤纷、音调铿锵。如风传于海内外的《乡愁》是游子思乡念归情思的宣泄，含蓄悠远的东方风韵，民歌反复吟唱的节奏，都超越了民歌守成与古董翻版的层次，升起了一缕传统精华的"炊烟"。《白玉苦瓜》在这方面更为精湛，它将意象语言运用于方块汉字中，展现了惊人的想象力，既有音乐的流动又有绘画的凝定，风格圆融恬淡。诗人对古典立场的坚守，在传统文化式微的当代中国意义深远。其次余诗工于发端巧于结尾，结构异于一般以句胜的诗人，而是以篇胜。如传递爱情心理信息的《风铃》，开篇就巧妙设喻"我的心是七层塔檐上悬挂的风铃"，一下子就吸引住了读者的眼球。而后借铃声不绝表现爱情的坚贞不渝的主体部分描写倒很平淡，可是结尾又"异峰突起"，延宕出一个动感十足的句子，"叮咛叮咛咛／此起彼落／敲扣着一个人的名字"，形象而余音

袅袅,首尾呼应,形成了完整的圆形结构。另外,余光中对语言文字极端敏感,"凉凉的月亮/有点薄荷味的月光"(《月光曲》)式的意象通感语言,和"最美最母亲的国度"(《当我死时》)、"星空非常希腊"(《万圣节》)等打破语法规范、词性活用的陌生语言,都因联络的奇特和违反日常生活逻辑的关系建立,而体现了现代思维方式特点,丰富了诗的技巧。

余光中是"以现代文学运动为轴心的扛鼎诗人",其创作与影响在同时期诗人中鲜有出其右者。可惜,早期某些诗歌对祖国的诅咒多于歌颂,为读者留下了话柄。

洛夫:诡奇的"诗魔"

对于真正的诗人,苦难与不幸是莫大的财富。生活的坎坷、失根的苦闷与漂流放逐的窘困,没压倒年轻的洛夫,反而刺激了他希图以艺术创造克服肉体束缚,实现精神与灵魂飞升的愿望,从而造就了一位举足轻重、对人生负面因素感受深刻的优秀诗人。

从明朗到艰涩再到明朗,洛夫走了一条否定之否定的曲折诗歌路程。20世纪50年代涉足诗坛,与张默、痖弦等创世纪诗社成员共同倡导"新民族诗型",承继冯至、艾青等人开辟的传统余绪,诗也优美,情也缠绵,清晰的语言与婉柔的意象背后,是对理想、人生的浪漫放歌,如《风雨之夕》中无岸可靠时宣告"我就是岛",《归属》中把自己设想为上帝,大有"少年不识愁滋味"的乐观明朗与"为伊消得人憔悴"的执着;但在《烟囱》《生活》中已与孤绝的人生体味结下缘分。1959年以后,转而标举"超现实主义"理论,认为属于"醒着做梦的"诗人应该使潜意识入诗,因为唯有在潜意识里才能发现生命中最纯粹最真实的品质,认为超现实主义是集一切流派之大成的现代主义的最后阶段;诗的风格也随之转入艰涩,大型组诗《石室之死亡》将这一特征推向了极致。这首写于1963年金门战地的600行的长诗,共有64节,它无意探究战争,而是生死冥思,是生与死同构主题的默省,传递了生死搏

第十章 纪弦、郑愁予、余光中、洛夫、痖弦：台湾现代诗人抽样透析

斗、生死相依、生兮死所伏、死兮生所伏的玄秘原型意向。它的思考借助火、太阳、灯、向日葵与坟、夜、石室等两组象征着生与死的意象符号进行，这与表达主旨的超现实方式、意象的稠密纷然组合，使全诗气魄雄伟，思想深邃，意境独特，很有嚼头儿；但它的暗示、象征繁复，也为诗笼上一层晦涩艰深的迷雾。正因《石室之死亡》如此这般，所以几十年来对之仍褒贬各异，被诠释不止，甚至有人因之而把洛夫视为"诗坛的异数"。我觉得，不论怎么说，它恢宏的建构，它透视生命与存在的深邃，都是诗人艺术转折的标志性界碑，它将作为经典之诗走向永恒。

当然，《石室之死亡》是高峰也是终结，之后诗人便开始调整语言与风格，认识到过于依赖潜意识，过于依赖"自我"的绝对性，容易造成有我无物的乖谬；于是不再贪恋隐秘的潜意识，而是告别四面楚歌、步履维艰的"石室"，创作出《魔歌》《长恨歌》等开朗洒脱的作品，又从艰涩回到了明朗，归依传统，拥抱现实，对日常生活细节变拒绝为迎纳，注意沟通"自我的内在"和"外界的现实"，营造一种凡俗化的生命情境。如《清苦十三峰》之一《第二十峰》——"两山之间／一条瀑布在滔滔地演讲自杀的意义／／千丈深潭／报以／轰然的掌声／／至于泡沫／大多是一些沉默的怀疑论者"，仍求索疑问于生命的价值与意义，但它以日常生活的琐细入诗、意象与语言口语化的明朗依旧没有诗意的断裂，却传递出了新的艺术信息，以往壮怀激烈的现代意识也渐近超然、淡然了，随着年龄而生的练达的禅意不断滋长。《长恨歌》则受白居易影响，用强烈的现代意识观照古典题材："他高举着那只烧焦了的手／大声叫道：我做爱／因为／我是皇帝／因为／我们惯于血肉相见／／他开始在床上读报，吃早点，看枕头，批阅奏折／／从此／君王不早朝"，唐玄宗的荒淫糜烂可见一斑，潜意识、双关与象征等诡奇的技巧以及密集的意象依然大面积渗透，并且还有一股超现实的梦幻气息；但已褪去了晦涩，把唐明皇和杨贵妃的爱情悲剧言说得现代而苦涩，极具讽喻效果和艺术张力。至于那些出色的乡愁诗更从情感、意象、语言等方面向传统回归，如表现"龙的传人"思乡念归的《边界望

乡》，因意象抒情的方式而使不具形、声的乡愁变得可闻可感，"病了/病得像山坡上那丛凋残的杜鹃/只剩下唯一的一朵"，原型意象"杜鹃"的介入，又使物我合一，主客互化，意境浑然。

不论怎样变化，洛夫诗中始终都存在着一些恒定的东西。一是对诗的真诚的入世寻找没变，对人类生存之谜和生命价值真谛的探索没变。这与超现实主义的影响有关，但却没有走向后者的颓废、绝望以及自杀，相反，有时倒发扬了传统的人文精神，达到了生命感与使命感的统一。如《剔牙》："全世界的人都在剔牙/以洁白的牙签/安详地在剔他们/洁白的牙齿/依索匹克的一群兀鹰/从一堆尸体中飞起/排排蹲在疏朗的枯枝上/也在剔牙/以一根根瘦小的/肋骨。"酒足饭饱对比饿殍遍野，与"朱门酒肉臭，路有冻死骨"何其相似，那种人生担待、终极关怀，正是传统诗歌人文精神的感人闪烁。二是与向"后"看历史传统的余光中不同，洛夫常常执着于平凡现实的具象，从中获取诗情，平中见奇。"子夜的灯/是一条未穿衣裳的/小河//你的信像一尾鱼游来/读水的温暖/读你额上动人的鳞片/读江河如读一面镜/读镜中你的笑/如读泡沫"（《子夜读信》）。诗取自平凡琐事，读信的诗意动作成为诗歌的主动脉，使人顿悟到自身的存在，能让人产生设身处地的精神共鸣。三是想象力与语言奇诡"超实"的创造，深得超现实主义精髓。这种创造主要靠直觉和感受进行，如"母亲/我真的不曾哭泣只痴痴地望着一面镜子/望着/镜片上悬着的一滴泪/三十年后才流到唇边"（《血的再版》），遵循感情逻辑的想象原则，将对远在大陆的母亲的怀念与追悼表现得新颖而深入；"三粒苦松子/沿着路标一直滚到我的脚前/伸手抓起/竟是一把鸟声"（《随雨声进山而不见雨》），抓起的竟是鸟声，意象本身与语言组构都戛然地翻空出奇；《子夜读信》喻灯为河、喻信为河里游来的鱼，令人惊愕而又自然天成。还有一点就是洛夫善用拟人的手法融自然现象为一体，造成一种复调诗，"表现出双重内涵，双重意境，使作品既清新又浑厚，既凝练又幽远"[①]，幽默而含蓄。如《清明》以

[①] 古继堂：《台湾新诗发展史》，人民文学出版社1989年版，第257页。

"云吊着孩子,飞机吊着炸弹"对比,巧取反讽和控诉的效果,放风筝的自然游戏与吊炸弹的人为战争杂糅,催人深思。

凭着诗人敏锐的感受力、较好的思悟力与凝重的思辨力,洛夫有成为"大家"的发展可能。2001年引起诗歌界普遍关注的长诗《漂木》便有力地验证了这一点。它比《石室之死亡》的结构更严谨,意象疏朗,语言伸缩自如,意趣灵活多端。它是对诗人辉煌历史的又一次成功超越。

痖弦:"苦"味儿的歌手

虽然洞烛先机的理论探索精神与治理诗歌历史先驱的身份,成就了创世纪诗社三驾马车之一——痖弦的功名,但痖弦吝啬而稳重的创作风采仍然无法被遮掩,抛却其他作品不计,仅以一部诗集《深渊》而风流四十载,除痖弦外,在台湾诗坛绝无仅有。

"诗如其人"在有些创作者那里只是美好的理想或不攻自破的迷信。人生竞技场上的痖弦万事皆顺,文运通泰,接二连三地获奖,可他的诗却一副苦味儿相,悲戚忧郁,全部诗作集合成的队伍番号都和"欢乐"这两个字无缘。在他的笔下,异域的风光给他的心智感受是,历史失落了,"今年春天是多么寂寞/断柱上多了一些青苔/这是现代"(《巴黎》);人间也丑恶得无趣,《鬼劫》中的孤魂野鬼在清明节时凄清游荡,《棺材店》里的棺材"做着荒冢的梦,蛆虫的梦";文化更日渐为工业文明所吞食,《在中国街上》的"尘埃中皇帝喊/无轨电车使我们的凤辇锈了"……总之,诗所承载的尽是生命中带有负面价值的东西,尽是现代人不乏批判意向的惶惑、焦虑与悲哀。尤其是代表作《深渊》使这一情调走向了登峰造极的境地。尽管它深潜着生存要与客观环境搏斗的亮质内涵,但那种都市光怪陆离的荒芜现象的罗列,那种社会的荒淫无耻、人性麻木堕落的呈现,那种人心不古、世风日下的郁闷思索,仍会把读者导入饱含隐痛与愤懑的绝望"深渊"。刚死去婴儿的母亲又去看云发笑,"在舞池中把剩下的人格跳尽";沿街叫卖的幸存者呼

155

叫"我仍活着/走路、咳嗽、辩论/厚着脸皮占地球的一部分";寄生虫们吃遗产、妆奁,也吃死者;人们"背着各人的棺盖游荡"。够了,这个世界充满了残酷、奸诈、权势、罪恶,只有生活而无生命。虽然作者没有直接吐露心曲,但批判的意向已昭然若揭。这首主旨深邃尖锐、艺术诡谲怪诞之作,堪称痖弦诗歌历史上的里程碑,说它是中国的《荒原》也绝不为过。那么,为什么痖弦的诗在情调上和他的人生经历严重背离,会出现这样愁眉苦脸的样貌?这显然是由他的理论体系与诗歌感知视角决定的。他认为,"诗人的全部工作似乎就在于'搜集不幸'的努力"①,只有把握人生的负面意义并从其痛苦中提炼喜悦,才能把握存在。这种理论与视角投射到创作中,使他体认客观世界时自然常好"表现小人物的悲苦,和自我的嘲弄",在充溢着伟大同情心的同时,更多悲凄的意味。即便凝眸异域文明,也会走向现代性的批判。

痖弦是在古典诗词与西方现代主义、超现实主义综合背景下开始诗歌艺术追求的,在技巧和方法上具有一定的前卫性。进入成熟期后,更是一改早期的意象单纯、语言纯净、情思集中的传统,意象繁复,手法奇诡,跳跃、变形、时空交错等已成家常便饭。具体说,他在诗歌艺术上令人刮目之处有以下几点。

首先,余光中在《左手的缪斯》一文中说道,"痖弦的抒情诗几乎都是戏剧性的。艾略特曾谓现代最佳的抒情诗都是戏剧性的……在中国,他的话应在痖弦的身上",可谓一语中的。痖弦在学校里所学的专业是戏剧,这种戏剧文学修养、舞台经验与艾略特等人影响的三位一体,使他的诗体现着强烈的戏剧化倾向,这也是他对诗坛的最大贡献。《乞丐》《上校》《盐》《妇人》《坤伶》等诗中令人同情和悲悯的小人物就得到了戏剧性的表现,《红玉米》里有剪辑过的情节,《深渊》里有人物的冲突,《船中之鼠》里有戏剧性的动作,戏剧性的要素在他的诗歌里齐整了。这些诗的特征是常常捕捉截取简洁的生活片断,创造戏剧情境,在以抒情方式刻

---

① 痖弦:《现代诗短札》,《中国新诗研究》,洪苑书店1981年版,第49页。

第十章 纪弦、郑愁予、余光中、洛夫、痖弦：台湾现代诗人抽样透析

画人物的同时，无言地传达出内心的同情或愤慨。如"那纯粹是另一种玫瑰/自火焰中诞生/在荞麦田里他们遇见最大的会战/而他的一条腿诀别于一九四三年/他曾听到过历史和笑//什么是不朽呢/咳嗽药刮脸刀上月房租如此等等/而在妻的缝纫机的零星战斗下/他觉得唯一能俘虏他的/便是太阳"（《上校》）。诗好似一出独幕剧，它以第三人称的方式客观地对比、叙述一个失去一条腿的上校军官过去的显赫（"曾听到过历史和笑"）与现在的平庸凄凉（"咳嗽药刮脸刀上月房租"），完全是用泪水写成的控诉状。这种写法加上"他曾听到过历史和笑"的反讽旁白，突出的地点、人物、事件，构成了完整的情景；场次的转换，幕间的旁白，"什么是不朽呢"的自白，娴熟自然的情景调度，都带着戏剧性的痕迹。至于作者的主观情感和态度则完全隐藏在抒情空间之外。痖弦很多戏剧性的诗都让那些小人物通过自己的语言、腔调体现自己的思想情感和性格特征，表现了"典型环境里的典型性格"。《酒吧的午后》借几个蒙太奇镜头的画面捕捉，刻画了一些都市人的空虚与无聊，简直如同一幕活话剧，亮相的人物给人留下了栩栩如生的深刻印象。

其次，与苦味儿的精神内核构成反差的是，痖弦诗歌的语言外壳有股超脱世俗尘埃、略显忧郁的甜味儿。如"六岁她的名字便流落在城里/一种凄然的韵//那杏仁色的双臂应由宦官来守卫/小小的髻儿啊清朝人为她心碎//是玉堂春吧/（夜夜满园子嗑瓜子儿的脸！）"（《坤伶》）。这种完全来自生活的语言，既真实亲切，又新鲜精炼，讲究密度，将坤伶的身世、社会风情传递得简隽而逼真，语言的灵动、形象与色调兼出，洋溢着生命的美感；并且时而调进些世俗化的口语、土语，愈显出诗的活泼谐趣。精炼简约的文字里内蕴深厚，"名字"与"流落"搭配，一箭双雕，既写了女戏子的成名，又道出了她的凄苦。再如"我不爱听那萧萧声/怪凄凉的，是不"（《殡仪馆》），俗语入诗，陡添了诗的活气，鲜活而诙谐；"跟月光一起到天堂去/跟泉水一起下地狱去"（《无谱之歌》），重叠的句式读来就像歌曲一般上口，旋律讲究，和他许多诗歌一样带有民谣味儿，能够延宕情绪的弥漫时间。

最后，痖弦的诗言短意丰，在有限的结构空间里寄寓着无限的诗意。表现历史与现实、战争与个人命运及生存是小说和戏剧都感到棘手的题材，但《上校》这样一首仅仅十行、不足百字的小诗，却把它体现得那样完美，那样举重若轻，真是让人叹服。这一方面是因为作者总能突破现象看本质，另一方面也和他以一当十的语言品质有关。

痖弦早期诗中的爱与青春的咏叹固然动人，但有对何其芳与里尔克的模仿迹象。20世纪50年代后期《深渊》的发表，才标志着他成了一位具有独立精神的成熟诗人。怎奈1966年以后，他却突然向缪斯挥手告别，在创作上搁笔至今。这一"事件"对于痖弦个人和中国新诗界都是一种遗憾和损失。

第十一章　苦难的升华：曾卓的诗歌世界

在新诗发展史上，曾卓称不上影响广远的大诗人，论思想幽深，他无法和闻一多、穆旦比肩；讲境界宏阔，他难以同郭沫若、艾青抗衡，但却是一位重要的不能忽视的个性化诗人。说其重要，不仅是因为他诗龄长久，在70余年的沧桑变幻里始终诗心常在，对缪斯钟情的专一执着精神令人起敬；也不仅是因为他一生历尽磨难仍然心境澄明的人格魅力，已成一首婉转的无字诗，他卓然不群的诗风总能在时尚外别开异花，光彩迷人；还因为他的人与诗作为新诗历史上的"精神化石"，隐现着新诗沉浮曲折的生命轨迹，每一阶段的风雨潮汐与纹理走向，都包孕着诸多可待开拓的经验启迪。

与那些下笔千言的高产诗人相比，曾卓的诗不算多，漫长的创作生涯中只留下五本诗集：《门》《悬崖边的树》《老水手的歌》《曾卓抒情诗选》《给少年们的诗》。作为以质取胜的诗人，他的诗虽说不上字字珠玑，却首首真纯厚实；虽然从未有作为时髦诗走俏的殊荣，却也没有像时髦诗那般速朽的悲哀。这一切凭借的正是他硬朗的诗歌特质与人格精神的统一。

精神炼狱与情思喷发

常言道，愤怒出诗人。实际上，忧郁、孤独才是离诗最切近的心理感觉。从这一向度说，曾卓当属于天性的诗人。五岁即被生父遗弃的人生际遇，黑暗苦难的社会氛围，臧克家与艾青诗歌情绪基调的渗透，家、国、艺术因子的合力影响所铸就的不乏纯真浪漫而更多忧郁的心理气质结构，使曾卓与诗歌存在着本质精神的相通。所以14岁时的试笔之作《生活》虽有仿作之嫌与早于年龄的感伤，但其敏感、幻想、忧郁的内在品质却使曾卓顺利进入了诗的大门。至于他日后的曲折创作道路更是这一诗学判断的有力佐证。1939年正式踏入诗坛后，曾卓曾两次长时间搁笔："一次是1944年前后，一次是1962年前后"①。两次皆为生活相对稳定、风平浪静时期；而他诗歌生命的三次喷发则是1939—1943年、1955—1961年和1979年之后，这三次都正值诗人处于生命的悲剧情境中，即艰苦寂寞的漂泊、受意外政治风暴牵连而蒙冤和懂得人生与诗的庄严却几乎无力歌唱的"悲哀"时期。也就是说，曾卓的诗与人生困厄密不可分，是生命苦难历史的审美凝结与人格辉光的腾放。在艰难境遇中，他往往"能奋起全部精力，而在平静的情况下，却容易为懈怠所俘虏"②。这反常的"错位"现象无法不令人深思。

　　为何曾卓的诗花都来自人生的炼狱边？是那些苦难的记忆深刻得难以抹掉，还是诗人比他人对苦难有更敏锐的体悟力，抑或是诗人天性嗜好品尝悲剧滋味？他的自白道出了个中原委："在我受难的年间，诗是我的生命，在诗里我找到了寄托。"③通过诗的抒发"减轻了自己的痛苦"，"高扬起自己内在的力量，从而支持自己不致倒下，不致失去对未来的信念"④，诗"使我的生活不至于那么黯淡和空虚"，支撑并激励着诗人"度过了漫长的灾难的岁月"。可见，诗于曾卓已不是可有可无的点缀与谋取什么的方式，而成了一种生命的内在需要，成了诗人黑暗困境中的明灯、精神支柱与灵

---

　　① 曾卓：《曾卓文集·从诗想到的……》第1卷，长江文艺出版社1994年版，第406页。
　　② 同上书，第399页。
　　③ 陈曦：《曾卓先生访谈录》，《诗探索》1996年第3期。
　　④ 曾卓：《曾卓文集·在学习写诗的道路上》第1卷，长江文艺出版社1994年版，第418页。

第十一章 苦难的升华：曾卓的诗歌世界

魂栖息的港湾。

诗人说，一个人的诗的道路也反映着他的生活道路，反映着他的人格和他的人格的成长。作为抒情主体与客体撞击的精神产物，其诗中自然有诗人情思的投影与凝结，再客观的诗也会映射出诗人的诗外人生。尤其是曾卓，他强调，"诗的本质就是抒情的。真情实感是诗的生命，是真诗与非诗的分界线"[①]，"诗必须要有真诚的感情，没有感情就没有诗，诗是心的歌"[②]。他认为，情乃诗之动因与安身立命之所在，诗必须以自我的内视点给世界以"诗意的裁判"，外部生活只有经过心灵的溶解与重组才会产生诗意，这无疑抓住了诗的本质特征。因此，他的诗都"带有自白或自传的色彩；都是从他'骚动的灵魂'辐射出来的光焰"[③]。按说，曾卓长期跋涉在现实的泥泞与荆棘中，诗外人生满含孤寂与迷惘、冲突与矛盾，他的诗中自然少不了忧伤的悲哀情绪。而事实上曾卓的诗呈现着怎样的情思呢？

曾卓1939—1944年的作品多为炽热激情的结晶，非但谈不上美学厚度，某些篇什还属于对个人情爱真诚又忧郁的咀嚼，沾染着感伤的时代情绪。单是《病中》《寂寞外》《断弦的琴》《别》等题目，与乌鸦、残叶、伤疤、血渍等意象语汇，就已透出这一心灵信息。但诗人的艺术良知、坚定信念与敏锐直觉，使他仍能在人间烟火气十足的现实境域中，昭示人生苦难，张扬抗争伟力，瞩望希望与未来。因此诗以多元色调切入了诗人个体与乡土中国的命运与情感旋律，把握住了社会片断的本质真实。那忧患的人生担待，那对芸芸众生的终极关怀，那对现实的诗性介入，都闪烁着传统人文精神光彩。如《拍卖》仿佛一幅下层人血泪挣扎的碳素画。几个苗族少女为了生活，被迫在小城的街上拍卖民族艺术，不但没有得到一个铜圆，反遭"轻薄的调笑"，在貌似客观的细节场景里，涌动

[①] 曾卓：《诗人的两翼·和大学生谈诗》，生活·读书·新知三联书店1987年版，第25页。
[②] 陈曦：《曾卓先生访谈录》，《诗探索》1996年第3期。
[③] 牛汉：《一个钟情的人：曾卓和他的诗》，《文汇月报》1983年第3期。

着一腔同情愤慨的心理潜流,那是一种惋叹、一种控诉、一种对弱小生命的挚爱关怀和沉思。《狱》《一撮土》等诗则发掘了民众身上潜存的伟力,抒发了革命者的战斗情怀。《不是囚徒》写到:"灵魂是能禁锢的吗?/梦想是能监视的吗?"的确,有形的监狱与无形的锁链都无法囚禁革命者的梦想和意志。那些革命者正如铁栏中的猛虎,"扑出去的姿势/使笼外发出一片惊呼"(《铁栏与火》),它怀念大山草莽丛林和峭壁悬崖深谷,它深夜悲愤的长啸好似铁栏锁着的"火"。凶悍愤怒之虎分明是不畏强暴的战士的象征,其身体中蕴藏的灵魂力量令人感奋。如果说《拍卖》《疯妇》充盈着对土地、人民的爱心,那么,《门》则喷射着对叛变者憎恨的怒火。面对曾经用美丽的谎言前进的姿态吸引"我们",后来投入"残害我们的兄弟的人的怀抱"的女郎,诗人喊出"莫正视一眼","让她在门外哭泣,/我们的门/不为叛逆者开!"那是爱与憎的宣言,门就是爱与憎的分界线,它昭示在革命路上没有优柔寡断、心慈手软,只有爱憎分明才不会迷失方向。至于《要——》对"火把"、《英雄》对"明天"、《沙漠和海》对"海"、《那人》对"北方"等象征性意象的专门讴歌,都可视为对光明、希望、解放区的婉曲憧憬、呼唤与礼赞。曾卓这一时期的诗,折射了具有良知的敏感又迷茫的知识分子在历史风暴中的心路历程,其中淡淡的忧郁是个人的也是时代的"公民情绪",那也是当时中国的自然与历史本色。

　　1955年"奇怪的风"把曾卓吹到社会最底层,理想之路的突然中断,使铁窗下痛苦迷惘的他"有炽热的感情要倾吐,要发泄"[①]。这样分手近十年的缪斯奇迹般地回到他身边,成为他此后厄运连绵的20年里的精神依托。这些在"沉重的激情"下心口苦吟(开始几年无纸和笔)的"潜在写作",最为赤裸真挚地展露了诗人的内心和灵魂。这些诗的主体构成为情感诗、励志诗和少年诗;寂寞而不甘沉沦,充满矛盾的困惑更执着于对希望的追求,身

---

① 曾卓:《曾卓文集·生命炼狱边的小花》第1卷,长江文艺出版社1994年版,第380页。

第十一章 苦难的升华：曾卓的诗歌世界

在"深谷"心欲"飞翔"，是其共同的情思基调与主题旋律。曾卓此间失去许多，却得到了充满理解与温暖的爱，这爱因身处困境而有几分严峻苦涩，却更见庄严与坚定。若说《灯》《别》尚是儿女私情服从于革命的道德观念标准，原则又理念化，那么组诗《有赠》则情思丰盈。在狱中，诗人无时无刻不挂念着音讯全无的妻子，一个黄昏，他望着窗外落雪，不禁睹物思人，情随景生（其妻姓薛，与雪谐音），于是以妻子姓氏与自然景物偶合点为契机写下了《雪》，其间那份忆念、牵挂、无声的轻呼极为殷切缠绵。1961年，诗人终于与共处一城却全然不知的妻子联系上，六载分别一夕团聚使诗人感慨万千，《有赠》就真切地表现了这次令人高兴又辛酸的相聚情景。诗在描述爱人开门、凝视、引路、让座、倒茶等连续动作后，喷涌出由大悲到大喜的激情，"我全身颤栗，当你的手轻轻地握着我的。/我忍不住啜泣，当你的眼泪滴在我的手背。/你愿这样握着我的手走向人生的长途么？/你敢这样握着我的手穿过蔑视的人群么？""你的含泪微笑着的眼睛是一座炼狱。/你的晶莹的泪光焚冶着我的灵魂。"诗中有宗教色彩的圣母似的"你"，背后隐含着神性、善良、诗意的光辉，对诗人构成了精神再生，给了诗人"力量、勇气和信心"，使他将爱转化为爱的动力，愿为爱人献出一切，"只要你要，只要我有"（《我能给你的》）。这种患难与共、用奉献与坚贞铸就的爱情，对杯水主义、肉欲享乐的情爱观无疑是一种净化与洗涤。那些励志诗承载着诗人的理想和信念。身陷囹圄的曾卓如搁浅岸头的海螺，充满着被生活隔绝的"海一样深的寂寞"（《海的向往》），但仍然渴望家的温暖、友谊的呼唤与"更崇高的东西"——永远的青天、欢乐的歌声、冶炼生命的"熔炉"（《我期待，我寻求》）。所以他的这些诗取境偏重于能给人以生命力量的事物，如翅膀紧贴白云自由歌唱之鹰让他顿生飞翔的"鹰的心"（《呵，有一只鹰》），在狂风中愈烧愈旺的"理想的烈焰"让他倍增生活的勇气（《火与风》）。尤其被誉为受难知识分子灵魂活雕塑的《悬崖边的树》，更隆起了一种强悍的生命哲学，"它倾听远处森林的喧哗/和深谷中小溪的歌唱/它孤独地站在那里/显得寂寞而倔强//它的弯曲的身体/留下了风的形状/它似乎即将倾跌进深谷里/却又像是要展翅飞翔"。任何生命在面临死亡的深渊时，都会本能地爆发出一股超乎寻常的强劲之力。悬崖边的树随时会跌下深谷，并遭受"风"的损伤摧残，但它却孤独而倔强地渴望"展翅飞翔"。那绝境中坚韧不拔的生命意志，与命运抗争的不屈精神，是悲壮而崇高的人格写照。曾卓此时的少年诗写作本身就属于艰难而快乐的诗性行为。艰难的是诗人已搁笔多年又远离少时，"要为少年们写诗，特别需要一种单纯、明洁、欢乐的心情"①，这令困厄中的诗人极难办到。快乐的是诗人写下的每一首诗都如驱赶单调痛苦的阳光，证明诗人还能爱还有爱的能力，意味着意志的胜利，因此它超越了艺术上的好坏本身。作为人类蒙昧时期的象征，孩子是大人施爱的主要对象，所以在《给少年们的诗》中，诗人一变《有赠》中的被保护者形象，而以保护者的角色寄托对孩子的思念和关怀。尽管不能完全抑制住的孤寂在个别诗中时有流露，但少年意象的介入仍给曾卓的诗增添了明朗欢快的情调，呈现出凝结深沉父爱的宁静。诗人愿孩子像大山一样坚稳朴实豪犷（《我是大山的儿子》），更希望孩子不要"在柔和的灯光下与平庸安居"，而要"在电闪雷鸣的大海上出没"（《最老的朋友的关怀和祝福》），在人生战场上英勇搏击。曾卓此间的"潜在写作"因不能也不为发表，反倒规避了当时流行诗虚假风气的浸染，成为那段历史最为真实隐蔽的心灵日记。

　　1979年，被彻底"解放"的曾卓又迎来了心灵与诗的春天。与当时诗坛潮流相应，他的诗树枝头也重新绽开了希望的花朵。诗人自拟为眷恋晴空之鸟，渴望将生命"融于春天的阳光"（《鸟和春天》），在迎春的欢欣泪光中把爱与祝福推向每片"新叶"和每株"幼苗"（《春的跃动》）。但这份情感"却比年轻时爱得更深沉"，沧桑经历的打磨、老年情感的凝定，使诗人歌唱春天的主题

---

① 曾卓：《曾卓文集·从诗想到的……》第1卷，长江文艺出版社1994年版，第398页。

第十一章 苦难的升华：曾卓的诗歌世界

激情外又多了几许智慧深邃的理性沉淀，对生命、死亡、生活等抽象命题的凝眸。《心的颤栗》借一位临死者的心灵忏悔，提出"向这个世界告别的时候／能问心无愧地／面对自己的一生吗"这一人类该如何面对人生大限的严肃问题，令所有的灵魂颤栗又深省。最能充分表现这一倾向的，莫过于愈到晚近愈浓得化不开的"大海情结"。诗人少时就做过向往海的梦，直到六十初度才真的看到天地边缘之海，从此诗人就执着地以之作为心灵自我突围的永恒存在，构筑阔大的精神家园，以求获得现实性超越。这位饱经生活风雨的"老水手"，在面向大海敞开心灵回望生命来路时，其生命已与大海叠合同一，不辨泾渭："在你的波涛和我心中的波涛／交流中，我更深刻地／理解了生命、人生／理解了你，和我自己"（《生命的激流》）。在人与海的精神对话里，海是实指又有象征性的包孕内涵，成了梦想、生活、生命与人生的代码。"生活就是海，那是比幻梦中的海更深沉、更辽阔，有着更多的巨浪和风暴，因而是更美丽、更庄严的海"。① 诗人对大海的向往实质上是对宽阔自由生活的向往，对风暴、雷电、巨浪——对斗争的向往。应该说，曾卓关于海的借喻在许多诗人那里都似曾相识，诗人的"成功全在于从借喻中化入了深刻的人生体验"②。他一再写海，不是纯粹观赏更不是逃避现实，而是借海展开对社会与人生的思考。洞悉了诗人这一心理后，《海之谜》便不再是谜，原来有许多人在海中沉没而仍有许多人奔向海并在离开海之后又怀念海，因为海充满着险恶也充满着诱惑，人类具有一种执着追求的精神，也只有在征服"海"的斗争中才会产生快乐。《无题》则宣示了一种生命价值观，诗人在海滩上写的字被浪卷去，在海边唱的歌被风带走，但"我在海涛上读到了我的诗／在海风中听到了我的歌声"。因为字与歌在浩渺的时空中只存在瞬间，而海和海风却指向永恒，生活的智者当超越物质琐屑去寻求精神的不朽。曾卓诗中的海已超越地理意义上的海而飞升为诗

---

① 曾卓：《曾卓文集·我为什么常常写海》第1卷，长江文艺出版社1994年版，第394页。
② 叶橹：《生命融入大海：曾卓写海的诗赏析》，《名作欣赏》1990年第4期。

化的永恒空间，诗人对海的融入，使其诗的智慧发现有别于居高临下的教诲，因此平和而亲切。

纵向梳理表明：曾卓的情思基调与价值取向，经历了浪漫率真、质朴深沉、明朗乐观的阶段性转换，但却始终有种恒定特质一以贯之其创作的始终，那就是在苦难沧桑相伴生的悲怆语境中张扬坚定达观的生命精神。不论是抗战时期的惆怅漂泊，还是五六十年代的思想迷茫；不论是在置身"悬崖"边的厄运中，还是在走向大海后无力歌唱的无奈里，忧愁与绝望从来不是他的主题。"他的诗即使是遍体伤痕，也给人带来温暖和美感……节奏与意象具有逼人的感染力，凄苦中带有一些甜蜜"①，有着一种异常的宁静与和谐。这种意味与诗人历经逃难、"胡风反革命集团"冤案、"文化大革命"等大大小小炼狱的多舛人生形态恰好形成了截然的反差。

诗人的诗外人生与诗内人生为何没有达成完全统一，这岂不是有悖于诗如其人的古训？我们认为，这是由诗人的诗歌观念、观察视点与心理气质的综合性因素所决定的。诗人说，只有真正的人生战场上的战士，才能无愧于诗人，诗人是善于梦想的人，他总"在黑暗现实里歌唱美好的明天"②。曾卓正是这样的诗人。因为有坚定的理想信念和"我还爱着"的赤子之心做支撑，所以，虽然他一直处于命运的"深谷"，但却从没有过多地抚摸伤痕，而总能以高昂乐观的态度拥抱生活；即便是灼人的炼狱烈火，也只能炼掉精神上的杂质，激发他更加坚守理想的热情，风来不惊，雨来泰然。他一直力主"诗的感情应该是一种纯净、向上的感情，一种美的感情"③，因此，具有浪漫气质的诗人在诗歌由实情向诗情转换的滤淀中，自然会尽可能地剔去那些生活和心理中阴暗的乃至丑恶的因子，最大限度地在精神王国与美善事物之间寻求、构筑诗意。于是一个温暖的、宁静的、和谐的情思世界，便悄然地展现在了读者面

---

① 牛汉：《一个钟情的人：曾卓和他的诗》，《文汇月报》1983 年第 3 期。
② 曾卓：《诗人的两翼·和大学生谈诗》，生活·读书·新知三联书店 1987 年版，第 28 页。
③ 同上。

前。这个苦难升华的精神世界,这个爱与向往混凝的诗意空间,引你驻足,令你沉思,催你心灵感动,促你精神提升。

隐晦与明白之间

曾卓"心胸总是袒露在外"、不戴甲胄的性格特点,将情思之根视为诗歌枝繁叶茂前提的理论主张,与注重切入现实的传统儒教精神,使他对那些过于朦胧的诗风敬而远之。他心怀坦荡,年轻时更是浮躁高傲,不习惯也不愿意隐藏自己的思想感情;他多次倡言感情真挚乃诗的第一要素,只有带着真挚的感情才能走近诗,始终恪守着没有真切感情或感情未达燃点则绝不轻易落笔的信条,因此,他的诗或爱或憎,情感饱满强烈真诚,"从来没有说过一句假话",表现了一个诗人最宝贵的审美情操。曾卓的诗无一字不生发于现实,他无法模糊主题,故弄玄虚,而喜欢用动感较强的语言、结构传情,这种更近于浪漫主义的心智和艺术结构机制,使他的诗并不晦涩。但是,他"从来没有认真地学习过技巧"[①] 的创作谈,使某些人误认为感情化的思维方式势必使诗人笔随心意,疏于精致技巧的讲究,艺术上平淡习常。事实上,曾卓始终坚持严肃的诗歌立场,视诗为不能随便损害的"圣所",主张诗歌要创新。正因如此,他才对缺乏吸引自己力量的"革命诗"不甚喜欢,而偏偏钟情于主张诗歌的战斗性与艺术并重的胡风和坚持现实主义并适当融合现代派诗风的艾青,以及让他深入理解怎样才是诗的卞之琳、何其芳、曹葆华。曾卓从他们那里学到了具体技法,更学到了艺术独创的精神,这种精神使他处于少受非诗因素影响的政治中心外的边缘,不刻意现代又在表现上下功夫,注意调试与变化艺术上的技巧、手段,从而以人生与艺术的综合平衡腾放出一种介于隐晦与明白之间的诗美:朦胧而亲切,人人能读;质朴又耐咀嚼,诗味浓郁。

[①] 曾卓:《曾卓文集·在学习写诗的道路上》第1卷,长江文艺出版社1994年版,第422页。

曾诗艺术上的首要特征是一直致力于寻找形随意移、意形相彰的艺术效果。诗人在70余年的创作进程中题材多种多样，手法变化多端。但是"技巧不是独立自在的东西，（它）服从和服务于一定的内容的需要"，采用什么样的技巧，关键决定于诗人"所要表现的题材，所要表达的感觉和感情"[①]。题材与情感决定手法，即尽管有直抒胸臆的《门》，有象征性的《铁栏与火》，有朦胧诗似的《沙漠和海》，有抽象的《断章》，其诗情或热烈或冷峻或含蓄或奔放，使众多诗在艺术上各臻其态；其诗作并不是脱离意味的纯形式操作，而常常能形随意移，随意赋形，达到意味与形式的共融共生。如"当我年轻的时候/在生活的海洋中，偶尔抬头/遥望六十岁，像遥望/一个远在异国的港口//经历了狂风暴雨，惊涛骇浪/而今我到达了，有时回头/遥我年轻的时候，像遥望/迷失在烟雾中的故乡"（《我遥望》）。诗所传达的是老诗人对人生历程与人生滋味达现平和的沉思，所以它的情思基调与意象选择都带有宁静清淡的色泽。一个饱经沧桑的老水手回望人生是慨叹多多、梦想与怅惘多多，可谓百感交集。然而，诗却以出奇平静的态度出之，两个生动贴切的视觉意象"异国的港口""烟雾中的故乡"，素朴平易，但是它们与同样不涉美丽圆润色调的、随意浅白的口语"偶尔抬头""有时回头'相呼应后，却把人生的况味抒发得既浅近又深致，既平易又浓郁，煞是奇妙。诗中那种外冷内热外静内动的风格形态，恰好和人情练达世事通明的老人沉思内涵达到了高度契合。《熟睡的兵》也是形意结合得融洽无间的佳构。为表现国民党当局黑暗腐败、展示下等兵士悲惨命运这一复杂主题，诗巧妙地向叙事文学扩张，起用小说化、戏剧化技巧，创造了集流动性与雕塑感于一体的事态空间。它仿佛一个个从远到近、由全景及特写镜头的连缀转换，摄录了枯瘦绝望的"二等兵吴祥兴"因病躺倒在黄昏路边的污泥里颤抖挣扎以至死去的片断，若干连续的具象细节把诗演绎成了

[①] 曾卓：《曾卓文集·在学习写诗的道路上》第1卷，长江文艺出版社1994年版，第422页。

第十一章 苦难的升华：曾卓的诗歌世界

一个过程，人物、性格、背景兼有，动作、声音、感觉俱出，质感逼真。但叙述因素背后的情绪渗入却把批判揭露的指向表现得淋漓尽致，不着一句怨愤之词，控诉的力量却已力透纸背，以不说出的方式达到了说不出的效果，潜隐的比表现的内涵要多得多。《有赠》的戏剧化情境设置，也与《熟睡的兵》异曲同工，实现了外在诗美与内情运动状态的同构。诗人这种形神一致的艺术追求，抗拒了那种形式至上倾向，再次证明形式的风筝在一定范围内能花样翻新美不胜收，但若挣脱内容之线的牵拉，必然会走向毁灭的命运。

曾诗艺术上的第二个特征是建立了传统与现代交错的情思言说方式。一味重视生活或一味重视情感都乃诗之大忌，所以曾诗在表达情感时便综合了主观表现与客观再现，以直抒为主兼容其他，创造了一种融合事物与心灵的情思言说方式，把情感传达得既不全显也不全隐，而是介于表现与隐藏之间。例如，那首托物言志的《断弦的琴》，借断弦的琴抒发了"不愿/让时代的洪流滔滔远去/却将我的生命的小船/系在你的柔手上/搁浅于爱情的沙滩"的昂扬情绪。分手的痛苦抑制着情感直泻，但它的直接坦率仍是灼人的。《是的，我还爱着》更是心理波涛的喷涌，对生活热爱的情思烧灼与扩张，使绝顶风景、平凡的劳动者、生育万物的大地等一切事物都染上了诗人的主观化痕迹，洋溢着明亮向上的气韵，仿佛真有了"登山则情满于山，观海则情溢于海"的神力。曾卓大量直抒的诗都呈现着这种"真"状态，袒露无遗的恳挚令虚伪造作者无地自容，有股炽热的冲击力，这也可以说是诗人不戴甲胄性情的生命外化。

如果一味采用直抒胸臆的方式，于诗并非一件好事，因为过于强烈的情感易使诗的内容流于粗疏，信马由缰的传达也会导致情感的迷失与泛滥。曾卓诗在情思言说方式上的闪光点是没有固守传统的直抒天地，而是应和内容需求的呼唤，合理吸收现代诗艺中意象、象征、暗示等技术手段，走情感的具象表现路线，为诗的审美空间吹送进一缕陌生化风气。或者说，就是不把情思和盘托出，而是将之诉诸饱含诗情的意象，以意象收敛情感，使情感获得隐曲含蓄的表达，幽婉又灵动，在物象与情感的兑化中拥托出一片内在的美丽。如"在海边的一座礁石上／栖息着一只老海鸥／它已无力展翅了／静静地匍匐在那里／没有忧愁没有哀伤／也曾呼啸着穿越暴风雨／也曾欢唱着扑抓海的波／一生都在浩瀚中飞翔／此刻，它用依然清澈明亮的眼睛／望着白云 望向远方／／浪潮一阵一阵向礁石涌来／一声一声亲切的呼唤／它突然进出高啸，纵身一跃／随着波涛起伏的／它的身影，仍在翱翔"（《老海鸥》）。诗意欲表达"志在千里"的高远求索精神，但诗人没有让其沦为赤裸的生命流喷射，而是找到从形到神都同老诗人酷肖的老海鸥这一情思对应物，以其眺望、高啸、腾飞曲现诗人生命不息、搏击不止的意趣，既不全隐也不全露，有种半透明的朦胧美。曾诗选择意象的特点，是大多具体可感，内涵明确，且在意象组合时注意同传统诗歌的意境谐和，注意各个意象之间的内在一致，从而给人提供一个完整的精神情调或者氛围。如《鸟和春天》一诗，随着早晨、小鸟、大树、田野、歌声、天空、阳光等缤纷意象花瓣的飘落挪移，曲折地暗示出诗人进入生命春天的欣悦情绪，这种以象示意的写法间接含蓄，但它的意象全出自于生活与自然中，稔熟亲切，相互间联系密切和谐，共同向欣悦情思定点敛聚成了一个物我交融的复合画面与共享空间，其内涵明朗而定型，令人瞬间即可唤起心中的审美积淀，体会到诗人内在生命的亮色情绪内核。

象征意识的介入使曾诗中的许多意象都有言外之旨，只是由于诗人注意设置想象路标，其形上内涵相对单纯清晰。如曾诗中最朦胧的《沙漠和海》，只要将其与1945年重庆写作的具体时代语境结合就较容易把握。那壮丽广阔的蓝色之"海"和布满风暴沙石的"沙漠"，应该是解放区与国统区的喻指；至于海上远航者与沙漠跋涉者一致的目的——"圣经上没有记载过的新大陆"的暗示意义更是不言自明。象征的运用使诗情飞动于写实与象征之间，统一了人间气味与形而上学，暗合了现代艺术的趋势。曾诗在这一点上的创新是接受了艾青意象群落构筑的艺术启迪，使象征出现了高度私

第十一章　苦难的升华：曾卓的诗歌世界

人化倾向。且不说"悬崖边的树"和连绵出现的"海"几乎成了曾卓的专利，成为其倔强不屈精神品格和人生意向的象征符号；就是《铁栏与火》中"虎"的意象也都属于不可重复的独创，贮藏着由偶然苦痛与执着、危厄与倔强所构成的动人蕴含。"虎"在笼中旋转、注视，怀念庄严无羁的生活，深夜的长啸如一团火光划过。现实性画面后有超越性内蕴，那一团火似的虎是本来的虎么？否。它分明是虎的人化，虎要冲出铁栏更让人联想到不屈生命的焦灼、抗争以及在艰难境遇中所爆发出的强大的力量。曾诗中的私人化象征意象多浸渍着悲剧质素，不论是凝重者还是静穆者都处于困境中，内隐着一股奔突的力量，诗人从它们那里获取了生命的自由、意志、尊严的启迪。或者说，作为诗人人格、生命与诗情的高度集结，它们是诗人独特情感最高意义上的表达；它们既是诗人创造力的弘扬，又有化抽象意念为具体的艺术效果，能让人获得清晰质感的印象。

曾诗的第三个特征是呈现着朴素自然的语言态度。诗"始于意格，成于字句"，最终必须依赖语言形态的物化。曾卓在谈到诗歌技巧时说，真正的技巧是使读者看不出技巧，"朴实和自然原是诗——是一切艺术的最高境界"[①]，他的诗歌语言技巧抵达了这一理想的智慧之境。他的诗语不求苦心孤诣的粉饰雕琢，也不关注高深冷僻的字眼，而是常任语言在笔尖上真诚自然地流淌，没有喧哗，没有矫揉造作与装腔作势，来自生活的语汇物象已很质朴，由它们组成的画面更如出水芙蓉，透着洗尽铅华的平易和清新，明白如话，朴素如泥，有种不着技巧的自然美。如"我从海泳中起来／疲倦地躺在沙滩上／我的身上紧裹着阳光／我的脚边跳跃着波浪／我闭着眼……一瞬间，我感到自己轻轻地／轻轻地飘升了起来／与大自然融为了一体"（《瞬间》），口语式的叙述仿佛从诗人生命泉眼中直接流出，平淡自然，毫无矫饰。但那平静的语言却轻轻道出诗人

[①] 曾卓：《诗人的两翼·绿原和他的诗》，生活·读书·新知三联书店1987年版，第67页。

要把生命个体融入自然的感受和追求，细腻而浪漫，想象奇丽又合情入理。自然舒展的语言姿态与自然质朴的生命调适得天衣无缝。这种语言本色、简洁又天然率真，清淡而有诗意，朴拙又意味深长，同时使曾诗少了大幅度的意象跳接与畸形肢解变形的艺术夸张。这种从容不迫和返璞归真的气度，在如今诗几被凋零的时代无疑充满了警示作用。

当然，曾诗语言都是量体裁衣，随不同的内容变换而变换。他最擅长的抒情短诗多精炼纯净言简意赅，如"我常常微笑/为了掩饰我的伤痛/我常常沉默/而波涛在我心中汹涌"（《断章》），"希望的顶点是含笑的坟/震动旷野的群众的歌声是弥撒/我的诗是我的碑"（《誓》），全然是情理交映的箴语与格言；但也做过回旋复沓的铺排尝试，如《是谁呢?》在短短的十行诗内竟有五句"是谁呢?"似乎有悖于诗歌凝练的本义，实则将诗人对那位能和自己同甘共苦、精神上永远关注自己的"谁"之追问与向往情怀，抒发到了浓郁缠绵得无以复加的程度。曾诗语言多用朴素的口语，但也不乏《来自草原的人们》的美丽飘忽，不乏"它的歌声也闪着绿色的光"（《鸟和春天》），"让我将自己的怀念与祝福/从窗口掷出去"（《病中》）等通感与虚实嵌合的陌生化探寻。曾诗一般不搞大幅度的诗思与意象的跳接，但《母亲》为表现繁复的生活、复杂的情感，也动用了时空的大跨度组合、多角度的抒情方式，展示了错综复杂的魅力。诗人正是以语言的多向度追求，为千变万化的情思世界找到了恰当的感性寄托。

曾卓诗歌的命运恰如他一首诗的题目，是"寂寞的小花"。它尽管也出过两次不大不小的风头：一次是全国第四次文代会上柯岩诵读了《悬崖边的树》，那时诗人尚未完全走出"另册"；一次是80年代中期《老水手的歌》获全国第二届诗集奖，但它却从未领骚过诗坛潮流，更没有过轰动、流行的热闹。这倒与诗的本质达成了内在的契合，因为写诗原本就是一项寂寞的事业。

寂寞的原因是多方面的。曾卓在检索创作历史时感慨道："在时代的雄亮、豪壮的歌声中，我的应和的歌声是如此低微，如此嘶

第十一章 苦难的升华：曾卓的诗歌世界

哑。我不能不为自己的寒伧而有愧"。[①] 这不无自谦的话语也表明他的诗确如人批评的那样"天地不大"，视域略显狭窄，它很少在时代现实的风景线上驰骋诗思，因此企图在他的诗歌世界中寻找宏阔主题与微言大义者会大失所望。曾卓的艺术探索也并非高度理想化的模式，自然化的语言追求在给人亲切淳朴感觉的同时也因过分的散文羁绊而淡化了诗意，滑入平庸境地。对情感"趁热打铁"的直抒，也常因缺少必要的距离观照，而使诗与一览无余的浅露搭界。残酷的时间使曾卓身心俱入淡漠的老境，不能及时吸纳生活与艺术的养料，已有的积累又与瞬息万变的现实脱节，所以在唱出《老水手的歌》后，他陷入了无奈的困窘。这些无疑都限制了曾卓诗的影响和冲击力。

最重要的还不是缘于曾卓诗的缺憾，而是与他的艺术个性相关。曾卓不是横刀立马直入时代洪流的斗士，而是充满浪漫气质、以心灵折射现实风云的诗人，他重视真实的人生感受和内心情思，这与不愿放弃自己的独立见解以趋时势的艺术观念遇合，使他的诗从不随波逐流，而是在时尚外别开异花。在炸弹与旗帜效应被极力张扬的抗战时期，他的诗够不上匕首投枪，却透过心灵一隅关注青年人的生活与精神世界，并且写下《青春》《断弦的琴》等他人羞于涉足发表的恋情诗，与战歌时代难以谐调。五六十年代的颂歌时代和以阶级斗争为主调的战歌时代，浪漫而粗豪的男性化理性叙事盛行，可曾卓却在生活的最底层以《凝望》《有赠》《给少年们的诗》，感性地抒唱着得到的与付出的爱，一种男女、血缘、信念之爱，其不乏忧郁的格调与当时的情绪流行色反差强烈。到了直面生活弊端的政治抒情诗与艺术新奇的朦胧诗唱主角的新时期，通行抚摸伤痕、反思悲剧历史的公共叙述，或对历史、人生抒发智慧的思考；但曾卓《悬崖边的树》因切入时代悲剧精神的深邃而备受好评后却毅然转向，不再涉猎悲剧性的社会内容，而以空前的博大从容

[①] 曾卓：《曾卓文集·〈曾卓抒情诗选〉后记》第 1 卷，长江文艺出版社 1994 年版，第 375 页。

超越悲剧意识，走向充满高远憧憬的大海。也就是说，曾卓的跨时代写作不论外界如何变化都始终恪守着真诚的心灵本色与原则，在时尚的合唱队伍之外进行着个人化的艺术独唱。这种与时尚错位的"时间差"歌唱，一方面表现了诗人坚持艺术立场的优秀审美情趣；另一方面也注定了在从众意识强烈的国度里，媚俗的评论者们对他诗歌冷落的必然。他的诗歌命运似乎也揭示了一个道理：在喧嚣的时代，追逐时尚的艺术之花易光彩夺目，但常常开放期短暂；与时尚保持距离的艺术之果，也许会被人忽视，但其滋味却耐于咀嚼。从这个意义上说，曾卓的诗歌是幸运的。

第十二章　挽歌低吟：舒婷诗歌的转换

在喧嚣而落寞、失去焦点的世纪末诗坛，从朦胧诗走来的舒婷一直没有间断对缪斯的执着眺望，哪怕"掏空了眼眶"。当历史裹挟着世间的一切跨过 21 世纪的门槛时，为了向过去道别，为了完成向未知世界展翅的精神蝉蜕，她低吟出一首抒情长诗《最后的挽歌》，挥别五月的双桅船，把人们的沉思留在了 20 世纪 90 年代。

提起舒婷，人们对她的关注似乎更多地停留在 20 世纪 80 年代朦胧诗辉煌的一页上。其实，那一页比较简短，作为一个在缪斯山上攀缘的诗人，她刚刚跃至辉煌的峰顶，即被一群高喊着"打倒""PASS"口号的反叛者逼近并接受挑战了。可喜的是，舒婷对于这突如其来的事变，能够宠辱不惊，以平和从容的心态泰然处之，没有改弦易辙仅仅书写散文，而是始终信守着自己最初对诗歌的情感选择。她说："作为早期的参与者，我有责任继续深化它，与同路人一起，努力将其推进，尽可能使之抵达某种接近'范式'的水平，能否有突出结果就不用操心了。""我现在依然沿着所谓朦胧诗的路子在深入，当然深入中有变化。"[①] 这一段心理告白袒露了她在 20 世纪 90 年代的诗歌创作轨迹：与以翟永明为首的女性主义诗人由晦涩的现代主义歌唱向明白亲切的古典风格回归逆反，舒婷则开始尝试着由热情、率性的浪漫主义抒情向沉静、晦涩的现代主义风格趋赴，契合时代变迁和逐渐丰富的思想阅历，以更具有现代

---

① 舒婷：《露珠里的"诗想"》，浙江文艺出版社 1998 年版，第 224 页。

元素的手段抒写更为深刻的人生体验，的确在"深入中有变化"。为准确恰切地把握舒婷90年代的诗歌创作风貌，还是让我们检索一下她穿越20世纪80年代的一路屐痕吧。

并非纯粹的浪漫过去时

舒婷的诗歌艺术生命史上有过浪漫的季节。80年代早期，作为朦胧诗派的代表诗人之一，舒婷在整个诗派歌唱的"个人价值与尊严"的主旋律中，以女性特有的圆润而坚定、细腻而执着的声线唱出了优美感人的和弦：标举女性独立人格的《致橡树》——骄傲高亢的B调，批判与解构封建节烈观的《神女峰》——精巧的E调，深切关怀当代女性命运的《惠安女子》——低回缠绵的降E小调；到了《会唱歌的鸢尾花》已经渗入了现代主义复杂的表现手法，给这曲呼唤女性春天的交响乐章增添了新的音律。

和那些开放型情感诗人相比，舒婷无疑是一位封闭型诗人。她"不是全身心主动拥抱客观世界，而是客观世界某一'契机'找到其心灵地带某一敏感点，她才可望进入诗的状态"[①]，她的诗歌更多地揭示和呈现的是自我的情感和心理过程，即便表现外部世界也是通过内心的映照来辐射的。也就是说，在她的诗歌中表达心灵是最高的使命，而她丰富复杂的情感一旦被灵感的闪电击中，就会自然地迸发出别样的浪漫火花。那时，理想主义的光辉、对人的价值与尊严的呼唤重建与情感的直抒，使舒婷的诗歌走的并非众人误读的现代派方向，而是典型的浪漫路数，抒情性是那一时期诗歌的主要特征。从《祖国啊，我亲爱的祖国》到《致橡树》，无论是悲愤还是欣喜抑或深思，诗人都毫不掩饰发自内心的强烈情感，只是她从不让情感泛滥，为情感寻求理想的抒发渠道。有人说："当浪漫的尖锐直白和现代派的曲折暗合在一起的时候，舒婷就写出了她最

---

① 陈仲义：《中国朦胧诗人论》，江苏文艺出版社1996年版，第82页。

第十二章 挽歌低吟：舒婷诗歌的转换

动人的诗篇。"① 这不愧为行家之语。舒婷总是整合各种抒情方式的优长，极有分寸感地处理情感表现的"度"，这一点已取得人们的共识，无须多论。我们认为，舒婷在将"浪漫的尖锐直白"艺术化的过程中，她一直钟情并惯用的"对比"手法曾经起了重要的作用。如《那一年七月》是通过你的七月和我的七月在本质上离异的书写，显示感情上的复杂纠葛；《祖国，我亲爱的祖国》则在历史与现实的对比中，以悲哀与欢欣情调的反差强化，来传递诗人敏感地反思时代时的激动心灵信息。至于《也许？》则通篇用鲜明深刻的层层对比"答一位作者的寂寞"，"也许我们点起一个个灯笼／又被大风一个个吹灭／也许燃尽生命烛照黑暗／身边却没有取暖之火"，这看似疑问的"也许"，却道出了深重的责任与悲哀，层层递进的对比使情感郁积得饱满强劲，最终砰然爆发，其撼人的冲击力即使今天读来仍觉荡气回肠。

进入 80 年代中后期，舒婷的诗歌初露现代的端倪。随着朦胧诗辉煌历史的远去，诗人年龄阅历的增长、内心积淀的丰富，和经历时代变革后阵痛的渐近平稳，舒婷的诗情日趋深厚、沉静。面对严重膨胀的物质文化新贵，她已经失去在浪尖上弄潮的兴致，而喜欢选择到退潮后的沙滩上拾掇心灵珍珠的贝壳，内视的人生体验和生命感悟开始演化为诗的主脑，诗里的浪漫情怀悄然冷却内敛，被一种古典式的悲苦滋味所取代，呈现出"痛切中的平静"。和审美上由激情宣泄转为理性思辨同步，她的诗艺在不损害情感的前提下，也以感觉的想象化、情感的幻化变异、象征与意象的叠加等现代主义技巧的融入，拓展语言空间，突出诗人的自我色彩。

《会唱歌的鸢尾花》被公认为是从浪漫的抒情形态向冷静的现代形态过渡的标志，它一方面强化了个人经验，关切点由大写、外张的"人"转向小写、内省的"人"，另一方面又努力把个人经验提升到一代人的追求上来。《水杉》则将情绪与感觉复合，"水意

---

① 孙绍振：《恢复新诗根本的艺术传统：舒婷创作给我们的启示》，《福建文艺》1980 年第 4 期。

很凉/静静/让错乱的云踪霞迹/沉卧于/冰清玉洁",诗人不做情感经验的直白推进,而是在情绪流的倾溢中用感觉错开对象的外在特征,进而与其灵魂对话。这里渗透的人与自然之间"各行其是却又百环千解"的神秘感应,正如波德莱尔感觉的象征森林的回应一样。对于这种神秘的感觉,诗人有过精彩的描述:"庄严的水,安静的树,风足远去。我脚下的草地似乎渗出水来,凉凉的水意从我的脚跟导向全身。那一刻我迷迷惘惘地听到有无声的语言呼唤我,我全身都在主动回答,那树木始终严肃地慈祥着要提醒我一个雪亮的然而却隔着层层云雾的秘密。"[1] 那种神秘的感受是在空灵静谧的氛围里人与自然的互相触摸,它与其说是来自自然的回应,不如说是人对生命的体验在自然象征物上的反映,是纯粹而真正的生命谛视与感悟。"我不说/我再也不必说曾是你的同类/有一瞬间/那白亮的秘密击穿你/当我叹息着/突然借你的手/凋谢",诗人意识到人与自然是相反相成的,自然可以千秋万代,人却不能永垂不朽,于是,在借"你"冰冷的"手"凋谢之时,"人在框里愈加苍白/凤凰木在雨窗外/兀自/嫣红"(《眼神》),黑、白、红色彩的对比彰显出自然法则的残酷,也表现了诗人对于生命的辩证思考。并且诗人对于生命的感悟没有停留于此,她努力使自己置身于生命实体之外:"或者存在只是不停地波动/把你整个铺成一川河流/那么,站在岸边/和你貌似神非的是谁呢?"(《复活》)不断地自我制造陷阱又英勇地自我穿越,这"飞行"也许只是一种与命运对抗的方式,然而最终是否换来的也只是一种认可方式的妥协呢?从这一系列诗作的剖析中可以看出,不论是《会唱歌的鸢尾花》散点透视结构和幻梦的引入,还是《水杉》神秘感应的捕捉;不论是《复活》在梦境般的体验与超验感受中对生命意象的初探,还是《眼神》里蕴藏的生命思考的知性含量,都透露出现代主义生长的信息,并预示着舒婷将开启那扇通往 90 年代的现代主义写作新门。

---

[1] 舒婷:《源源本本》,《福建文学》1987 年第 7 期。

第十二章 挽歌低吟：舒婷诗歌的转换

90年代的现代主义风

　　和那些下笔千言的诗人相比，将诗视如生命的舒婷可算是低产诗人，30多年的诗龄里所写诗的总数仅有170首左右，年均不足6首，而且断断续续，写写停停。1981年写完《会唱歌的鸢尾花》后搁笔3年，1990年写就《另一种风格》后又停笔5年，然后才有代表诗集《最后的挽歌》问世。诗人自觉和《致橡树》《神女峰》相比，《最后的挽歌》可能不讨众人喜欢，但更深刻也更值得珍爱。为什么呢？这恐怕要从90年代的诗歌语境和诗人的心态说起。

　　20世纪的最后10年，新的社会体制经历了最初的启动、磨合后开始加速运行。随着经济占据社会生活的主导位置，诗歌已由中心走向边缘，从"辉煌的定格"走向自由、无序生长的"美丽的混乱"状态，躁动渐消，平静异常。一方面，这种平静除了有诗人们的激情暂时沉淀因素外，还有诗人队伍的分化和变迁。一部分诗人不甘忍受诗处边缘的落寞，卷入汹涌的经济大潮中淘金，另一部分诗人流向海外，寻找出路；这样，虽然诗坛上弥漫着一种悲凉的情绪，但也更宣显出坚守阵地者的执着与高洁。受诗坛形势和情绪的左右、影响，一时之间挽歌体和守望意象赫然丰满，诗人们在守望中挽叹，又在挽歌中更坚定地守望，看似平静的诗坛实则暗潮涌动。这种平静的另一方面还源于"个人写作"对集体写作的取代。"个人写作指在一个意识形态和商品化等诸多因素所造就的集体主义话语时代坚持'话语差异'、'个人话语方式'以及'独立文本'的努力和实践。"[①] 事实上，个人写作虽然强调"话语差异"、与社会主流文化持分离的态度，但却并非"自我表现"和"私人化"，它"坚持把个人置于时代主境的广阔的文化视野中来处理"。因此

[①] 王家新、孙文波编：《中国诗歌九十年代备忘录》，人民文学出版社2000年版，第396页。

相对于80年代"集体主义"的诗歌创作,"个人写作"更切近表现丰富的内心诗学,从而透析现实"冰山"的一角。

90年代特殊诗歌语境的敦促,铸成了舒婷心态与诗歌向现代主义的最终转型。渐入不惑之年、激情减弱而责任感日强的舒婷,十分清楚、敏感于自身的"生存处境和写作处境",在诗歌边缘化的时代以往那种代表"一代人"的呼声,再也难以引起强烈的共鸣。所以在走下"你在我的航程上/我在你的视线里"的双桅船的同时,开始在世纪末茫茫的暮色中为诗执着守望,低吟浅唱自己的也是时代的"最后的挽歌"。随着对诗歌本体认识的加深,她发现,诗歌已不再是青春期情感的表达,而是认识世界、感知世界,进而用语言描述世界的工具。此时,诗人的诗情状态就像罗兰·巴尔特所说的写作的秋天。"在累累果实与迟暮秋风之间,在已逝之物与将逝之物之间,在深信与质疑之间,在关于责任的关系神话和关于自由的个人神话之间,在同物的广泛联系和精微考究的幽独行文之间转换不已。"[①] 面对这样一种成熟而沉重的诗情,原有的抒情方式已无法承载传达这一重任,于是诗人更多地起用意象叠加、冷却、反讽、陌生化等现代主义技巧,诗也随之出现了艺术新变。它们仿似一幅幅现代派的抽象油画,人们无法按线条图案来索骥,只能在色彩搭配、图形交织重叠与空间分割中获得另类抽象的纯感觉,更"朦胧晦涩",也愈耐人寻味。

一 生命不能承受之轻

生命的沉重和束缚使人们渴望轻松,可轻松真的能让人幸福吗?当人们摆脱一切责任、义务和重量,感觉比大气还轻的时候就会离开大地,离开大地亦离开真实的生活,反而无法承受这生命之轻。当重构"人的价值和尊严"这一主题轰然远去,寻找"生命"则成为中年舒婷诗歌灵魂的主旋律。

[①] 欧阳江河:《89后国内诗歌写作:本土气质、中年特征与知识分子身份》,《今天》1993年第3期。

第十二章 挽歌低吟：舒婷诗歌的转换

舒婷以一个诗人最敏感的心和一个智者最清醒的头脑，在《最后的挽歌》中对"生命"的冷酷、神秘进行了深刻的体验与感悟，希图透视当代人荒芜的心灵花园，并在那里栽种一棵多球的"仙人掌"。她发现，当生命个体以其全部重量与土地亲密接触时，是真实的。"来之于土，我的脚／未能突破水泥和沥青的封锁／抵达接应的土壤／我／颠沛于／一颗麦种向上顶拱的惊涛骇浪"（《最后的挽歌》）。一旦脱离土地的这种"颠沛"，虽无"惊涛骇浪"却是不能承受的生命之轻，"向肉体缴纳的租金／是这样的昂贵／而且无力搬迁"，它昭示了灵魂的秘密，它渴望脱离束缚的肉体而自由飞翔，生命希求变成一场赛跑，看最后谁先到达终点。"飞鱼／继续成群结队冲浪／把最低限度的重／用轻盈来表现它们的鳍／擦燃不同凡响的／磷光"。"飞鱼"要靠"冲浪"来摆脱"最低限度的重"而变得更加轻盈；可冲浪本身又是艰难得无法持久的过程，它们撞出的"磷光"虽然"不同凡响"但却是暗淡的，反讽的运用扩大了短暂的轻盈与永恒沉重间的张力。

在浪潮的汹涌中诗人来不及立稳脚跟与大地亲近，灵与肉的分离、无可奈何的背叛，就使她在神秘强大、铁面无私的生命法则面前静默了，并以这种静默的方式与之交流体验，从而发现了另一种存在方式："父亲，我寄身的河面／与你不同流速罢／我们仅是生物界的一种表达方式／是累累赘赘的根瘤／坠在族谱上／换一个方向生长"。死亡不是生命的终结，"相对生活而言，死亡是更僻静的地方"，当"父亲"以另一种状态与"我"共存，而又在相反的向度上使生命得到延伸，诗人意识到终有一天"父亲"与"我"会交叉汇合，生、死本在一线之间。"我右手的绿荫／争分夺秒地枯萎／左手还在休眠"，生命真谛就在于此。"落红不是无情物，化作春泥更护花"，生长、消亡看似不相容，却又息息相关，循环往复，生命的短促令很多人感慨叹息，可又有谁能看到，"离永恒最近的是瞬间"，堪破之后的存在才是最真实的。"星芒"在经历几万光年的飞行后，着陆的瞬间才知道疼痛不堪，而瞬间之后，便是千年休眠，生命是偶然之中的必然，生也好，死也好，人们无法掌握却又不肯轻易放弃。"既然家园并非家园/我不是我/有什么必要把硬币抛起/又偷偷翻转",这种对于生命诙谐巧妙的解构,虽非大彻大悟,却道出了诗人历经叛逆、激情、坎坷、磨砺已经到达顺其自然的平静又深邃的智慧福地。

二 犹有余温的反讽

相对于80年代浪漫的悲剧情怀,舒婷90年代的诗歌已具有反讽意识和喜剧精神。在90年代的诗歌中,反讽不再局限于某种修辞手段或语言技巧,而是标示着一种根本的写作态度,它涉及诗句现象关系的变化,同时也表现了现代诗歌趋向成熟的状态。在新的时代境遇下,反讽意识使诗人能够以一种历史的态度和复杂的方式切入当下现实,并能像王家新在《夜莺在它自己的时代:关于当代诗学》一文中所说的那样,把我们从一个"过于悲壮的时代"引向一个更为宽阔的、成年人的世界。舒婷自然地进入了这种写作状态,她的反讽尖锐、深刻、巧妙,扩大了诗歌的张力,这一点是和其他诗人们的追求同声相应的,但是她又以一个女性诗人特有的宽容、浪漫以及由朦胧诗承继来的情感品质融入,使"反讽"在她手里余温犹存。

抒情长诗《最后的挽歌》气势恢宏,内容丰富,反讽也尤为集中。"挽歌"是对世纪末颓风的挽歌,又是对诗歌与生存关系焦虑的挽歌。"我在柏林花两个月时间写的这首长诗,是我诗歌写作的重要阶段,可算是我九十年代个人小传。"[①] 同时它也是诗人有感世事变迁、辉煌不再的个人挽歌。在诗中,诗人对世纪末转型期中国社会所出现的光怪陆离的世态百相、每况愈下的世道人心,表达了极大的困惑、愤怒与痛心。大量运用的反讽、揶揄、嘲弄手法,与以往玩世不恭的轻松不同,它在辛辣的讽刺批判背后,仍然闪烁着关怀人类、社会的理想主义思想之光。正因如此,我们才不难理解诗人书写出"这就是为什么/当拳头攥紧一声嗥叫/北斗星总在/

---

① 舒婷:《露珠里的"诗想"》,浙江文艺出版社1998年版,第226页。

第十二章 挽歌低吟：舒婷诗歌的转换

仰望的头顶上"。随着商品经济大潮的涌动，人们的价值观念也发生了巨大变化，舒婷尖锐深刻地写出这一让人痛心的事实："蒿草爬上塑像的肩膀/感慨高处不胜寒/挖鱼饵的老头/把鼻涕/擤在花岗岩衣褶/鸽粪如雨"，曾经是英雄、楷模、为人顶礼膜拜的塑像，如今却已被人们遗忘，蒿草、鼻涕、鸽粪这些平凡甚至令人作呕的意象，却爬上塑像的肩膀，道德典范的象征在辛辣的反讽中被残酷地消解了，被推向了无人问津的角落。连诗歌这种高尚的精神产品似乎也无法抗拒被经济大潮吞噬的命运，实在令人感喟不已。对于诗歌，"我们把它/顶在头上含在口里/不如抛向股市/买进卖出/更能体现它的价值"，在物欲横流的时节，诗的精神的价值如何体现？诗人在轻松诙谐的调侃中对其进行的深刻反思是多么发人深省啊！第三章关于"田野"的一段书写也十分生动深刻。"田野一边涝着/一边旱着/被化肥和农药押上刑场/不忘高呼丰收口号"，这精妙的讽刺，形象地批判了现代"高科技"的负面效应，它在给人带来方便的同时也让人失去了美好、质朴的"绿色"家园和生存方式。诗中关于新的生存方式的思考也煞是深刻，它的突然涌动包围了精神尚未被完全启动的人们，于是形成了物质与精神的高度错位。"汽车拉响汽笛从未停靠/接站和送站互相错过/持票人没有座位/座位空无一人"，人们虽然持有21世纪这趟高速列车的车票，但却没有座位或干脆上不去，在追赶经济大潮的同时却远远落在了精神干涸的岸边，由此形成了强烈的悖谬与反差，"黑夜耄耄垂老/白昼刚刚长到齐肩高/往年的三色堇/撩起裙裾/步上今春的绿萼/一个吻可以天长地久/爱情瞬息名称"，以致诗人感慨道："我要怀着怎样的心理和速度/才能重返五月。"她的另一首诗《真谛》的反讽有着更加幽默轻松的风格："腹地的人梦想蔚蓝/指云为帆/体内激荡一戳即泄的劲风/海是他们一切美好事物寄存处/可惜没有号码牌领取/他们乱倾情感垃圾/不会受到罚款/雷在天空放了个响亮的屁/他们就写诗赞美/涛声啊"。俨然一副轻松风趣的笔法，虽为"劲风"却"一戳即泄"，海是"寄存处"却"没有号码牌领取"，最可笑的是"雷在天空放了个响亮的屁/他们就写诗赞美"，自然的无心，

183

人类的有意，寓哲思于调侃中，亦庄亦谐，使读者于轻松幽默处领悟到严肃深邃的哲理。

诗人凭智慧、深刻和幽默将反讽自然精当地融入诗歌的每个毛孔里。"都市和农村凭契约/交换情人"，"像流通数次已陈旧的纸币/很多词还没捂热/就公开作废"，"枪声陷阱/污染的水源都将有效拦截/幸福寥寥过境，仅余/零落蹄声"（《蚕眠》），像这样的诗句在舒婷90年代的诗歌里俯拾即是，它们用冷峻、反讽、调侃、揶揄甚至幽默的笔触，揭示出现实生活中种种乖谬、荒诞、错位、相悖等现象，以及诗人自己对现实的沉重思考。必须指出的是，舒婷对诗歌、对现实并没有丧失信心，"大漠孤烟的精神/永远召唤着"，对于她"路"还有方向，虽然世纪末的暮色已掩盖了往昔的光华，但诗人理想主义的荧光使得其诗的批判反讽犹有余温，温而不暖，虽然不乏与朦胧诗一脉相承的温情，却并未减弱诗歌整体批判的深刻力度。

三 表意：焦虑并快乐着

面对90年代物质的甚嚣尘上和精神的消沉落寞，诗人们有点无所适从。这时，表意有如一块滚烫的山芋焦灼着诗人们，拿不起又放不下。于是他们纷纷从表意的战场退却，转移到仅仅作为表意的一种存在方式和手段的语词层面，进行语言的狂欢。面对荒诞的历史境遇，他们"不再是长歌当哭，而是机智地遣词造句，巧妙地避开思想重负，在语词碰撞的瞬间，既把自己与时代剥离，又委婉地与其拥抱"[①]。在这股劲风的裹挟之下，舒婷似乎也难以拒绝地置身其中。一方面，面对精神生活缩减、诗歌本质边缘化的下沉趋势，诗人对语词和语词所表现的世界充满了焦虑，《最后的挽歌》全诗都贯穿着这一主题；另一方面，诗人像自卫一样退避到短暂的语词游戏上，轻快、巧妙、智慧地避过思想重负的暗礁，陶醉于诗

[①] 陈晓明：《语词写作：思想缩减时期的修行策略》，《中国诗歌九十年代备忘录》，人民文学出版社2000年版，第93页。

第十二章 挽歌低吟：舒婷诗歌的转换

歌在喑哑的低空中所擦出的快感火花。

表意在当代变得日益艰难，"蚌无法吐露痛苦/等死亡完整的赎出"，只有"死亡"才能实现彻底的表意。虽然偶有顺利的表意，如"只有一个波兰女诗人/不经过剖腹/产下她的珍珠/其他/与诗沾亲带故的人/同时感染了阵痛"，然而，表意的价值又从何体现呢？似乎不经过经济的参与就无法实现："我们把它顶在头上含在口里/不如抛向股市/买进卖出/更能体现它的价值"。当诗歌只有放到金钱的天秤上才被人重视才有价值时，这是何等的悲哀。面对诗歌由中心走向边缘、在边缘不断下沉的现实，诗人对于语词混乱而又泛滥的处境不由得焦虑不已："如果内心/是倾斜下沉的破船/那些咬噬着肉体/要纷纷上岸去的老鼠/是尖叫的诗歌么"。诗歌不但不能弥补心灵的缺口，反而还要"咬噬"心灵的缺口，再争先恐后地逃离残缺下沉的心灵，躲到物质的岸边，可那里是诗歌最后的家园吗？"名词和形容词/已危及交通/他们自愿选择了/非英雄式的逃亡"，事实上，修饰语词的泛滥严重干扰了诗意的表达，诗人在喧嚣中怀念昔日格调清新的诗歌。就像虽然有了空调机，但心中却"怀念那一柄葵扇"，诗人希望有"一片薄荷叶/贴在诗歌的脑门上"，能让诗歌保持自然清新。在高科技充斥人的肉体与灵魂的今天，能够在记忆中保有一块绿色的原始的诗意天地，就像"从容凑近夕照/过时的比喻点燃/旱烟管的农夫/蹲在田垄想心事"。

舒婷接下来从书写意象的角度，对表意本身展开了更深入的反思和否定。书写意象一般都有男女对抗性质，是女性觉醒的方式之一，但舒婷这里的书写意象已超越了性别书写的概念，"每写下一个字/这个字立刻漂走/每启动一轮思想/就闻到破布的味道/我如此再三起死回生/取决于/是否对同一面镜子/练习口形"，文字与思想的背离与合谋，死亡与再生纠缠在一起，"每天经历肉体和词汇的双重死亡/灵魂如何回避这些滚石/节节翘望"，通过对生命与语言的双重死亡和挽留，道出了对生存深一层的体认，这种体认在批判的同时仍带有乐观的希望。"光的螺旋/再次或者永远/通过体内蛰伏蛇行/诗歌火花滋滋发麻/有如静电产生"，她相信诗歌的火花不会熄灭，会随着"光的螺旋"永远蛰伏于体内，等待激情的点燃，从而再次爆发出灿烂的烟火。"你问我的位置／我在上一本书和下一本书之间"，书写不会因此而切断，将会不懈地继续下去，这才是书写者的最高姿态。

表意的快乐比焦虑还要沉重，每一次智慧的语词碰撞背后都有深刻的隐喻。"是谁举起城市这盏霓虹酒／试图与世纪末／红肿的落日碰杯／造成划时代的断电"，"谁比黑暗更深／探手地龙的心脏／被挤压得血脉贲张／据说他所栖身的二十层楼／建在浮鲸背上"，环环相扣的隐喻，意义相距甚远的意象的妥帖组合，虽暗示了世纪末的浮华和脆弱等意向，却仍是纵横捭阖在收放之间，包容着无尽的言外之意，语词的胶着、相悖相融使得整首诗弹性十足。表意给诗人带来了无数的焦虑，"那团墨汁后面／我什么也看不见"，"像流通数次已陈旧的纸币／很多词还没热／就公开作废"，"昨天义无反顾暴殄天物／今天面临语言饥荒"，纵然表意给诗人带来如此深重的焦虑，诗人仍没有放弃对语词与激情谐和共处的追索。"如果最后一块石头／还未盖满手印／如果内心／有足够的安静／这个礼拜天开始上路／我在慢慢接近／虽然能见度很低"，这是诗的最后一段，它表现了诗人在混沌的世纪末暮色里，深入探索诗歌艺术的坚执与顽韧精神。

从女性的视角出发

女性的身体与艺术创造有着天然联系，这不仅表现为女性身体的曲线美，而且表现为女性的神经质素适合于艺术创造。作为最早正视个人内心情感的女诗人，舒婷率先开启了女性世界的大门。她的诗在80年代就表现了明显的女性意识，《致橡树》表达了女性平等独立的观念，《惠安女子》体现了对中国当代女性命运的深切关怀，《神女峰》批判了人们习焉不察的传统妇女贞节观，为后来女性意识的觉醒起了启蒙的作用。但是，由于时代的局限，她当时的性别意识萌动还只是初步的，之后她一度致力于散文写作，在迅速

第十二章 挽歌低吟：舒婷诗歌的转换

崛起的新一代女性诗人和高扬的女性意识浪潮前选择了静默。进入80年代中后期，她的女性意识进入对生命的体验和感悟中，诗人在肯定女性意识的前提下，更多地给予普遍的人性及人的生存状态以关切，早期的强烈的社会性、使命感和伦理色彩有所淡化，而基于女性生命本体的体验则有所加强。在一篇散文中，她坦然接受一位同行称她为"家庭妇女"，一个有着和谐稳定家庭的女诗人，一个年过四十的生命感悟颇深的女诗人，并不是就此消失了女性意识，甘心安于家庭琐事，做贤妻良母（事实上这两点也并不完全相悖），而是在某种程度上超越了高亢尖锐的女性意识之峰，而抵达两性平等的终极河流。因为她深知在男性统治的文化中，女性只有身体和感觉似乎还属于自己，她们只有通过生命写作才能使躯体得到真正的自由，并摆脱男权话语的遮蔽。

到了90年代，她又与时俱进，应和着女性诗学由躯体写作向语词写作转换的趋势，对女性写作有了新的阐释。"我深信我身体破裂的日子／与月亮有关／荒野，洞穴，岩画／片断地拂过支离镜面／篝火遮暗了／正在举行的祭祀／／于是纠结在腹部／每月鲜红酷烈的长嗥一次／／内容无从求索／仪式孤存／／母斑马摇摆／浑圆饱满的臀部隐入丛林／／我摇摆着高跟鞋／丰盛而充盈／无数次诞生"（《残网上的虫蜕》）。它一方面为女性主义诗歌确立了一种完全属于自己的诗学话语，意味深长的血的意识自觉，把女性主义诗歌定格在创伤性的记忆与体验之中；另一方面它也和《最后的挽歌》等诗一起，在对整个人类生命生存方式的体验和感悟中，彰显女性特有的感受，笔触犀利深刻又不乏细腻柔美，并且昭示了这样一种辩证深刻的认识：女性话语长期被遮蔽，一旦觉醒便尖锐地被突现，而真正成熟的女诗人固然应具有鲜明的女性角色意识，但更要超越这种意识，只有着眼于全人类而书写的时候才能真正与男性诗人平等对话，女性诗歌既是女性的，更是全人类的。

舒婷三十余载的诗歌创作，数量不多品位却极高，时有间歇却从未停止，并且横跨了大陆现代主义诗歌的整个历史过程，从这一向度上说舒婷称得上诗歌天空里一只不老的"青鸟"。她的诗立足本土和心灵，又能广采博收，吸取中国传统诗歌、西方现代主义诗歌等一切优秀的艺术元素，以女性的名义开始，以女性的名义继续，从而练就了独特的个人化风格，深情优雅柔婉缱绻，既充满浪漫的热情气息，又流溢着现代的艺术风姿，它在丰富现代主义诗歌艺术内涵的同时，给后人设下了丰富深刻的启迪场。从昔日的辉煌到今日的沉静，从高扬理想主义、人道尊严的大旗到在语词背后做现代主义鬼脸低吟的"最后的挽歌"，从一个青春少女到成熟女性，从集体歌吟到个人写作，从抒情到现代，从中心到边缘，岁月的流逝与时代的变迁，使舒婷这样一条欢畅激越的小河渐渐汇成了一条平稳宽阔的大江，在历史的长流和不同的时段里发出不倦的生命回响，那不曾改变的是对人性关切的永不磨灭的理想之火，即使在诗歌低回的黄昏暮色里，它仍能发出温暖的希望之光。要知道，那曾经唤起一代人的热情之"笔"仍没有停歇，那永远的舒婷从未停止过对缪斯执着的"眺望"，即使是姿态，也有足够的力量。

第十三章　海子诗歌的"盖棺论定"

与那些风云一时旋即被遗忘的诗人相比，海子是幸运的，他没有速荣的显赫，可也没有速朽的悲哀。海子生前饱尝寂寞，处于生活和艺术的边缘；死后却声誉日隆，不但诗集接连出版，令诗界频繁纪念，而且被推举成20世纪为数不多的中国诗歌大师之一，[①]甚至有人提议将他每年的祭日定为中国诗歌节。海子这复杂的际遇转换让人疑惑，是像有人所说率先自杀成就了海子？是海子被遮蔽的诗歌世界真的包孕着神奇的魅力？是受众的审美机制出了问题？还是几者兼而有之？我以为，海子的确因以身殉诗而赢得了许多读者，但他在诗歌史上地位的升高，和他的死亡没有必然联系。他的创作由于恪守伟大诗歌那种"一次性写作"原则，常瞩目于神话境界，很少顾及读者的阅读，所以短期内难以获得更多的青睐。但随着时间距离的拉开，人们发现，海子重要得愈来愈无法忽视，他的死亡和诗歌文本，非但已成为逝去历史的象征符号，中国先锋诗死亡或再生的临界点，而且预示、规定了未来诗坛从执着于政治情结向本体建设位移的走势。

"歌唱生命的痛苦"

在海子的300首左右的抒情诗、七部诗剧等遗稿中，最具才情的是那些抒情诗。海子崛起的20世纪80年代中叶，诗坛正处于一

[①] 张同道等主编：《二十世纪中国文学大师文库·诗歌卷》，海南出版社1994年版。

片混乱之中。特立独行的海子，很快就将自己从原属的第三代诗群中剥离而出。第三代诗人认为置身的时代"无情可抒"，遂向后现代主义顺风而动，以消解主体与亵渎自我为风尚；海子则应和诗歌对抒情主体的生命价值、精神尊严的呼唤，独擎浪漫主义旗帜，在第三代诗人蔑视为"过时行为"的抒情诗领域耕耘，弹奏出恪守个人化写作立场的孤绝的精神音响。

延续朦胧诗的自我表现流脉，海子诗的本质也是抒情的。但其视角不像朦胧诗那样过分地向时代、历史等宏大的意识形态领域外倾，在"小我"背后隐伏着民族的大形象，而有一种与现实相分离的意志，始终从人本主义思想出发，将"关注生命存在本身"[1]作为诗歌理想和中国诗歌的自新之路。在这种以生命本体论为核心的诗学观统摄下，他的诗常有意识地远离表层社会热点，致力于精神世界和艺术本质的探寻，以对生命、爱情、生殖死亡等基本主题和这些主题存在的语境——庄稼、植物以及一切自然之象的捕捉，于人间烟火的缭绕中通往超凡脱俗的神性境界；并借助这神性的辉光，提升时代的诗意层次和诗意境界。他深知：没有主观的艺术不存在，内视点的诗歌艺术"个人化"程度愈高，诗的价值就愈大；由此他盛赞荷尔德林"歌唱生命的痛苦"[2]。其实，他的创作就实现了诗歌文本和现实文本的统一，那些带自传色彩的作品，再现了他生活中的自我："单纯，敏锐，富于创造性；同时急躁，易于受到伤害，迷恋于荒凉的泥土，他所关心和坚信的是那些正在消亡而又必将在永恒的高度放射金辉的事物"[3]。他向来把追问和探询作为生命本原的第一性形式，这种心灵化理论前提的选择，注定了他只能遭遇现实与理想、物质与精神对抗的痛苦冲突，并以生命外部困境和生命内部激情间的矛盾搏斗，结构成诗歌主题的基本模态。

一是爱情的追逐和抗争。海子25岁短暂生涯中四次虎头蛇尾

---

[1] 海子：《诗学：一份提纲》，《海子诗全编》，上海三联书店1997年版，第897页。
[2] 海子：《我热爱的诗人——荷尔德林》，《海子诗全编》，上海三联书店1997年版，第914页。
[3] 西川：《怀念》，《海子诗全编》，上海三联书店1997年版，第7页。

第十三章 海子诗歌的"盖棺论定"

的恋爱,均以失败告终。这种"灾难"的痛苦,使他写下大量情诗。这一点只要摸准他在诗里常以姐姐、妹妹等指代情人的心理机制,即可判定他笔下的少女、爱人、新娘、姐姐、妹妹、未婚妻、母亲、女儿等大量女性形象,就是他情诗繁多的明证。他的情诗中有《我的窗户里埋着一只为你祝福的杯子》似的愉快温馨的呼唤;有《幸福》那样浪漫爱情的沉醉和牵念;也有绝望状态的《不幸》和《哭泣》。《四姐妹》在表现人和自然的生灭流转时,更展示了死亡,"四姐妹抱着这一棵/一棵空气中的麦子","这是绝望的麦子",流露出一种凄凉的美丽和强烈的末日感,甚至可以说是无限的欲求把海子引向了死亡尽头。好在作为"远方的忠诚的儿子",海子一直没放弃充满诱惑和神秘的远方,因为那是自由和希望的象征。这一方面表现为对不满的抗争、逃亡的冲动,他的诗里有"既然我们相爱/我们为什么还在河畔拔柳哭泣"的诘问(《我感到魅惑》);有对代表死亡和罪恶的草原的控诉(《我飞遍草原的天空》);有精神的抗议和逃亡,"在十月的最后一夜/穷孩子夜里提灯还家泪流满面/一切死于中途在远离故乡的小镇上……我从此不再写你"(《泪水》)。诗仿若委屈的游子对故乡的诉说,更为诗人失望孤独情绪的自我指认,自称"穷孩子"点出了爱情因为贫穷而受挫的内情,也传递了斩断情丝、完成青春涅槃的精神信息。而在《面朝大海 春暖花开》里,"做一个幸福的人/喂马、劈柴,周游世界"的简朴快乐的心愿,更是本色的心灵抗争。另一方面表现为向博爱情怀的延伸,实现了爱的扩展和哲学提升。它或者是《日光》一样对众生苦难的人道担待,"两位小堂弟/站在我面前/像两截黑炭//日光其实很强/一种万物生长的鞭子和血!"日光是滋育乡间顽皮健壮活力的血源,也是抽痛敏感于对命运浑然不知者的诗人心灵的鞭子,那份博大的怜悯令人动容。即便《日记》的私语中也流贯着伟大的博爱体验和意识。"我今夜只有戈壁/草原尽头我两手空空/悲痛时握不住一颗泪滴",无助的脆弱中流贯着彻骨的悲哀,一切都空旷无比,在诗人被世界抛弃的绝望之际,能给他慰藉的只有友情和爱,所以他才吟诵道:"姐姐,今夜我不关心人类,我只想你"。不论是甜蜜还是苦涩的咀嚼，海子的爱情诗都不仅仅追求感官上的赏心悦目，而是和善、美、纯洁等古典理想密切相连。即便像流露绝望心境的《四姐妹》，仍凸现着崇高的爱情观念和人格辉光，丝毫不闻粗俗之气。虽然诗人"所有的日子都为她们破碎"，但"她们"依旧"光芒四射"。不是吗？真正的爱不在肉体是否结合，而在于精神的可靠尺度、爱的无条件和持久力，海子诗用回忆的方式叙说逝去的爱情，虽似橄榄却有清香，婉曲又深邃，它既异于古典情诗的过分理念、规范化，更与第三代诗群那世俗化的粗鄙肉感的情诗不可同日而语。

二是土地乌托邦的庆典与幻灭。作为农业之子，海子心中先验存在的大地乌托邦和海德格尔的"人，诗意地栖居在大地之上"理论的启示，使他将土地当作生命与艺术的源泉、沉思言说的"场"和超离世俗情感与社会经验的神性母体。诗人书写了赤子对土地的忆念和感恩。海子乃都市忧郁的浪子，在异化的困境中，拒斥工业文明，情感天平不自觉地向未被现代文明浸染的乡村和自然倾斜，并把它作为灵魂栖息的家园，诗也随之呈示出农耕庆典意味，遍布和大地相邻的古朴原始的意象。《麦地》引动了他一腔乡情，回忆的视点使"麦地"成了宁静、美丽、温暖而健康的乌托邦。"连夜种麦的父亲/身上像流动金子"，"收割季节/麦浪和月光/洗着快镰刀"，我们"洗了手/准备吃饭"，种麦、割麦、吃麦都被置于月光之下，达成了诗和麦地的谐和，诗人的缅怀挚爱之情不宣自明。所以站在《五月的麦地》里，他感到灵魂的慰藉和母性的关怀，预言"全世界的兄弟们/要在麦地里拥抱"；在《重建家园》中断言"如果不能带来麦粒/请对诚实的大地保持缄默"。摸清了诗人这种心理逻辑，我们才理解为什么麦子、谷物、河流、草原等荒凉贫瘠、沉寂简朴的所在，仍能激起他内心深处的热烈反应。应该说，海子这位具有古典情怀的"地之子"，其怀乡的故土情结，常被泛化为大地和母亲，表述上的虚拟性，使故乡有时并非具象的实有，而转换成了某种意念、情绪和心象，这种对记忆与想象中的乡土有距离的审美虚拟、观照，为乡土罩上了一层古朴而渺远的梦幻情调。与忆

第十三章 海子诗歌的"盖棺论定"

念和感恩并存的,是对农耕文化的衰亡、村庄乌托邦的幻灭所发出的痛苦质询和伤悼。现代文明在促进时代进步时,也使农业背景上一些自然纯洁、带有神性光辉的东西逐渐流失。于是天性忧郁的海子在村庄的宁静和谐里,看到了"万物生长的鞭子和血",《月光》也不再普照麦地而是"照着月光";在《土地》上追寻伟大元素的希望之旅,也随之衍化为一种精神逃亡,"在这河流上我丢失了四肢/只剩下:欲望和家园",而欲望是悲哀的同义语,家园"是我们唯一的病不治之症啊",诗人只能感叹"我会肤浅地死去"。清醒于土地乌托邦破碎、沉痛不堪的诗人,也曾乞求幻象和物质生存的庇护,"陶醉"于《月光》的美丽光辉;甚而悟出诗是"远在远方的风比远方更远"的难以企及的存在,要放弃诗歌,在尘世获得幸福,放弃智慧,"双手劳动/慰藉心灵"(《重建家园》)。但那只是不得已的无奈之举,所以他很快就抛却幻想,"请求下雨/在夜里死去"(《我请求,雨》),并最终真的投向和大地乌托邦相反方向的抗争之路——死亡。中国的社会结构从基层上看是乡土性的,乡土是中国自然和人文状况的整体背景,因此,海子从乡土切入农耕民族的生命意识和情感旋律,就成为一个理想的角度。可贵的是海子的诗没有仅仅包裹一层乡土意象,而在精神深层逼近了乡土文化美丽而悲凉的基调内核,背离了闲适空灵的传统田园诗风格,获得了与中国文学现代化进程相一致的审美旨趣。

三是生命和死亡:真理性揭示。海子有灵感型抒情诗人的气质,早期抒情诗中有关青春和土地恋情的柔软情结,也给人造成他的诗和哲理思考无缘的错觉。其实,他的很多诗都是在先验和直觉状态下走进思想家园的,浪漫的情感背后常蛰伏着一种知性和理趣的因子。如探究人类生命和历史以及二者关联的长诗《河流》,写到"河流"流过乡村、城市,人们"号子如涌""编钟如砾/在黄河畔我们坐下/伐木丁丁,大漠明驼/想起了长安月亮/人们说/那浸湿了歌声",河流完全是直觉的隐喻,它和号子、马蹄、编钟、伐木声以及人类历史构成了一种象征关系。黄河文化的历史里,留下了编钟等遗存,伐木丁丁像在婉诉人类一代代从劳作中走来,如今坐在黄河边所回顾的历史浸湿了歌声。海子对生命的有限和无限也有辩证的认知,"你从远方来,我到远方去/遥远的路程经过这里/天空一无所有/为何给我安慰//丰收之后荒凉的大地"(《黑夜的献诗》),白日后是黑夜,收成后是荒凉,无边的天空下流经着无边的岁月,人生的无尽路上劳作者被深深地束缚在土地上;尽管一无所有仍一路歌唱,虽然永远走不出亘古如常的天空和时间。在这种历史与人生的内涵与真相揭示里,有种痛彻骨髓的苍凉。存在主义哲学观的浸淫和性格、心灵结构的特质,使海子格外倾心死亡。受土地上大量事物毁灭与死亡象喻的神启,他感到死亡就是存在的本质和经验,诗也因之处处弥漫着死亡气息。"远在远方的风比远方更远/我的琴声呜咽泪水全无/我把这远方的远归还草原/一个叫马头一个叫马尾……只身打马过草原"(《九月》),马儿头尾相衔来而又去,岁岁年年,而在永恒的岁月面前,此刻打马过草原的我只是匆匆过客,对死亡景象的凝眸更加深了对生存和死亡本质的理解。获取人生永恒的虚幻、死亡的绝望认知后,海子企图将生命融入自然,用有限和永恒的时间性对抗,他苦涩的恋爱经历所升华的一些诗就是这种努力的结晶。《四姐妹》把时间元素凝结在麦子的瞬间状态,但代表自然和生命的"麦子",最终仍成了绝望的"灰烬",这使诗人悟出绝对与永恒并不存在。于是他"不计后果的生存情绪,常常表现为'睡'、'埋'、'沉'等动词意象"[①]铺展开来,"黄色泉水之下/那个人睡得像南风/睡得像南风中的银子"(《断头篇》),"亚洲铜/祖父死在这里,父亲死在这里,我也会死在这里/你是唯一一块埋人的地方"(《亚洲铜》),"我在太阳中不断沉沦不断沉溺/我在酒精中下沉"(《土地》)。代表封存意志的"睡"、逃遁意向的"埋"、下沉冲动的"沉"意象,组成了一个否决、断绝的形象,也是诗人最后结局的变相预演。或者说,在海子诗里,死亡已由恐怖变得安然,诗人对死亡已一改回避而变为主动的迎迓,所以有了《土地:第十章》里平静的预言"天才和语言

[①] 崔卫平:《海子神话》,《看不见的声音》,浙江人民出版社2000年版,第80页。

第十三章 海子诗歌的"盖棺论定"

背着血红的落日／走向家乡和墓地",有了《死亡之诗》(之二)中美化死亡的句子"清理好我的骨头／如一束芦花的骨头"。海子诗歌能够抵达真理性揭示的境地和它反逻辑的直觉方式是分不开的。同类相应,海子最崇拜与自己气质酷似的凡·高和荷尔德林,而他们"主观上的深刻性是和精神病结合在一起的"[1],海子死后,医生对他的死亡诊断也是精神分裂症所致。那么为何患精神疾病的人反倒容易"深刻"?这就像雅斯贝斯所说的那样,普通人由于经验世界和逻辑的遮蔽,难以接近原始的真理;而对于精神病患者来说,一切"却成为真实的毫无遮蔽的东西"[2],他们完全可以凭直觉走近未经伪装处理和人工判断的原始经验,强化诗意的超越性、纯粹性和深刻性。

作为刚直的浪漫主义诗人,海子的爱情遭遇坎坷,称得上是泪水和失败的孪生兄弟;目光紧盯的麦地"母亲"的现实境况也十分贫瘠,阻碍着诗性却又无法诅咒,诗人只能像爱着光明和幸福一样爱它;"存在的真理"洞穿更指向本质的绝望虚无、生命和永恒的无缘。这几种因子集于一处,赋予了海子作品一种尖锐而刻骨的疼痛感和悲剧美,使其"生命的痛苦"展示令人心灵颤抖。这是诗人置身于现代主义、后现代主义的尘世氛围,却执意追寻浪漫理想和诗歌神话的必然结局,也是诗人最终走向死亡乃至受人景仰的深刻背景。

构想与实现之间的"大诗"追求

中国的抒情短诗已臻化境,但史诗与抒情长诗的传统却相当稀薄。其原因很复杂。因为史诗与抒情长诗既需历史提供机遇,又要诗人具备兼容大度的艺术修养;东方式的沉静与个人经验、承受力的牵制,也不允许中国诗人过分涉足艾略特《荒原》似的领域。到

---

[1] 今道有信:《存在主义美学》,辽宁人民出版社1997年版,第150页。
[2] 同上。

了20世纪80年代，这一缺憾得到了初步弥补。受宏观把握世界的东方思维、文化寻根热潮、迷恋宏大叙事诸因素的敦促，史诗情结一度膨胀。在这股史诗热中，虽然多数文本因当代意识不足，最终只让读者嚼了一通传统文化的中药丸，但开路先锋杨炼与江河，以及勠力响应的新传统主义、整体主义诗群的部分作品，仍在对历史遗迹、远古神话、周易老庄等的寻根中，把握住了东方智慧和民族精神的某些内蕴。海子在这出大师情结戏剧即将绝场之际正式登台，并唱出绝世之音，构成了史诗情结在新时期的最后显现和终结的隐喻。

其一，"大诗"企图的萌动。海子说，大学期间就受江河、杨炼的影响进行了史诗探索，但还仅仅限于模仿。从1986年始，因诗学观的调整而自觉地写起了"大诗"（或史诗）。他原以为诗"是情感的，不是智力的"[1]；但随着实践的深入，他发现抒情只是自发的举动，是一种消极能力，"伟大的诗歌，不是感性的诗歌，也不是抒情的诗歌"，"而是主体人类在某一瞬间突入人身的宏伟——是主体人类在原始力量中的一次性诗歌行动"[2]，行动性的长诗才代表着人的创造力的积极方面。基于此，自诩为荷马传人的他不再满足于做抒情诗人与戏剧诗人，而要做诗歌之"王"，考虑写真正的史诗，并预言世纪交替期的中国，"必有一次伟大的诗歌行动和一首伟大的诗篇"[3]。那么何为"伟大"？在海子看来，"伟大的诗歌"就是"集体的诗""民族和人类结合，诗和真理合一的大诗"[4]。他从反现代主义的立场出发，认为浪漫主义以来的诗歌已经失去意志力和一次性行动的能力，只有清算它们，才能恢复诗歌创造的神力。人类诗史上伟大诗歌的第一次失败是塞万提斯、普希金、雨果、惠特曼、哈代这类民族诗人"没有将自己和民族的材

---

[1] 海子：《寂静〈但是水，水〉原代后记》，《海子诗全编》，上海三联书店1997年版。

[2] 海子：《诗学：一份提纲》，《海子诗全编》，上海三联书店1997年版，第898页。

[3] 同上。

[4] 周俊、张维编：《海子、骆一禾作品集·前言》，南京出版社1991年版。

第十三章 海子诗歌的"盖棺论定"

料和诗歌上升到整个人类的形象"[1],第二次失败是病在卡夫卡、艾略特、毕加索、加缪、康定斯基、萨特等人的现代主义艺术的"元素与变形","没能将原始材料(片段)化为伟大的诗歌",导致了诗的盲目化和碎片化。只有但丁、歌德和莎士比亚是成功的,他们的诗是当代中国伟大诗歌的目标,因为它们"是人类的集体回忆或造型"[2]。也正是针对浪漫主义以来诗歌的缺陷,他提出大诗、伟大诗歌的概念,并向"大诗"目标进发,写下了《太阳·七部书》。海子的史诗与世界史诗的规范契合,具有存在的合法性与通约性。它们规模宏大,时空开阔,故事情节曲折,主题庄重严肃,多用叙述的表达方式,风格倾向激越崇高。它的优长更在于,因诗人在中西古今的史诗传统和凡·高、米开朗基罗、卡夫卡、陀思妥耶夫斯基等小说、戏剧、绘画传统所织就的借鉴场中出入漫游,养成了开阔的视野和综合的消化力,非但由抒情而叙事而史诗,一步步地上升到大诗阶段,切入了史诗内涵的精神实质,实现了自郭沫若以来悬而未结的抒情史诗、现代史诗和东方史诗同构的夙愿,创造性地转换了史诗概念;而且虽渊源有自,却已踏雪无痕,机杼独出,既和过分张扬民族精神、演绎英雄业绩和民族兴衰的西方史诗迥异,也与江河、杨炼等人致力于重铸民族文化、标举英雄主义的现代史诗相去甚远,在疏离、超越狭隘的民族意识的同时,创造出一种个人化的史诗形态。

其二,绝望诗学与幻象的建构。当海子把史诗的目光转向土地、河流、太阳,直面人类苦难时,实际上所承担的是在破碎的世界里进行文化补天的英雄道义。或者说,海子"大诗"建构的诗歌神学宗旨,是追问人类生存的根本,从精神上反抗世界之暗;可结果它传达出的却是浪漫诗学中的绝望神学。和早期抒情短诗里的女性的、水质的、柔软的情结不同,他的长诗是趋向父性、复仇和毁灭的。《太阳·七部书》就不乏激烈的抗争和热切的追求。如《断

---

[1] 海子:《诗学:一份提纲》,《海子诗全编》,上海三联书店1997年版,第898页。
[2] 同上书,第901页。

头篇》中刑天式的断头战士,誓死抗击笼罩人类命运的黑暗的"不变的夜",意欲摧毁旧世界,再造天地,那不屈的意志和韧性的斗争精神不亚于鲁迅《秋夜》中的枣树,催人感奋;《弥赛亚》通篇对喻指和谐宁静、圣洁幸福等生命境界的核心意象"光明"的追逐,和持国、俄狄浦斯、荷马、老子等九位盲人歌手合唱光明颂歌的意味深长的结尾,都类似于艾青诗中的"太阳"情结。它们都暗合着英雄主义的崇高立场,悲怆中凸现着向上的生命力。

但对人类生存根本、大地秘密的追问和解读,最终是令人失望的。所以海子史诗里与抗争追求并行的主题,就成了痛苦的独白和绝望的悲鸣。演绎鲜血、复仇和毁灭的《弑》堪称其典型范本。它叙述了一个故事:古巴比伦王国唯一的王子失踪,所以国王在垂暮之年决定通过举办全国诗歌竞赛的方式,选王位继承者,参选的失败者须以生命为代价。国王原为当年结拜过的十三反王中的老八,野心勃勃的他为修筑神庙横征暴敛,庙成而百姓死了一半,另十二个反王除最小的十三外纷纷被他处死。十三逃至西边建立了新沙漠草原王国,他逃离前偷走了巴比伦王(老八)之子的宝剑。受十三的影响,青草、红和宝剑相继成为诗人。竞赛中竞赛者成批死去,最后只剩下猛兽、青草、吉卜赛和宝剑四位患难兄弟。前三人此番前来的秘密使命就是刺杀巴比伦王以复仇。猛兽不忍兄弟相残而用火枪自杀,接着青草因失败而毙命。胜利者吉卜赛被祭司宣布获继承王位的资格时,把从国王手中接过的剑刺向国王;然而,被他刺死的却是红。因为老奸巨猾的国王让神经错乱的红扮成他,而自己扮成了祭司。吉卜赛知晓内情后羞愧难当,拔剑自刎。红在临死前恢复神志,认出扮成祭司的国王,提出要见宝剑这一唯一要求。宝剑面对国王时已无诗歌,只剩下复仇。服下毒药只有一个时辰可活的国王,终于当着宝剑的面说出事实真相:吉卜赛追逐的红原为公主,红去寻找哥哥宝剑,却误和哥哥——宝剑结了婚,红知晓嫁的是哥哥后离家发疯。国王对宝剑说:"我只想让你一人继承王位。"成为王子的宝剑,深感自己和国王生命的肮脏与罪恶,最终斥退群臣,走向遍地野花的道路,在一阵狂奔后自刎。这部类乎《哈姆雷

第十三章 海子诗歌的"盖棺论定"

特》《俄狄浦斯王》的《弑》里,君臣、父子、兄弟间的残杀,打着诗的旗帜,体现的则是大地上王位角逐、权谋争斗、血缘迷乱、骨肉相残而最终无一逃脱毁灭厄运的灰烬本质。那是父性和欲望膨胀的罪恶,那是残酷、权谋、王座共同执导的狰狞,惊心动魄的鲜血、复仇和毁灭编码在一起,足以将人推向绝望的深渊。所以《第五场》喊出"死亡是一种幸福",世界虽大却无处存身,精神忧郁又无法自拔,在如此生命困境中的"我"只能乞求死亡的庇护。再如,诗人在《土地》里还狂喜地歌唱"血啊、血 又开始在天上飞",但旋即在《诗剧》里却转换为"身体不在了""头不在了"的毁灭。所以诗人才反复感叹"我已经走到了人类的尽头",才有了《大札撒》中和日后诗人自杀事实相互印证的谶言。为拒绝和反抗绝望,诗人曾做出了努力,即利用自我无穷生长的可能性,让自我分解为多个自我的化身,通过它们相互间的对话、冲突和消解,来分担、转换自我的痛苦重量。如《诗剧》希望以太阳王、猿、三母猿、几种"鸣",以及合唱来取消分裂、片面的矛盾,但是那些分裂出的自我都是幻想中的主观虚体,它们不但未分担减轻海子痛苦的分量,反倒加重了他心情的零乱和绝望的程度。

浪漫的海子头脑中挤满了幻象,他的"大诗"就是面向非尘世的神话幻象的建构。这既是其神学写作的必然选择,又和诗人隐秘而傲岸的内心言说有关。因为他封闭、贫穷、孤独、单调的写作,势必会割断诗人和世界间原本脆弱的联系,使"自我的基本功能变得只是幻想和观察"[1],并由此保持对世界的神性体验而充满着幻想。可以说,海子垂青于太阳、月亮、河流、土地、祖先、丰收、狩猎等上古神话元素,建立起了支撑想象力的原型谱系,许多诗皆是由幻象支撑的架构。《弑》的故事是幻象的结晶。《你是父亲的好女儿》也是幻想性作品。其人物生活在中古时代的草原,那里有神秘的兄弟会、强盗、酋长、高大的寺庙殿堂、流浪艺人的歌

---

[1] R. D. 莱恩:《分裂的自我:对健全与疯狂的生存论研究》,林和生、侯东民译,贵州人民出版社1994年版,第133—134页。

声……荷马、但丁、维特根斯坦分别为民间艺人、石匠、铁匠。集巫女、精灵、少女角色于一身的女主人血儿，介于人和神之间，历史不详，可能是海边两姊妹所生，童年在强盗窝度过，后来在巫女世家练习舞蹈、歌唱和咒语，当世俗社会将要把她作为巫女处死时，"我们"将之救下，她于是开始流浪的生涯。这些事情在世界各民族的历史上并不存在，它们完全是诗人凭臆想设计的空间幻象。海子"大诗"的整体框架喜欢以幻象贯通，局部细节由更多幻象穿插点缀。《弑》中的红对她两位车夫的介绍及展示都有戏谑化、戏剧化的虚幻效果："这是我的两位车夫。一个叫老子，一个叫孔子。一个叫乌鸦，一个叫喜鹊。在家里叫乌鸦，在家外叫老子。在家外叫孔子，在家里叫喜鹊"，而后让两位车夫对宝剑演示，"老子！乌鸦！快叫一声"，果然"那老人哇哇呜呜地叫了一阵"。这恶作剧似的联想、调侃，且不说对圣人是否失敬，想想两位圣人学鸟叫的匪夷所思的场景，就会产生忍俊不禁的喜剧效果。诗人的幻象建构，既展示了其无与伦比的联想力，拓展了想象力疆域，涵纳了从尼罗河到太平洋、从蒙古高原到印度次大陆、从圣经旧约荷马史诗到荷尔德林与兰波、从屈原与奥义书到凡·高等阔大的时空；又强化了诗的亦真亦幻的虚拟性，它对于中国新诗想象力贫弱的现状，无疑是一种矫正和弥补。

其三，未完成的文本操作。对海子"大诗"的评价见仁见智。否定论者指责它不如短诗，它的写作是一个时代性的错误；肯定论者说，《太阳·七部书》"大概是他最主要的贡献和作为一个世界文学性诗人最主要的方面"[①]。在这个问题上臧棣的指认基本准确，他说，海子"也许是第一位乐于相信写作本身比诗歌伟大的当代中国诗人。许多时候，他更沉醉于用宏伟的写作构想来替代具体的文本操作"[②]。除了《弑》外，海子的"大诗"基本上都是未竣工的半成品。应该说，海子不乏写作长诗的才华，一些文本也比较成

[①] 骆一禾：《致阎月君》，《不死的海子》，中国文联出版社 1999 年版，第 19 页。
[②] 臧棣：《后朦胧诗：作为一种写作的诗歌》，《中国诗选》第 1 期，成都科技大学出版社 1994 年版，第 342 页。

第十三章 海子诗歌的"盖棺论定"

功。如《弑》有均匀的结构和丰富的诗意；《土地》因形式框架对激情的控制而体现了理想的"完形"能力……但因为《太阳·七部书》是不可企及的超级大诗，海子不胜重负，壮志未酬身先死，成了人类历史上伟大诗歌的第三次失败者，使"大诗"的出现仅仅停留在梦想的幻象之上。海子的构想没有实现，首先源于他诗歌中两个主题关键词浪漫主义与大诗本质的对立。前者需要激情的诚挚热烈，后者强调严谨；前者张扬个人化，后者注重类的形象和意识提升；前者崇尚主体之真，近于东方的抒情短诗传统，后者追求客体之实，和西方史诗传统相似。而海子诗中充满火山一样的激情，更多心象的捕捉，他向大诗理想接近的方式，完全依赖孤独的个人才能。这种取向必然会引起激情方式和宏大构思间的根本冲突，使《断头篇》等文本架构失控，凌空蹈虚，蜕化为"碎片与盲目"。其次海子力图向上古原始的神话空间取材创造长诗，诗作基本上呈现为想象幻象的造型，并且它的材料涵纳着整个亚细亚版图内的人类文明，庞杂混乱，材料分子间缺少必要的结构黏着性，诗人的经验、认识和耐心尚不足以驾驭这样深广而宏大的题材，疯狂的生命激情也难以把它们浑融为艺术生命的完整体。这种面向过去的文化野心，使海子的史诗没找到通往伟大文本的方向，又割断了诗歌和当代现实、生存的关联，思想脆弱不堪，难怪有人批评他的诗歌滞后了。最后是海子的长诗没有承继人类积淀的语言系统，而让文化、语言、经验返归原初的混沌状态，给它们重新命名与编码；并且其新编系统由个人化方式完成，个人创世神话里的幻象象喻和已有的神话世界也不一致。这在赢得原创性时也造成了原有诗意的流失，把大批操着传统或流行语码的读者挡在了诗外。人们说，那些短诗使海子走近了叶赛宁、雪莱，长诗则让海子进入了歌德、但丁、莎士比亚的序列。我看这只印证了海子进入伟大诗人序列的构想，一个没有实现的构想。

浪漫艺术理想的余晖

　　海子是20世纪后期少有的浪漫主义者。在《诗学：一份提纲》一文中，他既将浪漫主义作为两个主题关键词之一标举，又坦承和雪莱、叶赛宁、荷尔德林等富于悲情气质的抒情王子们融为一体，流露出对浪漫主义诗歌的倾心。至于他诗中那种超人的激情投入，那种在第三代诗"反文化"语境中坚守浪漫理想的精神，那种把想象当作诗歌主脉的艺术取向，更是有力的明证。海子的浪漫主义追求令人刮目者有以下几个方面的表现。

　　一是"家园"的回味与虚拟。海子不是在情绪上，而是在本体上把乡土神圣化为古典家园，他的诗里有种安徽怀宁老家古朴的格调，"每一个诵读过他的诗篇的人，都能从他身上嗅到四季的轮转、风吹的方向和麦子的生长"①。只是他的乡土经审美观照已在原本形态上发生了某种变异，或者说，故乡仅是他虚拟的精神资源而已。英国诗人华兹华斯认为，诗是强烈情感的自然流露，它起源于在平静中回味起来的情感。海子虽然身居都市，却长期沉溺于"地之子"的情结中，咀嚼着往日的心理积淀，从心中流出许多关于故乡与土地的诗篇。这种从乡土外、超功利观照乡土的视角，使他常构筑吻合自己的"家园"理想，带着原始古朴的梦幻情调的家园范型；并且将记忆与现实交错，是记忆中家乡的恢复，又是想象中乡土的重构。如《麦地》的梦里人生和回忆视点遇合，使家乡变得美丽、宁静、闲适，犹如动人的画。《雪》更是幻觉与实感结合之作。"妈妈又坐在家乡的矮凳上想我/那一只凳子仿佛是我积雪的屋顶//妈妈的屋顶/明天早上/霞光万道/我要看到你//妈妈，妈妈/你面朝谷仓/脚踩黄昏/我知道你日见衰老"。该诗抒发了对母亲的思念之情。堕入冥想的幻觉后，诗人依稀看见故乡积雪的屋顶下，坐着想念远方儿子的母亲，于是期盼明天霞光万道的早上能看到她。

---

① 西川：《怀念》，《海子诗全编》，上海三联书店1997年版，第10页。

第十三章 海子诗歌的"盖棺论定"

这似是实景,但"仿佛"的比喻又让人感到它有或然态成分。果然"知道"这一字样点明,上述亲切而酸楚的画面情景都是诗人的猜测与想象的铺展,记忆和想象中的事态,反衬出诗人漂泊的惆怅和思念的沉重,特定视点把诗人的思念表现得婉转朦胧。这种以梦当真或真亦为梦的写法,常使缪斯妙笔生花,含蓄异常。和回想式的感知方式相伴,海子的家园情结表述有明显的虚拟性。他常常依据现实的可能而不是真实去虚拟情感空间,诗里具备真的存在方式、功能却并非实有的具象,空灵虚静。《哭泣》写到:"天鹅像我黑色的头发在湖水中燃烧/我要把你接进家乡/有两位天使放声悲歌/痛苦的拥抱在家乡的屋顶上"。"我"和"家乡"即悲情的幻象,你可以怀疑它们真实与否,却无法不佩服诗人的幻想力。《春天,十个海子》中那"死而复活"的浪漫奇思,那死后幻象的越轨创造,那死亡感觉的大胆虚拟,更乃异想天开的神来之笔,它将灵魂的痛苦沉静地和盘托出,又因幻象理论的运行,而使诗的暗指多于实叙,在不羁的跃动中以实有和虚拟的交错增加了诗的妩媚。这种虚拟的手法,是对既成思维方式所说的挑战,它既暗合着21世纪数字化的虚拟趋势,也应了韦勒克、沃伦任何作品都是作家"虚构的产物"的妙论。

二是主题语象:麦地与水。成熟的诗人都有相对稳定的意象符号,如海之于埃利蒂斯、荒原之于艾略特、月亮之于李白、太阳之于艾青,都已浑融为其艺术生命的一部分,成为某种精神的象征符号。顺应现代诗的物化趋势,海子起用了意象与象征手段,但却对之进行了大胆"改编",在求意象的原创鲜活和意象间的和谐时,更努力使意象和象征上升为"主题语象"。和海子的长诗常以太阳为中心向外辐射相对应,海子的短诗则倾向于以月亮为核心的村庄系列意象群落的建立,高频率出现的是大地、太阳、女神、村庄、家园、麦子、草原、水等事物。这些主题语象凝聚着诗人主要的人生经验与情绪细节,在本质上规定着诗人的情思走向与风格质地,在增加作品原创色彩的同时,又达到了化抽象意念为具体质感的效果,防止了浪漫诗的滥情。因篇幅所限,这里只抽样透析麦地和水意象。

麦地。海子似乎对麦地及相关事物情有独钟,中国诗史上从没有谁像他那样刻骨铭心地书写麦子。据不完全统计,海子诗中以题目或文本内镶嵌的形式出现的麦地意象至少有上百次,麦地是海子的诗歌背景和经验起点。自然的麦地,在它那里又是农民命运和文化精神的隐喻。他这样写《麦地》:"吃麦子长大的……健康的麦子/养我性命的麦子";这样写粮食:"那里的谷物高高堆起,遮住了窗户/他们把一半用于一家六口人的嘴,吃和胃/一半用于农业,他们自己的繁殖"(《春天,十个海子》)。麦子、粮食和性命生死攸关,诗人将它们置于活命的根本地位和它们对话,抬高了麦地的价值。因气质近于悲情的浪漫主义,在乡村品尝了太多苦涩,海子诗中的土地和荷尔德林、里尔克充满着诗情画意的土地不同,他不写南方平静、丰饶、湿润的稻田,而偏偏凝眸于北方干裂、贫瘠、骚动的麦地,因此其诗里总掺着沉重的痛苦滋味。"有人背着粮食/夜里推门进来/油灯下/认清是三叔/老哥俩/一宵无言/只有水烟锅/咕噜咕噜/谁的心思也是/半尺厚的黄土/熟了麦子呀"!(《熟了麦子》)诗绝非仅仅是兰州一带的浮光掠影,对地方性物象、嗜好的准确捕捉所整合出的浑然意境,有种和诗人21岁的年龄不相协调的沧桑之感,它至少是海子少时对粮食刻骨记忆的一种变相移植。面对"雪和太阳的光芒",诗人感到"你无力偿还/麦地和光芒的情义"(《询问》),流露出自我苛责和压榨的精神品质,良知、理想、关怀人类的热情和思索,让海子不胜重负。海子诗对苦涩内核的捕捉,在揭示土地上事物的生存和存在的特质时,也折射出人和土地关系的内涵实质,并由此被人称为麦地诗人。海子对麦地意象蒙尘的去蔽,返归了自然本原和诗的原创力,以荒凉和苦涩的搅拌,超越了传统诗人观照山光水色时忘我寄情的境界。

水。海子笔下的水已外化为灵魂奥秘的载体,诗人正是沿着它走进了中国精神的深处。水在海子的诗里意味多端。它时而是生命和创造力的源泉,《河流》就是人类最初生命与生活的孕育体,对河流的观照已走向对人类最初生活和语言由来、繁衍、流变历史的

第十三章 海子诗歌的"盖棺论定"

凝思：华夏民族大部分人自古逐水而居，对水由崇拜而神化而臣服，因之而生，因之而死，这是他们难以摆脱的命运与精神宿命。水时而又是包容万物的东方精神象征，《但是水，水》即从《河流》的水生万物思想上升到了这种哲理把握高度。它貌似揭示人与水的关系，由没有水的洪荒到洪水而不再由水的到来而鱼而人，民族历史神秘的衍生链条绵延不绝；但它形而上的意蕴则是张扬母亲和女性的伟大平静、包孕万物，切入了东方文化精神的中心。水时而又是人类率真自然、初始本在生命状态的喻指，《思念前生》中"庄子在水中洗手／洗完了手，手掌上一片寂静／庄子在水中洗身……月亮触到我／／仿佛是光着身子／光着身子／进出／／母亲如门，对我轻轻开着"，哲学化的"水"对文化痕迹的清洗，曲现着庄子生命逆向返归的冲动，这种人本的还原既必要又艰难，它交织着"亲切"的喜悦和无尽的"苦恼"，最后的"母亲如门，对我轻轻开着"，隐含着庄子及诗人要退回到生命原初的母亲羊水状态的心理取向。而人类初始的羊水状态和自然万物始端的海洋状态相通，所以从未见过大海的海子才偏偏执着于海，形成一种挥之不去的大海情结，写下诸多关于大海的文本，它们的写作目的都指向诗人欲回归本原的返乡思想，有寻求与水精神同构的文化意义。难怪诗人以"海子"为笔名了，"海子"不论是取大海的儿子之意，还是源自蒙藏高地湖泊的诗意称谓，都和水密不可分。水意象的流淌，赋予海子诗一种空灵迷蒙的梦幻气息。

三是语言的杂色和"歌"诗化。广为集纳的性情投注使海子诗的语言有种非正统的"野"和"杂"。海子当初也对语言规范雕琢得近乎残酷；可到长诗写作中却意识到"诗歌的写作不再严格地表现为对语言的精雕细刻，而是表现为对语言的超级消费"，要体现语言力量就"必须克服诗歌中对于修辞的追求"[①]；因为诗歌过分抒情就会过于精致，不利于传达生命体验的原创性和丰富性。在这种理论的烛照下，他的诗出现了词汇、语体和格调上的反差"杂

---

① 海子：《我热爱的诗人——荷尔德林》，《世界文学》1989年第1期。

色"特征。如《马》就有意象语汇之"杂",诗人狂躁暴烈的情绪裹挟着尸体、大地、门、箭枝、血、玉米等意象狂奔,诸多科学的想象的、实有的虚拟的、诗意的非诗意的意象混用,苦涩却贴切地传达了诗人失恋后精神自焚、自戕的疼痛与悲凉之感,直接强烈,毫不造作。《太阳·七部书》则体现了语体和格调之"杂",它分别被标以诗剧、长诗、第一合唱剧、仪式和祭祀剧以及诗体小说的形式,以区别于他的抒情诗即纯诗,这种诗的小说化、戏剧化实践,扩大了诗的表现疆域。其中《弑》调动来自历史、民间、现代、俚俗的各种材料和语言,并以荒诞乃至恶作剧的心态逼近它们;不但多处纳入大地上粗糙原生的民间场景,还经常交织运用民间曲调、民间谣语、集童谣的活泼和江湖的野悍于一身的原生语言;既流露了痛快放肆的心态,也突破了现代文明中的经验和语言方式。海子诗的"杂色",是其文本获得丰富性内涵的重要渠道。各种语言在共时性框架下的异质对立与并置,避免了一色化语言那种令读者朝一个方向简单期待的弊端。

　　王一川说:"海子是在现代汉语语音形象上作出了不可替代的重要贡献的杰出诗人。"[1] 对此从来只将诗歌称诗歌而不称诗的海子是当之无愧的。如《谣曲·之一》对民歌信天游歌词的引入和变奏,似《掀起你的盖头来》的定位移植和翻版,天然本色;起用另一套语言系统的《浑曲》,又飘荡着诗人家乡乡谚、村谣的味道。《亚洲铜》也有一种歌谣的明亮,其中心意象"亚洲铜"在每段开头都两次反复出现,并且反复达八次之多,其复沓回环的音节效果和"ong"韵律交错,构成了歌的洪亮、浑厚又连绵的氛围,仿佛不是写出来而是唱出来的,有多声部的复沓效果。海子那些长诗更具备"歌"之倾向,《土地》里歌队长和众使徒角色的设置,就有明确的歌诗色彩。诗人坦言:"四季循环的不仅是一种外在景色、土地景色和故乡景色,更主要的是一种内心冲突,对话与和解。在

---

[1] 王一川:《海子:诗人中的歌者》,《不死的海子》,中国文联出版社1999年版,第258页。

第十三章 海子诗歌的"盖棺论定"

我看来,四季就是火在土中生存、呼吸、血液循环、生殖化为灰烬和再生的节奏。"[1] 仅从把四季理解为"节奏"这一点,即可看出诗人是欲以"歌诗"形式,通过四季循环的节奏演绎人与自然间矛盾、对话、和解的意图。应该说,海子诗歌语言的歌诗化趋向,虽未彻底改变新诗只能读不能歌、诗与歌分离的"诵诗"状态,但却以诗歌中"歌"的因子调配,在某种程度上对"诵诗"状态构成了质疑和冲击,恢复了汉诗的歌唱性即"歌诗"传统。

怎样定位海子诗歌的价值?这一问题难倒了许多研究者。在海子是20世纪为数不多的中国诗歌大师之一的声音传出时,却有更多人迷信海子是自我膨胀的典型,称其诗歌尚处于依赖青春激情的业余写作阶段,他只有梦想而没有找到实现梦想的方法和途径。1987年,在北京市作家协会召开的"西山会议"上,有人把他"搞新浪漫主义""写长诗"定为两项罪名;某些第三代诗人蔑视海子的抒情诗创作是"过时行为";个别所谓的批评家更是抓住海子那些带有神性色彩的抒情诗缺失当代性的致命"缺憾",诟病它走进了虚妄的文化圈。我认为,这是违背事实真相的逻辑指认。

不错,80年代中后期的中国诗坛欲望喧哗,诗性溃散。置身于如此后现代历史语境里,连第三代诗人这群现代主义者,都普遍放弃了知识分子立场,向后现代主义顺风而动,亮出投降旗帜后还要饱尝失却精神家园之苦。像海子这样深怀浪漫情调的人,就更不可避免地要饱受尘世的根性和超尘世的挣扎间互相撕扯、灵魂分裂的惨烈折磨。尽管如此,他却承受了现代主义语境的压力,坚守古典的立场和理想,企望以意象思维建构太阳和诗歌的神话,进而以此缝合破碎的世界和现实,拒绝投降,从而将错位历史情境中"荒诞"悲壮的"祭奠"行为,谱就成一个抗议文本;并且海子正是借助这种"贵族诗学"的选择,才摆脱了政治情结的纠缠,确立了在诗坛上的地位。海子对浪漫主义诗歌的守望,挽留住了浪漫主义在20世纪的最后一抹余晖。海子之后,就是纯技术路线和后现代

---

[1] 海子:《诗学:一份提纲》,《海子诗全编》,上海三联书店1997年版,第889页。

主义对宏大造型、理想激情和意义的解构与消泯了。何况海子浪漫之诗中罕见的纯正品质，还提供了一个时代的诗歌资源，以对同时期诗人乃至后来者艺术操作产生影响，预示并规定了未来诗坛的发展走向。它以现实生存的忧患担待、生命人格的坦诚自省和亲切可感的文本铸造，唤起了新诗对朴素、情感和心灵的重新认识，超越了新时期偏重于艺术探索的诗歌；它用个人化的声音进行"个体生命的诗歌表达"，又实现了对新时期包括朦胧诗在内的偏重于思想探索、情思类型化诗歌的成功间离。海子诗歌那种对神性品质的坚守，那种麦地诗思的原创性，那种主题语象的私有化，那种个人密码化的言说方式以及那种抵达大诗的企求等诸多取向，都直接开启了90年代个人化写作的先河。也正因海子诗歌具有这种审美个性，以致在他死后的90年代，其麦地诗歌一再被"新乡土诗"所模仿；其长诗鼓动起那么多诗人的野心，使他们纷纷在诗歌策略上拼命比长度、知识和耐力，制造了成堆的赝品，从而把海子开启的个人化写作又重新改写回到了"共同写作"状态。事实上，海子的诗，尤其那些有缺陷又特色独出的长诗是无法模仿的，世界上一切伟大的诗歌都是拒绝模仿的。

海子等先锋诗人自杀的文化思考

1989年3月26日，海子（查海生）在尘世的喧嚣中，决绝地卧轨于山海关，走向了永久的寂灭；1991年9月，同样毕业于北京大学的戈麦（储福军），焚诗后在清华大学附近投湖自沉；1993年10月8日，朦胧诗主将之一的顾城在新西兰的激流岛上，先用斧头重击谢烨的头部，然后在旁边的树上投环身亡。在那前后，还有方向、蝌蚪等近二十多位青年诗人竞相自杀，90年代中叶和后叶，两位极具先锋精神的老诗人徐迟、昌耀也不堪忍受病痛的折磨而相继跳楼。检视一下中国漫长的诗歌历史，从来没有哪个年代像20世纪后10年那样，诗人密集地自戕，黑色的死亡阴影浓郁，诗性正日渐走向内在的崩裂和消亡。

第十三章　海子诗歌的"盖棺论定"

和不十分恋生却崇尚死亡之"美"的日本人相比，在宗教和历史传统荫庇下的中国人则崇尚生。因为涵括儒、释、道在内的中国传统文化中，人们的生死观惊人地相似，即都畏惧死亡，讲究"未知生，焉知死"，"死生有命，富贵在天"，道家甚至还企求长生不老，加之国人在关注外部现实时，多有入世实用的思想，少关心存在本质。所以自古以来诗人们虽然常常命运多舛，但在诗史上真正自杀的却只有两位：一位是开山期的屈原，一位是终结时的王国维，中间是自杀者的长时间缺席。那么为什么到了20世纪90年代，偏偏有么多诗人以洞见生存虚无的先觉者姿态，走上生命的歧路，制造了一个又一个"事件"？他们的自杀是像人们所说的出于对艺术的提升，还是一种行为艺术的显现？对这一问题的研究已有学术思想史的意义。

在走向死亡的原因、途径和意义个个不同的诗人中，海子、戈麦、顾城最具有典型性。因此我们透视先锋诗人自杀的文化现象，就相应地以对他们三位抽样的方式进行。

一　生命舞蹈：形而下的陷阱

论及先锋诗人们自杀的原因，一种呈压倒之势的观点认为：他们选择死亡不是因为疾病，不是因为贫困，不是因为工作，甚至（抛却顾城之外）也不是因为爱情，而完全是缘于文学创作所带来的精神苦闷。我看未必尽然，毕竟，任何一个人类分子都置身于形而下的琐屑之中，谁也休想彻底摆脱人间烟火，超凡脱俗地独立于尘世之上。他们的自杀都分别和爱情、贫困、婚恋纠葛等具体事件相关。

首先，海子是由于自我世界的内部分裂而自杀，促成他自我世界内部分裂的生活琐屑是很多的。在一定程度上可以说，海子之死是自尊心受挫所致。海子荣誉感很强，但诗界内外倾轧的阴暗丑相，让他的身心受到了深深的伤害。他死前，不少人认为他的诗水分太大，1987年5月在北京作协举行的西山会议上，有人罗列了海子"搞新浪漫主义""写长诗"两项罪状，令会场外的海子气愤不已；1988年,"幸存者诗人俱乐部"在举办沙龙活动时,多多等前辈诗人竟粗暴地指责海子看得比生命更重要的长诗,这对海子的心灵打击无疑非常沉重；1988年4月,海子在游历四川时遇到的他十分看重并想帮助的诗人尚仲敏,竟向他射冷箭,在他回京不久于《非非年鉴·1988年理论卷》上著文《向自己学习》,刻薄地讽刺贬斥他；而几乎与此同时,尤为令人难以忍受的是一个"诗歌败类",竟将海子寄给他的诗歌整页整页地抄袭,然后拿出去发表,而那时海子自己的诗歌却问世无门。经济的拮据,也常常使海子在去昌平看望他的朋友面前窘迫不已。这些有损于自尊心的"事件"和海子的死都不无联系。其次,气功的幻觉推波助澜,将海子引向了死亡的边缘。海子本来就想象力诡奇,常以梦为马,喜欢在幻想里漫游；这种气质和气功遇合,更容易使他走火入魔。受气功能够给人以超凡感觉的诱惑,他向同事学气功。但后来却和西川说他开大周天时出了偏,"魔障"搅得他在临终前的一段时间里总是出现幻听、幻觉,觉得耳边有人说话,无法专心写作,觉得肺全部烂掉了,加之记忆衰退和头痛等脑痉挛症状,让他寝食难安,以致1989年初在老家休假的海子给政法大学哲学教研室主任写信,说自己有病需请假晚回,后来在给父母的遗书里说有人要谋害他,"一定要找××××××学院××报仇",言词混乱。也就是说,气功给过海子许多幻觉的神助,但最终气功和过度写作所引发的脑病也把他给毁了。最后,和走上不归之路的众多青年相同,海子生命中最大的羁绊也是男女之情。"海子一生爱过四个女孩子,但每一次的结果都是一场灾难"[①],具体说,他的死和四次虎头蛇尾的感情经历有关。自杀前的那个星期五,也就是1989年3月17日,海子在昌平见到深爱过的初恋女友,此次见面时,她已在深圳建立家庭,又打算去国外发展。虽然她到昌平不乏提前告别之意,但对海子很冷淡。这种刺激使海子情绪很低落,在当晚和同事喝酒的醉态中,讲了许多有关这个女友的事情；第二天酒醒后又固执地

---

① 西川:《怀念》,《海子诗全编》,生活·读书·新知三联书店1997年版,第10页。

第十三章 海子诗歌的"盖棺论定"

以为讲了伤害女友的话,并为此自责不已,这是促成他自杀的直接导火索。于是,他在1989年3月26日走上了山海关冰凉的铁轨。

戈麦之死的动因似乎不那么直接,其实,它也是十分具体的。戈麦的死,虽然由于诗人缺乏海子的超人天赋,没像海子、骆一禾之死那样引发持久空前的关注,但他同样遭遇了令人心碎的贫困和对生存意义的痛切眷顾。戈麦毕业后的工资微薄,尽管吃饭抽烟都相当节省,可到月底还是上顿不接下顿,以致想买一台录音机的愿望一再落空;想找个安静学习写作的地方也属非分之想,冬天借用的没有暖气的平房,又大大损伤了他的身体,贫困使他死后的遗物里除了书还是书。"在与贫困的环境(物质的和精神的)对抗中,他自然减少了与人的往来……深入了孤独之境"[1],在一种不食人间烟火的圣徒般的生活中,"朋友们渐渐离我远去/我逃避抒情/终将被时代抛弃"(《诗歌》),结果因人性出路的迷茫,而最终认同了人生悲剧的必然。

至于顾城死亡的具体原因,已经萎缩到了一个通俗的婚外恋故事层面。他和谢烨原本有一段令人企羡的恋爱和婚姻,可是自从1986年昌平诗会后,一个喜欢诗歌的女子英儿闯入,他们平静的生活掀起了波澜。顾城1988年偕谢烨赴新西兰的奥克兰大学讲授古典文学,不久即辞职,到怀希基岛隐居,过着种菜养鸡的农耕式生活。先是谢烨帮助英儿从中国移居到新西兰,并且用在集市上卖鸡蛋得来的钱,为和顾城相恋的英儿办了长期定居的绿卡。1992年,顾城接受德国的创作年金,应一个文化机构之邀去那里讲学,临行前将家托付给英儿照看,在德国时,谢烨被一个陈姓男子狂热地追求,谢烨和顾城的婚姻裂痕愈来愈大,待他们夫妇返回新西兰时,发现英儿早已和一个教授气功的德国老头儿私奔,而此时那个陈姓男子又到岛上向谢烨求婚。对顾城来说,这个事实是残酷的,一个爱过他的人走了,一个他爱过的人又可能要离他远去,他的男权中心和理想国话语受到了个性独立思想的强烈挑战和威胁,在激

---

[1] 西渡:《戈麦的里程》,《守望与倾听》,中央编译出版社2000年版,第213页。

流岛上建立大观园式的女儿国的乌托邦幻想即将破灭。而任性霸道的他，是决不允许他爱的人去爱别人或被别人爱的，于是他绝望了、疯狂了，在10月8日那天，先用斧头砍击分居后前来找他谈判的谢烨头部，随之在谢烨倒地不远处的一棵树上自缢。

二 心灵的追问："形而上的无路可走"

皮相地看，诗人们的悲剧和具体的环境、诗人自身的性格休戚相关，说写作过度造成的脑损伤、气功的幻觉幻听和感情生活的挫折，将海子逼向了死亡，说极端的贫困和人性的迷惘，将戈麦引向了死亡，说复杂的婚外感情纠葛，将顾城最终推向了死亡，都有其真实、合理的一面；但它们还都不是全部。遭遇感情的挫折纠葛、被生活的贫困苦难以及幻觉所扰的人何止万千，为什么选择自杀的偏偏只有包括海子、戈麦、顾城在内的少数人？或者说，上述一切还不是促成诗人们踏上黄泉路的决定性因素。那么，诗人们死亡的最内在、最本质的深层动因何在呢？深究海子、戈麦、顾城之死，我们发现，他们自戕的背后都蛰伏着许多相似的东西。刘小枫在《拯救与逍遥》一书中说，"诗人自杀事件是20世纪最令人震撼的内在事件。这所谓的'内在'，是指发生在人的信念内部"[①]，指"形而上的无路可走"。

首先，诗人们踏上不归路和诗人诗歌边缘化的尴尬语境互为表里。20世纪80年代中期之后，随着工业技术的进步、商品力量的无孔不入和世界的日渐散文化，人类和诗性栖居的自然关联被无形地割断，变轻的精神意义被金钱神话抽空了，诗歌的价值诉求也被置换成"金币写作"策略。在物质世界、大众文化和学历教育对诗神的合力挤压下，欧阳江河等个别"坚强"的诗人，徒增悲壮的英雄感，将诗提升到理想和宗教信仰的范畴——"王者的事业"高度加以认识，还滋生出一种"大师情结"。大部分先锋诗人则在诗歌没落的背景下，困惑沮丧异常，这从当时民间诗刊《异乡人》《反

[①] 刘小枫：《拯救与逍遥》，上海三联书店2001年版，第22页。

第十三章 海子诗歌的"盖棺论定"

对》《大骚动》《象罔》《厌世者》等的诗名中即可窥见一斑,甚至少数个体就"死于向思维、精神、体验的极限冲击中那直面真理后却只能无言的撕裂感和绝望感"[①]。和那些将诗做养家糊口工具的技艺型匠人不同,海子、戈麦、顾城都属于屈原、济慈、荷尔德林式的存在型诗人,把诗作为生命和生存栖居的方式,戈麦视诗为神圣的精神故乡,"对诗的感激要高于对生活的留恋"[②],海子把诗歌看得高于生命肉身,顾城则将诗当作逃避人世纷扰的心灵堡垒。置身于诗性消亡的语境里,他们都曾做出了顽韧的抗争,分别企望在麦地、星空和激流岛上构筑精神家园,逃避工业文化,怀想远去的自然之梦。但是麦地的贫瘠现实无法改变,星空只有在夜和梦里才会真实地存在,"我站在黑夜的尽头……我是天空中唯一一颗发光的星星"(戈麦《献给黄昏的星》),并趋于幻灭,被幻想宠坏的"任性的孩子"垒砌的自耕自足、夫唱妇随的童话王国,说穿了不过是太虚幻境。于是,当这些执着于精神和生命意义追寻的诗人,"在人类精神的边缘看到了诗'大用'而'无用'的状况"[③],可又逃避无门,面临的唯一主题只有死亡,或者说,只有诗人的死亡,才能成为诗歌的可能形式和神圣性的体现。所以失重的海子以"'临终的慧眼'看到世纪末诗歌将在商业消费主义和技术理性主义的压榨下,根叶飘零濒临绝灭"[④],在 90 年代的门槛前殉诗而死,并对诗界构成了绝命的启迪,导致后来戈麦等人连续地殒身为"诗歌烈士"了。当然,在这个问题上,顾城丝毫不带诗性光辉的死,和海子、戈麦的死绝对不能相提并论。

其次,是诗人们死亡意识的外化和实现。现代人时常受精神分裂的威胁,许多灵魂的深处都沉潜着自杀的企图,只是没有太多的

[①] 王岳川:《中国镜像:90 年代文化研究》,中央编译出版社 2001 年版,第 222、217、222 页。
[②] 戈麦:《核心·序》,西渡编:《戈麦诗全编》,上海三联书店 1999 年版,第 420 页。
[③] 王岳川:《中国镜像:90 年代文化研究》,中央编译出版社 2001 年版,第 222、217 页。
[④] 同上书,第 222 页。

人敢于将之付诸行动而已。在某种意义上可以说，海子、戈麦、顾城都曾把死亡作为自己的终极追求和欲望目标，他们最终的奔赴黄泉，不过是内心死亡意识、末世情绪的逻辑演进和必然发展而已。海子选择3月26日这个两位浪漫主义先知贝多芬、惠特曼辞世的日子自杀，说明他是有充分的事先准备的。一直相信"天才早夭"的浪漫预言，并不断以之自我暗示的海子，非但不悲叹叶赛宁、荷尔德林、普希金、马雅克夫斯基、凡·高、雪莱、拜伦等短命天才的脆弱和夭折，反倒在心理和写作上认同这些光洁的大师"王子"。对大师们的精神领悟浸淫的结果，是对生命元素中黑暗旋律的极端敏感和无法自控的追逐，产生了强烈的死亡欲望。早在1986年，他在日记中就流露出自杀的情结倾向："我差一点自杀了……但那是另一个我——另一具尸体。那不是我。我坦然写下这句话：他死了。我曾以多种方式结束了他的生命，但我活了下来……我又生活在圣洁之中。"① 他还在以后的诗中不断反复地强化这种死亡意识，以死亡场景的想象品味自杀和死亡的快感："在春天，野蛮而悲伤的海子/就剩下这一个，最后一个/这是一个黑夜的孩子，沉浸于冬天，倾心死亡"（《春天，十个海子》）。他预言死后的结局："背着血红的落日/走向家乡的墓地"（《太阳·土地》），"那时候我已被时间锯开/两端流着血锯成了碎片/翅膀踩痛了我的尾巴和爪鳞/四肢踩碎了我的翅膀和天空/这时候也是我上升的时候/我像火焰升腾一样进入太阳/这时候也是我进入黑暗的时候/这时候我看见了众猿或其中的一只"（《太阳》）。这种体验简直就是日后卧轨自杀情境的提前预演。甚至海子死前还和友人讨论过自杀的方式，认为在诸种自杀方式中卧轨最便当、干净、尊严，所以他果真带着向往天堂温暖的《圣经》，选择了这种方式，使"幻象的死亡/变成了真正的死亡"（《太阳》），完成了从文本话语到行动话语的转换，彻底实现了文本世界和现实世界的同构，诗歌和生

---

① 海子：《日记》，西川编：《海子诗全编》，生活·读书·新知三联书店1997年版，第881页。

第十三章 海子诗歌的"盖棺论定"

命一体的艺术理想。戈麦内心的末日意识同样浓厚，对死亡有着独到的感受。尽管他相当内敛，轻易不直接表现自己的喜怒哀乐，但在临死前未发出的信中还是透露出绝望情绪："很多期待奇迹的人忍受不了现实的漫长而中途自尽……我从不困惑，只是越来越感受到人的悲哀。"正是因为有这样的心理情绪底色，美好甜蜜的爱情在他笔下竟变奏为痛苦的意象："我从男人眼睛里/发现了/一个万劫不复的数字/充满死亡欲的数字"（《女性年龄》）。面对早逝的《海子》他表示："不能有更多地方怀念/死了，就是死了，正如未生的一切/从未有人谈论过起始与终止/我心如死灰，没有一丝波澜//和死亡类似，诗也是一种死亡"。死亡于他已成具有诱惑力的生命的一部分。所以，当力图取得超人的创作成就的愿望落空时，失败和绝望就导致了"乐观的悲观主义者"戈麦的心灵分裂："好了。我现在接受全部的失败/全部的空酒瓶子和漏着小眼儿的鸡蛋/好了。我已经可以完成一次重要的分裂/仅仅一次，就可以干得异常完美"（《誓言》），他不再想攀登虚幻的诗歌顶峰，继续在辽阔的大地上空度一生。这种情绪不断恶性循环，使拒绝重复自己的戈麦，在精神上渐渐走向崩溃的边缘，痛苦难当，自责不已，直到怀着对人性的质问和彻底的否决走向悲剧的渊薮。应该说，是诗歌事业上的"失败"和死亡意识一同吞噬了他。与死亡意识结缘最深的顾城，对死亡则有一种特殊的精神偏执，他说，朋友给他做心理测验后，警告他要小心发疯。的确，他在37年的人生历程中，有过多次自杀的预演实验，只是始终没有成功。这种对死亡的偏执，折射在诗中就是频繁想象死亡，向往彼岸世界，死亡、墓地、黑色等意象语汇密集地出现，后期他甚至还将死亡和杀人加以美化："杀人是一朵荷花/杀了就拿在手上/手是不能换的"（《城·新街口》）。到遍布死亡情结的小说《英儿》里，更是喊出"我需要死，因为这对我是真切的"，"斧子是砍木材用的，当然也可以砍姑娘家"[1]，这幻想般的叙述似乎已暗示了后来发生的一切。如此说来，就难怪

---

[1] 顾城：《英儿》，作家出版社1993年版，第99页。

他在自杀之前一反温和,用刀将满园的鸡杀死后进而挥刀砍向妻子、自缢身亡,由内心的杀人转化为行动上的杀人,由想象死亡转化为实践死亡了。

最后,是诗人们感伤、幻想、封闭、偏执等共同精神特征的恶性发展使然。在一些人的偏见中,诗人和精神病、疯子是相似的,这种贬损并不符合实际,但也道出了诗人性情里有许多病态因子的事实真相。如海子是天生的理想主义者,简单而敏感,对生活要求过高,一旦理想破灭,他就痛苦得无法忍受,难以自拔。作为农业之子,他对乡土上那些随时代进步而消亡的东西时时伤感,1989年初返乡时,因为找不到熟悉的记忆而感到成了家乡的"陌生人"。生活方式纯洁又自闭,并且宁可固守天真,也拒绝走向丰富的经验状态,这种扭曲的性格使他除了进城购书访友外,大学毕业后一直退隐在昌平封闭的环境里,贫穷、孤独而单调地写作,6年里居然只看过一次电影,坚持不结婚,以致让一个在昌平结识相处的女友,因此离他远去。这样的内心言说自然常常被寂寞所伤,有一次他竟进一家饭馆对老板说:"我给大家朗诵我的诗,你们能不能给我酒喝?"长期沉浸于幻想里的生活,注定他会拒绝当代的世俗生活,自我常膨胀分裂为海子、王、指路人等角色真假混乱的非在,要摆脱灵魂与肉体矛盾的焦虑,更新自我,就只有通过自杀完成。从这个角度说,他决绝的行为里也不乏抗议命运争吵的意味。青春期激情的萌动,使原本钟情于发明创造的戈麦认识到"不去写诗可能是一种损失"[①]时,清醒地意识到在诗歌贬值时代走向缪斯本身就是背时的,但仍然明知不可为而为之,这就足以看出他的偏执。他认为,诗歌直接从属于幻想和想象,相信现实源于梦境,"与其盼望,不如梦想","除了梦幻,我的诗歌已不存在"。这种认知使他主动拒斥生活,与现实隔离,成了孤独的"厌世者",顶礼膜拜于语言,以求在语言乌托邦中获得拯救生命的方舟,自己

[①] 戈麦:《核心·序》,西渡编:《戈麦诗全编》,上海三联书店1999年版,第420、426页。

"渴望成为另一种语言"①。将想象和语言作为诗歌两翼的结果，是造成了召唤自我存在的想象，和泯灭自我的语言严重冲突，颠倒了现实和梦幻的关系，寻到的是更加虚幻的自我；并且由于创作难以抵达理想的境地，感到无限沮丧乃至自杀。顾城的偏执忧郁、孤僻腼腆，对现实介入的拒绝情结更为显在，他头上那顶甚至连睡觉都带着的蓝牛仔布高筒帽，总是躲在严实的灰色中山装背后的习惯和朗诵时两眼向上、旁若无人的一成不变的姿态，都是最有力的明证。高筒帽同人所共说的出世倾向无关，它只是诗人灵魂深处不安全感的封闭符号；风纪扣意味着拘谨和距离感的保持；朗诵诗的姿态，则是诗人内心偏执和追求绝对的写照。童年随父亲下放乡村的经历，养成了他对人类的冷漠，回城后的压迫更发展了他的不安全感，所以在《狼群》里，他把城里人比喻为狼，"忽明忽暗的走廊/有人披着头发"；这让他有种堂吉诃德式的意念，老向一个莫名其妙的地方高喊着前进，即在可以放纵灵魂和梦幻的自由"牧场"——诗化的乌托邦式的乡村中自语呢喃，这让他在诗歌和行为里都充满着对"他者"世界的敌意和对抗。这种释放和回避焦虑的病态防御策略所催生的"我是一个王子"（《春天的谣曲》）式的男权自恋专制话语，和激流岛上桃花源式的女儿国幻象，在价值解体、道德失范的残酷现实面前，是不堪一击的。是否可以说，偏执、焦虑和男权话语是诗人顾城为自己设置的死亡圈套。

三　死亡的回音

海德格尔说，在整个世界都陷于贫困的危机时，只有真正的诗人还在思考生存的本质和意义，这话大抵不错。置身于20世纪八九十年代之交诗性匮乏、诗人纷纷投降的文化语境里，海子、戈麦等人为诗歌而死，"用自己高贵的生命去证明和烛照生存的虚空"的勇敢抗议行为，是为20世纪末诗坛献身精神的象征，是"生命

---

① 戈麦：《核心·序》，西渡编：《戈麦诗全编》，上海三联书店1999年版，第420、426页。

价值的最大限度的实现和确证"①，它"给90年代'轻飘的生'一个巨大的反讽和冷静的寓言"②；它崇高的仪典意义已指向超越一人一事的人类历史和生存样态的拷问：人类生存是否需要理由？其终极价值是什么？诗歌存在的意义何在？他们的死非但不意味着中国纯诗在现实中濒临绝境，标志着一个时代的结束；相反，随着《海子诗全编》《骆一禾诗全编》《顾城诗全编》《戈麦诗全编》等书籍的陆续出版，现代主义诗歌已由受控的异端民间状态，逐渐浮出地表，进入中国新诗现代化的正宗，其地位得到了广泛的确认。

当然，正如毛泽东所说，人固有一死，但死的意义有不同，或重于泰山，或轻于鸿毛。对顾城和海子、戈麦等诗人的死亡意义，就不能等量齐观，他在所有自杀的诗人里是一个例外。当他将斧头砍向玫瑰似的谢烨时，一个残忍的杀人犯角色，使他诗人桂冠的光泽顿失。如果说海子、戈麦的卧轨投湖完成了绝望凄艳之诗的书写，以诗意的、本体的、形而上的死亡方式，维护、捍卫了诗的理想和价值，是令人震颤的悲凉壮举；那么顾城的行为，则解构了海子以来死亡话语的诗意和正义性，下降到了个人病态经验的层面，在他挥舞斧头的瞬间，诗歌和诗人的价值理想就彻底被消解了。

海子、骆一禾、戈麦生前寂寞，天才的本相未被认可，而死后却身价倍增，一再被传媒热炒，海子甚至被推崇为圣人。顾城作为朦胧诗人已经渐为历史所遗忘，但他死后，许多出版社却大发死人的横财，借他的婚外情和小说《英儿》，把文化市场搅得沸沸扬扬，这种滑稽的文化景观真的活像一个文化解构时代地道的后现代文本、一幅没心没肺的天大的讽刺画，它让所有关心缪斯命运的人们无法不陷入沉思。

---

① 吴晓东、谢凌岚：《诗人之死》，《文学评论》1990年第4期。
② 岳川：《中国镜像：90年代文化研究》，中央编译出版社2001年版，第220页。

第十四章 "要与别人不同"的西川诗歌

从严格意义上说，新诗的发展历史也是一个大浪淘沙的过程。并且，随着淘汰节奏的日益加速，艺术更替周期的渐趋缩短，"各领风骚三五年"对某些诗人而言已经成为一种莫大的福分，一种无法逃避的命运。这种残酷的形势，注定真正经得起考验的"中流砥柱"不多，不少闻达者虽然也曾风云一时，但难以支撑久远，很快就蜕化为匆匆过客，悄然退隐。即便是个别人秉性坚韧，兴趣依然，其作品也往往旋即属于无效写作的"明日黄花"了。

西川1981年涉足诗坛，如今算起来早过30载，幸运的是他始终没有被淘汰。"我要求自己不一定比别人写得更好，但要与别人不同"[1]，这一座右铭使他从不故步自封，耽于已有的荣誉簿，而是永葆清醒的探索精神，把创新作为诗歌艺术的唯一生命线。所以他能够不断进行自我"革命"，一次一次地从20世纪80年代中期的《在哈尔盖仰望星空》《母亲时代的洪水》《把羊群赶下大海》等高洁、优雅、精致的"纯诗"经典，从90年代的《致敬》《近景与远景》《厄运》《鹰的话语》等即兴、松散又神秘的"杂诗"代表作再出发，直至新千年后仍旧在"大诗"路上长驱直入，锐气逼人，既有高起点，又坚持不懈，一直雄踞于前沿的位置，以超常的再生力，不断地带给读者新的惊喜、冲击、震撼和启迪。尤其是

---

[1] 西川：《答谭克修问：在黑与白之间存在着广大的灰色地带》，《大河拐大弯——一种探求可能性的诗歌思想》，北京大学出版社2012年版，第187页。

90 年代及其以后所进行的精神探险,对新诗可能性的寻找,已然晋升为知识分子写作乃至当代诗歌史上具有独特价值的重要学术话题。

"圣歌"的迷恋与终结

像有些人所说,西川看上去随和谦逊,实际上,他在诗歌精神方面的个性相当独立。早在提出"知识分子写作"之前,在《深圳青年报》和《诗歌报》联合举办的"中国诗坛 1986 现代诗群体大展"上,他以一个成员的身份鲜明地亮出"西川体"旗帜这件事本身,就表明他具有自己的艺术主见,绝非那种人云亦云的平庸之辈。客观地讲,他也正是凭借其独到的眼光、胆识和创作选择,把自己和模糊的诗坛剥离开来,在喧嚣混乱得极容易被遮蔽的时代,放射出夺目的个性光点的。

80 年代初、中期相继走红诗坛的,一是朦胧诗的"社会批判,隐喻—象征"模式;二是第三代诗人的"日常经验,口语—叙述模式"[1]。或许是缘于独立思考的性情与深厚扎实的根基,或许是蛰伏于心底的焦虑情结起着作用,或许是身处北大那种中心位置的特殊环境势必滋生的责任与抱负使然,或许是几种因素兼而有之,西川的诗歌写作不但学徒期短暂得几近于无,一上手就褪尽了青春写作稚嫩热情的学院腔调,表现出沉静、老到、从容的气象,而且以与年龄不相称的自信和虔诚心态,避开习见、流行的趣味,选择了一条带有古典主义倾向的"圣歌"路线。具体说来,西川那时不像众多认为时代"无情可抒"的第三代诗人那样"玩"诗,也不过分贴近烟火气十足的日常生活,因为在诗人看来,只有与嘈杂琐屑的尘世空间保持必要的距离,才能维护缪斯的纯粹与高贵。同时也有别于过分向时代、历史领域外倾的宏大抒情,而偏于弹奏个体的

---

[1] 陈超:《西川的诗:从"纯于一"到"杂于一"》,《华中师范大学学报》2012 年第 1 期。

第十四章 "要与别人不同"的西川诗歌

生命、精神音响。

如众口交誉的《在哈尔盖仰望星空》即是其典型范本："有一种神秘你无法驾驭/你只能充当旁观者的角色/听凭那神秘的力量/从遥远的地方发出信号/射出光来，穿透你的心……风吹着空旷的夜也吹着我/风吹着未来也吹着过去/我成为某个人，某间/点着油灯的陋室/而这陋室冰凉的屋顶/被群星的亿万只脚踩成祭坛/我像一个领取圣餐的孩子/放大了胆子，但屏住呼吸"。诗人不是教徒，但此诗却是一种精神朝圣，凝视星空，一股奇妙之光仿佛贯通了浩瀚无垠的宇宙与渺小之人，时间似乎已经完全静止，过去、现在和未来叠合一处，"我"紧张而专注地屏住呼吸，"领取圣餐"和天旨，"仰望"的事件里寄寓着一种对纯粹、神秘力量无法把握的敬畏，人和自然、永恒的交流体现的是虔诚的宗教情怀。再看《月光十四行》："人在高楼上睡觉会梦见/一片月光下的葡萄园/会梦见自己身披一件大披风/摸到冰凉的葡萄架下……而风在吹着，嗜血的枭鸟/围绕着葡萄园纵情歌唱/歌唱人类失传的安魂曲//这时你远离尘嚣，你拔出手枪/你梦见月光下的葡萄园/被一个身躯无情地压扁"。这里，且不管那天籁般的境界是否会失落，也可无视都市文明对自然、诗性的挤压，更休要问这令人神往的景象是不是以梦幻的形式为依托，但它至少展示了一种美的存在，一片纤尘不染、毫无杂质的神性天地，哪怕"无情"威胁的到来，它仍留下了理想和美的纪念碑。还有像《你的声音》："这是花朵开放的声音/伴随着石头起立的声音/这是众鸟归林的声音/伴随着星星陨灭的声音//黄昏悄悄进门，门外/有人喝水。他喝水的声音/越来越大，终于/被雨的声音所代替……闪电照高空旷的远方/一辆黑漆马车在雨中奔/马蹄声声，车夫半睡，车上/坐着一个缄默的灵魂"。这声音亦实亦幻，不一定是真有的，而是虚拟的存在，你可以说它虚无缥缈，却无法不佩服诗人想象力的超拔与奇崛。

不难看出，80年代的西川时时觉得"生活在别处"，其诗歌理所当然地弱化了身边的存在，不无逃离现实的意味，而钟情于神秘的和超验的事物，常常以接近、洞察事物内在不可知的秘密为最高宗旨，像《上帝的村庄》《凭窗看海的人》《在那个冬天我看见了天鹅》《海边的玉米地》《桃花开放》《雪》《体验》《起风》《读1926年的旧杂志》等作品，即均对自然、生命、神性、秩序、时间、永恒、终极一类的观念充满着探问的兴趣与企图，在超凡脱俗的高远境界建构中，甚至带有一定程度的宗教的神秘主义倾向；它们多启用浪漫的写法，但少直抒胸臆的大喊大叫，而是通过纯净、饱满的意象寄托情志，若干文本的象征和寓言色彩比较显豁，叙述克制内敛，语言优雅洗练，大量商籁体饱含的整饬，颇具绅士风度，高频、丰富的想象，常引人走入空灵虚静的福地，而高度协调的控制力和恰到好处的分寸感，又保证了艺术的沉静、简约、高贵和精致。

　　按理说，诗的风格多种多样，西川提供的"圣歌"文本很"像诗"，诗完全可以、应该选择这种状态，如果诗人就沿着这个方向一路走下去，也肯定会抵达辉煌之巅，他没必要"改弦易辙"；事实上，至今仍有很多读者非常喜欢这些"圣歌"，希望诗人有朝一日能够回归这种写作状态的也不乏其人，诗人在20世纪八九十年代之交写的《十二只天鹅》《夕光中的蝙蝠》《为海子而作》等少数作品，也承续了这种风格。同时，处于朦胧诗功德圆满后退却、第三代诗歌一股脑儿奔赴现代主义与后现代主义的悖谬与荒诞的氛围中，诗坛似乎也需要高蹈、超验、纯粹品类的坚守与制衡。但是，事实却是自1989年至1992年，确切地说是从1992年的《致敬》始，处于抒情高峰状态的西川诗歌遽然发生了惊人的逆转和巨变，那个非常在乎"诗歌的形式，语言的那种文雅，语言的文化色彩"[①]的西川"脱胎换骨"了，一个试图创造和生活对称诗艺的诗人形象出现了。究其根源，一方面是由于一些个人生活的变故，诸如海子、骆一禾、戈麦等诗人之死，和时代语境转换所带来的精神震荡那种"历史强行地进入了我的视野"，诗人自觉反省到从前的浪漫式的写作"可能有不道德的成分"，"象征主义的、古

---

① 简宁：《视野之内：答简宁问》，《延安文学》2006年第2期。

第十四章 "要与别人不同"的西川诗歌

典主义的文化立场面临着修正"①,因为它们无法和生活及生活本身的力量相对称,所以必须调整、改变;另一方面则因为诗人深层的诗歌观念的革命,他从美国出版的、除了收录诗歌还收了卡夫卡和乔伊斯小说片断的《100首现代诗》一书中悟出,"我们对于诗歌的观念太狭窄"②,传统的诗歌信条也不是一成不变的,它应该不断地调整、完善。在这种内驱力的促动下,能够容留多种生活与经验的诗歌在他的创作中自然出现了。并且以《致敬》为界点,西川经由《近景与远景》《芳名》《厄运》到《鹰的话语》,这种"杂体"诗歌一发而不可收,逐渐弥漫为90年代乃至新世纪诗歌创作的主体构成。

那么《致敬》究竟是何种状态?不妨摘引一段:

在卡车穿城而过的声音里,要使血液安静是多么难哪!要使卡车上的牲口们安静是多么难哪!用什么样的劝说,什么样的许诺,什么样的贿赂,什么样的威胁,才能使它们安静?而它们是安静的。

拱门下的石兽呼吸着月光。磨刀师傅佝偻的身躯宛如月芽。他劳累但不甘于睡眠,吹一声口哨把睡眠中的鸟儿招至桥头,却忘记了月色如银的山崖上,还有一只怀孕的豹子无人照看。蜘蛛拦截圣旨,违背道路的意愿。

在大麻地里,灯没有居住权。

"杂体"诗歌《致敬》的生长,在某种程度上宣告了西川"圣歌"理想的终结,它从意蕴到形式都对诗人的"纯诗"神话写作历史实现了一种颠覆。初看上去,它已经不太像诗,倒更似散文,排列上不再分行,句法相同或相近的句子集聚为一个个块状的句群,句群和短句相间,松散组合,断裂破碎,八节中的每一节都

---

① 西川:《大意如此·自序》,《大意如此》,湖南文艺出版社1997年版,第2页。
② 简宁:《视野之内:答简宁问》,《延安文学》2006年第2期。

"各说各话"，彼此的叙述相克对立，和谐、优雅不再，无内在的逻辑结构线索，在伪箴言式的语体里，人称频繁转换，词汇雅俗"一锅煮"，悖论、矛盾、反讽、互否、纷乱、含混、驳杂，是它给人的整体印象。奇怪的是诗人就是用这样一种"叙事性、歌唱性、戏剧性熔于一炉"①的综合形式，去表现个人荒谬性的生存状态和困境，这种文体探索对于诗歌来说，究竟是耶非耶？福耶祸耶？它将带给西川诗歌一种什么样的影响呢？

"杂诗"写作的自觉尝试

"如果你仔细读我的作品，你会发现，《致敬》、《厄运》、《近景和远景》、《鹰的话语》等，每一篇都是一种不同的写法……我工作的每一次进展都是我对形式的一次发现。"② 诗人这段自白，很容易让人产生一种错觉：和倾向于精神向度打造的 80 年代相比，西川 90 年代后在诗歌形式的探索上用力尤勤、尤深，是以文体家的身份在诗歌史上留下辉煌定格的。其实不然。本来，出道早、起点高的西川，若一直在"圣歌"方向上持续滑行的话，会越写越精湛老到，越写越炉火纯青。可是，外在压力和内心反思的遇合，使西川在整个诗坛处于艺术沉潜状态的 90 年代后，却毅然革起自己一度张扬的"纯诗"之命，以"反诗"或者说"杂诗"的文体方式，求取和现实生活的呼应与同构。即崇尚"杂诗"绝非仅仅图谋形式创新，它既是在为一种诗体的存在寻找可能性，也是介入充满悖论的荒诞现实后的必然选择，或者说，它是一个问题的一体两面。客观上，西川也正是靠"杂诗"创造，才逐渐使自己和"北大三剑客"的另外两位诗人海子、骆一禾有了区别，找准了诗歌生命力的艺术支点，在 90 年代后产生了越来越大的影响。

西川"杂诗"之"杂"表现为在诗行排列、篇章结构等外观

---

① 西川：《大意如此·自序》，《大意如此》，湖南文艺出版社 1997 年版，第 3 页。
② 西川：《答谭克修问：在黑与白之间存在着广大的灰色地带》，《大河拐大弯——一种探求可能性的诗歌思想》，北京大学出版社 2012 年版，第 187 页。

第十四章 "要与别人不同"的西川诗歌

形态上的"不像诗",这是有目共睹、毋庸多论的。至于它深层、内在之"杂",首先是其书写对象与情感体验的非纯粹性。应该说,诗人反省以往纯诗的"不道德"虽然有些过于严苛,但却使他自己的创作陡增了"及物"的趋向与可贵的人间烟火之气。进入90年代后,经历过精神震荡的西川,没有迷失于一些人的"玩诗"路线,也没耽于诗坛技艺打造的潮流之中,而是提倡"诗歌语言的大门必须打开,而这打开了语言大门的诗歌是人道的诗歌、容留的诗歌、不洁的诗歌,是偏离诗歌的诗歌",这种诗歌应该容纳诗人死亡、自我负疚、世态冷漠等"生活的肮脏和阴影"[①]。诗歌与"人道""容留""不洁""偏离诗歌""肮脏和阴影"等因素结合,自然没法保持纯净,没法不"杂"了;但它也显示了诗人作为知识分子的一种良知、道义担当,它是在为"经验、矛盾、悖论、噩梦"[②]等现实"杂"象寻找一种恰当的艺术表现形式。此间的诗发展了《母亲时代的洪水》中初现的那种"从'个我'走向'他我',继而走向'一切我'"[③]的端倪,减少了个人恩怨和情感,而完全敞开胸襟,尽量包容、涵纳世界上所有的声音、色彩和事态。如《厄运》由21个戏剧片段连缀而成,曾经的生活"在别处"的"云端"感,完全被生活"在此处"的"地面"感所替代,它客观自然,入骨地真实。下面是其中的一个片段:

E00183
子曰:"三十而立。"
三十岁,他被医生宣判没有生育能力。这预示着他庞大的家族不能再延续。他砸烂瓷器,他烧毁书籍,他抱头痛哭,然后睡去。

[①] 西川:《答鲍罗兰、鲁索四问》,《让蒙面人说话》,东方出版中心1997年版,第271页。
[②] 西川:《大意如此·自序》,《大意如此》,湖南文艺出版社1997年版,第2页。
[③] 西川:《关于〈母亲时代的洪水〉》,《让蒙面人说话》,东方出版中心1997年版,第228页。

子曰:"四十而不惑。"

……

子曰:"七十而从心所欲,不逾矩。"

在发霉的房间里,他七十岁的心灵爱上了写诗。最后一颗牙齿提醒他疼痛的感觉。最后两滴泪水流进他的嘴里。

面对这样的诗,谁都会滋生出一种强烈的无奈感。尽管你从年轻的30岁到老迈的70岁一直都本分做人,认真做事,可是生活与生命却常常并不按着自己设计的轨道发展,反过来总是事与愿违,厄运如同影子一样伴随左右,驱不走,躲不开。所以人只能服从、接受命运的安排,任何挣扎都是徒劳的。这种命定的悲剧意识在诗中每个片段都有所渗透。而像"可在故乡人看来他已经成功:一回到祖国他就在有限的范围里实行起小小的暴政。/他给一个个抽屉上了锁。/他在嘴里含着一口有毒的血。/他想象所有的姑娘顺从他的蹂躏。/他把一张支票签发给黑夜"(O09734)。"在一群人中间他说了算,而他的灵魂了解他的懦弱。/他在苹果上咬出行政的牙印,他在文件上签署蚯蚓的连笔字,而他的灵魂对于游戏更关心。/在利益的大厦里他闭门不出,他的灵魂急躁得来回打转"(H00325)。这些片段都将"他"置于社会、现实、历史、同类交织的网络中,不仅暴露出人性的贪婪、残忍、懦弱又不乏向善意向的矛盾真相,也曲现了生活现实本身所隐伏的荒诞和悖谬,还对人与各种环境错位的关系链中的复杂命运展开了探讨。想象的与真实的兼有,诗意的与琐屑的并存,对话、场面与叙述俱在,的确非常"包容",它们和美丑错综、是非混搭的斑驳世界与人生达成了内在的对位、应和,或者说,实现了"杂"的现实、情感和观照对象的诗性外化;档案的体式,尤其是第三人称"他"贯穿始终,分别用A、B、C、D、E、F等21个字母后加阿拉伯数字指代,并注明其中五个"身份不明",既扼制主观情绪的介入,敦促诗彻底走出"自我"园囿,同时数字化的生命"他",又暗喻着芸芸众生,"他"可以泛指"你""我"乃至所有人、一切人,诗人是通过其

第十四章 "要与别人不同"的西川诗歌

透视人类普遍、共同的生活和命运。

《鹰的话语》更是西川"杂体大诗中将深度智慧、悖论模式、语言批判、狂欢精神发挥到极端的代表性文本"[1]。尽管有不少读者对这首由99则话语充满"逻辑的裂缝"的语言碎片结构成的"综合创造"的诗很不适应,难以捕捉诗人寄寓其中的"精神隐私",但并不能影响它思想深邃优卓的事实。为说明问题,不妨跳跃性地引用数则。

1. 我听说,在某座村庄,所有人的脑子都因某种疾病而坏死,只有村长

的脑子坏掉一半。因此常有人半夜跑到村长家,从床上拽起他来并且喝令:

"给我想想此事!"

12. 我在镜中看到我自己,但看不到我的思想;一旦我看到我的思想,我

的思想就停滞。

40. 丑陋的面孔微笑,虽然欠雅,但是否可以称之为"善"?假嗓子唱歌,

虽然动听,但是否"真诚"?崔莺莺从不打情骂俏却犯了通奸罪,卖油郎

满面红光却没有女朋友。

64. 那么,一个不承载思想的符号,是鹰吗?但我还没有变成过一只鹰,但

所有的狐狸都变成了人。我把自己伪装成一只鹰,就有一个人伪装成我。

从诗歌的角度看,我们合作得天衣无缝。

---

[1] 陈超:《西川的诗:从"纯于一"到"杂于一"》,《华中师范大学学报》2012年第1期。

可以断定，诗在这里不再仅仅是情绪的流露，也非对外在世界的客观性描摹，它已经成为一种饱含着诗人对人生、现实和存在等认识和看法的经验，一种充满着对立、矛盾又和谐、辩证因子的提升了的哲思与思想札记，有感性内涵的跃动和飞腾，有更多理性智慧的凝结与支撑。或者说，诗在借助"鹰"之视点和话语，展开诗人亦乃众人灵魂之"探险"，呈现出超越琐屑之后的关于思想、孤独、真假、是非、死亡、道德、真实精神等命题的理解和洞悉。如第六段"关于格斗、撕咬和死亡"，即写出了"鹰"之灵与肉、神圣与平庸、形而上与形而下的统一性，它一方面"昂贵""智慧""高高飞翔""接近神性"，另一方面也"饥饿""撕咬""僵硬""最终是死亡"，虽然"鹰在空间消灭的躯体，又在时间中与之相遇"，其蔑视死亡的精神不会泯灭，但其高贵品性与平淡尸身内在分裂的惨淡"真实"，仍透着沉重的悲剧意味。而这种意识和全诗中密布的"悖论"相结合，愈发强化了生活与生命的神秘性、荒谬性与宿命感。悖论性的情境和矛盾修辞叙述在陡增诗的张力的同时，更暗合了生存现实和精神思考的繁复与矛盾的"杂"之本质，它给人的不仅仅是一种心智的启示。好在喜剧性的口吻和大量运用反讽手法所造成的文本"快乐"，巧妙地化解了西川诗中厄运不断的人生沉重与悲凉，让读者在绝望中看到一种希望，这倒绝对是诗人智慧的表现。

人们往往称90年代及其以后的西川为"文体家"，我以为决不是没有根由的，它至少隐含了西川诗歌体式上具有某种非常态化特质的内涵。具体说，西川诗歌"不像诗"的第二个深层表现，是在题材、情感、思想之"杂"之外，还存在着思维、手段、技巧之"杂"，即小说、戏剧、散文等非诗文体的成分不但堂而皇之地大量进入诗歌文本，而且获得了合理生长的可能性。其实，这种文体跨界、互渗的"综合性"写作，在许多先行者那里都被尝试过，已是公开的秘密，小说家汪曾祺甚至不无偏激地说："宁可一个短篇小说像诗、像散文、像戏，什么也不像也行。

第十四章 "要与别人不同"的西川诗歌

可是不愿意它太像小说。"① 但似乎谁也没有像西川那样自觉与彻底，他参悟出"偏于一端的写作虽然可能有助于风格的建设，却不利于艺术向着复杂的世界敞开"②，"既然诗歌必须向世界敞开"，"歌唱的诗歌就必须向叙事的诗歌过渡"③。西川清楚，诗歌文体利弊混凝，它在处理复杂题材的幅度、表现当下生活的深度方面远逊于其他文体，尤其是在诗意大面积流失、散文化日重的90年代，如果诗歌闭关自守、一纯到底只能走向殆灭，而唯有打破传统的清规戒律，在坚持根性的基础上适度吸收其他文体的优点，才会立于不败之地。所以他开始大胆地让几种文体之间互通有无，以缓解诗歌自身的压力，于是一种在文体属性上难以界定、归类的作品，在他笔下滋生了。《致敬》甫一露面即让人们惊骇不已，它在外观形式上对传统的"冒犯"还是次要的，主要是它的内在构成既非话，也非抒情散文，既非诗，也非散文诗，令读者一下子无所适从，难以把握，而后的一系列作品中这种倾向愈加显豁。像由不同声部造成紧张争辩的《鹰的话语》，竟然被有关机构直接改编成话剧，在纽约戏剧车间演出，其戏剧化旨趣不宣自明。不少人认为是西川最好的作品却少有人深入论述的《芳名》，同样镌刻着诗人在文体上进行"综合创造"的印痕。诗人写的本来是首文化批评色彩很浓的诗歌，意欲透视当时社会的林林总总、形形色色，巧妙的是他没有采用正面强攻的战术，而是"试图通过一个虚构的'爱人'进入90年代的大千世界"④，传达出一个曾经的理想主义者的情绪与思考。这种构思方式本身就不乏戏剧性，而在诗歌的具体展开过程中又有着更多小说、戏剧等艺术手段的援助，比如贯穿整个诗歌空间的"你"似乎带有了某种独特的个性，围绕"你"产生了众多的细节、场景、情境、对话等日常化的生存信息，"你"与"我"之间获得了"在你现身

---

① 汪曾祺：《短篇小说的本质》，天津《益世报·文学周刊》1947年5月31日。
② 西川：《大意如此·自序》，《大意如此》，湖南文艺出版社1997年版，第4页。
③ 同上书，第2页。
④ 程光炜：《西川论》，《程光炜诗歌时评》，河南大学出版社2002年版，第205页。

之前，我几乎不是我自己""在闷热的、令人窒息的空气里，我求告于你绵薄的拯救之力""在细菌横行的夏天，你悄悄学坏，而我用放大镜观看你的照片"的复杂而微妙的关系，以及在这一过程中"我"的情感状态与变化。所有这一切完全符合叙事性文学架构与陈述的要求，在由诸多事件化、情节化因子汇聚的"河流"断续流动中，社会现实中庸俗真切、斑斓又凌乱的"波光"闪烁不定，饱含着诗人厌倦、不满、失望和戏谑等多元情绪的否定性意向"内核"不时浮出水面。

在西川看来，叙事性与歌唱性、戏剧性是一种兄弟姐妹的关系，是"综合创造"中彼此难以割裂、相生相克的三维，因此，他极力追求戏剧性表达的客观、间接性，也就成了顺理成章的事情。这一特征不仅在《鹰的话语》《芳名》等个案中有所体现，而且几乎覆盖了诗人90年代及其新世纪所有的大诗写作，像他以鸟、火焰、阴影、我、牡丹、毒药、银子、城市、国家机器、地图、风、小妖仙、幽灵、废墟、扑克牌、自行车、旷野、海市蜃楼18种意象为观照对象的《近景和远景》即十分典型。它调和了大与小、远同近、个人和民族的关系，在双线交织中凸显时代的精神面影和自我的复杂心态，在思想意向、调侃立场上与《芳名》《鹰的话语》一脉相承，而在写法上则调动、融汇了诗歌、戏剧、随笔式杂文等文体的手段，18个片段犹如18个名词解释，相互间貌断实连，个体独立，内里却应和支持，达成了别致而浑然的"精神混响"。其中的《牡丹》这样写到："牡丹是享乐主义之花。它不像玫瑰具有肉体和精神两重性，它只有肉体，就像菊花只有精神。正因为如此，牡丹在开花之前和凋谢之后根本就不存在。刘禹锡诗云：'唯有牡丹真国色，花开时节动京城。'这是一种不得超生的植物，其肉体的魅力难于为人们的内体所拒绝……"面对这样的作品，熟读过诗歌的读者会感到异常奇怪，它通篇在介绍牡丹花的特性、历史，最多不过添加了古今中外与牡丹相关的一些文化知识罢了，叙述和议论是其主要的技术支撑，形式上连行都不分，它哪里还像诗，不过是散文或者论文，好像也构不成局部哲学，充其量也只能

第十四章 "要与别人不同"的西川诗歌

说是词语解释。

可见,西川90年代后诗歌的非诗或反诗倾向是非常强烈的,但他的目的不是毁灭诗,而是希望通过对传统诗歌或诗歌本体的"偏离",实现诗的自救和新生。诗的字里行间因有想象力、象征化、书面语等诗的质素压着阵脚,仍然保持住了诗性的盎然。像《芳名》中虚拟的爱人"你"作为象征,既可是人也可是诗,还可是其他的什么,它和"我"、环境等结构成的形而上空间,同诗人神奇的想象力遇合,无疑使文本叙述虽然容留了许多现实的因素,但却最终都能指向诗性,有着恍惚迷离的"不确定性"的审美效果。《近景和远景》给词汇下定义时不按既定思维路线滑动,解释词语通常的含义,而是努力和对象既贴近又超离,翻出新鲜的意趣,引人注意。同时貌似一本正经的态度和好笑荒诞的内涵对接,其"伪理性"的视角和出语本身就很滑稽,有种说不清的"好玩儿"的感觉。西川这种以高难度的技艺应对复杂生活经验的"综合写作",加强了诗歌适应题材幅度和处理纷纭问题的能力,从特殊的角度拉近了诗和现实的关系,并昭示了诗歌与其他文体合理嫁接的可能,为叙事有效地介入抒情文学提供了经验性启示。

在论及诗歌语言的时候,新批评派理论家克利安思·布鲁克斯提出,悖论是诗歌语言的基本特征,但同时也指出:"我们只承认在警句诗这种特殊的诗体,或是讽刺诗这种虽有用,但几乎算不上是诗歌的体裁中,可以有悖论存在。"[①] 这段话反证出一个现象,即西川90年代后高频率、大剂量使用现代性艺术手段的诗歌,已经和传统意义上诗歌的情调、风格大异其趣,这也可以视为西川诗歌第三个"杂"的表现。的确,虽然谁也没有明文规定诗歌的境界、趣尚应该如何,但中国诗歌多少个世纪以来始终在或庄重或优雅之路上行走,直到现代主义出现后,矛盾性的语汇、意向、情境在同一文本的有限空间里并行才渐成趋势。西川登上诗坛很长一段

[①] 克利安思·布鲁克斯:《悖论语言》,赵毅衡编选:《"新批评"文集》,百花文艺出版社2001年版,第354页。

时间的写作,也都讲究结构的浑然、语汇的谐调、风格的纯净。但进入 90 年代的逆转之后,他发现,现实与社会生活远非诗那样美好,以往与其不对称的写作过于矫情,并且"一个自相矛盾的人反倒是一个正常的人。那么这个时候是谁在坚持这种自相矛盾的权利,是艺术家,是诗人"①。诗更应该能够呈现这种矛盾,于是在他诗中,看似荒谬实则真实的悖论修辞铺天盖地而来,尤其是它已从一般的创作方法晋升为本体论层面的思维方式,伴随着诗人的"伪哲学"观念注入他的精神肌体,混杂、矛盾、散漫成了文本的第一现实。随意翻开一首诗,经常会碰到这样的句子或段落:"我们采遍大地上所有的鲜花,而鲜花一经采撷便是死亡。/我们把死亡之花献给我们钟爱的人;我们觉得生活很有意义"(《芳名》)。"我在镜中看到我自己,但看不到我的思想;一旦我看到我的思想,我的思想就停滞"。"一位禁欲者在死里逃生之后变成了一个花花公子。//一位英俊小生杀死另外两位英俊小生只为他们三个长相一致"(《鹰的话语》)。可见,在西川的诗里悖论大量存在,它们或表现为格言警句,或结合于具体的语境之中,常常以似是而非的状态与方式,将固有的荒谬、矛盾和尴尬披露出来。不是吗,我们习惯于把采撷的鲜花献给亲近或钟爱的人,传递情意、祈祷健康、表达敬爱,可是谁又想到采撷后的鲜花意味着枯萎和死亡,献花的祝福中是否隐含着不祥的预兆呢?《芳名》的几句直觉式的感悟,也是"献花"原意的去蔽,和现有内涵的拆解,平常事态里竟然包裹着现象和本质间不易察觉的对立、冲突和违逆。《鹰的话语》中的几段诗,则有了一点玄学味道,它们同样捅破了荒谬、怪诞背后的事物真相。人可以通过各种渠道知道自己的外观,但深入骨髓地自知几乎是不可能的;人好像轻易不会从一个极端走向另一个极端,但要看经历了怎样的生命事件与过程;人有个性最可爱,彼此个性都相同自然就取消了个性,所以对相似的同类既爱又恨。充满着诡

---

① 西川:《面对一架摄影机》,《西川诗文集·深浅》,中国和平出版社 2006 年版,第 260 页。

辩、歧义、冲突的伪箴言之"思"，好似不十分靠谱，但却从另一个向度接近了世界和事物的本质，扩大了诗歌语言的张力。

西川90年代后的诗中有更为突出表现的是反讽的运用。什么是反讽？克利安思·布鲁克斯认为，"语境对于一个陈述语的明显的歪曲，我们称之为反讽"[①]，I. A. 瑞恰兹则称之为"反讽式观照"，即"通常互相干扰、冲突、排斥、互相抵消的方面，在诗人手中结合成一个稳定的平衡状态"[②]。批评家们不论对反讽概念的解释如何不同，也不论是把反讽定位在语调、语义还是意蕴层面，但无不承认反讽是现代主义乃至后现代主义诗歌的主要技巧，诸种因素的对立与不协调是反讽的核心内涵。西川90年代后的诗歌中反讽密集。如《厄运》写到："他有了影子，有了名字，决心大干一场。他学会了弯腰和打哈欠……他试着挥起先知的皮鞭，时代就把屁股撅到他面前。/在第一个姑娘向他献花之后他擦亮皮鞋。但是每天夜里，衬衫摩擦出的静电火花都叫他慌乱"（J00568）。诗混合了意蕴反讽、语义反讽与语调反讽，尽管每个人对生活都曾信心十足，跃跃欲试，有过理想的规划，但最终都走向希望的反面，承担不愿承担的，这几乎是所有人都难以摆脱的"厄运"，那种滑稽、幽默的喜剧笔法虽然潜伏着一些好笑的因子，但仍难以从根本上改变悲剧的底色。再有《致敬》的片段："那部盖在雪下的出租汽车洁白得像一头北极熊。它的发动机坏了，体温下降到零。但我不忍心目睹它自暴自弃，便在车窗上写下'我爱你'。"出租汽车本是一个没有生命的交通工具，雪下的出租汽车自然意味着冰冷、凄清和寂静，对之该以寒冷、死亡、战栗等语汇出之。但是，在诗人的想象流转中，它却被美化为洁白的动物"北极熊"，成了额头发光、等待接吻的"姑娘"，兴奋、活泼、可爱，一系列的拟人修辞，使其具体语境构成了对前面叙述语的偏离和歪曲。它那种匪夷所思的构思、实际语境中的麻烦状态和心理臆想的美化对接，在悖

[①] 克利安思·布鲁克斯：《悖论语言》，赵毅衡编选：《"新批评"文集》，百花文艺出版社2001年版，第379页。

[②] 转引自赵毅衡编选《"新批评"文集》，百花文艺出版社2001年版，第379页。

逆中蕴蓄着一股强烈的张力，含蓄也艰涩。西川如此频繁地启用反讽，显然已经超出90年代诗坛崇尚技术打磨的单纯的技术层面，我想，它至少包含着对日常生活现实琐屑、残酷的不满和无奈，抑或诗人对平淡生存园的智慧化解之意。

时代在发展，诗人在变化，诗歌的形象也应随之不断做出调整与扩容。西川的"杂诗"创作不能说尽善尽美，其有时过分的陌生、驳杂让人接受起来还不太习惯，颇具难度，但它创造性地丰富、扩大了新诗的形象内涵，为自身的写作与存在找到了一种可能性，也对新诗的再度出发有一定的借鉴价值。

在"变"与"常"的互动中创造

一个作家、一个诗人和运动员有着相似之处，那就是他们都有自己的黄金时期。西川的黄金时期无疑是在90年代与新世纪。虽然他1985年即写出《在哈尔盖仰望天空》等代表作，但并未产生持续性的高潮，直到进入90年代后，他的地位和影响才无可争议地被凸显出来。尤其是诗意爆发的1997年，他竟在改革出版社、中国和平出版社、人民文学出版社、湖南文艺出版社、上海东方出版中心等相继推出《隐秘的汇合》《虚构的家谱》《西川诗选》《大意如此》和《让蒙面人说话》五本诗文集，反响空前。只是他90年代后诗歌的变化也给不少人造成了一种感觉：西川完全是另起炉灶，割裂了与过去的联系，自己彻底"革"了自己的命。其实，事实远非那么简单。

回望中外诗歌的历史不难发现，即使再优秀的诗人，无论他的起点怎么高，在创作之路上都不可能一成不变，否则就将和真正的大诗人境界无缘。同样，任何优秀诗人的每一次艺术嬗变，也都很难说是对其以往个性完全、彻底的清洗与否定。作为新时期的一位诗人，西川当然也无法逃脱这一规律和法则的制约。仔细考察他不同时段的作品，整体的印象是他从80年代的"太像诗"到90年代"太不像诗"的两极互动，的确变化的速度之快、幅度之大超出了

第十四章 "要与别人不同"的西川诗歌

人们的想象，但决非像有些人所说的那样，是对他自己前期创作的全面颠覆，和"类似于对自己推倒重来"①。或者说，西川在这中间撕裂的只是诗歌的形式"肉体"，而诗歌的内在艺术精神"血脉"则始终在文本的躯体里淌动着，他也正是凭借对这些相对恒定的核心质素的坚守，才在"变"与"常"的交错、互动中，使魅力增值，逐渐成长并走向成熟的。如在他的作品中，浓郁的学院气息持续地盘旋缭绕，知识分子独立的精神立场一直强劲，诗人远离文学史焦虑的淡泊心态从未消失，特别是其中几种突出而重要的品质始终贯穿、连接着八九十年代。

一是"思"之个性。大约在20年前，刘纳断定西川的《黄金海岸》《星》《激情》等诗充满哲理内涵，一句"西川太喜爱思考了"②道出了西川的人与诗的秘密。程光炜对北大三剑客的对比："如果说海子是燃烧的，骆一禾在宽阔的胸襟中深埋着奔突的激情，那么西川正好综合了他们各自的特点。他长于用哲学的眼光来思考问题。"③ 这一对比同样隐含着西川之诗与智、思一致的学术指认。西川属于静观默察的沉思型诗人，主要的生命经历和体验均在学院之内展开，深层的心理结构和学院派的知识化背景结合，加之冯至、郑敏、里尔克、博尔赫斯等中外诗歌渊源的内在塑造，决定和尽情抒发感情相比，他更愿意凝眸人生、命运、自然、时间等一些抽象的事体，对宗教、哲学兴趣盎然，其作品也就多了些理趣。随着阅历的丰富和人生体味的深入，90年代后西川诗歌这种个性愈加强化了。不消说《近景和远景》《鹰的话语》等长诗彰显着诗人对世界、生活、现实的看法和思考，《另一个我的一生》《这些我保存至今的东西》《发现》《写在三十岁》《书籍》《重读博尔赫斯》等不多的短诗，仍时时泛出形而上的理性光芒，承续着诗人一直以来文化思考的长处。如他的《一个人老了》："有了足够的经

---

① 西川：《答马铃薯兄弟问：保持一个艺术家的吸血鬼般的开放性》，《大河拐大弯——一种探求可能性的诗歌思想》，北京大学出版社2012年版，第261页。
② 刘纳：《西川诗存在的意义》，《诗探索》1994年第2期。
③ 程光炜：《西川论》，《程光炜诗歌时评》，河南大学出版社2002年版，第205页。

验评判善恶,/但是机会在减少,像沙子/滑下宽大的指缝,而门在闭合。/一个青年活在他身体之中;/他说话是灵魂附体,/他抓住的行人是稻草……更多的声音挤进耳朵,/像他整个身躯将挤进一只小木盒;/那是一系列游戏的结束:/藏起成功,藏起失败。"这首不乏唯美感觉的诗,冷静地叙述了人从衰老、垂死到死亡的过程、细节与感受。人不论贫富美丑、低微尊贵,最终都将面临衰老乃至死亡的结局,这就如同"像烟上升、像水下降",难以遏止和避免,即便"一个青年活在他身体之中",也无济于事,眼神、步态、反应都会像机器一样变慢,"静止",你也只能任机会减少,日子溜走,"游戏"结束,空留无奈和沉重。这种每个人宿命和命运的平静揭示,还是会从心智上撼动读者的灵魂,因为它昭示了人的共性本质,暗合了许多读者的深层经验。再有他的《医院》也持续了西川1989年后常常涉足的死亡命题。医院乃生死可以互相转换的两界,生可以死,死可以生,死的直视和临终关怀虽然包裹着一层温馨的面纱,但更反衬出人在死亡面前的渺小和无力;而那个可理解为死神或上帝的身份不明的"隐身人",则为诗平添了一种神秘的氛围。大量"思"的成分介入,自然使西川诗歌获得了比较理想的硬度,垫高了思维和意蕴层次,有效地控制了诗意的浅淡泛滥。

二是奇绝的想象力。一个诗人最基本的条件即要有超常的想象力,过于泥实的人恐怕永远成不了真正的诗人;在大家普遍崇尚技术的90年代,想象力更成了测试诗人水平的主要指标。西川说,由于自己在"相对单纯的环境长大,又渴望了解世界,书本便成了我主要可以依赖的东西……相形之下,现实世界仿佛成了书本世界的衍生物,现在时态的现实世界仿佛由过去时态的书本世界叠加而成"[①]。封闭有时也意味着创造,没有见过的那部分历史、世界究竟怎样?是一种什么形态?除了书本提供的之外,只能凭借自己的联想和想象去建构、填充;而其中有现实基础的尚可真切地复现,

---

[①] 西川:《大意如此·自序》,《大意如此》,湖南文艺出版社1997年版,第1—2页。

第十四章 "要与别人不同"的西川诗歌

相反的一些事物则需要靠假设和虚拟完成,这样它们在诗人笔下"再生"后,必然会带有某些批评者所说的幻象性质。如此说来,就不奇怪西川初入诗坛的《把羊群赶下大海》《方舟》《鸟》等诗多以想象性体验架构,写得神采飞扬、空灵浪漫,也不奇怪他进入社会、人生阅历相对丰富的90年代后此倾向有所淡化了。需要指出的是,淡化不是消失,而是以变体的方式在诗中延续、流转。像长诗《芳名》《鹰的话语》已经"幻象"到以梦抒情明志了:"早晨你的头发留在枕头上,你的房间里弥漫着一股梦的气味,但你不记得你睡在这房间里"(《芳名》)。"在黑暗的房间,我不该醒自一个好梦,当我父亲醒自一个噩梦。他训斥我一顿,他训斥得有理:我深深反省,以期忠孝两全。我把好梦讲给他,让他再做一遍,可他把这好梦忘在了洗手间"(《鹰的话语》)。梦的加入使本已怪诞的对象更恍惚迷离,不好把捉。《致敬》的第七部分居然真的以"十四个梦"作为主体,支撑诗思,梦与真交错,虚实难辨,因为诗人的想象不在同一联想轴上展开,转换迅疾频繁,众多联想轴并置,结构芜杂,它在敦促诗歌走向朦胧境地的同时,也让很多读者望而却步。再如《虚构的家谱》,诗人对自己的祖先不可能都见过,但他却以梦的形式,按照朝代的顺序,依次想象祖先、祖父、父亲,从特殊的角度切入了存在和亲情的本质深处,刘春认为,它"似乎有点玄虚,却说出了生活的真谛。太阳底下无新事,'我'来自'祖先',他们和'我'虽不能相见,却能够隔着时空呼应,这是一种血缘,更是一种冥冥中的心灵契合"[1]。可以说,幻象是西川诗歌的一个重要书写资源,也是西川诗歌的魅力之乡,它是诗人建构精神乌托邦不可或缺的手段与材料,也保证了诗人文本风格的绚烂多姿、诗意的丰沛与酣畅。

三是良好的文字和形式感觉。人们称西川为学院派代表诗人,一方面表明他的诗离知识、学问近,视野开阔,多书卷气;另一方

---

[1] 刘春:《有一种神秘你无法驾驭》,《一个人的诗歌史》,广西师范大学出版社2010年版,第194页。

面则肯定其综合能力强,语言功力深厚。西川早期文字的纯净、精准、灵动与形式的严谨,几乎有口皆碑,像《饮水》《眺望》《在哈尔盖仰望天空》等佳构中的语言可谓达到了增之一字太多、减之一字太少的境地,每个镶嵌在句子里的字都更换不得。那些个性化程度极高的言情符号,在作品中频繁闪现,仿佛就是诗人鲜明的精神印章。西川这种艺术追求到了"庞杂"的 90 年代也没有中断,他坦承自己的"写作依然讲求形式。例如在段与段之间的安排上,在长句子和短句子的应用上,在抒情调剂与生硬思想的对峙上,在空间上,在过渡上,在语言的音乐性上"①。如《戒律》貌似散漫,实则遵循着内在的规则,"为了不淫欲/你当只同你喜爱的异性谈论悲剧或高深的学问/但不要将话题引向心灵的苦闷/淫欲是一个陷阱/最好只在它的边上转悠//为了不贪求/在黑暗的房间里自封为王也未尝不可/你且配一把万能钥匙在手中掌握/行走。停止,转身,在你日光下的都城/你将不屑于打开那一把把锈锁"。且不说意象化的语言思维一如既往,八段的每段开头均以"为了不××"领起、反复,层层递进,通过排比构成一种舒缓的旋律,将戒律者道貌岸然的本质讽刺得满爆而鲜活,读者一旦透过戒律者的表现看到其隐蔽的灵魂真相即会忍俊不禁,享受到智慧的喜悦;而渐次涌现的意象群和字斟句酌的语汇长短结合,又有着一种特殊的节奏快感,形式本身也获得了增值效应。非但在短诗中,即便是长诗写作中西川的结构和语言等因素也是很考究的,如《近景和远景》中的"火焰":"火焰不能照亮火焰,被火焰照亮的不是火焰。火焰照亮特洛伊城,火焰照亮秦始皇的面孔,火焰照亮炼金术士的坩埚,火焰照亮革命的领袖和群众。这所有的火焰是一个火焰——元素,激情——先于逻辑而存在……人们通常视火焰为创造的精灵,殊不知火焰也是毁灭的精灵。"诗人结合人生体验,对火焰做出了自己的独到解释,认为火焰的存在纯粹、美丽,却不真实。这种解释虽然

---

① 西川:《答谭克修问:在黑与白之间存在着广大的灰色地带》,《大河拐大弯——一种探求可能性的诗歌思想》,北京大学出版社 2012 年版,第 187 页。

第十四章 "要与别人不同"的西川诗歌

理性、贴近知识介绍,却不是科学的界说,仍有诗意。它尽管只是全诗的一节,但思路畅通,逻辑也比较严谨,字词的准确恰切好似科学论文,又浸淫着一定的诗性光彩,透出一股学院的气质。也就是说,西川的诗歌语言不论是80年代的灵动纯粹,还是90年代的铺张驳杂,都有出色的语言根基做后盾,都同样是创造性的诗学资源。从这个向度上说西川是最擅长语言"炼金术"的诗人,是当之无愧的。

西川的成功证明,太偏于"常"易蹈向守旧,太偏于"变"则会趋浮躁,只有在"常"中求"变","变"里守"常","常""变"结合,才会成为真正的创造,而创造乃诗歌的第一要义。西川诗歌的每一次艺术"革命",都非缘于简单的形式冲动,而是为了求得诗歌艺术和生活的对称与应和,像他90年代综合性探索中推出的连绵的"句群",就十分理想地完成了对当时丰富、复杂以及荒诞现实的表现,既以"在场者"身份承续着知识分子独立批判的精神立场,有比较高的思想品位,又开辟出一条打通严肃与诙谐、高雅与通俗的艺术新途径,使文本更接充满人间烟火的"地气"。其立足于现实意蕴、寻找艺术援助的思维方式和革新路线,也对抗了过度疏远时代的纯诗操作的偏颇,是值得圈点的明智选择。西川诗歌最大的艺术建树还在于其鲜明而自觉的文体意识统摄下的形式建构,诗人大胆地让前期"太像诗"的追求和后期"太不像诗"的追求"对话",让诗歌文类与小说、戏剧、散文等其他文类"对话",以克服诗人初期诗歌在占有此在经验过于狭窄、处理复杂题材略显孱弱等方面的弊端,实为有十足艺术功力作为底气支撑的"险中取胜",不宜复制与仿效。它客观上强化了文本的包容性和自由度,剔除了诗歌写作中常见的学生腔调,那种诗性充盈的散文化走向,昭示了诗人已进入化解多种因素以获得艺术张力的从容境界,同时说明在诗歌艺术问题上,对某种可能性存在的探寻与尝试,远比对某种成熟倾向的完善与推进更为重要,更值得肯定。西川是当下中国被读者们认可,并能够同国际诗坛深度接轨的为数不多的优秀诗人之一。之所以如此,不仅是因为他的创作成就，还因为他具有集大成的能力和品质，在诗人之外又是出色的学者和翻译家，有着深厚坚实的良好学养，可以用外语直接参与国际诗歌交流和建设。正是这种能力和品质使他对中外诗歌历史烂熟于心，为自己的创造奠定了深厚的艺术根基，他的经历与个性再度确证了作家和诗人学者化的必要性。

可见，西川诗歌的价值主要在于它对艺术可能性的自觉探索及其探索的启示意义，而任何探索都绝非只意味着成功。有时成绩和局限正如硬币的两面，一种优秀品质的获得即是另一种优秀品质的放弃或丧失，西川同样难以逃避这一艺术法则的制约。比如，西川凭借超常的幻想力，在没有多少生活积累的境况下，将书本知识作为重要的创作资源，径直走进了诗歌之门。在1992年后人间烟火气十足的歌唱中仍然延续着该特色，这虽然使他的诗亦真亦幻，才情勃发，但过度依赖于书本知识，有时甚至从知识出发，"靠阅读写作"，加之对生活采取一种投入又远离的态度，也决定了他早期的很多作品不能理想地将知识的诗性价值转换为生命的有机体，诗歌写作有时自然蜕化为书斋里的智力挥发，纯粹得有失真实，"阳春白雪"到了令读者难以接近的地步。同时《厄运》《出埃及记》《请把羊群赶下大海》等大量出于《圣经》的意象、故事，和贯穿于诗人创作始终的西方神话原型、文化符码的引入，无疑把许多缺少必要知识准备的读者挡在了诗外。进一步说，正像程光炜所言："西川的诗歌资源来自拉美的聂鲁达、博尔赫斯，另一个是善用隐喻，行为怪诞的庞德。"[①] 西川诗歌有一种明显的趋同国际化的倾向，如《重读博尔赫斯》就运用了不少与西方互文的话语，从词语到逻辑都有明显的"翻译风"，读来比较隔膜。又如，在如今诗人们努力将诗写得像诗的背景下，西川却矢志于"杂诗"创造，走一条非诗甚或反诗的路线，这种在冲突和排斥因素中获取张力的追求，的确在一定限度内增加了诗歌的容量和处理复杂生活的能力，

[①] 程光炜：《序〈岁月的遗照〉》，《程光炜诗歌时评》，河南大学出版社2002年版，第53—57页。

拓宽了诗歌本体内涵的疆域，也不妨将之理解为诗歌自救的一种策略。但是诗歌太不像诗而像散文或别的文体，总不是诗歌的幸事，休说它可能损伤、背离诗歌原本的凝练含蓄，严重的话还会引发诗意的大面积流失，诗味寡淡，败坏读者阅读的胃口，有时形式感的过度强调，不时会挤压意蕴的淬炼和升华，发生本末倒置的悲剧，让人顿生修辞和技术至上之嫌。他后期的很多长诗芜杂、枝蔓和饶舌都是不容置疑的，这恐怕也是西川后期诗歌不如早期诗歌受欢迎的缘由之一。再有，西川诗歌区别于其他诗人的一个重要品质就是思考力的强劲，他曾说要做诗人首先要做思想家、哲学家、神学家，他诗中形而上的指向在某种程度上也垫高了诗意的品位，强化了诗质的硬度和密度，像他正视死亡的《为骆一禾而作》，就完成了探询抽象的死亡和诗人写作意义的目的，揭示了思维与世界或逻辑与结论间错位的可怕真相。但有时"太喜爱思考"的习惯在不自觉中主宰了诗的意脉和结构，形象和情感退居其后，诗也就有了沦为说教的危险与可能，像"厨房适于刀叉睡眠，/广场适于女神站立"（《致敬》）类的以先知口吻姿态出现的思想和语言，在他早期作品中是很容易发现的，情感的被抽离和意象的漂浮，把诗异化为裸体的思想表演。另外，西川出于艺术的更新和创造诉求，频繁地进行自我"革命"，它在带来陌生化的活力和生机的另一面，也不利于经典的打造和生成。正是由于上述一系列因素的合力作用，至今为止，西川虽然已经成为中国当代诗坛公认的重要诗人，却还不多振聋发聩、阔大邃密的思想文本，离人人敬仰的诗歌大师还有相当一段距离。

　　但不论怎么说，在30余年的时间里，西川的持续写作没有抱残守缺，而是常谋原创"再生"之道，大小兼顾，长短结合，险中取胜，沉稳大气，既输送了若干经典，又打开了"杂诗"生长的可能性，更建构了一种能够影响时代的新的诗歌美学。尤为可贵的是后劲十足，其新世纪的《镜花水月》《小老儿》等长诗挺进，丝毫未现衰颓的迹象，可以说，发生在他身上的"一切，不仅仅是启示"。

第十五章　张曙光诗歌：沉潜的力量

诗人的心是相通的。从张曙光的眼神和电话里，蓝蓝、程光炜敏锐地读出了"孤独"与"寂寞"的信息。① 的确，张曙光看上去儒雅、和善、合群，真诚的微笑往往让人如沐春风，感到他是个很好相处的人，事实上，曙光在诗歌圈里、圈外也都有不少朋友，口碑极佳。但是，时代氛围、生存语境与个人特殊经历的聚合所养就的从童年开始即烙印深刻的心性，还是使他时时被忧郁与孤独渗透骨髓，挥之不去；并且在很大程度上影响了他日后创作的思维走向、情感质地与风格选择，决定了他长时间地居于偏僻、寒冷而神秘的哈尔滨一隅，不紧不慢，不慌不忙，安静、平稳地读书、写作，以一种暗合着诗歌寂寞本质的不事声张的方式，打造着一方完全属于自己的精神天地。30余年的历史证明，曙光用个人化的方式所创作的诗歌，不可能产生轰动效应，没有出现过速荣的光环，却也质朴、沉潜、纯粹，不存在速朽的悲哀，它们恰若经年的老酒，时间越久味道越醇厚。从这个意义上说，"孤独""寂寞"确是进入张曙光诗歌世界的关键词与理想的路径所在。

回味与体验：一种独特诗歌观念的生成

曙光的性情一如北方的冬天，内敛而沉静。许多时候，他骨子

---

① 蓝蓝：《诗人张曙光》，《名作欣赏》2012年第7期；程光炜：《读张曙光的诗》，《文学界》（专辑版）2007年第8期。

第十五章 张曙光诗歌：沉潜的力量

里对喧嚣、热闹怀有天生的警惕与拒斥，喜欢独处，沉浸于心灵世界的散步和漫游。所以，虽然自读大学始就从故乡那座小县城移居北方名城哈尔滨，可是，他的灵魂却难于长久地在高楼大厦和滚滚人流中安顿，偏偏常流连于有关故乡的种种记忆细节、场景、影像的咀嚼与回味，蛰伏着说不上强烈却十分顽韧的返归冲动。同时，北国寒冷的气候与诗人冷静忧郁的心理结构相遇，决定了曙光进入诗坛不久即反感于过度浪漫或抒情的东西，在诗歌中绝少经营未知世界的虚幻情境，瞩目的多是"此在"世界与过去时的人间烟火气十足的世俗生活和情感，并且从不草率地将其从现实向文本里直接移植，而要经过内心的滤化、沉淀、回味，然后再书写出来。如《看电影》就是一次记忆的集中"打捞"与回放，从20世纪60年代的苏联电影，黑白国产片《地道战》《小兵张嘎》与《五朵金花》，到70年代朝鲜、阿尔巴尼亚和罗马尼亚的《卖花姑娘》《宁死不屈》《瓦尔特保卫萨拉热窝》，再到80年代中外兼具的《尼罗河上的惨案》《巴黎圣母院》《三笑》《叶塞尼亚》和《追捕》，乃至90年代的《真实的谎言》《龙卷风》和《山崩地裂》，这漫长而清晰的观影史，既对应着诗人的精神成长历程，又折射着时代的历史变迁，更饱含着抒情主体的感受与评价。从60年代到90年代，渐次是"蹩脚"的意识形态赞颂或"简单而乏味"的战争场面，只有"鲜血和死亡"，各种色调、主题共时展开的缤纷多彩，"豪华"影院放映"精心设计的大制作""观众却渐渐稀少"。诗与其说是过去一系列事件、场景、情思的复现，不如说是对长期心理积淀的回眸与品味，没有经过仔细认真的比较、掂量，那种相对准确的印象判断是无法轻易做出的，虽然走笔舒缓、平静，内里认同与否定的情感倾向已不宣自明。再有铺排繁杂、热闹市井生活的《看得见风景的房间》，好像是面向当下的"抓拍"，实则仍有"过去时"的味道。它所展开的"一辆汽车驶过/又是一辆。一个女人和一只狗/一棵树和一朵云/穿牛仔裤的女孩消失/在一扇玻璃门后面/理发店或药房。他丰满的/臀部，唤起了某个男人的欲望/穿着皮夹克，黑色或棕色/裸露着多毛的前胸，当他在报摊前拿起/一份报纸,读着,卖报的女人正在/同一个年老的男人争吵/或调情,我们枯燥生活的/调味品,爱情的润滑剂,或植物/增长素",显然是异于想象的、虚构的场景,也非日常生活琐屑的原生态复制,俗常景观的连续翻转,带有暧昧质感的画面流动,特别是"我在观望/但并不思索","在这座陌生的城市/我只是个陌生人"的思想滑行,表明它所观照的一切都属于诗人经历和感受过,并在心里闪回、撞击、发酵,从"热"到"冷"到再度"热"后,才被物化为文字定型的东西,尽管它对整个世界甚而自己都是冷眼旁观,但还是在字句的缝隙之间走漏了诗人那份百无聊赖、那份入骨的孤独信息。至于《照相簿》《岁月的遗照》《断章》《洛古村》等大量作品,更郁结着返归的冲动,指向着过去,将丰富的记忆或历史文化作为情感的采撷资源。张曙光这种回想式的诗歌感知路数,颇容易让人想起西方诗人华兹华斯,暗合着后者对"诗歌是强烈情感的自然流露,它起源于在平静中回忆起来的情感"[①]的内涵界定和操作方式,它让诗歌走向亲切、质感的同时,也获得一定的朦胧和含蓄的可能。一系列文本证明,张曙光的诗歌是走心的,即便在90年代末,那里仍然不无性灵的舞蹈与情绪的喧哗。只是在感知过程中有"距离"的回味环节渗入的诸多理性因子,和创作主体静观默察型的冷静的心智结构,尤其是艾略特、里尔克等西方现代派诗歌影响源等,势必在某种程度上规约、左右诗人诗歌观念的建构。而西方的诗学传统是重"思"之成分的,连浪漫诗人华兹华斯尚且以为诗的目的是真理,"一切好诗的一个共同点,就是合情合理"[②],赫尔博斯更说诗与哲学没有什么本质差异,海德格尔则在《诗人哲学家》中倡言,"唱与思是诗之邻枝。它们源于存在而达到真理"[③],追求超越情感的理性观照。受其启悟,张曙光坦承:"任何艺术,说到底最终是对现实的一种抽象,哪怕它具象得不能再具象。这可

---

① 华兹华斯:《抒情歌谣集·1800年版序言》,伍蠡甫主编:《西方文论选》(下卷),上海译文出版社1979年版,第17页。
② 同上书,第9页。
③ M.海德格尔:《诗·语言·思》,文化艺术出版社1991年版,第20页。

第十五章 张曙光诗歌：沉潜的力量

能也是艺术的最终目的。"[①] 他认为："诗歌应该处理当下更为复杂的经验，应该包含着矛盾冲突，其中不可避免地要包容着一些智性因素和知识含量。"[②] 在这种思想统摄下，张曙光的很多诗歌都呈现出这样一种状态："这件事做了一次又一次，但你必须得做，因为这是/我们每天生活的全部风景/像维生素，你一定得吃下它，据说是为了你的健康//孩子们的笑声从黑暗的甬道中传来/当他们爬到顶层/头上将落满厚厚的雪"。"我们一直向往着顶点/但地面上似乎更为安全/哦，请不要带走我最后一枚硬币……如果我们真的有灵魂。它是否可以/在博物馆的样品陈列室展出//或在手术刀的下面剖开/里面是否会有一颗钻石/或像火山一样，黝黑、空洞、多孔？"（《楼梯：盘旋而下盘旋而上》）诗的题目围绕着楼梯的上下，实际上，它是作者长年累月上下楼梯所经历的一种悟、道和心得，借楼梯这一情绪对应物传达对生活、人生隐蔽深邃的思考。不是吗？每天生活的"全部风景"就像"一次又一次"的上下楼梯一样，内容多是单调、乏味的重复，但人们必须忍受；人生的目标实现需要很长的时间、很大的代价，有时甚至要倾一生之力，接近理想之时满头乌丝已被银发替代；世上的一切都是辩证的，成为人上之人固然值得羡慕和敬仰，但平庸自有平庸的快乐和安全感；人的灵魂辨识起来也是困难的，它或许是闪光的钻石，也可能像黝黑、空洞、多孔的火山。对楼梯的观照远远逸出了楼梯自身，而触摸到了楼梯的形而上的意指。再如，《碰壁》更是对生活、生命本质的独到洞悉，虽然泛着沉重的虚无感，却堪称深入的思想发现："总是碰壁，有时/看到墙上有一道门/但当你试着打开它/却发现它其实并不存在/甚至连门把手/也是画上去的"。"总是下雪，即使/在这间屋子里/也从天花板上/细细地筛下/它将缓缓地淹没/所有的一切/但很快你也会发现/甚至连雪也是假的"。事物就是这样，有时存在的不一定能够感觉到，能够感觉到的却不一定存在，墙上的门

[①] 张曙光：《关于诗的谈话——对姜涛书面提问的回答》，孙文波等编：《语言：形式的命名》，人民文学出版社1999年版，第237页。

[②] 同上书，第249页。

可能是画上去的，舞会上人的兴高采烈或许是伪装的，所以在这个世界上，人人都难免碰壁，为世事所伤；但这一切终将被时间带走，为岁月的雪花淹没，并且时间和岁月也都是"假"的、虚无的存在。诗人瞬间的连类感悟，冷静地拂去了覆在事物之上的尘埃，露出了残酷的生命本相，日常的生活体验因之转换成了诗的经验。也就是说，曙光 90 年代的诗歌，不仅仅满足于客观的现实复现、激烈的情绪抒发和简单的意志阐释，它总是力求在表现生活和情感时通过内心的审视，加入主体的思想和智慧，于是他的《或许》《转折》《危险的行程》《日子或对一位死者的回忆》《陌生的岛屿》等众多诗篇，就在某种程度上成了时间、命运、人生、宇宙、死亡、孤独等有关命题的知性思索和经验结晶。或者说，在他的诗里一种独立的本体观念悄然生成，诗歌不再是单纯的生活、单纯的情绪或单纯的感觉，而成了一种情感的思想，一种融汇着情绪与思考的经验，一种主客契合的情思哲学。读着他的一些诗歌，常感到仿佛有酷肖里尔克、冯至和九叶诗派风骨的灵光再现。

如若只是追求"思"之品格，也就不值得标举了，因为它在中国现当代诗歌史的知性流脉中已不新鲜。曙光诗歌的独特在于其"思"的天地广阔，不论是《四季》《在酒吧》《公共汽车上的风景》等时空变换，还是《致奥哈拉》《米罗的画像》《尤利西斯》等文化遗存，不论是《隐喻》《哲学研究》《另一种现实》等抽象或庞大的命题，还是《垃圾箱》《谈话》《照相》等日常平淡与琐屑，都被他纳入视野，宣显出诗人具有很强的吞吐、处理各种事物的能力。特别是其"思"已随着时间的推移，积淀为一种悲戚的色泽与重量，并且总是力求在形象、情感的谐调下，完成合目的性的艺术传达。或许是抒情主体孤寂、敏细的内省式心理结构容易滋生感伤与沉郁，或许是幼时体弱的诗人过早地感受了太多的病痛与死亡[1]，或许是受里尔克、庞德、艾略特、布罗茨基等西方现代派诗歌影响源灰色情绪基调的制约，或许是几者兼而有之，曙光诗歌经

---

[1] 参见张曙光《我的生活和写作》，《诗潮》2004 年第 5 期。

第十五章 张曙光诗歌：沉潜的力量

常涉足的中心语词多是孤独、死亡、寂寞、虚无、童年，并不同程度地打上了悲戚的烙印，如"曾经梦见天宇，和那个/死去的女人。但当醒来时/他发现被一种更大的空虚围绕"（《一个诗人的漫游》）。"信奉过另一种宗教/但金钱最终成了我们唯一的崇拜，并不愤怒/几乎和你一样平和，只是更加困惑，和茫然"（《拉金》）。"如果我穿着黑色的燕尾服/在台上变着戏法/面对那一张张热切的脸和拉长的嘴巴/我就会知道/生活是多么虚假"（《戏法》）；"出了什么事？尤利西斯问他的伙伴/而他只是痴呆地望着船舷上的信天翁/目光缥缈而遥远。大海像道路一样/向虚无延展。有什么事情发生？他问/但没有人回答"（《陌生的岛屿》）……其中对生命虚无本质的发现，行在路上困惑与茫然的流露，对生活虚假真相的洞穿，远方未知与渺茫的怅惘，是被书写者情绪、思想真实的细节和片段，亦是诗人心灵、精神底色的间接折光。而在一些诗中，曙光则以超人的勇气直接面对死亡或人类的尽头："镣铐，监狱，西伯利亚的冰雪/改变国籍，诺贝尔奖，从一个学院的讲台/到另一个学院，心脏病，死亡/彼得堡到斯德哥尔摩交叠着/寒冷和泥泞，而直线是死亡选择的唯一方式"（《布罗茨基》）。"在死亡冷漠的面孔前，我们永远是/天真的学徒，总是长不大的孩子……让我们沉思死亡，并且记住/那一串长长的名字——我们的祖先，我们的亲友/或一切先于我们死去的人/这是我们唯一能够从事的工作"（《冬》）。诗人书写死亡时没有绝对地排除惊恐甚至无奈的命定感，但冥想和沉思气质的渗透，出入恰适的距离观照，使诗对生死、虚无等终极问题的悲剧性体悟和理解，替代了呼天抢地、撕心裂肺的哭喊和眼泪，更多地表现出一种从容与平静的风度，其悲戚之"思"不会让读者的心不断消极地下沉，而会深化你对宇宙间事物和情思的认知层次。尤其可贵的是，曙光之"思"不是单凭智力生硬、孤立地议论说理，而是和形象、情感三位一体后的自然呈现，深邃却质感。像《布罗茨基》中两位诗人之间跨时空的精神对话，是在抒情主体对布罗茨基"理解之同情"的基础上进行的，因为作者小时候因得肺结核而时常进X室透视、到医院打针，以及随母亲去医院病理室看见玻璃瓶中用福尔马林保存的人体器官，稍大后又曾有了听见客人谈到西藏奴隶被剥皮事情的恶心与恐惧，宣显着一个诗人对另一个诗人"麻木""混沌"地向世俗妥协行为的体贴和爱；而主体的情感又是经过众多诗行的"蓄势"，通过监狱、冰雪、寒冷、泥泞、碟子、噩梦等意象的流转与组合曲折地暗示、烘托出来，在思想的筋骨与意象的血肉接合中完成的，可知可感，又有含蓄的韵味。

曙光的经验诗学，决定了他的作品中经常流贯着智慧的节奏，而意象策略的配合压着阵脚，则保证了诗性的饱满，它无疑垫高了现代新诗的思维层次，扩充了尚情的中国诗歌本体观念的固有内涵。

时尚与潮流外的"先行者"

不少读者以为，张曙光是从 90 年代的诗坛上突然"冒"出来的"大器晚成"的诗人。其实不然。早在 70 年代末，张曙光即开始诗歌写作生涯，并于 80 年代中、后期发表了数量不菲的作品，只是那时没有引起人们充分的注意而已。这种遭遇发生在曙光身上说起来也不奇怪。他的诗作最初行世之时，正值朦胧诗、第三代诗最为红火的阶段，那期间运动的、潮流的、群体的力量备受推崇，打旗称派、聚帮结社为许多诗人所热衷，虽然其中也有从群体之我抒情向个体之我抒情的转换，但前后两种歌唱均未褪尽意识形态写作的痕迹。而性情随和又很有艺术主见的曙光，因为感悟到写诗是高度个人化的精神作业，浪漫的抒情存在着诸多弊端，在 80 年代中期就有意识地克服从众心理，"或多或少地与诗坛（这如同武侠小说中的江湖一样，既实在又虚妄）保持一定的距离"[①]，拒绝时尚和风气的诱惑，从不加入任何诗歌组织、流派和圈子，一直在喧

---

① 张曙光：《关于诗的谈话——对姜涛书面提问的回答》，孙文波等编：《语言：形式的命名》，人民文学出版社 1999 年版，第 237 页。

第十五章　张曙光诗歌：沉潜的力量

器之外安静地读书、写作，尝试着用口语传达日常经验，对抗浪漫之风，进行着真挚而别致的个人言说。特别是从1980年起对西方现代派诗歌的接触和浸淫，对他产生了至关重要的影响，敦促着他写作方向的意识感逐渐觉醒。这种边缘化的境遇和立场，使曙光在很长一段时间内一方面不被主流认可与接纳，另一方面也在寂寞中沉潜到了诗歌本体之中，开启了另一种写作的可能，像90年代人们津津乐道的一些艺术手段，在80年代他就基本上全盘操练过，待到90年代人们大面积使用时，他则将之夯实、完善到炉火纯青的程度了。所以，与其说张曙光是90年代崛起的诗人，不如说他是90年代被"发现"的诗人、提前进入90年代的诗人更为确切。易言之，张曙光是艺术时尚与潮流外静默的"先行者"，这恐怕也是他在90年代被格外看重的深层缘由。

作为90年代诗歌显辞的"个人化写作"，即诗人从个体身份和立场出发，独立介入时代文化处境、处理生存与生命问题的一种话语姿态和写作方式，在张曙光那里很早就成为一种感知世界和人生的基本做法了。在朦胧诗及其朦胧诗之后的很长一段时间里，历史的、民族的、文化的、政治的等宏大视角备受青睐，即便在诗人个体的抒情背后，也常常站着群体的影子；而受西方诗歌中早就存在的"日常生活场景"书写的启迪，张曙光从自己经历过的具体生活细节、片段的恢复和描写，径直走向了完全个人化的视域和经验，呈现出迥异于主流的风貌。譬如"历史和声音一下子消失/大厅里一片漆黑，仿佛一切失去了意义/人们静静地默哀了一分钟，然后/喧哗着，发出一声声嘈杂的抗议/不，不完全是抗议/我想里面包含着失望和委屈/至少我们是这样——我和弟弟……结尾该是很平淡了：雨渐渐小了/爸爸打着灯笼，给我们送来了雨衣/好像是蓝色塑料的，或者不是，是其他种颜色/这一点现在已经无法记起/但我还记得那部片子：《鄂尔多斯风暴》/述说着血腥，暴力和无谓的意义/1966年。那一年的末尾/我们一下子进入同样的历史"（《1966年初在电影院里》）。再如，"我们的肺里吸满茉莉花的香气/一种比茉莉花更为冷冽的香气/（没有人知道那是死亡的气息）/那一年电影院里上演着《人民战争胜利万岁》/在里面我们认识了仇恨和火……那一年,我十岁,弟弟五岁,妹妹三岁/我们的冰爬犁沿着陡坡危险地滑着/滑着。突然,我们的童年一下子终止"(《1965年》)。这两首诗的选材不可谓不大,它们都牵涉着抽象而敏感的年代因子,稍有不慎即会蹈入空疏的泥淖,诗人的高妙在于他不是从正面硬性地触碰,而是通过片段性的私有记忆——下雨天诗人同弟弟在电影院里看电影时"停电"的遭遇,和兄妹三人傍晚在去电影院路上玩冰爬犁的经历——把历史、年代定格为异常真切的纷乱又有序的具体行为、细节和过程,世风的淳朴、童真的温馨同亲情的沉醉历历在目。但 1966 年、历史、消失、巨大的影子、骤雨、莫名的恐惧、童年终止、《鄂尔多斯风暴》《人民战争胜利万岁》、死亡、杀人、血腥、暴力、仇恨、火等语汇交织所营造出的场景、气氛、感觉,仍然让你觉得它绝非无谓的复现,或者说,它是以另一种方式接通了和风雨即来的时代、历史的隐性联系,所以谈到张曙光时黄礼孩说 50 年代出生的人,"在他的诗歌中会找到那个时代的苦难、荒谬和毁灭"①,可谓看到了问题的实质。应该说,80 年代以文学作品抚摸、咀嚼历史记忆,一点也不奇怪,只是认同奥登的"诗歌不会使任何事情发生"②观念的曙光,并没有想让诗歌去承担反思"文化大革命"历史之意,而是超凡的直觉和艺术感悟力,使他捕捉到的带有历史纹理走向和思想信息的个人化的经验碎片,暗合了特定文化语境的内在脉动,达成了个人和时代、具体和抽象、小和大这种相生相克因子的扣合,从个人出发,结果,落点又超越了个人。而后至 90 年代的很多作品,如在幻想中展开生命哲学思考的《白雪公主》,以旅行中的感受揭示中年困顿苦闷心态的《都市里的尤利西斯》,和《在酒吧》里话题、景观、时间的自由流转,更是持续地"侧重于对个体当下经验的开掘"③,感觉、

---

① 黄礼孩:《写诗如同活着》,《张曙光诗选》序言,《诗歌与人》2008 年总第 18 期。
② 张曙光:《诗歌作为一种生存状态或我的诗学观》,《上海文学》2008 年第 12 期。
③ 张曙光:《关于诗的谈话——对姜涛书面提问的回答》,孙文波等编:《语言:形式的命名》,人民文学出版社 1999 年版,第 235 页。

第十五章　张曙光诗歌：沉潜的力量

思维、话语等都有一种不可复制的个人化痕迹。张曙光这种视角的选择，在使他的诗歌俘获当代品质的过程中，表现出了处理复杂问题、题材时举重若轻的从容风度。

曙光诗歌也比较早地进行了反浪漫矫饰的"对话"式口语的尝试。新诗本来就孕育着契合于现代人情感的白话企图，但随之而来的散漫与肤浅所引发的救治，却使其语言渐趋走上典雅华美的路数，至朦胧诗时，有些作品过度的含蓄蕴藉，已和普通人的生命隔膜日深。对此种居高临下、装腔作势的语言态度，曙光内心里是不满的，他以为，诗人不该端坐在祭坛上供人顶礼膜拜，而应放低身段和读者平等地交流，学会亲切地讲话。所以为了对抗、祛除矫饰虚浮的浪漫诗风，他有意识地借鉴西方现代诗歌的艺术营养，从注重意象抒情向直白、自然的口语追求转移，但它的口语又绝非一望见底的清水一潭，而有着丰富的信息量。如"早晨带给我们／不仅仅是一份早餐，报纸，和公共汽车／早晨带给我们／一片空白／我们称之为日子／／我俯身在空白之页／盘算着如何／把一栏栏填满／总是注入争吵，使／温度计骤然升高／／我们的生活是一场失败"（《日子》）。诗避开了80年代纯粹含蓄、高深莫测的意象与象征模式，而改用了朴实简单的日常口语，让读者一看就知道诗人在说什么，但它和同时期那些粗俗、肤浅的口语追求不可一概而论，相反，它在短促的篇幅内思想充盈，其中对生命真谛的品味，对日子内涵的咀嚼，虽然不乏虚无色彩，却依旧蕴含着启人心智的机制。如果曙光的口语只停浮于此，便太一般化了，也无任何值得夸耀之处，他的独特在于越到后来越"更为关注诗中语境的变化，语气也追求谈话的效果，随意性也增强了"[①]。他不再让语流、语汇线性地直接滑动，而是采用疑问的句式、语气，或夹以"可能""或许"等包含两种及其以上形态的不确定副词，或有意把相互矛盾的语汇、意味等因素组合在一起，制造一种缠绕、舒缓的"慢"之感觉，以取

[①] 张曙光：《关于诗的谈话——对姜涛书面提问的回答》，孙文波等编：《语言：形式的命名》，人民文学出版社1999年版，第244页。

得和外部复杂世界与事物状态的应和,其结果就是将支撑浪漫诗歌的单向度心理"独白",发展成为诗人和他人、诗人和自我、诗人和世界的多重"对话"。

如"那些老松鼠们有的死去,或牙齿脱落/只有偶尔发出气愤的尖叫,以证明它们的存在/我们已与父亲和解,或成了父亲,/或坠入生活更深的陷阱。而那一切真的存在/我们向往着的永远逝去的美好时光?或者/它们不过是一场幻梦,或我们在痛苦中进行的构想?/也许,我们只是些时间的见证,像这些旧照片/发黄、变脆,却包容着一些事件,人们/一度称之为历史,然而并不真实"(《岁月的遗照》)。再如,"多大程度上,我们能够把握/现实,或我们自己——/对真实的渴望,像马达/驱动着我们,向着一个深层挺进/在那里,每个人被许诺/得到一小块风景的领地……在一个/少年人的眼中/不过是一个/移动的风景,或风景的碎片/但眼下是我们存在的全部世界/或一个载体,把我们推向/遥远而陌生的意义,一切/都在迅速地失去,或到来/(或许,这就是我们最终追寻的意义?)然而/我们能离开熟悉的一切多久/然后从那个未知的领域内返回?"(《公共汽车上的风景》)。前者的口语并不那么硬朗,或然态的疑问、猜测,昭示了生活可以是A,也可以是B,还可以是C样子的多种可能,它和"或者""也许""像""却""然而"等带着猜想与转折含义的副词结合,就使诗的表达有了商量的口吻和婉转的语气,在一定程度上外化了世界、事物的神秘与变化性。后者也是在随性交谈的氛围中,透视了"风景"背后的本相,流淌出宇宙间的一切都乃相对存在的意识,风景与碎片、失去或到来、离开与返回都是明证,就像我们无法彻底把握现实一样,别人也难以完全理解我们内心的真实,诸多问号、模棱两可与关涉转折语词的出现,更加重了"对话"那种"和声"的戏剧性效果。曙光的"对话"式口语,尤其是或然态的探索,释放了汉语本身固有的压力,是对语言和事物更多向度的诗性去蔽。

论及曙光诗歌的超前,最该提及的是它的叙事性。说起叙事性这一问题,在世纪之交的民间写作和知识分子写作论争中,还发生

第十五章　张曙光诗歌：沉潜的力量

过一场发明权的"争夺"风波。其实，究竟是谁在诗里先运用了叙事性技巧并不十分重要，关键是他的写作是否具有自觉的叙事意识。若从这一向度上说，张曙光乃当代中国诗歌中进行叙事性探索的先行者之一，这是不争的事实，并且他早已形成独特的叙事风格。据他披露，他当初的叙事尝试并非对叙事性本身感兴趣，实则出于反抒情或反浪漫的目的，出于敞开日常生活经验后的表达需要。不同于一般的"叙事"者，他格外推崇"陈述性"，曾主张完全用陈述句式写诗："我确实想到在一定程度上用陈述语来代替抒情，用细节来代替诗歌。就我的本意，我宁愿用'陈述性'来形容这一特征。"[①] 他的大量文本也的确做到了这一点。如"用整整一个上午劈着木柴。/贮存过冬的蔬菜。/封闭好门窗，/不让一丝风雪进来。/窗前的树脱尽的美丽的叶子/我不知道它是否会因此悲哀。/土拨鼠的工作人类都得去做/还要学会长时间的等待"。这首《人类的工作》就完全靠以往的诗中难以单独出现的陈述语句，来维系诗人和世界之间的关系，人类和土拨鼠一样，要做好抵御严冬的一切准备，这个过程也是对生命坚忍本质的凸显，其中有欢欣与等待，也不无疲倦和无奈，人和土拨鼠的对应，扩大了诗意的范围。并且，如果说臧棣、孙文波分别以综合感和复杂多元的叙说方向强化引人注目，那么具有深刻自省精神的张曙光，则在自我分析、叙事和抒情的适度调节方面堪称独步，他不论是移植事件、场景，还是穿插独白、对话，总是平缓、节制、内敛，有理想的叙述节奏。如"中年的危机和对生活的困惑/驱策着他。写作，无目的的/闲逛。在一封写给朋友的信中/他说，'我无法安抚这个时代/它在发出尖锐的叫声，伤口/流出脓血……当临近黄昏时/我去街上，/走过嘈杂的市场/看到秋天正在水果摊上闪烁'//但现在已是冬天。在清冷的/光线中，公园的守门人心狠地/盯着他。'但有谁会听到？'/枯萎的花坛边上，几个老人/挥舞着干瘦的手臂，似乎在/讨

[①] 张曙光：《关于诗的谈话——对姜涛书面提问的回答》，孙文波等编：《语言：形式的命名》，人民文学出版社1999年版，第236页。

论着什么……但当醒来时/发现被一种更大的空虚围绕/下雪了，他望着窗外的天空/灰，沉重，但飞舞的雪花/会使一切变得轻盈，旋转/一些巨大而发出光晕的星体"（《一个诗人的漫游》）。诗里有流动的场面，有书信和对话的援引，有人物的动作和表情，更有诗人的内心独白、思考和对外部世界的观察与评价，而它整个的"跨文体交响"又都是经过诗人主体折射出来的，因此仍然是一种诗性叙述，中年危机和对生命的空虚感悟，在诗人起伏有致的叙述调式下被抒发得深沉婉转，那种技巧的沉潜也已不再仅仅是一种形式智慧了，诗人越是节制低调，文本就越具张力，它在为诗的题材和主旨领域扩容的同时，也彰显出各种文体交叉、互动的妙处。

不能说张曙光在潮流和时尚外的艺术探索尽善尽美，它还存在着诸多可待完善之处，但他开启了 90 年代诗歌的种种可能。在这一点上，对潜伏的艺术生长点的寻找，远比沿袭别人开辟的路抵达成熟之境，更有价值，更值得褒扬。

"雪"的意象变奏

意象不是无情之物，对于一个诗人来说，选择什么意象入诗，组织哪些语汇和意象搭配，绝非随意而为，它常常蛰伏着诗人隐秘而深刻的心理动机。尤其是像西方新批评理论所言及的，让一个意象在一篇作品或多篇作品中多次出场的"复现"，就更具有一种"原型"的意味，其中凝聚着诗人主要的情绪细节与人生经验，决定着文本的审美品质和个性的走向。那么，张曙光诗歌有什么执着的人文取象，它们又寄寓着诗人怎样的心灵与艺术诉求？只要稍加留意即会发现，张曙光诗中大量出现的是电影院、冬天、旅途、房间、风景、雪、女儿等意象或者说关键词，它们之间似乎已经构成了一个独立、自足的"场"，共同烘托着诗人对于命运、人生与世界的情思与感悟。而在这个相对稳定的意象群落中，诗人更格外钟情于北方意象"雪"的书写。也许是诗人所置身的哈尔滨的冬季过于漫长，常见的雪意象已植入灵魂深处，自然成为诗歌的抒唱背

第十五章 张曙光诗歌：沉潜的力量

景，也许是雪带给过诗人刻骨铭心的记忆或体验，写作时挥之不去无法逃避，也许几十年的交道让诗人对雪文化了如指掌，别有发现。总之，"雪"意象始终在张曙光的诗中飘飘洒洒，绵延不绝，以题目或文本镶嵌的方式高频率地出现，据不完全统计，至少已不下几十次，由此也可断定张曙光是写雪写得最多的诗人之一。

　　写雪的诗在中国可以说浩如烟海，十分发达，李白、白居易、岑参、韩愈、柳宗元、黄庭坚、陆游、毛泽东等都是出色的高手。一般说来，历来诗人笔下之雪，不是写它的洁白纯净之色，就是写它的轻盈空灵之美，再就是写它圣洁、清凉的象征旨趣，现代诗人也不例外。譬如，同样生活在充满异域情调的北国都市哈尔滨，同样将雪作为写作精神背景的优秀诗人——李琦、桑克就延续了传统的思维与情感路线，将雪书写得个性别致，又煞是可爱。李琦更多突出的是雪的美与纯："如果明年你还化作雪花，/那么，请在他的面前降临……//当他伸手接住了你，/也就捧起了我这颗心"（《雪上的字》）。"人类的良知飞扬起来/变成那一年/俄罗斯的大雪"（《托尔斯泰的阳光》）。"落在我额上/变成清澈的水/洗掉我脸上的尘垢/是一缕清凉的/暗示"，"美就像窗外的雪/不肯久留尘世/惊鸿一瞥/来去轻盈"（《雪中听歌》）。雪在李琦那里不是严酷的寒冬，而象征着纯真的爱情，更是一种灵魂品格的代指标志，它一尘不染的圣洁之美，正是人生、人格的清凉的暗示。桑克则看重雪对人生的启迪："在乡下，空地，或者森林的/树杈上，雪比矿泉水/更清洁，更有营养。/它甚至不是白的，而是/湛蓝，仿佛墨水瓶打翻/在熔炉里锻炼过一样/结实像石头，柔美像模特"，"在国防公路上，它被挤压/仿佛轮胎的模块儿。/把它的嘎吱声理解成呻吟/是荒谬的。它实际上/更像一种对强制的反抗"（《雪的教育》）。雪的洁净、雪的仁慈、雪的坚忍和雪的抗争，对诗人构成了一种完美主义的教育，难怪诗人对雪有着一种近乎宗教般的感恩情怀了。

　　而张曙光呢？他在"雪"的书写上似乎有种"反传统"的味道，甚至也迥异于同时代其他诗人的情调和意向。或者说，他以戛然独创的艺术精神，使"雪"意象发生了惊人的变奏。遍检曙光和雪相关的诗作，像那首观照母亲的《雪的怀念》指涉了雪的正面品质，状绘"那个新年的/早晨（那时没有圣诞节），你拿出/准备好的礼物给我/床上也换上了新的被单/洁白，像窗子外面的这场雪"，通过雪之意象婉转礼赞母爱的圣洁纯净这样的诗并不多，他90年代大多数写雪的作品都体现为如下状态："已经是秋天，很快寒流就会袭来，还会有一场雪/像遗忘，或死亡，冷漠地覆盖我们生命中的一切"（《断章》）。"我站在雪中，直到一个猎人从我身边/经过，枪上的野兔滴着殷红色的鲜血/使我惊讶于雪和死亡，那一片/冷漠而沉寂的白色"（《得自雪中的一个思想》）。"送奶人白色的大褂/如同殡仪馆肮脏的尸衣，或墙角的残雪"（《春天的双重视镜》）……不难看出，它们和诗人80年代中后期一些作品①的思维、情感、视角等诸方面极其相似，如那时的"人生不过是/一场虚幻的景色/虚空，寒冷，死亡/当汽车从雪的荒漠上驶过/我能想到的只是这些"（《在旅途中，雪是惟一的景色》），"我不知道死亡和雪/有着共同的寓意"（《雪》），"今天当我走过落雪的大街/我再一次想起/白色的尸布，令人眩晕的/墙壁"（《悼念：1982年7月24日》）。无须再详细列举，张曙光诗中有关"雪"的前后一脉相承的精神与艺术旨趣已异常分明。在他那里，雪基本上和传统诗词中的先在含义无缘，而成了死亡、寒冷、沉寂、尸布、肮脏的代指与象征符号，诗人在其中寄寓的厌恶、否定倾向也很容易捕捉到。

不仅如此，张曙光在赋予雪这个独立意象负值内涵的同时，还常常通过雪意象和其他的动词语汇组合与搭配，营造出一个个特殊的语境"场"，在再造空间相对稳定、确切的前提下，使雪意象的变奏更为多样。如"孩子们的笑声从黑暗的甬道中传来/当他们爬到顶层/头上将落满厚厚的雪"（《楼梯：盘旋而下盘旋而上》）；"一整个冬天雪在下着，改变着风景/和我们的生活。裹着现实的大衣你是否感到寒冷……它最终将淹没一些事物"（《这场雪》）。又

---

① 如张曙光《在旅途中，雪是惟一的景色》《雪》《致开愚》《冬》《冬日记事》《悼念：1982年7月24日》等。

第十五章 张曙光诗歌：沉潜的力量

如"岁月在我们的体内沉积，积雪/悄悄爬上双鬓，并最终淹没我们"（《都市里的尤利西斯》），以及80年代的"现在我坐在窗子前面/凝望着被雪围困的黑色树干/它们很老了，我祈愿它们/在春天的街道上会再一次展现绿色的生机"（《给女儿》）。和"头上将落满""爬上""淹没""围困"等动词联系的建立，敦促着"雪"意象已沾染上诗人的心绪痕迹，它的内涵不再关涉沉静、优雅、美丽，而指向了冷酷、阴暗、无情与恶的力量，它与人的生命对抗，带来的是衰老、虚幻、困境，是事物的消失，还有忧伤的情怀。张曙光曾经在一首诗中感慨："在我的诗中总是在下雪，像词语，围困着我们。/但没有人知道，没有人知道，对于冬天和雪/我充满了难以抑制的憎恶和仇恨"（《冬天》）。那么，这是为什么？一种作为大自然中客观存在的物质之雪，如何就与人的意识产生了纠结，让诗人对之那样动情？据诗人蓝蓝追忆，曙光曾说："我小时候就盼着下雪，好玩。大了些，觉得有味道。现在有些怕了，一下雪，出门就不方便了，还容易摔跤。"[1] 若不顾及艺术的创造规律，而是硬性地加以凿实理解，这恐怕只能是答案的一部分，但绝非全部。深层的动因应该是诗人心理结构所起的作用。有人说，张曙光是最有悲剧意味的抒情诗人之一，"时间，而不是空间，死亡，而不是活着，痛苦，而不是欢乐，这些成为他最经常处理的主题"[2]，偏于悲情气质的孤寂、内省的心性底色，和太多的间接的死亡经验感受、西方现代派诗歌怀疑倾向的渗透综合，注定了曙光写雪的诗必然会呈现出这样的基调，他的"雪"的意象变奏，也昭示出一种艺术规律：在内视性的诗歌文类中，地域、文化和现实因素固然重要，但还必须依赖于个体的心灵，它是所有作品真正的创造之源。

---

[1] 蓝蓝：《诗人张曙光》，《名作欣赏》2012年第7期。
[2] 孙文波：《我读张曙光》，《文艺评论》1994年第1期。

第十六章　坚守独立的方向写作：
于坚诗歌论

　　和诗歌天宇上那些耀眼的瞬间即宣告生命力终结的"流星"相比，于坚是幸运的。从20世纪80年代的红土高原诗写作，中经"大学生诗歌""第三代诗歌""九十年代诗歌"，一直到如今的"新世纪诗歌"，他始终置身于诗歌创作的潮头位置。即便是诗人们纷纷转场、诗歌最为边缘化的20世纪90年代，仍"穷途不返"，持续写作，并在贫穷中加深了和诗歌的精神联系。显然，于坚不是一过性的"流星"，他在不同时段内均有出色的表现，虽然新世纪后其写作的有效性有所下降，但在创作黄金期所留下的大量作品却依然放射着迷人的艺术之光。所以于坚诗歌理应成为重要的学术研究话题。

　　只是对于坚诗歌的解读非常困难。说其困难，既缘于于坚的创作几乎贯通了新时期诗歌历史的全过程，时间长，跨度大，几经翻新的个性相对驳杂，不易把捉；也缘于学术界对于坚诗歌的研究起步早，成果多，高出于坚诗歌文本数十倍乃至上百倍的阐释文字，对每位后来者都构成了一种威压，再找出新的介入视角和方法的可能性越来越小；更缘于于坚诗歌的本质复杂微妙，人们评说起来歧义倍出，意见的反差判若云泥，令普通读者无所适从。我以为，于坚无意间说的一段话——"我作为诗人的过程，可以说是不断地从总体话语逃亡的过程，尤其是对所谓'当代诗歌'逃亡的过程。"[①]——为人们提供了

[①] 于坚：《答〈他们〉问》，《于坚诗学随笔》，陕西师范大学出版总社有限公司2010年版，第166页。

一把进入他诗歌世界的钥匙。作为一位有思想主见与理论高度的诗人，于坚时刻都在寻找着自己独立的精神和艺术方向，并且方向感越来越自觉，越明确。对他的诗不宜从技巧的圆熟和对传统的完善方面苛求，而应从反传统的个人化探索向度上估衡。

"一切皆诗"：走"低"的立场与姿态

时至1986年，读者已日渐适应朦胧诗的审美习惯。而携着成名作《尚义街六号》正式崛起的于坚，在诗坛上引起奇妙骚动的同时，也让不少人一头雾水。毕竟到朦胧诗为止，虽然从未有人具体规定过什么可以入诗，什么不能入诗，但漫长的诗教传统已在无形中培育出一种习焉不察的集体无意识：诗是相对高雅的，世间的一切存在着诗性与非诗性之分。对这种"诗必然与'美好的事物''过去的事物'，与'怀念''玫瑰''乡村''大自然'有关"[1]的所谓"真理"，于坚是深为反感并坚决拒绝的。所以在"他们"时期，"世界的局外人"的边缘立场和低调写作姿态，就使他从根本上漠视中心，淡化诗意，不愿以朦胧诗那种英雄式的"类的社会人"身份歌唱，用诗承载什么微言大义，而倾心于"逃离乌托邦的精神地狱，健康、自由地回到人的'现场'、'当下'、'手边'"[2]。事实上，《远方的朋友》《作品第39号》《罗家生》等诗，也的确多以普通人的视角关注日常生活和世俗生命的真相，传递"此岸"人生的况味，建构了自己的平民诗学。像《好多年》以众多庸常、琐碎的生活片断连缀，戏谑、反讽生命的平淡和无价值："很多年，屁股上拴串钥匙/很多年，记着市内的公共厕所，把钟拨到七点/很多年在街口吃一碗一角二的冬菜面/很多年，一个人靠在栏杆上，认识不少上海货"。流水账、大补丁一般的惨淡扫描，同毫无雅趣的事象、漫不经心的口语搅拌，袒露了凡人生活的真本模样，把人

---

[1] 于坚：《答〈他们〉问》，《于坚诗学随笔》，陕西师范大学出版总社有限公司2010年版，第162页。

[2] 于坚：《棕皮手记》，东方出版中心1998年版，第38页。

们印象中的诗意洗涤一空。《尚义街六号》更氤氲着浓郁的生活气息:"尚义街六号/法国式的黄房子/老吴的裤子晾在二楼/喊一声脚下就钻出戴眼镜的脑袋/隔壁的大厕所/天天清晨排着长队"。普通百姓的吃喝拉撒,笼罩在拥挤、嘈杂又人气十足的温馨氛围中,一种粗鄙而亲切的真实被堂而皇之地凸显出来,形下的生活场景和形上的精神追求相统一,吊儿郎当和正襟危坐并存,温文尔雅和歇斯底里的叫骂比邻,乃 80 年代中期大学生活灵活现的自画像,也令人觉得生老病死、喜怒哀乐、饮食男女等一切事物均可入诗,诗即生活,生活即诗,于坚正是在他人看来最没诗意的日常生活中建构起鲜活的诗意空间,恢复了凡俗的生命意识和存在状态。

若说于坚的平民诗学在重建日常生活尊严的过程中,对政治、文化、历史等宏大叙事和虚幻乌托邦的规避还不乏对抗性写作痕迹,那么,90 年代后对诗歌作为"存在之舌"的本质,对诗歌"如何才能真正地脱离文化之舌,隐喻之舌,让话说出来,让话诞生"[①] 的悉心参悟,则使他开始为语言去蔽、澄明事物,走向了世界本原的呈现与敞开。在这期间延续《尚义街六号》《作品 X 号》时段贴近"存在"走势写下的《对一只乌鸦的命名》《0 档案》《飞行》《啤酒瓶盖》《一枚穿过天空的钉子》《鱼》等诗中,诗人的目光仍在琐碎庸常而"无意义"的题材领域逡巡,只是边沿已不断由西南高原、日常生活向外拓展,把调整语言与存在间的关系作为创作的重头戏,并由此使写作变为对事物之上历史、文化积淀的清洗,变为返归事物与生命"原初"状态的自觉行为。或者说,诗人是以外在的文化和意识形态的双重去蔽,在对世界和事物进行着一次次的重新命名。如《对一只乌鸦的命名》就具有明显的还原事物倾向。乌鸦在生活和作品中都被视为令人讨厌的丑陋、不祥意象,它会带来晦气和压抑,所以它的命运"就是从黑透的开始飞向黑透的结局/黑透就是从诞生就进入的孤独和偏见/进入无所不在的迫害和追捕……每一秒钟/都有一万个借口以光明或美的名义/朝这

[①] 于坚、陶乃侃:《抱着一块石头沉到底》,《当代作家评论》1999 年第 3 期。

第十六章　坚守独立的方向写作：于坚诗歌论

个代表黑暗势力的活靶开枪"。而实际上乌鸦只是普通的鸟，无"祥"与"不祥"之说，更和"黑暗势力"扯不上关系，是一代代"语言的老茧"，通过民俗、历史、社会、心理等途径把语词"乌鸦"逐渐文化化、象征化、隐喻化了，使"乌鸦"意象背上许多"莫须有"的罪名与恶名。而诗人"要说的 不是它的象征 它的隐喻或神话／我要说的 只是一只乌鸦"，他要为乌鸦正名，还无辜的乌鸦以本来面目，并将之看作"也许是厄运当头的自我安慰"，"是永恒黑夜饲养的天鹅"，一点不害怕它被别人视为"不祥的叫喊""那些看不见的声音"。在于坚笔下，乌鸦抖掉了各种象征、隐喻、臆想的尘埃，从形到质都回到了它自身，而诗人为乌鸦清污、还原、正名过程中发自灵魂深处的悲悯和认同，既是仍未改变的平民立场写照，也不难从中体会出底层生命自由、顽韧的精神意味。再有"女同学"这三个和美丽、清纯、幻想连在一起的字眼，按说应充满诗意，让人浮想联翩，可于坚的《女同学》却把它可能蛰伏的预想粉碎了。"女同学"面容模糊，"是有雀斑的女孩　还是豁牙的女孩？"已忘却，甚至名字是"刘玉英 李萍 胡娜娜 李桂珍？"也记不清，留在诗人记忆中的仅有空空的操场。全诗复现的是女同学朗诵、微笑、说话、与自己同桌、碰手，自己对女同学"偷看""春情萌动"、想入非非以及男女同学间相互吸引等一些细节、场景、事相的碎片，一些毫无浪漫色彩的平常经历和感受，"生活流"的无序淌动，使小人物平庸而真实的生活与情感状态纤毫毕现。于坚新世纪诗的题旨、意趣纷然，或像《唐僧》一样重观唐代和尚金光闪烁影像背后"背着棉布包袱"的"行者"风貌，或如《纯棉的母亲》一样在政治和性别冲突的背景上赞美本色、淳朴的母亲，或似《便条二五八》一样以巧妙的构思洞悉生命存在的本质，但诗人走低的平民立场、为事物去蔽的目标却一以贯之，这也是不少读者一直视于坚为民间诗人领袖的根由所在。

　　因为于坚把写诗的目的定位于事物的澄明，而世上一切事物都是平等的，彼此间没有高低贵贱之分，也无对错良恶之别，所以在他眼中"一切皆诗"，不但都应给予观照，并且该一视同仁。于是，我们发现，不论写宏大、庄重题材的《赞美劳动》《登秦始皇陵》《读康熙信中写到的黄河》《哀滇池》，还是写卑微、平凡事物的《我梦想着看到一只老虎》《三个房间》《披肩》《美丽的女人住在我家楼上……》，都由于有澄明事物、世界和日常生活的走"低"立场压着阵脚，才能做到拒绝升华，随性自然。如面对许多人心中博大、庄严的故宫，于坚没有顶礼膜拜，而是平和地写到："皇帝的卧室已经没有皇帝 大开 人参观/大家面对的不是朕 而是他睡觉的枕头 被窝/许多人仍然觉得双膝在发软 忍不住要下跪"（《参观故宫》）。诗貌似在再现故宫场景的一角和带有历史文化色彩的皇权意识，实则表现历史与文化并非它的本意，淡化历史的平视视角，夹叙夹议的反讽笔调，注定其深层意图就是对曾经的皇帝、奴性的观赏者作为普通人个体生命意识和价值的一种关注。而对人们不屑一顾、少文化想象的物件——啤酒瓶盖，于坚竟大动诗思，以《啤酒瓶盖》细腻地状绘它的面貌、作用和悲惨际遇，写它从桌上"跳开"即成"废品"，"世界就再也想不到它/词典上不再有关于它的词条 不再有它的本义 引义和转义"；而"我仅仅是弯下腰 把这个白色的小尤物拾起来/它那坚硬的 齿状的边缘 划破了我的手指/使我感受到某种与刀子无关的锋利"。啤酒瓶盖划破手指意在提醒人们，生活中有些事物看似微不足道，实则不可或缺，啤酒瓶盖就保证了宴会的热烈和隆重，"意味着一个黄昏的好心情"，人们"不知道叫它什么才好"，又分明是在别致地指认诗歌对事物命名艰难的失语现象、语言的功能与局限，诗的观照对象虽小，包孕的内涵却十分深邃。应该说，于坚这种承继"无事不可入，无意不可言"传统的探索，是有难度的写作，它在扩大诗的题材疆域、打开写作的多种可能性的同时，也提供了一种启示：不是拥有宏大、庄重的题材即会气象高远，在琐屑平庸的"小景物""小事象"中同样能够发掘出大哲学和独到的诗意，关键不在"写什么"，而在于"怎么写"，对一个真正的诗人来说，"怎么写"比"写什么"更重要，更值得斟酌。

第十六章 坚守独立的方向写作：于坚诗歌论

澄明存在的"看"的美学

于坚诗歌经常采用"我看见"的视角。按照西方新批评派的理论逻辑，这个中心视角的高频率出现，绝非随意而为，它的背后肯定隐匿着诗人深度的情绪特质、经验色彩和风格趣尚。的确，"我看见"的视角既是于坚还原存在过程而去蔽求真的具体策略与方法，也是诗人维系自身和世界关系、观察事物的基本途径，这一点似乎已成公开的秘密。问题是于坚为何青睐这种视角，这种视角和于坚诗歌是一种什么关系？我以为，答案应从于坚的身体和精神个性中找寻。诗人曾拥有幸福的童年，但五岁时由于生病注射链霉素过量而落下了弱听的毛病，初中毕业后，他所工作的工厂铆焊车间里震耳欲聋的声音更是"雪上加霜"，使他的听力愈发不健全，连蚊子、雨滴和落叶声都听不到了。而人的诸种感觉间往往是靠互补来平衡的，一般说来，眼睛不好的人听力多比他人敏锐，失聪者则常会训练出过人的视觉能力。于坚的生理疾患和工种对眼睛的特殊需要，决定他"与世界的关系不再是想当然的，而是看见的"，或者说"把握世界的方式主要是看"[①]。这与他对着力表现的日常经验"在世界中，与过程、行为、体验、事象、细节、在场等有关"[②]的切身理解遇合，就使他的诗很少涉足未知、臆想的领域，并出现了许多不同于抒情诗歌的"非诗"因素，能够"看得见"的一些叙事性特征。

一是大量物象、事象等事态因子的介入，铸就了诗歌一定的叙事长度和宽度。于坚的诗虽不特别排斥朦胧诗成功凭借的意象，但意象相对疏淡，并且疏淡的意象也不是它表现的重心，能激起读者观赏兴趣的更多的是一些状态体验中的细节、过程与情节。《那是我正骑车回家》《春天纪事》《一只蝴蝶在雨季死去》等就呈现出

[①] 参见于坚、谢有顺《真正的写作都是后退的》，《南方文坛》2001年第3期；于坚、陶乃侃：《抱着一块石头沉到底》，《当代作家评论》1999年第3期。
[②] 张大为、于坚：《于坚访谈录》，《诗刊》2003年第6期上半月刊。

这种走向。"小杏 在人群中/我找了你好多年/那是多么孤独的日子……小杏 当那一天/你轻轻对我说/休息一下 休息一下/我唱只歌给你听听/我忽然低下头去/许多年过去了/你看 我的眼眶里充满了泪水"(《给小杏的诗》)。诗给人的仿佛是一个故事片段,虽有窗帘、星星、泪水等意象,只是读者阅读时会不自觉地跳过这些具体的"词意象",而关注它们同其他语汇组成的"句意象"以及诸多句意象连缀的整体事态过程、情境,在对女子小杏的娓娓叙说"对话"中,体悟诗人平实而诚挚的深情和秉性,捕捉诗人思念小杏、和小杏交往的动作(含心理动作)、细节、场景片段,领略阅读叙事性文学的快感。90年代后的《第一课:"爱巢"》《在牙科诊所》《小丽的父亲》《主任》等,特别是十几首"事件"系列诗歌更把这一倾向推向巅峰状态,它们或纵式流动,或横向铺排,地点、人物、情节、事件等叙事文学要素一应俱全。"从铺好的马路上走过来 工人们推着工具车/大锤拖在地上走 铲子和丁字镐晃动在头上……按照图纸 工人们开始动手/挥动工具 精确地测量 像铺设一条康庄大道那么认真"(《事件·铺路》)。诗详尽描写工人们铺路的场面与过程,从场景设置、细节刻画到人物动作安排、事件情节穿插,全有新写实小说的味道,当然,它只是通过截取的几个兼具时间长度和空间宽度、相对典型的片段、瞬间,有效地达成了作者还原事象的企图,而没有呆板地恪守叙事性文学的严谨、完整原则,散点透视的笔法也使劳动情境的叙述焕发着鲜活的诗性气息。不难看出,为回到事物与存在现场,于坚诗歌向诗外文体的扩张带来了明显的叙事性,但没有以牺牲诗的品质为代价,它只是合理地吸纳了小说、戏剧、散文的一些手段,其叙事基本上仍属于注意情绪、情趣渗透的诗性叙事,并且因之而扩大了诗歌的内涵容量,拓宽了诗歌适应生活的幅度。

二是为降低对所见事物澄明、还原的干预程度,诗人从不同方向进行"反诗"的冷态抒情。诗是主情的、抒情的已成常识,但艾略特对之却有异于传统的认识,他以为:"诗不是放纵情感,而是

第十六章 坚守独立的方向写作：于坚诗歌论

逃避情感，不是表现个性，而是逃避个性。"[1] 在这一点上，于坚和艾略特有相通之处，他的当代好诗应具备"一种冷静、客观、心平气和、局外人式的创作态度"[2] 观念，即与艾略特不谋而合。"非升华"性的写作性质，决定了他很少以主观的介入、扩张重构外在时空秩序，走涵括朦胧诗在内的中国诗歌的"变形"路线，去俘获含蓄之美；而是针对朦胧诗花样百出的意象艺术，十分警觉地提出"反诗"或称为不变形诗的主张，希望通过对诗歌抒情性和外在修辞倾向的弃绝，正本清源，"回到事物中去"，使诗最终回到诗自身。

一方面，诗人"直接处理审美对象，以'情感零度'状态正视世俗生活，没有事物关系打破后的再造，没有意象的主观变形"[3]，如《独白》《下午 一位在阴影中走过的同事》《铁路附近的一堆油桶》《鞋匠》等，将自我欲几乎降低到没有的程度。"玻璃后面我光滑地看着这场雨/这场来自故国春天的阵雨/在公寓的空场上降落……公寓里的居民都待在各自的单元里/看着停车场渐渐闪射出光芒/大家心情各异 等待着这场雨完结"（《停车场上 春雨》）。诗人像冷静的记录者，不动声色地勾勒出一幅春雨到来时分停车场场景和居民等待春雨停歇的"冷风景"，"是什么就是什么"的写实，使诗摒弃了主观的情感立场和价值判断，不能再具体的凡俗细节，不能再客观的直接呈现，把世界以其没被艺术打扰过的本来样子准确清晰地呈现出来，可在具象性的事态的视觉恢复中，又淡淡地透露出一股孤独和焦灼情绪。再如，"我只能说它长得比鸭子更肥些/如果烤一烤 加些盐巴 花椒 味道或许不错可是天鹅啊 我虽对你有些不恭的小心眼/但现在我记住了你 你不再是纸上的名词"（《在丹麦遇见天鹅》），词与物之间的关系完全对等，再也找不到一点"变形"诗的痕迹。曾给人以无限幻想的"天使"

---

[1] 艾略特：《传统与个人才能》，《艾略特诗学文集》，国际文化出版公司1989年版，第8页。
[2] 于坚：《诗歌精神的重建：一份提纲》，《诗歌报》1988年7月4日。
[3] 罗振亚：《后朦胧诗整体观》，《文学评论》2002年第2期。

般的天鹅,在诗人俏皮幽默的解构后显影,它就是它自己,一只比鸭子更肥些的动物。作者局外人似地超然旁观,感觉不到天鹅之美,"无话可说",也无法"赞美",诗人在此不过是记录了一次海外与天鹅遭遇的经历和瞬间情绪波动而已。

另一方面,以客观叙述做艺术言说的主体方式,辅以第三人称、对话与独白等戏剧手段,强化诗的非个人化效果,如《参观纪念堂》《0 档案》《他总是 在深夜一点十分的时候……》等都带着平民化、生活流取向势必产生的"叙述"烙印。"他天天骑一辆旧'来铃'/在烟囱冒烟的时候/来上班……四十二岁/当了父亲//就在这一年/他死了/电炉把他的头/炸开了一大条口/真可怕//埋他的那天/他老婆没有来/几个工人把他抬到山上/他们说 他个头小/抬着不重/从前他修的表/比新的好"(《罗家生》)。通篇依靠叙述介入下层人的生存现实,讲述善良的罗家生庸常的人生和死亡的悲剧,塑造出罗家生的"典型性格",他普通而卑微地活着,"谁也不知道他是谁",他又不普通,精通电工技术,有自己的精神向往,箱子里的"领带"即是明证;然而,一场意外却使他从人间消失,工友们不悲不喜地谈论着他,生活依然。诗以第三人称的"平视"角度,把一个善良人的悲剧诠释得异常淡泊、平静,舒缓的叙述调式切合了人生的本相,寄寓了似淡实浓的人性悲悯。再如"老儿子在街头闲逛时常常被父亲喝住/'弗兰茨 回家 天气潮湿!'……'他是那么孤独,完全孤独一人。/而我们无事可做,坐在这里,/我们把他一个人留在那儿,黑咕隆咚的;/一个人,也没有盖被子'(女友 多拉·热阿蔓特)/他身上没有什么引人注目的东西/他默默地亲切地微笑"(《弗兰茨·卡夫卡》)。这首诗的细节叙述更为突出,铺排叙述和罗列性描述结合,相对完整地交代了作家卡夫卡的生命历程和性格遭遇,使一个"苦难的圣灵"形象站立起来,卡夫卡的父亲、朋友、女友的对话、旁白等戏剧性的场景和细节,更从侧面丰富、丰满了主体形象,人间的烟火气息十足,戏剧文体特有的复调性、现场感得以自动强化。

对于坚诗歌"看"的美学,很多人不以为然,并以"非诗"

之名不断地诟病和挞伐,至今它也未获得普遍的认同。其实,很多人误读了于坚。冷抒情不是不抒情,不是彻底的纯客观,它是诗人隐藏情感的一种表现技巧;叙事性也非诗的目的,它乃诗人为提高诗歌处理日常生活能力而向其他文体的合理扩张,始终和诗性相伴生,像《飞行》《纯棉的母亲》等就适当地以贴切的意象与情绪配合,不纯粹是"看"的结果。所以说于坚的"反诗"不但没有毁灭诗,反倒保证了存在和事物的还原,对抗、反拨了变形诗歌矫饰浮夸的弊端,为当代诗歌走向大气、为读者更加深入地认知世界提供了新的启迪。

语言:从意识自觉到行为拯救

于坚对当代诗歌的冲击和建树是从对语言的不信任开始的。受海德格尔的"诗乃是存在的词语性创建"[1] 思想的影响,初登诗坛的于坚就具有极自觉的语言意识,虽然,那时他的兴趣主要在对传统理论的破坏和文本探索上,对语言自身的思考尚欠深入,但仍触及了诗和语言的一些核心本质。他认为,诗是"语言自身情不自禁发出的一连串动作",是"语言的'在场',澄明"[2],作为诗歌栖息形式的语言也是一种存在,从某种意义上说是语言创造了诗歌,而不是诗歌创造了语言,优秀的诗应通过语言重新命名世界,让语言顺利地"出场"。从这一标准出发,他看出了朦胧诗语言的局限:既有精致华美的含蓄优长,也有过于神秘典雅的贵族之气,能指与所指的分离使语言和诗人的生命存在着一种派生关系。那么何种语言能与平民意识相应和,实现和诗人生命结构的同一化?他找到了口语化。因为"口语诗歌实际上就是向纸上的文化以外的'异域'逃亡,就是对清代以来的那种山林文学、贵族文学的'心如死灰'",通过它能"重新回到那种具有创造性的、具有感觉的、具

---

[1] 海德格尔:《荷尔德林诗的阐释》,孙周兴译,商务印书馆2000年版,第45页。
[2] 于坚:《从隐喻后退》,《作家》1997年第3期。

有生命力的语言的本身"①，口语的质感、自由、富于创造性，决定它是颠覆书面语的最佳武器。正是基于此，于坚80年代即勇开口语写作风气之先，在诗中广泛使用口语："你们在/一个冬天读我的作品/大吃一惊/你们说除了你们/于坚就是敌人了……韩东说我们可以聊聊/我们就聊聊/写一流的诗/读二流的作品/谈三流的恋爱/至于诗人意味着什么/我们嘿嘿冷笑"（《有朋从远方来——赠丁当》）。诗的语言时而似内心低语，时而似娓娓交谈，轻松自然，平白如话，从语汇句式到口吻语气和日常口语毫无二致，它们仿佛是从诗人的命泉中流出的，是诗人情绪的直接外化，不拐弯抹角，不装腔作势，同朦胧诗的意象与象征语言判若霄壤；但它却直指人心，显示了当代青年特立独行、玩世不恭的叛逆情绪和与朋友惺惺相惜又互为敌手的心理隐秘，以及内心深处的敏感与脆弱。这种语言几乎取消了诗和读者的距离，沿着它即可走进诗人生命本身。

口语诗对诗要求很高，稍有不慎即会蹈入口水化的泥潭。于坚卓然不群的秘诀是推崇语感，强调在诗中"生命被表现为语感，语感是生命有意味的形式，读者被感动的正是语感"②，努力把语感提升为口语化诗歌的生命和美感来源加以追求，建构语言本体论意义上的语感诗学。他有时甚至不再把语义传达当成作品的终极目标，而迷恋于语感的回味和营构，提倡语感即诗，为淡化、弱化语义，还像对待无标题音乐一样，把不少未给出具体标题的文本编为《作品××号》。在语感观念的烛照下，很多诗的语言一从他唇舌之间吞吐而出，就自动俘获了生命的感觉状态和节奏，带着超常的语感诗性。如"远方的朋友/您的信我读了/你是什么长相我想了想/大不了就是长得像某某吧/想到有一天你要来找我/不免有些担心/我怕我们一见面就心怀鬼胎/斟词酌句/想占上风/我怕我们默然无语/该说的都已说过……"（《远方的朋友》）诗中没什么深邃的内涵，但它畅达的语言流却饱含魅力，它仿佛就是诗人生命力的起

---

① 于坚、谢有顺：《诗歌是不知道的，在路上的》，《南方文坛》2003年第5期。
② 于坚、韩东：《现代诗歌二人谈》，《云南文艺通讯》1986年第9期。

第十六章 坚守独立的方向写作：于坚诗歌论

伏与呼吸、奔涌与外化，在自然的节奏挪移中，敞开了一代青年的生存方式和心灵状态。在接到朋友来信后诗人思绪中迅速闪跳的几种见面情境虚拟，既滑稽可笑又合理可能，能让人不知不觉中走近诗人的生命根部。"人活着/不要老是待在一间屋里/望着一扇窗户/面对一只水杯/不要老是挂着一把钥匙/从一道门进去又出来/在有生命的年代/人应当到处去走走干干……"（《作品67号》）随意、自然、琐屑又不无幽默的语言禀赋，从诗人的心灵喷发的同时，就有了直接抵达事物的能量，促使携着"生命有无数形式、活法不止一种"人生哲学的平民形象跃然纸上。可见，于坚诗歌的语感常和日常平民生活接合，附在拒绝带歧义、复杂句式的简单短句中，不时配以词语或句式重复的饶舌，是流动的、整体的，朴素而轻松；诗人借助它实现了诗人、生存、语言三位一体的统一，使诗的指向愈趋清晰确定，易于接受和把握。

随着写作的深入和理论的自觉，于坚发现：世界最初是一元的，万物的所指与能指同构，人说出一种事物名称的同时就说出了事物本身，可文明、文化特别是隐喻介入后，文化在人和事物之间的阻隔，语言所指与能指的分离，则使诗和世界成了隐喻和被隐喻的关系，谁都很难说出自己想说的话，人说不出他的存在，他只能说出事物的象征、意义而说不出事物本身，语言由存在的居所变为意义的暴力场，诗歌也逐渐对存在严重失语。而要实现为世界去蔽、重新命名事物的目的，仅凭口语化、语感强调还远远不够，因为口语本身也沉淀着一定的文化成分，要从本质层面完成"词语性创建"必另寻出路。于是20世纪八九十年代之交，于坚对诗歌语言的兴趣剧增，1992年提出并践行极具冲击力的"拒绝隐喻"主张，企望回到语言的最初状态，以扼制诗坛意象、象征与隐喻泛滥之风，拯救病入膏肓的诗歌语言，从而掀起了一场诗学革命。接受胡塞尔"面向事情本身"理论启迪的"拒绝隐喻"主张，是对中国诗中隐喻功能蜕化为陈词滥调现实的有力反拨和拒斥，其目的是再度激活隐喻、使诗重获命名的功能。在这方面，抛开言此意彼的意象、象征思维路线的《对一只乌鸦的命名》堪称范本，它使乌鸦穿越厚厚的偏见屏障,回到名词乌鸦状态。《正午的玫瑰 另一种结局》《被暗示的玫瑰》等几首玫瑰诗也都对玫瑰予以重新命名,使玫瑰"进入'玫瑰'","苍蝇出现在四月发生的地方/我要把'玫瑰'和'候鸟'这两个词奉献给它/它们同时成为四月的意象……它不是诗歌的四月 不是花瓶的四月 不是敌人的四月/它是大地的四月"(《关于玫瑰》)。"作为园子的主人","我只是做我该做的事 运走垃圾/铲除杂草 石子拣尽 把泥块弄松/然后我浇水 倚着锄头看云 等着它来"(《正午的玫瑰》)。玫瑰不论在中西方,还是热烈的红色纯洁的白色,都喻指美好的爱情。可在前诗中,正如苍蝇就是苍蝇、候鸟就是候鸟一样,玫瑰就是客观存在的植物玫瑰,它摆脱了各种文化知识和哲理的缠绕,身上没有诗人主观情志的渗入,更没施与任何象征的内涵,它和四月媾和也只是同自然的时令相遇而已,仍是纯粹植物学意义上的"花",不带任何隐喻意向;后诗的玫瑰也和爱情没关系,玫瑰单纯的愿望就是进到园子里,不管它怎样丑陋,而诗人运垃圾、除草、拣石子、松土、浇水等一系列动作,只是在尽园丁之责,诗使玫瑰这个词在它本来的意义上使用,切断、堵住了玫瑰可能引发的幻想之维,而对隐喻和想象的放逐,控制了主体意志对客体世界的扩张,客观至极。《赞美海鸥》《上教堂》《声音》《狼狗》等解构性作品,也都体现了"从隐喻后退"的文化立场,从不同角度呈现了事物的真实面目。

当然,隐喻是诗性的,它与诗歌距离最近,也是所有民族、国家诗歌中必不可少的艺术支撑。若想从诗中完全剔除隐喻十分困难,于坚也不例外。休说他后来在文章中承认早期的《罗家生》尚是隐喻性作品,就连最能代表他90年代成就的长诗《0档案》《飞行》,也不乏象征与隐喻的光影浮动。《0档案》将档案的文体和语式栽植诗内,通过客观化的"冷漠"方式揭示语言对人类个体的暴力摧残、体制对人性的物化和扭曲,"8日记/×年×月×日 晴 心情不好 苦闷/×年×月×日 晴 心情好 坐了一个上午……某日冷/某日等待某某/某年某月某日 新年 某日 某生 某日 节日",仅刻写日常生活的第八节日记机械呆板、千篇一律的叙述记载,那形

第十六章 坚守独立的方向写作：于坚诗歌论

式本身先定的僵死冷漠氛围，就足以外化出档案乃一切活人视而不见的活地狱这一真相。它充满口语的率性，也少象征痕迹；但其深层仍潜藏着隐喻思维，"'0'是一个伟大的隐喻，它象征着围城；是原点，也是终点；没有方向，却向四周发散，处处是方向"[①]，诗中类型化、物化的"他"也可理解为当代中国人形象的缩影和代指。经典之作《飞行》，在朴素叙事背后增加了跳跃性，表面看去虽有局外人的冷静，但也接受了整体象征技巧的援助。"飞行"是诗人在万米高空飞行的实指，更有形而上思想飞行的深意，琐屑、飘动的臆想同生命、时间命题的思考遇合，酿就了诗歌虚实相生的多层结构，而绾结形下描写和形上指向的就是贯通全篇的象征意识。这种整体象征虽有联想再造空间，但所指与能指关系相对直接确实的限定性，则使读者的理解不会过于宽泛与随意。或许诗人意识到完全拒绝隐喻不可能，所以在提出"拒绝隐喻"两年后写下了名为"从隐喻后退"的文章，将自己的主张修整得更为严密、辩证和科学了。从语感强调到拒绝隐喻的转移，是于坚对传统诗学发出的更强悍的挑战，它为还原世界的本来面目，重建语言和存在的关系开辟了新路径，并因观察角度的复杂化而更富包孕力，进一步激发了语词的潜能和活力，形成了于坚20多年来以混杂的长句替代纯净利落的短句，"倾向于客观与对结构和节奏的理想把握"[②]的写作风格。但转移后于坚的诗歌材料、结构由简明趋于芜杂，过度压抑自我也弱化了诗的感动力，所以新世纪后于坚诗不像以前那样受人关注了。

于坚诗歌的缺点非常明显。它对日常生活的贴近和倚重，在无意间让一些琐屑、庸俗的因子混入诗中，降低了诗的精神高度；事态少节制的铺排叠加，则使诗意自然地蹈入浅淡和表象，密度减弱；在写作中形式感是第一的理念支配下的技术操作也多有失误，口语化追求不时滑向口水化，"拒绝隐喻"成了诗人无法彻底实现

[①] 王晓生：《于坚诗歌的"意义"》，《理论与创作》2007年第3期。
[②] 于坚：《答〈他们〉问》，原载《他们》第6期，《于坚诗学随笔》，陕西师范大学出版总社有限公司2010年版，第153页。

和超越的命题；诗人某些诗学理论的偏激，也不无二元对立的思维模式之嫌。但是，于坚乃新时期大诗人的事实是谁也无法改变的。他执着于当下、手边、在场的平民立场，赋予其诗宽阔的言说视野和一种下沉的力量，他回到生存现场和事物本身的叙事诗学在扼制诗坛玄秘浮夸风气的同时，打开了诗歌发展的可能性空间，他的语言探索达成了诗人和语言的同构，在一定程度上祛除了文化对事物的遮蔽，理论上的高度自觉使他30余年始终坚守着自己独立的方向写作，每一步转型都指向沉稳与大气，一边输送着文本经典，一边为诗坛提供着经验和启迪的质素，影响了无数的后来者，这就是于坚在当代诗坛上的位置及其不可替代的价值。

第十七章　伊沙在"后现代"路上的孤绝探险

论及20世纪90年代的中国诗坛,有人指认:"真正称得上诗人的也许只有一个半人——伊沙和于坚,因为于坚的另一半在80年代。"① 这个结论在尘埃落定的今天看来,虽然有些言过其实,却也道出了一个毋庸置疑的真相:在20世纪的最后10年里,伊沙是一位非常重要的诗人。他不但出道不久即告别学徒期,迅疾抛出《车过黄河》《饿死诗人》《结结巴巴》等引发诗坛强烈震动的"老三篇",继而以不断翻新的招法,持续地为诗坛输送活力与生气。同时"心有旁骛",多点开花,小说接二连三地面世,大都有模有样,文化、文学随笔更是凌厉异常,频频向看不惯的地方进击,影响远过于人们的想象。尤其是伊沙诗歌现象本身颇为耐人寻味,它始终聚讼纷纭,毁誉缠绵,一边有很多人骂伊沙是痞子、诗歌流氓、伪诗人、诗质低俗,以致2007年第十六届"柔刚诗歌奖"评选中竟将他的《崆峒山小记》定为"庸诗榜"榜首;一边却有更多的人尊伊沙为大师、先驱、诗歌英雄,"少有的能够毫无困惑地面对'后现代'的诗人"②,在公开或悄然模仿着。我以为,读者的广泛关注证明伊沙在诗坛上的位置显要,举足轻重,不可或缺,而评价观点的极端对立则反衬着伊沙诗歌的丰富与复杂,所以对于伊沙诗歌不论是喜欢也好,讨厌也罢,任何研究都无法忽视、回避

---

① 李霞:《伊沙诗歌原因》,诗生活网站·李霞评论,2005年8月5日。
② 刘纳:《诗:激情与策略——后现代主义与当代诗歌》,中国社会出版社1996年版,第18页。

它的存在，否则就难以获得读者的首肯。何况，伊沙诗歌又早已超越"肇事"层面，有着自己独立、优卓的"后现代"精神和艺术走向。

"痞"气背后的"斗士"风采

赞赏的与非议的，对伊沙诗歌的态度可谓判若云泥，可二者又一致认为，伊沙乃"后现代"诗人，他写的是中国式的"后现代"诗歌。这好像是在给诗人及作品贴标签，实则看清、看透了对象的"骨头"。不错，伊沙曾不无偏执地坦言："诗者，弑也，这就是我那时的信条。"① 当初影响的焦虑使伊沙也像"第三代诗"一样，是以"反"的姿态引起人们注意的，在其诗里杀机与霸气四溢，间有游戏品质，虽未自觉接受西方文艺理论潮流的淘洗，却因超人的直觉而捕捉到了转型期的后现代情绪，在无意间暗合了"后现代"精神。

伊沙诗中流动着的是一幅什么样的景观呢？随意翻开他的诗集，映入眼帘的虽然也不乏麦子、乡村的歌谣、草原、向日葵、月亮、少女、鲜花等典雅优美或浪漫纯洁意象的闪回，只是它们已变得零星、稀疏，是需要努力寻找才能发现的存在。而遍布这些意象周围的，多是梅毒（《毛泽东时代的公共浴室》）、小太监（《宫中》）、戒毒所（《飞》）、酒鬼（《感恩的酒鬼》）、鱼的交媾（《性爱教育》）、摸洗头妹的屁股（《在发廊里》）、狐狸脸的小姐（《向劳动者致敬》）、早泄问题的谈论（《重要的是节奏》）、端详自己的"老二"（《陕西韩城司马祠》）、拉屎弄脏了纸（《检查》）、阳具（《索绪尔说》）、可口可乐（《广告诗》）、高高撅起的臀部（《法拉奇如是说》）、倒卖避孕套（《学院中的商业》）、在牧场上操三头母羊（《孤独的牧羊人》）、与女尸做爱的太平间守护者（《老张》）、打棺材（《拜师学艺》）等诸如此类的人、事、物，它们或凡俗放

---

① 杨竞：《钝刀解牛：想象与伊沙对谈》，《诗参考》（中岛主编）2000年第16期。

第十七章 伊沙在"后现代"路上的孤绝探险

荡，或荒诞滑稽，与日常情色琐屑搅拌，堂而皇之地占据了读者视野的中心位置。一个诗人选择什么样的题材入诗，往往决定着他的写作立场，所以无需细读具体的文本，仅仅是这些按诗意的原本逻辑该排斥、过滤、摒弃的"非诗"因子，大剂量、高频率、平面化地弥漫于伊沙诗歌的抒情空间内，就蕴涵着粗粝、另类的强劲冲击力，它们将向来与美连接在一处的诗歌写作的精神活动置换成了"审丑"行为，有明显的对抗传统的"革命"味道，其大胆怪异的殊相令那些审美积淀丰富的阅读者无法不瞠目结舌，大跌眼镜。

而诗人游弋于"审丑"世界里的精神个性给人的最初印象，更类乎小说家王朔笔下的"顽主"们，他们嬉笑怒骂，做"恶"多端，除了玩儿调侃、戏谑的把戏外，好像就是不断地耍贫嘴，什么都不在乎地游戏人生，"一点正经没有"，这恐怕也是伊沙遭人诟病的原因。其实，伊沙的"坏"劲儿早在80年代后期就已经初露端倪，譬如那首人们耳熟能详的《车过黄河》，硬是把象征中华文明的"黄河"和个人体内的污浊物"小便"拷合在一处，轻描淡写中就以一泡尿亵渎、拆解了民族文化的神圣与庄严，那种嬉皮士式的新鲜风格却也令一些人无语。90年代后这一倾向日趋显豁，像《想起一个人》中"性"的冲动表演，完全可以看成是典型的生殖器写作。"他是一个黑人演员/出现在一个剧情片中/饰演男仆并在夜里/为白种的贵妇/提供性服务/效果极次的录像带/失去了颜色/只剩下黑白分明的肉搏/他的工具他的活儿/真是棒极了/白色的娘们儿/被伺候得寻死觅活"。诗中抛除情感、文化和美的人的动物性本能复现，丝毫不亚于淫秽小说里的性描写，"痞"气淋漓。如果说《想起一个人》的原始冲动源自录像中的黑人尚可接受，《老城》中抒情主体"我"放荡、卑鄙的劲头儿则扎眼得几乎超出了所有人的想象："全城的人都在欢呼/第一个艾滋病患者的出现/仿佛忽略了/他们自己身处的危险/我目睹那样的盛况/不免有点儿黯然神伤/一个艾滋病人的出场/压倒了总统和明星/在这老城/写诗何用/新的时代如此到来/呸！我把那管秃笔扔向窗外/不就是病吗/我直奔东郊动物园/与一头身患绝症的母猴/疯狂交媾"。艾滋病人在

275

城中出现的"盛况"已悖乎常理，匪夷所思，人兽交媾的心理和行为，更属石破天惊。若说其"流氓"还有一点人味儿，而至此在反文化、反理性的"我"的身上，恐怕只有十足的兽性了。应该说，这种写法和继起的"70后"诗歌的"下半身写作"在骨子里如出一辙，或者说，伊沙在某种程度上开启了"下半身写作"性感叙事路线的神经。至于脏话、粗话、下流话在《感叹》《悟性》《泰山》《不到端午》等诗中不时闪现，就自然不在话下了。

从文本的题材立场与情感走向状态看，称伊沙是传统诗歌的"不肖子孙"，他90年代所从事的是荒唐怪诞而又庸俗的"痞子"写作，似乎已是顺理成章的逻辑。但是，对一个诗人的解读如果仅仅停浮于现象层面，缺乏动态把握的全局观，就会在某种程度上走向误读，偏离甚至歪曲对象的真实面貌。如果只强调伊沙诗歌的消解性一维，不去透析其背后的精神内核，即做出"痞子"写作的定性的话，显然是不客观、不全面的。因为伊沙诗歌具有一种复杂、立体的结构特质，它有效地统一了轻松与严肃、调侃与神圣、洒脱与沉重等矛盾对立的因子，常常是幽默、戏谑其表，中正、忧患其里，在油嘴滑舌的宣泄和游戏的另一端，占据着某种精神的高度，也可以说，与诗人同时期的随笔杂感取向相通，伊沙"痞子"诗的背后闪烁的更多的是"一位敢于直面现实且不断从现实中猎取'现代启示录'的、冷峻而自信的'斗士'"[①]风采，是一种责任和担当意识自觉的知识分子情怀。在这方面最典型的文本当属《饿死诗人》。"诗人们已经吃饱了／一望无边的麦田／在他们腹中香气弥漫／城市中最伟大的懒汉／做了诗歌中光荣的农夫／麦子以阳光和雨水的名义／我呼吁：饿死他们／狗日的诗人／首先饿死我"。该诗曾令许多读者大感不解，伊沙身为诗人，却为何要饿死自己和同类呢？但当仔细品读之后，就会发现诗人的良苦用心，原来它是出于对诗歌的深沉忧患。面对海子死后诗坛上麦子、故乡、土地意象被批量生产，诗人们纷纷拿"农业"说事儿的矫情氛围，诗人唯恐诗歌将面

---

① 沈奇：《斗牛士及飞翔的石头》，《文友》1992年第3、4合期。

第十七章 伊沙在"后现代"路上的孤绝探险

临被简单、虚假化的前途和命运,遂以一个真正诗人的良知,向众多沉湎于农业抒情和"麦子"神话的写作者当头断喝:"饿死他们",饿死那些不说人话、只会添加精神呕吐物的诗人。事实上,这种发自 24 岁诗人的年轻声音,也真的如一篇讨伐檄文一样,在一定程度上抵制了诗坛浪漫病的进一步蔓延。就是《强奸犯小 C》也隐含着一个沉重而严肃的精神命题:"阳光从背后刺过来/我看不见你脸上的伤/只见你光头明亮/但是你说:她是舒服的……但是她是怎样告诉法律/但是法律怎样揍你/这是国家的监狱/关于法律和强奸/我们都不要谈"。它确如有人所指出的那样,是"罪与罚"主题的延续,法律在带来稳定、公平的同时,也给人带来了压抑感,法律和人性冲突所引发的犯罪问题发人深省。

可见,伊沙诗歌并非那种"玩""混"的痞子写作,相反,常在调侃、幽默的外衣下蛰伏着对一些正统、庄重问题的关注。作为思想"斗士",他的情感走向是多元的。首先那里有对传统文化和国人精神劣质的定向反拨,《农民的长寿原理》透过两个知识分子的对谈——"自以为聪明的那个我说/偷偷摸一把/邻家小寡妇的/屁股/足以让一个农民/乐上一天/农民出身的/你说不,不/村里谁家倒霉了/本来与己无关/但足以让一个农民/乐上一生",利用反讽产生一种"含混"的效果,本来旨在悲悯农民的艰辛,嘲弄知识分子阴暗卑琐的心理,不想在无意间又显露了农民身上由来已久的人性弱点、异化心态,他们不但粗俗愚昧,还喜欢在与他人的不幸对比中寻找心理平衡。这也是很多中国人普遍的隐蔽的灵魂真相,"看"却"被看"的模式意味深长。沿着这个思路,我们就可以理解《老城》中对民众失望至极的"我"扔掉秃笔与母猴交媾了,诗人是在以变态的方式以毒攻毒啊。其次,那里有正常真实又复杂矛盾人性的凸显和微讽,在《每天的菜市场》里,"我脸红脖子粗地/与人吵架/有时也当看客//渐渐地/便熟悉了市场/我发现卖菜的//最怕收税的/而收税的在与/卖菜的和卖肉的//打交道时/态度不尽相同/这是为什么//这是人性的/太人性的/卖肉的手里握刀"。诗的妙处在于对日常生活灰尘覆盖的诗意的"发现",诗人放低自己，有了和菜市场"打成一片"的入乎其内后，获得了超乎其外的体会，人人的潜意识深处都有本能的凌弱惧强，"刀"是强力的象征，"收税的"当然对"卖肉的"要高看一眼了。再如他人很少提及的《飞》，"一个吸毒者/死了/他在停止吸毒的/第四天/死在戒毒所里/他的亲人/说不出的轻松/解脱了/我/是他的朋友/正在街上走/猛抬头/我看见了他/横空出世/就像电影中的超人/在天上飞"。亲人与朋友"我"对吸毒者死亡的相反态度，皆出自真切的人性，亲人既悲痛又有甩掉包袱"说不出的轻松"，而"我"却因诚挚的怀念将之幻化为飞翔的天使，两相对比愈见出人性悲悯的深度。那里更有对诗坛病态现象的集中否定，因为诗人置身其中，所以了然于心，挖苦、抨击起来自然酣畅淋漓，触目惊心。如"一对少女在谈论减肥/我在庸俗地偷听//她们/为这事困惑/她们困惑的根本/在于如何减掉/腹部的肥/而不是/胸部的//这个下午/我是在行进的/公共汽车上偷听到/前排中她们的谈话/感到生活/真实而美好//那一刻我是真诚的/想抢一首庸俗的诗"（《庸俗的诗》）。这样无聊、猥琐的偷听者是什么样的诗人，这样从偷听的内容写出诗又会如何，可想而知，难怪伊沙在《饿死诗人》中断言，当时效仿麦地写作的诗人是"用墨水污染土地的帮凶"，"艺术世界的杂种"，在《中国诗歌考察报告》上断言，诗人们"种植的作物/天堂不收 俗人不食"了，这些"审丑"之作在一定程度上把握住了诗歌艰于生存的现实，戳穿了当时诗人走上歧途的窘迫潦倒的真相，无异于为人们提供了一份当代诗界的病理学报告，虽犀利、尖刻、残酷，却也有利于缪斯疾患的疗救。

不论是哪类思考，均因"反"的嬉笑怒骂背后耸立的写作伦理稳着阵脚，而没有失重，这种思维感知方式的选择，固然是对诗人个体情感世界召唤的应和，也源于对沉重生活的智慧化解与转移，它以轻松幽默的方式承载传统的精神命题，改变了诗歌生硬的面貌，举重若轻，新鲜有趣，比起那些以正襟危坐的姿态出现的诗歌更惹人喜爱，易于接近。

第十七章　伊沙在"后现代"路上的孤绝探险

"破"中之"立"

"反骨"很重的伊沙，从小就有种强烈的逆反心理："你越反对，我就越要去做；你越不屑一顾，我就越要干出个样儿来给你瞧瞧！"[①] 凡事"不愿从众，喜欢标新立异"[②]。这种性情决定了他的诗歌不可能走人云亦云的老路，所以他在做过才情挥洒与模仿因子搅拌、短暂而浪漫的学院式歌唱后，马上即因接受韩东、于坚、李亚伟、丁当、默默、杨黎等第三代诗人的综合性影响，而在80年代末出离学徒期，找准了契合自己心理结构的艺术方式，不但思想情感与众不同，艺术上更是反叛意向显豁，比一般诗人多了一份原创、鲜活的色彩。

说伊沙是解构高手，恐怕不会有人反对。以浑浊的小便链接神圣、伟大的黄河意象的《车过黄河》，已初显他向传统发坏的消解、亵渎取向，90年代后他的解构、破坏企图，更在《参观记》《关于春天的命题写作》《诺贝尔奖：永恒的答谢辞》《泰山》《纸老虎》等大量作品中流露出来。如"我也操着娘娘腔/写一首抒情诗啊/就写那冬天不要命的梅花吧//想象力不发达/就得学会观察/裹紧大衣到户外/我发现：梅花开在梅树上/丑陋不堪的老树/没法入诗 那么/诗人的梅/全开在空中/怀着深深的疑虑/闷头朝前走/其实我也是装模作样/此诗已写到该升华的关头/像所有不要脸的诗人那样/我伸出了一只手//梅花 梅花/啐我一脸梅毒"（《梅花：一首失败的抒情诗》）。梅花凌霜傲雪，品性高洁，本是为历来骚人墨客钟爱、吟诵的对象，可是在此诗中却发生了惊人的变奏。它普通平常，绝非什么象征之物，更无品质的雅俗之分，在诗人看来，传统文人以之不厌其烦地审美抒情、托物言志，自然是酸腐的"娘娘腔"了，至于"我"的"装模作样"和世俗化的笔调，在戏谑、

[①] 马铃薯兄弟：《伊沙访谈录——一个人的诗歌江湖》，《延安文学》2007年第1期。
[②] 伊沙、郑瞳：《我喜欢标新立异——伊沙访谈》，《山花》2012年第16期。

嘲讽、瓦解那些文人和咏梅行为之外，也彻底祛除了附在梅花身上的种种历史与文化寓意，使其还原为带有"梅毒"的自然物象、丑陋的树上的丑陋的花。应该说，这种解构已够粗暴、阴险了。而《俗人在世》虽然没那么恶毒，但仍在平民化的视角中，借助梦境将至高无上的上帝拉下了神坛："那些早晨／随着汹涌的车流／我骑在上班的途中／每一次经过电视塔时／我都埋头猛蹬／而不敢滞留、仰望／那高高的瘦塔／悬挂着我的秘密／曾经在一个梦中／我被钉在塔顶／呈现着耶稣受难的／全部姿态和表情／太高了／没人看得清楚／以这样的方式死去／实在是一种痛苦／我是个不敢成为上帝的俗人／仅仅梦见"。即便众人敬仰，但那受难的姿态和表情也太苦了，让人膜拜的滋味也太累了，莫若做个正常吃喝拉撒的俗人幸福，经诗人这么一"点拨"，权威、神性、中心话语以及寄居在耶稣形象之上的诗意，已被轻而易举地悄然否定掉了。伊沙这种始终坚守的解构立场，在一定程度上实现了对抗、颠覆传统诗歌美学的意愿，开辟了另一种写作的可能性维度。

但是，如果被外在的公众舆论所左右，就此视伊沙为专门从事解构勾当的诗人，就是一种不完全的认识，无异于是对伊沙诗歌艺术水准的贬低。事实上，正如诗人所说："我早些时候理解的后现代主义就是解构，就是破坏，这是第一种后现代主义。后来我发现只是解构不行，还要有些建设，在多元语境下面的建设，于是我进入了第二种后现代主义。"[①] 他不像胡适那样只负责破坏而不负责建设，而是解构与建构两手同时抓，在"破"中有"立"。如在日常取向、口语经营、构思巧设等方面都煞费苦心，并表现出了不显山不露水的自然状态，只是这些追求在很多诗人那里都似曾相识，并非诗人的独创，此处不多赘述。伊沙在艺术上是凭以下几种"拿手戏"给人留下深刻印象，让人觉得"有意思"的。

一是经常通过仿写复制原文的戏拟、以语境对陈述语进行"明

---

① 杨竞：《钝刀解牛：想象与伊沙对谈》，《诗参考》（中岛主编）2000年第16期。

第十七章 伊沙在"后现代"路上的孤绝探险

显的歪曲"[①]的反讽、貌似错误实为正确的佯谬以及互文等修辞手法的单独或综合启用,对事物进行还原、去蔽,营造出一种喜剧性的幽默效果,既切合了文艺的游戏本质,又让读者在阅读时有一定的趣味。如他的《中国诗歌考察报告(一九九四年二月六日)》就是戏拟"误读"的典型范本:"同志们/中国的问题是农民/中国诗歌的问题也是农民/这是一个十分严重的问题/这是一帮信仰基督教的农民/问题的严重性在于/他们种植的作物/天堂不收 俗人不食"。可是它在语气、视角、措辞、形式的表面同一背后,却掩藏着通篇曲解的险恶用心,他只是利用伟人的威慑力指出中国诗歌问题的严重性,表达诗人反神话的写作态度,以取得反讽得好玩的效应。而下面两首诗玩的则是佯谬的把戏:"半坡是一面大坡/从我深居的长安城/向东 驱车而行/在游人的簇拥中/我无法走进它的内部/周围是幸存的田野/和秋天的野菊/都是黄的/还有我满面尘土/车子抛锚/仿佛遍地磁铁/我不知这面大坡的/另一面远在哪里/只知沿途返回/是下坡路/人走着/会轻松愉快"(《半坡》);"资产阶级/用/裹着糖衣的/炮弹/将我们/打倒/这是论断//事实上/无产者也不是/可欺的儿童//我们趴在巨大的/糖弹上/吃/厚厚的糖衣……然后四散/逃走/远远望着/赤身裸体/婴儿般/天真的炸弹//听个响儿"(《事实上》)。前者先是以半坡在西安的地理方位叙述吊人胃口,勾起读者关于历史文化遗址的种种阅读预设,可在最后几句里诗人却"装傻充愣",说自己只知道下坡路人走着会轻松愉快,而不知大坡的另一面在哪,竟如玩笑一样把题目与正文的内涵寓意缩小到半坡的地形指称意义之上,半坡原有的深度喻指被彻底放逐了。后者拆解了关于"糖衣炮弹"的经典学说,它仿如顽劣孩子的恶作剧,生猛调皮,将"错"就"错",对"糖衣炮弹"非但不躲,反而吃其糖衣,还要听个响儿,顷刻间即把附在"糖衣炮弹"上的文化颗粒弹掉,曾经时代的意识形态特定话语被"大卸八块"了。可见,

---

[①] 克利安思·布鲁克斯:《反讽——一种结构原则》,赵毅衡主编:《"新批评"文集》,百花文艺出版社 2001 年版,第 379 页。

伊沙诗中幽默、戏谑、调侃的喜剧精神，已经不再仅仅是一种技巧方法，而成了本体论层面的思维习性，开放出许多在矛盾情境中庄谐互现、张力四溢的智慧花朵，它在有限的范围内让事物远离象征、比喻之道，走向了自在状态的呈现与敞开。这种看似轻巧实则深刻的风格，比起那些一本正经的"抒情"更亲切，更多活气，它是诗人机智、狡黠气质的外向投射，读者从中得到的往往也是异于浪漫冲动的思想快乐。

二是与情感与内容的"沉重"相比，"语言和形式上"愈加"轻灵"①，把日常口语烧出了新鲜的诗味儿，轻松自然，原创性强，增加了文本的可读性。按常识理解，口语是诗的天敌，在近一个世纪的新诗实践中，也的确有不少诗人蹈入了从口语的路径滑向口水泥潭的悲剧。那么伊沙为什么将水火难容的口语与诗调和得煞是熨帖，其秘诀何在？我以为主要是他能够从自己的个性出发，选择那些恰切简净、自然酣畅的口语状态，与生命状态同构，尤其是承续于坚、韩东等人的追求，特别强调语感，像《我终于理解了你的拒绝》《参观记》《从立正的姿势往下看我看穿了自己的一生》等都努力使语汇、音节的展开成为生命力状态的外显，真实、直接，沿着它可以走进诗人心灵的内宇宙，让人读起来也格外舒服上口。"她在交媾中的习惯／造成了我的软／她在交媾中的习惯／石破天惊／这要命的女人／我未能看清她的脸／凌乱的衣衫搭在椅背上／她在高潮中的一声喊／喊着元首的名字／显得异常快感／这尖锐的一喊／造成了我的软／我不是犹太人／但有着人类的软"（《阳痿患者的回忆》）。把男女做爱细节同"元首"拷合的具体内涵当然还在，只是诗的亮点已让位于诗人情绪节奏的流动，或者说，最抢眼的是语感的轻松呈现，随着一个个语汇和不规律相押韵脚的位移，诗内蕴涵的那种亵玩领袖、权威的调皮与狡黠心理自然地流露出来。其次是注意适当地控制节奏，伊沙在诗中对早泄的朋友讲最好的治疗方向是"节奏问题"，"对人弹琴后的第一周……他欢天喜地／跑来找

---

① 伊沙：《有话要说》，《伊沙诗选》（代自序），青海人民出版社2003年版，第7页。

第十七章 伊沙在"后现代"路上的孤绝探险

我/看他那么心诚的样子/我不得不招认/其实我谈的是/诗歌的节奏/看来是一回事儿"(《重要的是节奏》),其实,控制节奏也是扼制诗歌口语疾患的最佳手段,所以伊沙讲究句子、语汇、汉字的音长、音重和音节数等声韵节奏,对情绪高低起伏、抑扬顿挫的内在节奏更不放过,像戏拟海子诗歌的《乡村摇滚》——"我继续胡闹/在河里摸鱼/在天上飞行并且调戏了一只鸟//怕鬼的爹爹快回家/今晚没你事儿啦 俺要和造反的鬼儿们一起打天下",句式的停顿点长短搭配,参差错落,整齐中有变化,语音调式明亮活泼,同抒情空间内蕴涵的欢快气、成长的抑郁达成了理想的契合。而《诺贝尔奖:永恒的答谢辞》的内在节奏调试更精当:"我不拒绝 我当然要/接受这笔卖炸药的钱/我要把它全买成炸药/尊敬的女士们先生们/尊敬的瑞典国王陛下/请你们准备好/请你们一齐——卧倒!"该诗汇聚了众多信息源:诗人也有诺贝尔情结;诺贝尔奖奖金来自卖炸药的钱;诗人发现所有诺贝尔授奖辞个个都"道貌岸然",没好玩的;诗人要和诺贝尔奖调调情,写篇简洁幽默的答谢辞;诗人要"以暴抗暴"把奖金全买成炸药,建议台下观众们"卧倒"。这些信息间矛盾又对立,而诗人竟以寥寥七句将它们高度浓缩地整合在一处,表现出操控、调试诗意节奏的出色能力。最后伊沙在语言上常独出心裁,"找一种与'此在'的真实相对应的游戏规则和快乐原则"[1],以增加阅读看点。如《结结巴巴》就是这样一种状态,"结结巴巴我的嘴/二二二等残废/咬不住我狂狂狂奔的思维",它把结巴的病态语言引入诗中,拆解、歪曲常态语言的韵律、节奏和固定语,虽说是一种语言的施暴与扭曲行为,但却属于不可复制的独创,并且又不乏深意,以语言整体的浑然与自律,给作者和读者带来了双重快感。至于像《老狐狸》那样将文本全部放空(正文一个字没有)的"缺场"尝试,就更是前所未有,游戏味十足的形式探险最大限度地刺激了读者的阅读兴趣。

---

[1] 李震:《伊沙:边缘或开端——神话/反神话写作的一个案例》,《诗探索》1995年第3期。

三是以自觉的文体意识,大胆汲取小说、电影、戏剧、评论、杂文、相声、新闻、广告甚至顺口溜与公文等多种文体的技巧长处,特别是在叙事技巧的"叙"之环节上做文章,情趣盎然。作为90年代中国诗歌的显辞,"叙事"获得了大面积生长,并提升了诗歌的涵容量与处理复杂生活的能力,只是它在不同诗人那里有不同的表现形态。顺应诗歌这一艺术潮流,伊沙也很擅长叙事文体技巧的化用,但他以为"诗歌的本质是抒情的,'叙述'是另一种抒情手段(冷抒情)而已,其意不在于'事',而在于'叙'本身,指向情"①,他关注的重心不在"事",而始终在"叙"的方法出新上,所以他的诗充满着"丰富多彩的叙事性","从人物、情节、细节、对话,到谋篇布局、叙事人称、叙事视角、叙事时间,都下了很大功夫"②,像构思上切入角度的巧妙别致,结尾处的抓人之"眼",叙述时节奏的张弛有度,哪设悬念、哪抖包袱、哪放哪收的起承转合等,均十分讲究,每每都很吸引人。具体说来,或者是在叙述中合理地加入一些场面、细节以应和人间烟火之气,叙述有一定的长度,但从不喧宾夺主,挤压情感思想的抒发。如《张常氏,你的保姆》叙述乡下保姆以异于高校的教育方式培养外国小孩,收到了奇效。"她的成就是/把一名美国专家的孩子/带了四年/并命名为狗蛋/那个金发碧眼/一把鼻涕的崽子/随其母离开中国时/满口地道秦腔/满脸中国农民式的/朴实与狡黠/真是可爱极了"。有关"狗蛋""一把鼻涕""满口地道秦腔"等细节情境的融入,将普通的生活事态激发得幽默好玩,毫无干瘪和枯燥之感,张常氏的传统教法和"我"所在外院的现代教育方式之间矛盾悖论的设置,也见出了诗人的聪明机智,耐人寻味。或者撷取现实中有一定幽默因子的人或事,加以段子式的叙述,营造出一种喜剧性的效果。如《等待戈多》:"实验剧团的/小剧场//正在上演/《等待戈多》……知道他不来/没人真在等//有人开始犯困/可正在这时//在《等待戈

---

① 马铃薯兄弟:《伊沙访谈录——一个人的诗歌江湖》,《延安文学》2007年第1期。
② 杨竞:《钝刀解牛:想象与伊沙对谈》,《诗参考》(中岛主编)2000年第16期。

多》的尾声/有人冲上了台//出乎了'出乎意料'/实在令人振奋//此来者不善/乃剧场看门老头的傻公子//拦都拦不住/窜至舞台中央//喊着叔叔/哭着要糖//'戈多来了!'/全体起立热烈鼓掌"。事件本身就是一个足够荒诞的段子,令人忍俊不禁,而诗人在戏剧笔法中加上中国式的戏谑,更推动了笑点的攀升,妙在它反讽的张力,写尽了现代人深入骨髓的孤独和尴尬。《春天的事件》也是抓住生活中的滑稽瞬间,利用"杨伟"与"阳痿"、"姓焦"与"性交"的谐音,刺激人的笑感神经。或者在结尾上设法出人意料,给人留下审美惊颤,同时留下再造的余地。如《等待戈多》的结尾就是经过一系列的蓄势,将叙述推向高潮然后戛然打住,引人深思,隐在诗外的比写出来的多得多。若说《等待戈多》是在正向思维路线上升华,那么他的那首关于"公共浴室"的诗则是"反话正说"的逆向思维的产物,它先是尽情铺陈"公共浴室"如何如何"舒服""幸福"、人和人亲密无间等优点,可是,正当你和诗人一样怀念它时,诗人却突然转向,冒出一句收束语"但仅限于怀念",一下子就颠覆了前面所有的叙述,寓意深刻。

"方向"与"路障"

与小说家们基本上都很低调不同,多数诗人显得非常自信。当采访者问及他如何评价自己的诗歌,他认为当代诗坛有无大师,谁离具备大师资格的诗人最近等问题的时候,伊沙回答:"它们是最好的""有啊,我正是""我看我最像"。[1] 这种直接干脆的回答不能说就错了,而且体现着诗人一贯直率、乐观的性情,但其迥异于国人普遍思维的方式还是让人觉得不太习惯,各种滋味杂陈,或许有人还会滋生出他是否有点过于自负的疑惑。也就是说,对伊沙和他的诗歌不能再用传统的眼光去打量,而应调整到与其对应的新的标准

---

[1] 伊沙、郑瞳:《我喜欢标新立异——伊沙访谈》,《山花》2012年第16期;袁循:《如果不追求诗艺,我没有必要活着——伊沙访谈录》,《世界文学评论》2012年第1期;马铃薯兄弟:《伊沙访谈录——一个人的诗歌江湖》,《延安文学》2007年第1期。

上进行评判，不然硬性地阐释也只能走向简单的否定。那么事实究竟如何？伊沙的诗歌是不是最好的？他有没有抵达大师的境界？

客观地讲，90年代的沉潜气质的敦促，使诗歌创作的整体艺术水准有了普遍的提高，但奇怪、遗憾的是优秀诗人的生产却少得可怜，当时活跃的西川、王家新、于坚、翟永明、王小妮、臧棣、欧阳江河等歌唱者，大多都是崛起、形成影响于喧嚣、破坏气十足的80年代，90年代的诗坛仿若一片"丰收之后荒凉的大地"（海子语）。而就在这样一种"群星闪烁而少月亮"的背景下，伊沙携着一股后现代主义的旋风"横空出世"，并且一路上几乎所向披靡，成了"荒凉的大地"上为数不多的坚实身影之一，成了沟通前后两个时段不可缺少的一道艺术"桥梁"。往前看，伊沙不是空穴来风，朦胧诗、第三代诗歌都是借鉴的范本，他坦承，"韩东教会我进入日常生活的基本方式和控制力，于坚让我看到了自由和个人创造的广大空间"，"从李亚伟那里偷到了一种愤怒与忧伤交相混杂的情绪"，还有丁当的虚无和洒脱，默默坏孩子的顽皮与智慧，杨黎语言的陌生化，王寅的优雅，柯平的才气[1]，但他在消化借鉴资源的基础上，又施行了有效的叛逆与解构，比如朦胧诗的优雅在他的诗中已被驱逐出境，对"第三代诗"他"坚持了反文化、反崇高的价值取向，接近日常生活的本真而多出了'身体'"[2]。往后看，伊沙不是那种一过式的流星，其影响所及扩展到了继起的"70后"诗人乃至新世纪诗歌的写作，最明显的是他的《北风吹》《阳痿患者的回忆》《孤独的牧羊人》《性爱教育》《狗日的意象》等展示性欲望和肮脏事物的作品，直接开启了"70后"诗人的"下半身写作"和"垃圾派写作"，好在它们还比较注意分寸感的拿捏和把握，比尹丽川的《为什么不再舒服一点》、沈浩波的《一把好

---

[1] 伊沙、郑瞳：《我喜欢标新立异——伊沙访谈》，《山花》2012年第16期；袁循：《如果不追求诗艺，我没有必要活着——伊沙访谈录》，《世界文学评论》2012年第1期；马铃薯兄弟：《伊沙访谈录——一个人的诗歌江湖》，《延安文学》2007年第1期。

[2] 刘春：《朦胧诗以后：1986—2007中国诗坛地图》，昆仑出版社2008年版，第92页。

第十七章 伊沙在"后现代"路上的孤绝探险

乳》、徐乡愁的"屎系列"诗歌等要节制、干净得多。而和同时段的诗人横向比较,伊沙的诗歌因其品位优卓,极具特色,而具有强烈的解构性,延续了新时期诗歌的先锋精神,更多一些霸气和杀气,它在某种程度上仍然冲击了诗坛铁板一块的秩序,扼制了浪漫抒情无限度的泛滥,为相对沉寂的诗坛注入了难得热闹的人气。

最富于启示意义的是,伊沙中国式的后现代探索以相对成熟的风格,打开了一扇诗歌写作可能性的大门,这一点或许比诗人们在读者熟识的老路上走多远都更重要,更有价值。日常性与口语化两个维度,都不是传统诗学观念所认可的,伊沙和一些有识之士的联手打拼,使它们有了用武之地,输送出《饿死诗人》《结结巴巴》《张常氏,你的保姆》等许多经典之作,支撑起90年代诗歌的主体重量。这种成功的尝试也已充分证明,新诗的资源愈发丰富了,疆域愈发扩大了,在他人看来,属于非诗的甚至是丑的事物、语言,完全能够孕育出好诗来,关键是用什么样的感知方式、传达技法去观照和表现;日常化的审丑,拉近了世界先进诗歌潮流之间的距离,而口语化在摆脱历史的、文化的、意识形态的因素遮蔽后,使诗"首次返回我们的生存现场,返回我们自身真实的生命感觉"[①]。尤其是伊沙诗歌在大多数情况下都是以相对幽默、诙谐、俏皮的风格,与现实的日常生活及其形态结合,在谈笑风生、轻松愉快中完成诗意的传达。这种思维机制的运行,举重若轻,时有四两拨千斤的佳妙,它改变了传统诗歌严肃却守旧的面貌,虽然个别的读者不适应,不喜欢,但却亲切拙朴,不像很多诗歌那样,冷漠地拒读者于千里之外。它也在诗歌风格的百花园里增添了一个新的品种。其实,诗歌就应该千姿百态,和创作诗歌的人一样有多副面孔,只有这样,个人化写作才不会沦为一句空话。

沿着上述逻辑,伊沙90年代的诗歌理应有更大的建树,也不该引起太多的非议。可是,实际情况却远比想象更为复杂,这说明诗人已经找准了正确的诗歌方向,只是或隐或显的"路障"的出现

---

① 唐欣:《说话的诗歌》,中国社会出版社2012年版,第46页。

和阻隔,使他目前仍然处于即将触摸到理想终点的"路上"。这"路障"有外来的,也有自设的。日常性同诗遇合的优长有目共睹,但它的大量非诗的对象内容会在不自觉间侵入诗的空间,而吃喝嫖赌、鸡零狗碎等琐屑无聊题材的过度挤压,势必令严肃正统的情感与思想被动萎缩,诗歌的精神分量自然随之变轻,像他的《线索》《检查》《星期天》等就缺少必要的沉淀、淘洗、裁剪和提升,任凭你使出浑身的解数,也难以读出其中的深意,因为它们压根儿就没有深意;口语流畅自然,但向前滑动一步即是口水,它简单通俗,质地平面浅白,只是稍有不慎就会蹈入能够淹死诗歌的唾沫深潭。《列车上的姐妹》《为司机点烟》等即诗意稀薄,随意疏松的口语啰唆絮烦,生拉硬扯,不过是散文或大白话的分行书写罢了,毫无诗性可言。自设的"路障"又是什么呢?很多人早已注意到,郭沫若的毛病在伊沙那里又复活了,伊沙的优点是写得快、写得多,缺点是写得太快,写得太多。当批评者指出他作品数量惊人,很多作品都像习作的问题时,他却回答:"大雁塔有七层,可以把塔尖看作第八层——塔尖最高,但只是一个尖;第一层的塔基面积最大,用砖最多,才能一层一层上去……这便是'塔'。"[①] 如果说大雁塔就是诗的话,那么,这段话仿佛就是诗人为自己开脱的遁词,说明他不好的诗歌比例过高,这倒也是实情,也许是性格使然,伊沙的很多作品似乎只注意倾泻得一吐为快,而很少考虑一吐之后的效果,所以常常是菁芜夹杂,"精神快餐"居多,它们有短平快的爆发力,能够直取人心,但不够沉实,泛着后劲不足的轻飘感。同时,伊沙有个致命的缺点,就是自我超越不够,很多诗歌在思维、意味、构思、语言乃至词汇上,都有严重的自我抄袭的复制嫌疑,如此说来,就难怪有人讽刺他的诗歌是流水线作业的产物,新世纪后缺少新变、写作影响力逐渐下降也不足为奇了。可见,伊沙要成为真正的诗歌大师还任重道远,仍需努力。

[①] 唐欣:《说话的诗歌》,中国社会出版社2012年版,第46页。

第十八章　诗人翟永明的位置

文学作品的命运大抵分为三个层次：一是作者比作品的寿命长，人还健康硬朗着的时候，作品却死了；二是作者和作品的寿命同样长，随着人的逝去，作品也逐渐被淡忘；三是作品比作者的寿命长，人虽离世多年，但作品仍一直被提及。一般说来，处于第一层次的人居多，能进入第二层次即是莫大的福分，至于达到第三层次者则少之又少。从这个意义上说，诗人翟永明是幸运而优秀的。她的成名作《女人》问世三十余载，非但没被历史无情地淘汰，反倒因时空距离的拉开而成了公认的经典，令批评界的探究热情持续不衰。并且，不愿重复自己与过去的原创品性，又使她在创作道路上不断求变，日新月异，高潮迭起，从20世纪80年代、90年代到21世纪，每次探索均称得上风骚于先锋诗潮的航标，接连引发诗坛回响和震动。那么翟永明的诗歌写作到底有何"绝活儿"能始终吸引读者的眼球？它隐含着哪些当代诗歌发展的趋向与成功秘诀？翟永明在新诗史上究竟占有什么重要的位置？

为女性主义诗学成功奠基

提到女性主义诗歌，1984年应该大书特书。它不论是对当代中国诗界，还是对翟永明个人来说，都值得铭记。这一年，翟永明发表了组诗《女人》，使她的写作"找到了一个可以继续下去的开端",[①] 女性主义诗歌也因之获得了成为话题的可能，晋升为独立的诗歌史概念。在中国诗歌史上，女性写作的传统虽然稀薄，但始终不绝如缕，只是构不成严格意义上的女性诗歌。不消说蔡文姬、薛涛、李清照等寂寥的古典声音，是实质上的失语，基本为男性"他者"话语的重复，性别意识淡漠；冰心、林徽因、陈敬容、郑敏等的现代歌唱，对女性主题有所拓展，可也远未改变女性写作边缘化的孱弱状态，昭示的多为女性的社会或政治解放内涵，女性性别和书写意识还很微弱，更匮乏自觉的悲剧意识，其优美的意境、温柔的情感和雅致的笔调，还没超出"温柔敦厚"的传统诗教观对女性的约束；就是林子、舒婷、傅天琳、王小妮等诸多诗人张扬女性意识、呼唤女性自觉的诗歌，那种"类"我精神与"个"我经验的融汇，那种从男权社会"离析"后的绮丽、温柔、婉约的力量，那种对美、艺术与优雅的张扬，虽暗合了女性诗歌的情思与艺术走向，但说穿了仍是女性主义诗歌的早期形态，属于女人化的情感写作，她们关心的是整体的人的理性觉醒和解放，代表的还是一代人的觉悟，诗人主体缺失，在诗歌内质上仍受制于高贵典雅的古典主义、理性主义的理想；而翟永明的组诗《女人》及其与之相得益彰、稍后发表的序言《黑夜的意识》，则是改写女性写作历史轨迹的界碑，可视为女性主义诗歌诞生的标志和宣言。

翟永明强调自己首先是一个女人，然后才是一个诗人，这种自我主体的确立，显示了女性生命意识和女性写作已由人的自觉进化到了女性的自觉。《女人》由四辑构成，每辑五首，《预感》和《结束》头尾呼应的结构安排，巧妙对应着女性从生到死的内在理路，其中抒情主人公形象一扫细腻、温柔的传统女人气，转换成了神采照人的现代成熟女性。正如一切优秀文本能够活下去主要凭借其思想一样，《女人》的最大价值在于从女性立场出发，对女性被

[①] 翟永明：《阅读、写作与我的回忆》，《纸上建筑》，东方出版中心1997年版，第229页。

第十八章　诗人翟永明的位置

压抑的精神命运和隐秘意识的深度"发现",并最终建立了个性鲜明的主体形象。翟永明以为:"每个女人都面对自己的深渊——不断泯灭和不断认可的私人痛楚与经验……这是最初的黑夜。它升起时带领我们进入全新的、一个有着特殊布局和角度的、只属于女性的世界。""女性的真正力量就在于既对抗自身的命运的暴戾,又服从内心召唤的真实,并在充满矛盾的二者之间建立起黑夜意识……保持内心黑夜的真实是你对自己的清醒认识,而透过被本性所包容的痛苦启示去发掘黑夜的意识,才是对自身怯懦的真正的摧毁。"[①] 显然,这个"黑夜"意象象征着女性生命的最高真实,它至少兼具表现女性在男性话语下深渊式的生存境遇,和在黑夜里摸索挣扎的双重隐喻功能。也正是在"黑夜意识"的烛照下,诗人以矛盾的经验状态,洞穿了女性生命、感情和爱的复杂本质,逼近了女性压抑、幽暗与渴望的精神深处。

由于诗人童年离别记忆的心理积淀,内向型气质上的偏于忧郁敏感,更由于连住三年的"病房内外弥漫着的死的气息和药物的气味"[②],滋养了翟永明的悲剧感和死亡意识,使她趴在病床上借着晦暗的灯光写下的《女人》,过多地折射着内心的黑暗与焦虑。诗人以比异性更直接的生命感觉,发现、经历、叙说着身边的晦暗和死亡情境,她意识到女性的命运如同轮子,没办法把握在自己手中,它"总在转/从东到西,无法摆脱圆圈的命运","不久我的头被装上轨道/我亲眼注视着它向天空倾倒/并竭力保持自身的重量……但我无法停下来,使它不再转"(《旋转》)。神秘、强大的外在力量裹挟,使所有的女性都身不由己,生命的最终价值不过是个虚无的"圆圈",并且这种被动、压抑的命运"没有开头,也没有结尾"(《夜境》),一代重复一代,单调而枯燥。在这样的心理底色支配下,诗人笔下的一切都是"变形"的。她时时感到"死亡覆盖着我"(《生命》),似乎已成为难以抗拒的宿命;《七月》

[①] 翟永明:《黑夜的意识》,吴思敬编:《磁场与魔方》,北京师范大学出版社1993年版,第140页。

[②] 翟永明:《面向心灵的写作》,《纸上建筑》,东方出版中心1997年版,第197页。

也"是一个不被理解的季节／只有我在死亡的怀中发现隐秘"。黑暗更无处不在,稠密沉重得难以摆脱,"我换另一个角度／心惊肉跳地倾听蟋蟀的抱怨声／空气中有青铜色牝马的咳嗽声／洪水般涌来黑蜘蛛"(《臆想》);在这样"瞎眼的池塘想望穿夜,月亮如同猫眼"的黑暗的《边缘》里,她"不快乐也不悲哀";更不知道"我最秘密的血液被公开／是谁威胁我?／比黑夜更有力地总结人们／在我身体内隐藏着的永恒之物?"(《生命》)"面对这块冷漠的石头／于是在这瞬间,我痛楚地感受到／它那不为人知的神性／在另一个黑夜／我漠然地成为它的赝品"(《瞬间》)……仅仅从接踵而至的"死亡""蟋蟀的抱怨声""瞎眼的池塘""血液"等令人悚然的语汇字眼,读者的感官即会产生一种压迫感,进而捕捉到诗人那种恐惧、无奈、绝望和悲哀的情绪。对女性处境和命运如此冷静的审视、认知,令人触目惊心。

爱情本和花前月下、美妙甜蜜相连,可在《女人》中也发生了苦涩的变奏。篇首的《预感》仿佛是对组诗内涵的引领和概括,在黑暗、神秘境遇的展开中,充满着挣扎的情绪。"穿黑裙的女人黄夜而来／她秘密地一瞥使我精疲力竭……那些巨大的鸟从空中向我俯视／带着人类的眼神／在一种秘而不宣的野蛮空气中／冬天起伏着残酷的雄性意识"。单是精疲力竭、死、尸体、黑暗、野蛮、残酷等语汇和意象的交织,就氤氲着一股阴冷可疑之气,而那个有着向我俯视之鸟、制造压迫的"天空",分明是男性世界和力量的代指,在黑夜和白昼的对比中,闪回着诗人逃离"死洞"的意向。所以"外表孱弱的女儿们／当白昼来临时,你们掉头而去"(《人生》),摆脱"太阳"的掌控。《独白》把性别觉醒意向表现得更清楚,"我,一个狂想,充满深渊的魅力／偶然被你诞生。泥土和天空／二者合一,你把我叫作女人／并强化了我的身体","渴望一个冬天,一个巨大的黑夜／以心为界,我想握住你的手／但在你的面前／我的姿态就是一个惨败……太阳为全世界升起!我只为了你／以最仇恨的柔情蜜意贯注你全身／从脚至顶,我有我的方式"。这与其说是现代爱的经验传递,不如说是对爱情本质的质疑和追问,作为女

第十八章 诗人翟永明的位置

人,"我"希望与男性建立良好的关系,被对方理解和接受,但在以男性为中心的传统社会文化语境中,却常常事与愿违,原来爱的双方不但不平等,而且若即若离,永远无法有真正的默契,这就是女性的命运。因为诗人发现自己身上有"深渊",整个世界到处都有"深渊",因为"每个人都有无法挽回的黑暗"(《秋天》),对于女性来说,这种悲凉与生俱来,女性一辈子都要负载这种"生命中不可承受之轻",取消它就取消了生命。人们常说,现代诗人穆旦的《诗八首》把爱情的矛盾、复杂的悖谬性揭示到了极致,窃以为《女人》和它相比有过之而无不及。

诗人质疑的不只是两性关系,还有人们经验中一向和谐温暖的母女关系,并因对这种爱的"残酷"本质的诘问,使传统的母爱降了半旗。说来难怪,诗人说写作《女人》"那段时间,我和母亲处于一种冲突的状态","我无法达到母亲的期望值,也不想按照她为我设计的模式生活,我们之间存在着深深的代沟。我特别渴望获得母亲的理解,但无法沟通的痛苦笼罩着我"[①]。出于血缘的爱和不被理解的恨咬合,交织成诗人那些表现女性成长和女性关系的文本一种复杂的情感结构。众所周知,任何精神个体似乎都应感激母亲把自己带到人间,可诗人却质疑"母性贵重而可怕的光芒"(《世界》),揭示东方女性传统美德的悲剧性及在"我"身上的延续,"你使我醒来//听到这世界的声音,你让我生下来/你让我与不幸构成/这世界的可怕的双胞胎"(《母亲》),开始了人世间孤独而痛苦的行旅,"那使你受孕的光芒,来得多么遥远,多么可疑",母亲使"我被遗弃在世界上",她不知道女儿的未来之路是怎样的迢遥、坎坷,没想过自己离世后女儿该如何孤单地面对一切,她这种无意间对女儿的"遗弃"构成了一种不可原谅的伤害,所以"我的眼睛像两个伤口痛苦地望着你",悲哀而无助,这里有感激更有抱怨,有依恋更有淡漠,而"凡在母亲手上站过的人,终会因诞生而死亡"(《母亲》),将爱与死两个尖锐相克的因子置于一个

[①] 张晓红:《互文视野中的女性诗歌》,广西师范大学出版社2008年版,第274页。

时空框架里，愈见悲哀和痛苦的深度，反母性的视角使母亲一反慈爱圣洁，带上了平庸渺小、限制拖累人的沉重阴影。

《女人》提供了诸多的联想方向，貌似单纯明朗，实则繁复朦胧。一方面对身体、欲望和情绪的发现，使这组诗经营的是想象的、潜意识的世界，这个境域本来就缥缈不定，混沌无端；一方面对男性世界和秩序的对抗，并非源于方向明确后的清醒自觉，紧张纷乱的情绪借带自动倾向的自白语言表现出来，也加重了理解难度。应该说，《女人》中的情感和"自我"形象，因二元对立思维的渗透而充满复杂的张力，它是展示女性从女人到母亲各方面的性别体验、生命秘密，还是以潜在的心理情绪——性的张扬来制造女性命运过程的寓言？是表现女性心灵的骚动、渴望和对命运的悲叹认同，还是显露女人—母亲循环圈的忧伤和自卑？抑或是几种旨趣兼而有之？复调的情思意向让人很难说清。但诗中的抒情主人公形象还是比较明晰的。她不满男性的压迫霸权，勇于与之对峙、抗争，但并没走上两性关系极端对立的道路，歪曲甚或丑化男性，而是"看穿一切却愿分担一切"（《独白》），找到了自己处理男女关系的理性方式，仍相信爱和人间美好的一切；坦承"我是这样小，这样依赖于你/但在某一天，我的尺度/将与天上的阴影重合，使你惊讶不已"（《憧憬》）。爱对方又不完全依赖于对方，而谋求以自身力量的获得和世界观标准的确立，实现人格和精神的独立。她在指认"黑夜"是女性遮蔽的"深渊"时，发现它也是女性自我救赎的创造性空间，所以不厌其烦地咏叹"黑夜"意象。笔者在一篇文章中分析过诗人有关"黑夜"的诗句。"我创造黑夜使人类幸免于难"（《世界》），诗人"渴望一个冬天，一个巨大的黑夜"（《独白》），她说，"我想告诉你，没有人去阻拦黑夜/黑暗已进入这个边缘"（《边缘》），"你的眼睛变成一个圈套，装满黑夜"（《沉默》），"一点灵犀使我倾心注视黑夜的方向"（《结束》）。而且她赋予了"黑夜"以丰富的诗学内涵："黑夜"可理解成男性话语覆盖下的女性秘密空间，是女性命运的代指；诗人要创造的"黑夜"也可理解成对于女性自我世界的发现及确立，女性因两性关系的对

第十八章 诗人翟永明的位置

抗、紧张，只能边缘化地另辟私人化的生存和话语空间，退缩到黑夜的梦幻中编织内心生活；诗人描绘的"黑夜"还能看作女性的一种自缚状态，"白昼曾是我身上的一部分，现在被取走/橙红色在头顶向我凝视/它正在凝视这世上最恐怖的内容"，这种《生命》感受，和《憧憬》中"我在何处显现？夕阳落下/敲打黑暗，我仍是痛苦的中心"的疑问，证明女人在自我确认的同时自身也充满着矛盾，创造黑夜的同时却仍然无法消除内在的焦虑，因为女性的黑夜本身也是对自我的捆绑。另外"黑夜"也指向任激情、欲望和幻想自由飞翔的自足而诗意化的世界，将其视为自我创造的极端个性化的心灵居所也未尝不可。

问题是一般诗人多瞩目太阳或月亮，翟永明缘何钟情于"黑夜"意象？这恐怕是诗人积极探索女性诗歌的出路造成的。她很清楚，在男性文化统摄下，属于女性自己的只有身体，女性写作最有效的手段就是将躯体作为写作资源。而和女性躯体关系最密切的虽然有梦、飞翔、镜像、黑夜、死亡等，但最近的是黑夜。因为从诗学渊源看，太阳之神阿波罗掌管的白昼是属于男性为主体的世界，而作为中心边缘的配角女性，只能把视觉退缩到和白昼相对的世界的另一半——黑夜。黑色本身极强的包容性和遮掩性，和女性子宫的躯体特征及怀孕、分娩、性事的躯体经验的天然契合，能使女性回复到敞开生命的本真状态中深挚地体味；黑夜作为难以言明和把握的混沌无语空间，涵纳着女性全部的欲望和情感，全部的苦难和欢乐，那种万物融于一体的近乎"道"的感觉境界特性，与女性敏感善悟、遇事常隐忍于心、心理坚忍深邃的个性有着内在的相通，容易激发女性的想象力，实现心灵的自由飞翔，是没有自己历史的女性填补历史的最佳想象通道；黑夜的黑色在色彩学上代表色彩的终结，也意味着开始和诞生，黑色的黑夜则幽深神秘，时空交叠，没有干扰，宜于潜意识生长，它喻示着对白昼行为世界的一种逃离，和冲破男性话语幽闭的女性躯体的浮现与苏醒。所以翟永明找到并大面积启用了"黑夜"意象。而这个"黑夜"意象面世后，迅速引发了女性写作群落的"集体共鸣"，很多诗人都心有灵犀地操起"黑色"的图腾,释放女性生命底层的欲望和体验,不但翟永明自己相继写下《黑房间》,伊蕾写下《黑头发》,唐亚平写下包括黑色沼泽、洞穴、睡裙在内的《黑色沙漠》组诗。一时间,翟永明神秘的语言魅力,"使一代女诗人躲在了她的阴影下,只有少数人能够幸免"[①],"黑夜"意象被诗人们在诗中批量生产,用以对抗、缓解舒婷们的影响焦虑,"黑色"迅疾成为诗坛的流行色,翟永明从美国自白派那里援引过来的"自白风"也获得了广泛的认同。

《女人》对翟永明的女性诗歌宣言的文本实验,以性别意识、性别体验的矛盾性敞开,首次"触及女性问题"[②],凸显女人之所以为女人的复杂诗歌蕴涵,建构同"白昼"并行的深度"黑夜诗学",确立了女性主义诗歌的自我身份,为女性主义诗歌做了成功的奠基。如果没有它高起点的拓荒问路,简直不敢想象后来中国女性主义诗歌会有连台好戏上演。在翟永明《女人》和《黑夜的意识》出现的同时或稍后,伊蕾、唐亚平、陆忆敏、张真、海男、林珂、林雪等诗人也纷纷在诗中标举女性意识,她们通过对女性深层心理的挖掘和女性角色的强调,反叛舒婷一代的角色确证,客观上支撑起了能够与男性对抗的话语空间,并最终促成了女性主义诗歌潮流在中国的正式诞生。

"常"中求"变"之道

翟永明是方向感很强的诗人。在近 40 年的诗路跋涉中,她接连遭逢过第三代诗歌、青春写作、中年写作、个人化写作等各种浪潮的冲击,但始终秉承独立、恒定的精神立场,以不变应万变,拒绝外在写作风气的同化和裹挟。翟永明诗中这种"常"的内涵,就是不论在任何时候,都坚持从个人真切的内心体验出发,关注、叩

---

① 钟鸣:《天狗吠日》,香港《素叶文学》1996 年 4 月。
② 海男:《那样的死》,《诗刊》1989 年第 6 期。

第十八章 诗人翟永明的位置

问女性的命运和境遇。

称翟永明为守"常"诗人，不是说她一直未超越《女人》的水准，处于平面"滑翔"状态；相反，不喜欢复制自己的性格，决定了她没躺在功劳簿上睡大觉，而是心里总被一种深刻的焦虑所困惑，自省过去，期许"我将不断调校我的写作目标和写作姿态，尝试无限调整的综合能力"，从而"更逼近我内心所生长的一种更深刻的变化"[①]。在诗坛"黑旋风"刮起不久，她就意识到它在风光绚丽的同时，也因过度的疯狂、肉感而在某种程度上扭曲了女性形象，在喧嚣混乱中被效仿成了新的"写作模式"。"固定重复的题材、歇斯底里式的直白语言、不讲究内在联系的意象堆砌，毫无美感、做作外在的'性意识'倡导等，已使'女性诗'出现了媚俗倾向"[②]，这种倾向无法保证诗歌资源的持久丰富，也有损于诗的艺术质地。至于那篇风云一时的《黑夜的意识》，更"充满了混乱的激情、矫饰的语言，以及一种不成熟的自信"，并要"思考一种新的写作形式，一种超越自身局限，超越原有的理想主义，不以男女性别为参照又呈现独立风格的声音"，预见"女诗人将从一种概念的写作进入更加技术性的写作"[③]。我理解诗人所说的"技术性的写作"和"独立风格的声音"，当指语言意识的自觉，和将目光投向人类、历史、未来、理想和终极关怀的超性写作。可贵的是，翟永明这些否定性思考源于她的写作，又能统摄下一步的实践。在进入90年代门槛特别是1992年后，她不断调整方向，求新求变，挖掘新语感、新结构、新主题，完成了由反叛男性词语世界的阶段向回到词语本身、直面词语世界阶段的转换，在关注"说什么"的基础上，开始注意"怎么说"的技术问题。诗人就是通过这种"变"与"常"之间的创造活力克服自我重复所带来的无聊感，寻求创作的快乐，并逐渐接近了一个大诗人的成熟境地。翟诗之

[①] 翟永明：《完成之后又怎样？回答臧棣、王艾的提问》，沈苇、武红编：《中国作家访谈录》，新疆青少年出版社1997年版，第339页。
[②] 翟永明：《"女性诗歌"与诗歌中的女性意识》，《诗刊》1989年第6期。
[③] 翟永明：《再谈"黑夜意识"与"女性诗歌"》，《诗探索》1995年第1期。

"变"大致表现为三个方面。

一是超越性别立场的博大言说。一个诗人选择什么意象往往凝聚着他的精神个性和心理旨趣。翟永明初入诗坛时格外钟情于"蝙蝠"意象,"蝙蝠"同"黑夜"一样是她典型的心理镜像。具翼哺乳动物蝙蝠的双翼兼具皮肤和翅膀功能,眼睛和耳朵通用,它以闭眼倾听方式感知世界,惯于在黑暗中生活。翟永明反复咏叹"蝙蝠",无意中道出了覆盖她80年代诗歌文本的一个秘密——内倾意识强烈,主要表现女性的内部生活和经验感受。《女人》自不必说,其后《静安庄》继续坚持性别立场,在身体的变化和历史场景变迁结合的背景下,书写女人个体的身体史。静安庄承载了诗人知青生活的一段经历和精神历险,那里的乡村极为庸常的物象和夜晚,以幻象形式进入诗人的眼睛和心里后,变得神秘恐怖,笼罩着死亡的阴影。全诗通过19岁的女性之躯觉醒、受压、变形但却不可阻挡的欲望的凸现,冲击并改写了静安庄已有的文化构架,对抗男权神话的意向更为突出。长诗《死亡的图案》也是"女性之躯的历险",母亲临终前七昼夜里的残忍和女儿为之送终的过程、感受交织,具现了母女间深爱又互戕的矛盾情感。

翟永明对"自己的屋子"内的女性历史、遭遇和经验的揭示,冲击了传统妇女的文化心理结构,别具精神高度。但她的疾愤孤傲难免贵族化的落寞寡合之感,局限于女性个体的生活经验,也无法涵盖女性生理、心理和社会属性的全部特征,缺少对当下发言的机制。对此诗人极为警觉,她认定自己80年代的写作"总体上说是从个人感受出发,关注的实际上是自己,诗歌感受纯属个人化的"[①],于是从《称之为一切》开始,观照重点由内心转向外部事件,初现突破自我的端倪。待到1992年创作《咖啡馆之歌》时,她在用戏剧性写法把普拉斯的自白语调还给普拉斯的同时,克服了性别对抗的狭窄局限,不仅言说女性的一切,还向女性之外的人群,女性问题

[①] 张晓红:《走进翟永明的诗歌世界》,《互文视野中的女性诗歌》,广西师范大学出版社2008年版,第276页。

第十八章 诗人翟永明的位置

之外的人类命运、人生价值与历史文化等做更为博大、普泛的超性言说。在开阔的视野里，有《出租车男人》似的对身边乘车者断续意识流的随意捕捉，有当下婚姻生活中男女情感淡漠又多变的《双重游戏》，有探讨貌似离百姓很远实则休戚相关的战争、经济问题的《潜水艇的悲伤》……而且充满着思想洞见，《咖啡馆之歌》主题虽显破碎，但怀旧的情调、表现现代精神痛楚的指向，却含蓄而深入地镌刻在场景、对话和叙述中，那种"灵魂之痛"不是女诗人、女性才有的，它已触及现代人普遍流行的心理疾病。在《壁虎和我》里，人和壁虎之间构成了一种对话："隔着一个未知的世界/我们永远不能了解/你梦幻中的故乡/怎样成为我内心伤感的旷野"，悲悯壁虎的经验出离了女性的情思范畴，一种笼罩全人类的伟大情怀，使诗上升到对命运沉痛思索的高度。《小酒馆的现场主题》透过酒馆的灯红酒绿、五光十色，发现的是都市现代人精神的贫乏、无聊、虚夸和在困境中的无望努力。翟永明对现实的"深入"，也包括对过去的现实即传统题材和精神向度的回归。若说她写黄道婆、花木兰和苏慧的《编织行为之歌》，写孟姜女、白素贞和祝英台的《三美人之歌》，分别取材于中国小说、民间传说，在选材上有传统音响的隐约回应，偏重于古典素材、语汇和意象的翻新；那么取材于戏曲的写赵飞燕、虞姬和杨玉环的《时间美人之歌》，则侧重于传统人文精神和情调的转化与重铸，诗中写到"这个或那个女人，她们的命运与当代中国女性的命运是相通的，有一种从历史到现实的连续性"[①]，赵飞燕艺术一般的美、虞姬对爱的忠贞奉献、杨玉环临死前的温情缱绻，以及她们共同背负的大祸临头时"男人/乐于宣告她们的罪状"的悲凉，乃是将当下的成长主题镶嵌于古代故事之中，它表面还原女性的历史真相，实际上道破了女性无论何时都处于被窥视被牺牲的边缘及其悲惨命运，它已跨过女性的性别地位范畴，进入人性、命运和存在等抽象命题的思考。

---

① 张晓红：《走进翟永明的诗歌世界》，《互文视野中的女性诗歌》，广西师范大学出版社2008年版，第276页。

二是从自白话语到"对话""交流诗学"的转换。当年建构"黑夜诗学"时,翟永明悟出自白话语适合女性的天性,和自己抒发的黑色情绪内质有天然的契合,所以在西尔维娅·普拉斯的启发下,借助倾诉和独白来支撑自己和世界的基本关系,倾泻内心真实。第一人称"我"有时像居于诗歌中心的磁石一样,将周围的世界吸纳浑融一处,形成穿透力强烈的叙述气势和语气。如《独白》呼之欲出的激情烧灼,就使诗人抛开象征话语,起用直指式的"我"字结构,节奏语调急促,一连串决绝强烈的表白和倾诉,几乎取消了语言与审美对象间的距离,本色质朴地"直指人心"。与之同步,她多以自白和诉说作为基本语调,有时就把诗变成自言自语,结构弥散化,《静安庄》中那段"年迈的妇女/翻动痛苦的鱼/每个角落,人头骷髅/装满尘土,脸上露出干燥的微笑,晃动的黑影",明显受了普拉斯非规范的个人化语法的影响,好似在意象间的随意跳转,人头骷髅上竟然露出干燥的微笑,荒诞离奇得不可思议,但将主客观世界沟通的幻觉,却使平淡静态的现象世界容纳了心智的颤动。那时翟永明主要考虑如何释放激情,还未顾及技法,自然酣畅的同时也面临着失常、失控和近乎疯狂或贫乏单调的威胁。而到对词语本身的兴趣超过以往任何时期的90年代,她考虑那些体内燃烧的、呼之欲出的词语本身时,又考虑怎样把它们遵循美的标准进行安置组合的技巧问题,从自白话语走向"对话""交流诗学",走向了"更加技术性的写作"。

这种对话与交流包含着意蕴和形式两方面,它不仅发生在诗人和自我之外的他者、日常生活及历史记忆之间,像与母亲交流的《十四首素歌》、与"疾病"交流的《盲人按摩师的几种方式》、与历史女性交流的《时间美人之歌》《三美人之歌》、与记忆交流的《称之为一切》等。它们共同拓展了翟永明诗歌的视域,强化了诗歌吞吐现实生活的能力。更主要指与其他文类之间的渗透和沟通,即为了消除自白话语的弊端,翟永明常以口语化的词语本身和叙述联姻介入生活细节,敲击存在的骨髓,喜欢旁采小说和戏剧的结构技巧,借助诗人与现代场景、生活和语言的交流、对话抒情达意,

第十八章 诗人翟永明的位置

从而使诗由内心的剖述转为"一种新的细微而平淡的叙述"①。如《壁虎和我》借助两个生物的互视,写心灵和文化的隔膜,写异邦的寂寞孤独,诗呈现为一种对话性的戏剧展开,有一定的跨文体痕迹。《咖啡馆之歌》《脸谱生涯》也一改单一的抒情视角和分行体,运用多声部的叙事体。"男人/用他老一套的赌金在赌/妙龄少女的/新鲜嘴唇这世界已不再新/凌晨三点/窃贼在自由地行动/邻座的美女站起身说/'餐馆打烊'"(《咖啡馆之歌》),诗仍关注人的精神世界,却出现了不少带情节的对话、细节与人物,人的动作、记忆和叫声混合,获得了短剧的效果。这种对话与交流文体很多时候有两种视点:一是情绪、体验、事物的直接体现;二是对前一部分情绪、体验、事物的观察、分析和评论。诗人所说的"在我八十年代早期的写作中,这两个'我'(肉体的我和意识中的我)相对混为一体。但在后来的写作中,两个'我'是有点分开的。分开之后,就带有了一个客观的视野,有一个自我观察的成分"②,就是这个意思。如《十四首素歌》中的十四首小诗,奇数标题部分描述回忆与场景,偶数标题部分则是诗人对上一节的评述。其中第九首是在和母亲的精神对话过程中感同身受地观照、回放母亲的生命历史和诗人的记忆轨迹,第十首则同那段历史、记忆拉开距离,站在分析的立场上,对母亲的一生、自身的成长和家族内部的盛衰进行冷静客观的辨析思考,有种理性的彻悟。这种对话、交流诗学,因主观性叙述的减少、主体声音的扼制,有种客观的非个人化效果,它对现实主动自觉的迎迓和介入,在某种程度上实现了对诗歌本质的扩充和改写。

三是完成了平和从容对紧张含混的风格置换。翟永明80年代写的是困难的诗,只为"无限的少数人"的写作路线,使她根本不考虑别人的阅读感受。内心深处有关死亡、命运、生命等微妙恍惚

---

① 翟永明:《〈咖啡馆之歌〉及以后》,《纸上建筑》,东方出版中心1997年版,第204页。

② 谷川俊太郎、翟永明等:《"我"和"他者"》,帕米尔文化艺术研究院编:《触摸·旁通·分享——中日当代诗歌对话》,作家出版社2010年版,第168页。

的"黑色"感觉、体验喷涌而出时,多呈零散多变、模糊神秘的状态;受普拉斯创造语言理论的鼓动,对传统语言规范的"破坏",又常使诗在表现过程中跳脱得厉害,不时出现"有个人返家/看见虚构的天空在毁灭/五天五夜向北/然后向西消融"(《称之为一切》)似的不合语法逻辑的自言自语;特别是在对抗男权中心话语时,诗人的情绪亢奋激烈,甚至时有"疯狂"之嫌。几个因素聚合,形成了翟永明80年代诗歌紧张含混的风格,对一些作品的内涵,读者很难真切地把握。如表现对世界的认识和欲望的《静安庄》,用身体的感觉所折射的外界变化就很神秘;在表现时又偏以一系列虚拟的幻觉和想象出之,这种以"朦胧"对"朦胧"的写法有种"谜"的味道。再如在《荒屋》中"我来了,我靠近我侵入/怀着从不开敞脾气/活得像一个灰瓮",那个灰瓮的象喻就十分感觉化,是想象力和虚构的神秘物件,而诗人在其中隐藏的幽闭的个人经验、内心的想象和潜意识,想要言说出来几近无法。

　　随着90年代短制对以往组诗、长诗的替代,翟诗的句式也由冗长沉重的句子变为直接有力的短句,如"人须有心事 才会死去/才会至今也认不清世界的面容/不然我们的祖先将反复追问/这凄惨的 集中了一切的命运"(《午夜的判断》),语言能指秩序的清晰、句式节奏的轻快,给人一种干净利落的简隽之美,流畅而规范;有时诗人还运用成语、引用或化用古诗名句,如《脸谱生涯》中的"穿云裂帛的一声长啸——做尽喜怒哀乐","穿云裂帛"和"喜怒哀乐"放在此语境里可谓十分贴切;《编织行为之歌》中反复运用并贯穿"唧唧复唧唧,木兰当户织",既古典旨趣十足,又结实纯净得炉火纯青。这种语言走向和叙事因素的结合,使诗的意蕴相对稳定明朗,语调也一改声嘶力竭,舒缓平静了许多。其次在词语选择上不同于早期黑色的"固定词根",经过80年代后期对理想的《颜色中的颜色》即"白色"的观察后,诗人意识到,"除了颜色中的颜色,还有在一切颜色之上的颜色——无色"[①],并开始对之

---

① 翟永明:《像这样的颜色》,《坚切的破碎之花》,东方出版社2000年版,第83页。

第十八章 诗人翟永明的位置

进行书写："坐在更衣室/从内到外我/感到一种热/从双眼到指尖/女人们相信/肌肤靠水供养"(《女子澡堂》),"看着'今天'它褪下它的各色内衣/它扭动它的胸部和盆骨/人是不可或缺的/它让这个世界飞了意外了"(《飞了》)。诗人的确进入了无色世界。从黑色到无色的转换,对应的是从情绪激烈到观察冷静的变化,折射出诗人内心气定神闲的平静和从容。再次是语言更贴近世俗生活,向普通平民敞开的程度加深。此时诗人对幻象世界已无兴趣,目光更多逡巡于具体质感、充满生活气息的细节、场景上。"他们说:/红颜最好不解诗/他们在书桌上/堆满了墨盒、光驱和一些白纸/而我们/两样都要/苹果牌雅诗兰黛/打字机和化妆品"(《如此坐于井底·给女诗人》)。诗人从最平淡的生活琐屑里,捕捉清新的诗意,在她那里,大的小的、雅的俗的、美的丑的、国家的个人的等一切事物和语词,已无诗性和非诗性之分,均可入诗。这固然源于诗人历经沧桑后的超脱练达,也是她的诗走向生活的必然痕迹。

翟永明多重探索的共同目的,是指向、服务于"常"的,更好地传达变幻着的心灵世界,承载女性的精神和命运。她也正是借此获得了立身之本,找到了自己在诗坛上的位置。

新的制高点上的启示

在《女人·结束》中,翟永明反复叩问"完成之后又怎样?"实际上,诗人的创作道路就是一次次"完成"连缀的过程。经历八九十年代数度否定性的蝉蜕和完善,新世纪后的"再出发",使诗人探索的多重路向更加清晰、自觉和成熟,并登上了新的艺术制高点。

首先,诗人成功的精神探险为女性诗歌的发展提供了有益的启示。新世纪的翟永明,依然从女性视角出发,在宏大叙事之外的日常生活海洋里拾拣诗的珍贝,但却能接通人类共同的精神命题和深层经验。一个偶然的机会,她被《南方周末》上刊载的有关妓女的文章所触动,写下了《关于雏妓的一次报道》一诗。"雏妓的三个月/算起来快100多天","300多个/无名无姓 无地无址的形体/他们合起来称作消费者","部分的她只是一张新闻照片/12 岁 与别的女孩站在一起/你看不出 她少一个卵巢"。在对雏妓不幸际遇的客观叙述中,蛰伏着诗人的愤怒之火,诗无须直接指陈,对罪恶和无耻却自有尖锐的批判力。它是一个女性诗人对事件做出的直接反应,但又有强烈的去性别化倾向,或者说,它是对一个族类的女人命运的思考,对人性和社会良心的深沉拷问,和对诗人的无奈忧郁和诗歌无力的感喟。再如,作为女道士,唐代的才女鱼玄机女性意识强烈,因杀侍女绿翘而被处极刑,但也有人认为,这是桩冤案。诗人设身处地地与这位杰出的女性"隔代交流",写了无异于一篇别致辩护词的《鱼玄机赋》。"她没有赢得风流薄幸命/却吃了冤枉官司/别人的墓前长满松柏/她的坟上 至今开红花/美女身份遮住了她的才华盖世/望着那些高高在上的圣贤名师/她永不服气"。这段墓志铭文字,道出女诗人才华再出众也摆脱不了"被看"命运的真相,其间也承载着诗人的不平之思。鱼玄机自由、坦荡而大胆的举动,触犯了传统道德对女人的规约和戒律,这恐怕才是她悲剧的深层根由,她生性傲慢,身为女人却和多名有地位的男性交往,饮酒、谈诗、对弈,"像男人一样写作/像男人一样交游/无病时,也高卧在床/懒梳妆 树下奔突的高烧/是毁人的力量 暂时/无人知道她半夜起来梳头/把诗书读遍"。诗仍从女性特有的视角出发,融入了创作主体对女性心理、遭遇、命运的体悟和理解,一个"志不求金银/意不恨王昌/慧不拷绿翘"的女性怎么可能杀婢女?一个女性选择自由的生活方式,吟诗作乐,又何罪之有?而最为可贵的是,诗通过鱼玄机的悲剧展示与反思,上升到了女性群体生存主题和人类成长中受挫经验的探讨,那段将鱼玄机被杀的 868 年置于 2005年的假想,意味深长也发人深省。又如"老家的皮肤全部渗出/血点 血丝 和血一样的惊恐/吓坏了自己和别人/全世界的人像晕血一样/晕那些针孔/我的老家在河南"(《老家》)。普通而勤劳的农民,在不知情中染上骇人的艾滋病,忍受非人的精神煎熬。诗对艾滋村农民的全方位扫描里,流动着诗人欲哭无泪的悲悯和大爱,那种对土地、土地上生灵沉重命运的担待,可视为传统人文精神的现代闪

第十八章 诗人翟永明的位置

烁。这几首诗表明,翟永明的阔达难以用女性诗歌的概念涵盖。它们是诗人诗歌理想的形象阐明,也是女性创作的最好借鉴:女性诗歌应坚持性别立场,发出"雌声",作者写作时不必刻意考虑自己的女性身份,但视角一定是女性的,对于女诗人来说"雌声"可能招致曲解、误读,"但是我们必须超越这个阶段才能达到和男性互相补充的阶段"[1];只是在走进女性世界的同时,不能被捆绑住手脚,还要再走出女性世界,瞩望更加高远的思想和精神"青空"。

其实,翟永明一直走着这条路线。当初《女人》的诗学立场,不像同时期许多女诗人那样极度张扬和男性对立的"女权主义",她找到"黑夜"也不是用之颠覆和解构"白昼",而是为强调女性心理及生理的性别特征,唤醒女性被异化、被忽略的内心体验"真实",所以她断定在女子气、女权、女性三个层次上真正有文学价值的是女性。至于说它对抗了男性诗学,那也并非诗人的本意,而只是文本带来的客观效果罢了。因为她"倦于被批评家塑造成反抗男权统治争取女性解放的斗争形象",反感别人仅仅把她当作女性诗人,"我不是女权主义者,因此才谈到一种可能的'女性'的文学"[2]。正是和"白昼"诗学并行而非对抗的"性别"立场,才保证她避开"女权主义"潮流,传达出了东方女性复杂而矛盾的内心真实。90年代翟永明再次跳出黑色经验,努力接通个体经验和群体意识、平凡对象和深沉诗意,以高质文本证明超性别书写不是不能实现的妄想。如《盲人按摩师的几种方式》和《时间美人之歌》"肯定是起因于具体的日常境遇,但并不是仅仅停留于此",但它观照的问题并不带性别色彩,"它只是带着一个女性特殊的视角去观照历史问题和人性中的普遍问题而已"[3]。或者说,正是沿着这条路线,诗人最终才发出《关于雏妓的一次报道》《老家》等大气、沉稳的超性言说。

---

[1] 欧阳江河、翟永明等:《女性诗歌》,帕米尔文化艺术研究院编:《触摸·旁通·分享——中日当代诗歌对话》,作家出版社2010年版,第110、111页。
[2] 翟永明:《再谈"黑夜意识"与"女性诗歌"》,《诗探索》1995年第1期。
[3] 翟永明:《与马铃薯兄弟的访谈》,《最委婉的词:翟永明诗文录》,东方出版社2008年版,第199页。

其次，翟永明"好"作品意识的自觉和践行，既引渡出许多诗歌精品，又指明了女性诗歌的艺术方向。"1998年起我的写作也有很大变化，我更趋向于在语言和表达上以少胜多"①，她在此前后多次提及女性诗歌仅靠性别立场是不够的，还要兼顾文学维度。"我对我所写的诗的要求是一定要是'好'诗，而不仅仅是女人的诗。可以说，我对女性诗歌有两个观点，或者说是要求吧：一是它一定是女性立场，二是它要有较高的文学品质。"②翟永明主张女性诗歌之车要靠文学和性别两个轮子支撑，缺一不可，并且二者要高度协调，才能稳步前行。只是由于复杂的原因，她80年代的诗多偏于疯狂自白的激情抒发，质胜于文，90年代的诗多偏于平和叙述的词语打造，文胜于质，新时期后则达成了文质的平衡相生，不但深邃大气，介入时代良知的思想穿透力"巾帼不让须眉"，艺术上也在延续优点的基础上，将优点进一步放大，先锋味为自然气悄然置换，更见成熟的练达和精湛。

这里说的精致一方面指诗人写得吝啬，她看重的是写作的质量而非数量；另一方面指诗人在每首诗中都追求凝练简净的艺术极致，隽永异常，流畅从容的语境中恰适的反讽运用，增加了诗的诙谐和智慧色彩。如《鱼玄机赋》《我坐在天边的一张桌旁》《2008纽约》等皆为上一阶段对话体的延伸，特别是《鱼玄机赋》对鱼玄机的灵魂贴近和"重读"已令人侧目，而"一条鱼和另一条鱼的玄机无人知道""何必写怨诗""一枝花调寄雁儿落""鱼玄机的墓志铭"和"关于鱼玄机之死的分析报告"五部分，将讲故事、戏曲对白、独白、分析报告等手段熔为一炉，把诗演绎成各部分间驳杂搅拌、互相争辩的张力结构，暗合着质疑鱼玄机杀婢这一固有结论的内在肌理，在一定程度上深化了主旨的传达，交错的叙述情境与戏剧场面，使作者、叙述者、主人公三种主体层次的分离或重合，既有多声部的复调效果，单纯而丰富，又使诗的情感表现愈加

---

① 翟永明：《终于使我周转不灵·序》，河北教育出版社2002年版。
② 欧阳江河、翟永明等：《女性诗歌》，帕米尔文化艺术研究院编：《触摸·旁通·分享——中日当代诗歌对话》，作家出版社2010年版，第110、111页。

节制内敛。向传统题材或精神回归的《秋千游戏》《烟花七月下扬州》《在古代》等作品，同样致力于思想、艺术的双向丰富和提高。"在古代 我只能这样/给你写信 并不知道/我们下一次/会在哪里见面"，"在古代 我们并不这样/我们只是并肩策马 走几十里地/当耳环叮当作响 你微微一笑/低头间 我们又走了几十里地"（《在古代》），轻松平常的诗意淌动，蕴涵着一个现代人的"还乡"意向。似乎是一个悖论，生在古代有诸多不便，但人之间却没有距离和隔膜，分手也有期许与盼望；现代的高科技发达，但无法解决人的精神和存在困惑，手机和伊妹儿貌似便捷，实则把人的心灵和思想符号化了。诗之妙不在古今比照，而在传达古意时平和、优雅、从容的气度和语感，古色古香，深得传统文化之韵味，以往凌厉尖锐的翟永明在这里仿佛脱胎换骨了。至于像"英雄必须去死/历史书这样说 正史和野史/教科书也这样说 褒义和贬义/畅销书同样这样说 正版和盗版/我们全都这样说"（《英雄》），"天书就是抖落掉这些骨头/这些精致、这些完美/——就像天使必须抖落掉/他们身上的性态：阴性、阳性、雌雄性"（《白纸黑字》），这类充满戏谑、反讽的句子，更是俯拾即是，它们是诗人内心深处喜剧精神的外化，对一些事物的揶揄，借轻松的叙述和议论表现出来，新鲜亲切，朴拙可爱，有种幽默俏皮的美和智慧。翟永明新世纪的实践再次证明，诗没有大小之分，只有好坏之别，优秀的诗人不该借助性别、政治等外在力量，而应凭靠文本的优卓打拼天下；并且要时时注意艺术和情思共时性的融汇、呈现，忽视其中任何一维都将铸成不可逆转的倾斜。

最后，翟永明坚守和求新的精神已形成一种传统，对后来者构成了不容低估的影响。这20多年的诗歌命运，一直没走出暗淡、残酷的现实。在诗歌贬值的困境中，有人皈依了实际和金钱，有人转场侍弄起小说与散文，也有人干脆移居海外或自赴黄泉，玩起"逃亡"的勾当。面对诗坛内外的风雨变幻，翟永明也有过短时间的搁笔或疑惑。但对诗歌乃寂寞行业的认识，和对缪斯的特殊挚爱，使她淡定自若，以独立写作者的身份在诗的阵地坚守下来；并以诗坛一棵葱郁的"常青树"姿态，宣告诗歌属于年轻人的神话不攻自破。翟永明这种视诗为宗教的虔诚，苦恋的坚守精神，以心血和生命写作的态度，对年轻写作者构成了一种内在的感召和绵长的启迪。不是吗？那些将诗当作养家糊口工具的"技艺型"匠人，肯定会忍受不了写作的清苦和贫困而中途放弃，唯有那些把诗当作生命和生存栖居方式的"存在型诗人"，才会抵达理想的诗歌圣地。

  我多次提到不论任何人都只能以断代的方式加入、丰富人类文化的精神历史，在时间面前谁也无法走向永恒。一般说来，艺术的黄金时期对每一个作家、诗人都只有一次，并且非常短暂。可翟永明却在近40年的每个时期里都能引领诗坛风骚，这在新诗史上也属不多见的奇迹。那么她问鼎诗坛的法宝是什么？我以为除了超人的想象力、较好的悟性外，最主要的就是不懈的求新、求变精神。她每登上一座艺术的山峰后都没享用周边的风景，而是把目光盯准了远方更高的山峰，对自己的创作始终有一种新的期待。因为她深知只有不断地求新求变，诗歌才会永远为一潭活水，充满新鲜的生机，自己也才能从中感受到创造力，"在使人厌倦的生活中找到某种兴奋点"[①]。正是这种心理机制，敦促她一路前行，殚精竭虑，苦心经营，频繁变换艺术方式，连续为读者输送鲜美的精神果实。按常规理解，一个诗人能够形成稳定的风格即是成功。而翟永明非但作品的个性风格卓然，以独立的深度建构了汉诗的经典和新传统，在80年代开创一代诗风，影响、制约了同时代诗人乃至后来者的艺术走向，以致诗人伊沙说第三代诗人都有翟永明情结；而且能够在创作道路上高峰迭起，始终站在中国当代先锋诗潮的前沿，被公认为当之无愧的先锋诗"头羊"和旗手，以日新月异的纷纭变化，赋予"创造"一词以新的含义。事实上，翟永明簇新的成长经验、辉煌的艺术成就和富有启迪性的当代价值，本身就堪称一本耐人寻味的"大诗"。

[①] 翟永明：《与马铃薯兄弟的访谈》，《最委婉的词：翟永明诗文录》，东方出版社2008年版，第201页。

第十九章　在"日常生活"和"自己的心情"之间：王小妮诗歌论

在诗歌创作的竞技场上，有两类写作者比较容易引起人们的关注。一类速度和爆发力惊人，他们往往禀赋超常，才情横溢，一出手就可以在诗坛立腕扬名，哪怕之后迅即消隐；另一类则属于"马拉松"型，他们的耐力与韧性均佳，既跨越较长的时空范畴，又能使高潮不时迭起。王小妮兼具两种能力，相对而言，后一种能力更为突出。20世纪80年代初，她刚操起缪斯的琴弦，就以《我感到了阳光》《风在响》《碾子沟里蹲着一个石匠》等文本，对瞬间的眩晕感和北方农人坚忍性格的纯净描述，在当时隐约蕴藉的时尚之外别开新花，其素朴清朗的抒情个性不时逸出朦胧诗的苑囿，说不上如何耀眼，却也风光一时。尔后，在同期起步的诗人们或搁笔从商，或转场海外，或改弄其他文体而渐次逃离的情境下，她一直痴心依旧，坚守诗歌，视之为灵魂栖息的净土，抗拒现实对人的物化和俗化的精神家园，终成一只盘翔于诗空的"永远的青鸟"。并且近20年来历久弥坚，气象非凡，越写越好，她的写作经历和骄人实绩，打破了诗歌永远属于年轻人的迷信，也为诗坛留下了无尽的玄想和启迪。

"只为自己的心情去做一个诗人"

那种以为个人化写作时代推助、成就了王小妮的观点，是一种严重的误读。事实上，是个人化写作影响了王小妮，还是王小妮在某种程度上引发了个人化写作，尚可商榷。因为诗坛在1989年后才出现明显的断裂和转型，而王小妮早在80年代中后期即确立了个人化写作的诗歌立场："只为自己的心情去做一个诗人。"① 1988年后，这种立场愈发坚定与自觉（所以这里重在论述王小妮1988年以来的诗歌创作）。

80年代中期，诗坛群星闪烁，诸侯四起，充满着"美丽的混乱"，可王小妮却正在精神上饱受坎坷心理戏剧的折磨，爱人徐敬亚的《崛起的诗群》事件所铸成的那场"社会雪崩"，使她经历了短暂的心理迷乱，写下《恶念如洞》《谣传》《定有人攀上阳台，蓄意篡改我》《有孬人在迎面设七把黑椅》等诗，它们从阴郁怪诞的题目、不安虚空的情绪，到善恶转换的视角、尖锐冷漠的语汇，都不无西方超现实主义诗歌色彩，和诗人此前的"阳光"形象判若云泥。但"凡是最非人的一刻/痛苦便使灵魂四壁辉煌"（《完整》），清醒、柔韧的主体心理个性，和"哪怕只有一分钟/我也和你结成一个家庭"（《家》）的爱情支撑，让她在1988年就彻底从那个"冷秋天"中穿越而出，获得《一走路，我就觉得我还算伟大》那种自明而自信的飘逸感，进入了平和、达观、睿智的境界。苦难的精神炼狱，给诗人的生命思维添了几许沧桑，但也意外地"挽救了一个行将渺茫的朦胧诗人"②，为她实现艺术涅槃、再度问鼎创作的黄金时期提供了可能。

在商品经济与大众文化甚嚣尘上的非诗语境中，王小妮同样面临着一个噬心主题的拷问：写还是不写，如果写该如何保持写作的有效性？她有过强烈的心理震荡，因此，搁笔五年。待到1993年重出江湖时，已悟透诗的内里堂奥，方向感更强。她认为，女诗人决非什么"女神""圣女"，她和普通人没有根本区别，诗也不像人所说的那样可以陶冶性情，写诗只是一种生存方式和自娱性的行

---

① 王小妮：《重新做一个诗人》，《作家》1996年第6期。
② 徐敬亚：《王小妮的光晕》，《诗探索》1997年第2期。

第十九章 在"日常生活"和"自己的心情"之间：王小妮诗歌论

为而已。所以能把自己定位为家庭主妇和木匠一样的制作者，首先是妻子与母亲，一个游走在灶台、卧室和超市间的平凡女性，"一日三餐/理着温顺的菜心/我的手/漂浮在半透明的白瓷盆里。/在我的气息悠远之际/白色的米/被煮成了白色的饭"（《活着》）；做完家务琐事的间隙，才坐在桌前"写字"，把自己变成"意义只发生在家里"的《不工作的人》，觉得"诗写在纸上，誊写清楚了，诗人就消失，回到他的日常生活之中去，做饭或者擦地板"①。这样就协调好了诗与日常生活的关系，既平淡充实，毫不矫情，又在高度物化的空间里保持了心灵的独立性。

有了如此主体定位，"中国，大众，当代诗歌，当代处境"那些"大词大意思，和个人关联太少的大东西"自然"不适于个人关注"②了，因为王小妮要做一个没有背景和企图、完全自由的只对自己感觉负责的诗人。而异于"大词大意思"、和个人心情与感觉离得最近的是什么？无疑就是身边的事物，每天具体的日常生活。在这一点上，王小妮和那些精神高蹈的诗人不同。由于古典诗歌理想的浸染，那些诗人心中已绾结成一个"生活在别处"的精神情结，总觉得诗意存留在古典田园的记忆中，和钢筋水泥、汽笛虹霓支撑的现代文明格格不入。而王小妮却以为"诗意就待在那些你觉得最没诗意的地方"，待在周遭俗事、俗物构成的"此在"琐屑中；并且"在看来最没诗意里，看到'诗意'，才有意思，才高妙"③；"诗歌本不需要'体验生活'。我们活着就永远有诗。活着之核，也就是诗的本质。手拿着本质，还左顾右盼什么？"④ 在她那里诗和生活原本是合二而一、浑融无间的。在这种观念的支配下，她置身于巴士、煤气、电缆、卡拉OK和米饭、自来水、菜叶

---

① 王小妮：《木匠致铁匠》，《现代汉诗：反思与求索》，作家出版社1998年版，第361页。
② 王小妮：《诗不是生活，我们不能活反了》，《半个我正在疼痛》，华艺出版社2005年版，第224页。
③ 同上书，第223页。
④ 王小妮：《我的纸里包着我的火》，春风文艺出版社1997年版，第233页。

等织就的异化情境,从没想到拒斥,更没想到逃离,而能与它们和平共处,悠然自得;在对"此在"世界的关注和抚摸中,体会浓郁的人情味儿、生活的价值和意义,在形而下的物质表象里发掘被遮蔽的诗意,在最没诗意的地方建构晶莹剔透的诗意空间,甚至宽宥生活的一些缺陷。只要浏览一下诗的题目,就会发现它们凡俗、日常得可以。《我拿到了所有的钥匙》《一个少年遮蔽了整个京城》《看望朋友》《坐在下午的台阶上》《会见了一个没有眼睛的歌手》《十枝水莲》《等巴士的人们》《一块布的背叛》《致鸟兽鱼虫》……远离宏大、神圣题材的诗,不再像天边的云、雾中的花那样缥缈。白菜、土豆乃生活中熟视无睹、习焉不察的俗物,但诗人却从中激发出了诗意。她"看见遍地大白菜/向我翻开了/鲜嫩青脆的心。/抱白菜的人全部向后仰倒了/抚着他们的/是一片半透明的薄金"(《抱大白菜的人仰倒了》),字里行间透出一股欣喜,对田里劳作者自然安详生命状态的认同宛然可见;看到土豆诗人"高兴成了一个/头脑发热的东北人","身上严密的缝线都断了……没有什么的打击/能超过一筐土豆的打击",是啊,生活在高度发达的都市,哪一位精神沧桑者的思想深处不充满着挥之不去的漂泊感,不刻骨铭心地忆念故乡的土地和往事,面对如亲戚、邻居、熟人一般的"土豆"自然会亲切、高兴异常了,那卸去冷静伪装后的本真心态流露,再现出诗人悲喜交加的复合情愫。王小妮就是这样,在这种人间烟火琐屑和平淡的穿梭中,对日常生活中的丝丝缕缕甚至是一些无关紧要的事物动心、感发,发掘出令人意想不到的诗意,以一颗朴素之心和"低语"的方式,展开与世界、现实的对话,平静地书写自己的生命状态和世俗感受,审视都市现代人之间的冷漠、隔膜,人对自然、环境的背反,以及她对万物存在的体恤和尊重、对世界的理解。这一方面表明她超常敏感,能从偶然、倏忽即逝的感觉中捕捉诗意的因子;另一方面诗中气定神闲的平和、从容、恬淡和自然,透露出摆脱骄娇二气的诗人主体在精神上已达本色纯朴的修炼化境。如《在安静里失眠》一诗,从题目看似是对被失眠所苦者肉体和感觉状态的书写,可诗人却能在寂寞中安然悟道,"为

第十九章 在"日常生活"和"自己的心情"之间：王小妮诗歌论

什么总是出现没法入睡的夜晚/安静让人们把什么都看见了"，烦躁的失眠夜转为难得的福分，诗人因之进入宽广博大的智慧境界。对一般失眠者难以忍受的森林里的风声、空荡的长廊和细瓷互相碰撞的身影，也因和诗人安静宽容的心态浑融，而走向了历史和时间的深处，宁静的背后凸显出了诗人的坚韧。

应该说，诗人以对生活的敏感表现日常感觉，只为自己的心情做一个诗人的选择，无意中暗合了属于高度个人化的内视点的诗歌艺术实质，在把诗歌从职业化的困境中解放出来的同时，和朦胧诗充满使命感、崇高意识的情思世界划开了界限，并成为王小妮最终出离、超越朦胧诗的关键所在。但是，如果王小妮的诗仅仅如此还说不上怎样出色，毕竟在90年代个人化写作已成有识之士的共性选择。她的超拔精妙之处在于，其个人的日常性感觉和体验不是闭锁狭隘的，而总能暗合人类经验的深层律动，贴近个人又能上升为对人类的大悲悯和终极关怀，对人类生存境遇的洞穿，抵达人类共同性的精神境地。如"让我喜欢你/喜欢成一个平凡的女人。/让我安详盘坐于世/独自经历/一些细微的乱的时候"（《不要帮我，让我自己乱》），诗写了一个女性具体的心理视境，但它没走当时红火的女性主义诗歌路线，因为把个性看得比性别更重要的王小妮压根儿就没强调过性别对立，也就无须做去性化的努力，诗中无可奈何的"烦"心理，是诗人瞬间的感觉，更契合了现代人渗透骨髓的普遍的空虚和绝望心理。《那个人的目光》延续了这一精神命题，"我从来不会要求光/就像不要求为我伸过来的手/那是别人的东西"，平静的叙述里隐含着诗人对人心隔膜、世事冷漠现象的感喟，那也是许多人一种共同的心理不满情绪。"我的心里涨满着/再没有人能把空白放在我这儿/再没人能铺开一张空床单/从今天开始/我已不怕天下所有的好事情/最不可怕的/正是那些坏事情"。谁的父母都会生病，最终死去，《和爸爸说话》处理这一题材时那种意念、语言、想象和表达方式，具有鲜明的个人烙印；但它节制感情的意象和情境转化，把诗引入的则是一个更深广的心灵境域，在貌似不经意中把人生的窘境与困境传达得醇厚无比，面对生死离别的从容姿态,及其所带来的凄美的死亡感悟、思想风度,又是那些饱经沧桑的人都十分认同的。也就是说,王小妮的诗歌多从个人的视角、普通的物象和日常的事件出发,但它没像某些女性主义诗歌和"70后""80后"诗歌那样,或迷失于纯粹个人琐屑和喜怒哀乐的言说,或迷失于肉体狂欢和官感沉醉,或迷失于后现代的语词消费和文本游戏;而是能借助书写对象完成对现实、历史和人的命运等问题的思考感悟,道出时代精神内伤的疼痛和自我灵魂的反思,从而放射出了诗意的光芒。

日常性的直觉还原

世界在进入创作主体的观照和阐释之前,原本是客观自在的,它并没什么生命或意识可言,人类的感觉最初也基本上处于一片澄澈状态,至于既定的文化、历史因素的渗入,乃各种教育后天浸淫的结果。正是鉴于此,海德格尔等人提出诗的本质是对事物的敞开和澄明,诗的产生过程是一个去蔽的过程,它既是对世界的还原,又是对人的真实存在的还原。从这一理论维度看,王小妮的诗歌完成的就是一件还原与去蔽的工作。

谈到王小妮诗的感知特征,有人准确地指认,她"理解世界的最基本方式是'看',而不是哲学家的'思'"[①]。80年代后期,王小妮似乎渐近禅境,生活方式简单、随意、自然,思想沉静,漠然于潮流、圈子,祛除了功利之心,世俗的荣誉、地位、金钱和纷争,乃至命运、磨难和死亡都被看淡,所以能以超然宁静的风度和不介入的中性立场,对一切事物进行"远观"。同时,出于对那种"越来越要显得玄虚高深,弯来转去"[②]的装腔作势诗风的背反,正像于坚"拒绝隐喻"一样,王小妮在某种程度上拒绝修辞,她只用女性特有的直觉,对日常生活中的所见、所想进行还原式书写,

---

① 向卫国:《论王小妮的诗歌》,《云南社会科学》2005年第6期。
② 王小妮:《一九九六年记》,《诗探索》1997年第1期。

第十九章 在"日常生活"和"自己的心情"之间：王小妮诗歌论

很少执意究明对象之外的隐喻、象征意义，更不刻意追寻对象的形而上文化内涵，甚至不像多数诗人那样在诗中拷问人生的终极价值和目的。这种"文化去蔽"倒和第三代诗的"回到事物中去"理论有许多相通之处。

由于诗人运用静观思维，在场主体的所感同所见之物、之事遇合，在空间上就赋予了王小妮诗歌一个显豁的特征，即"物"的状态和片断澄明通透，有很高的能见度和一定的静态美。所以李震说她很多诗像内涵丰富而简单明快的"静物速写"[1]。不少人发现，王小妮惯用"我看见"的写法，《我喜欢看香烟的排列形状》《我看不见自己的光》《看足球赛》《卸在路边的石头》《今天，我看到很远》《我亲眼看见》《许许多多的梨子》《我看见大风雪》……它们有如一幅幅简笔素描剔除浓墨重彩后干净、疏朗的图画。如"金属铜也像死去的身体／工人的手上越变越沉。／那个人只能气愤地走／寒冷中头像的卷发在飞扬／／头像突然掉下去／又冷又老的普希金眼睛里含着雪／搬运工吃力地滚动铜块"（《普希金头像》）。偶遇的生活场景，在粗线条的勾勒中，流动而立体地映现在读者面前，促使人对诗歌、诗人的处境与命运产生联想，平淡的生活敞开了自在的诗意。"光／降临在／等巴士的人群中。／毫不留情地／把他们一分为二。／我猜想／在好人背后／黯然失色的就是坏人。／／巴士很久很久不来／灿烂的太阳不能久等。／好人和坏人／正一寸一寸地转换。／光芒临身的人正在腐烂变质。／刚刚猥琐无光的地方／明媚起来了"。这首《等巴士的人们》中的"物"和"心"的能见度更高，细节、碎片、局部剪贴起来的画面，伴着诗人随意而不无宗教色彩的猜想转换，触及了诗人神秘、怪诞的无意识深层，折射着生活和生命中某些复杂、辩证的本质。王小妮有时在"物"的凝视和出入中抒发自己的情思感觉，有时则与喜爱之"物"主客无间地融合，"物"成了自我的镜像。其诗的园地里长着许多植物，"稻子"（《到乡下去》）、"石榴"（《我没有说我要醒来》）、"森林"（《今天，我看

---

[1] 李震：《"活着"及其方式》，《作家》1996年第10期。

到很远")、"蒲草"(《晒太阳的人们》)……《十枝水莲》组诗竟有一种物化的冲动,其中的《谁像傻子一样唱歌》写到,当窗外的声音像"云彩的台阶","鸟们不自觉地张开毛刺刺的嘴","有人在呼喊","风急于圈定一块私家飞地/它忍不住胡言乱语","一座城市有数不尽的人在唱"时,那终于开花的水莲却十分安静,"我和我以外/植物一心把根盘紧/现在安静比什么都重要",这里的花和人已泾渭难辨彼此可以互换,水莲那种不事张扬的内敛、简单、安静,不正是诗人的象喻吗?

"我看见"是观察的视角,更是审美的心态外化,它表明诗人是静坐下来后仔细、平和地有距离的观照事物,所以才能以过人的敏锐,捕捉到那些和都市、现代生活同速度同节奏的人感觉不到的瞬间、场景与诗意,将动态的外在世界静态化,把不无沉重和沧桑的生活转化成了一种"轻"而"慢"的艺术方式,它从本质上讲是一种对快捷、嘈杂的都市速度感主动背弃的诗学选择。

王小妮诗歌"文化去蔽"所带来的另一个突出特征,是常致力于事态、过程的复现和凸显,有一定的叙事品质。王小妮有过相当抒情的艺术季节,转向个人化写作后,为和烦琐平淡的日常生活呼应,为控制"在场"自我的激情喷发,她走上了反抒情的道路,在文本中融入客观事态、心理细节等叙事因素,体现出一定的叙事长度和流动过程,冷静地还原生活和感觉的本来面目。如"骑各色毛驴的人总在前方/我们没可能超过他。/我们走的是路/他走的是张着嘴的山梁。/毛驴转向哪/哪就成了正前方。//圆脸的姑娘给我们擀面/更圆脸的姑娘给我们加油/时速一百三十公里/我们穿透半白半黄的山西/真感觉像箭一样。//天黑了雪也紧跟着黑了/我们急着进城/骑毛驴的早在自家院里卸鞍/悠悠地仙人们先睡了"(《我们箭一样要去射中什么》)。该诗基本上采用叙述语调摹写游览山西的经历和感受,虽仍有毛驴、山梁、姑娘、箭等意象闪回,但构成诗歌主体、引发读者兴趣的,却是一系列带地域风俗特点的细节和氤氲着人性温暖的事态。"在北京最冷的这一天。/我几乎是/退却着走向了你","我看不见温度。/看不见你身体里的病。/穿过/深

第十九章 在"日常生活"和"自己的心情"之间：王小妮诗歌论

藏着你的四合院。/在你昏迷的床前/我自己就是散不开的迷雾。//还活着的手背/透着月亮表面那样平软的白光"（《看望朋友·我的退却》）。在这里词意象已向行为事象或句事象转换，诗被演绎为一组细节、一种行为、一段过程，若干具事（动作、子情节）的联络，使诗获得了某种小说化、戏剧化倾向。并且，有时这种心理细节和过程描写已沿着诗人的感觉路线，深入超越浅表意识和经验性情节的无意识领域，微妙而神秘。这是不奇怪的，王小妮多次提及诗就是她的"老鼠洞""安静的躲避处，自言自语的空间"[①]；诗人涉足日常生活同时从没停止对灵魂与自我的凝视，所以其心理发掘的精微、深邃自然为一般的诗人所不及。"一走路/阳光就凑来照耀。/我身上/顿然生长出自己的温暖……你从快车道上来/你低着你的头。/唯一的两只手/深插进了口袋。/连太阳和鲜花/都受不了这种插进"（《一走路，我就觉得我还算伟大》）。诗袒露的心理感觉过程，朦胧、飘忽，自己生长温暖、生长光，太阳和鲜花受不了"你"傲然地插进，来得随意，转得突兀，那瞬间闪动、诉诸感觉的心理图像，连诗人自己也不一定能恰切地说出它的内涵；但超越光之后的模糊混沌的自明感，诗人意识深处的感觉及过程的敞开与呈现，却蛰伏着自在的诗意。"森林巨大的涡漩/把人连夜磨成一盏长明灯"，"空无一人的长蛇形拱廊/铜灯摇荡着如同老蝙蝠……我看见凯旋门正在解散/石头跑回家乡的采石场"（《在安静里失眠》）。在万籁俱寂之时，诗人心随深夜出走，大脑中活跃的思绪和影像，实有的、虚拟的、当下的、过去的交织，纷繁而凌乱，想象和幻觉瞬间、片断的浮现和铺展，构成了一个全官感或超官感的"心理格式塔"，把诗人多元素、多层次的心理流程渲染得动静兼有，亦真亦幻，其纤细微妙、纵深广博的程度鲜有可比者。王小妮的无意识书写有时犹如梦境，离真实原则相去甚远，但又是感觉中不时出现、符合艺术真实的存在。王小妮诗歌对叙事文学所做的扩

[①] 王小妮：《诗不是生活，我们不能活反了》，《半个我正在疼痛》，华艺出版社2005年版，第217页。

张,是事态的,但骨子里仍是诗的。它具备地点、人物、情节、细节等叙事文学的一些要素,但从没将叙述故事或塑造人物作为文本的重心,事态并不完整,情节或细节也多为不连贯的时空片断;并且在细节、过程、片断的背后,诗人时时注意以素朴、平和的心境和情感对它们进行渗透和照亮,因此说穿了它是一种情绪化叙事、一种诗性叙事。

不论是物和感觉的澄明,还是事态与片断的呈现,书写对象先在面目的敞开、凸显与还原,都在一定程度上使王小妮的诗歌回到了世界之初和感觉的原始朦胧状态,完成了对文化的去蔽。如为骚人墨客钟情不已的"月亮",曾是乡愁、孤独、纯洁的载体与象征,最富文化蕴含;但到王小妮的《月亮白得很》里,却遭遇了一次彻底的文化清洗和文化变奏。"月亮在深夜照出了一切的骨头。//我呼进了青白的气息。/人间的琐碎皮毛/变成下坠的萤火虫……月光来到地板上/我的两只脚已经预先白了"。只开头一句"月亮在深夜照出了一切的骨头",就剔除了附在月亮之上的所有文化积淀,月亮就是月亮,白得很,沉静地照射人间。它的存在不为什么,也没什么言外之义,全诗只是月亮本身清晰地伸展和敞开,自带一种澄明、通透和宁静。至于说诗人的素心观照是否透着一贯的优雅,月光是否闪烁着常有的神性光辉,则要靠读者自己去参悟了。《回家》《晴朗》《最软的季节》等对此在世界的观照,也都抑制了象征和隐喻等高层意旨的设定,总体倾向比较淡漠,缺少文化诗的痕迹。

我们这样判断王小妮的诗并非说它没有文化色彩,或必要的思想高度。事实恰好相反,她的许多日常性书写,都言近旨远,隐含着人类生活的本质和独特的人性理解,理趣丰盈深邃。只是它们没走哲学的分析道路,而是以直觉化的"看"的方式表现出来的。因为在直觉中,诗人可以"置身于对象的内部,以便与对象中那个独一无二、不可言传的东西契合"[①],透过事物的表层和

---

① 柏格森:《形而上学导论》,《西方现代文论选》,上海译文出版社1983年版,第83页。

第十九章 在"日常生活"和"自己的心情"之间：王小妮诗歌论

芜杂，进入本质的认知层面。王小妮的直觉力超常，她抚摸生活中的事象和细节，又能不为其具象所粘连，而做超越性的领悟和提升，在"日复一日、年复一年的生存磨盘里"，"磨出了生存和诗性智慧的大彻大悟与诗歌精米"[①]。如《十枝水莲·花想要的自由》，从"十张脸全面对着墙壁/我没想到我也能制造困境"的发现，到决定"做一回解放者/我要满足它们/让青桃乍开的脸全去眺望啊"，彰显了诗人宽广仁爱的悲悯情怀，也寄寓着对命运、时间、自由等问题的思考。"十个少年在玻璃里坐牢。/我看见植物的苦苦挣扎"，和充满隐性困境的人相比，作为植物之花的生长是快乐自由的，其困境也是显性"透明"的，但它们仍不满足不快乐，"最柔软的意志也要离家出走"。从中人们不难悟出，自由，那种天人合一、物我融汇的自由是相对而有限度的，自由就是永远不满足。《有意义这东西吗》中的质疑，全然是沿着感性的"物化"路子走的，有过深入体验的读者能够体会到诗的深层旨归：意义在于过程而不在于结果，在于现象而不在于思考，"假设那晶体能成为飞行器/一个人也不能达到他的远方"，人一生永远无法抵达理想的境地。至于像"辉煌/是一种更深的洞"（《不要把你所想的告诉别人》），"疼痛也是生命。/我们永远按不住它"（《半个我正在疼痛》）等类似的感悟就更多了。它们都没有刻意经营思想，可是在词与词、词与物、物与物的感性碰撞中，仍闪烁出给人以启悟的智慧火花。诗人这种通过直觉静观而走近深刻的"看"之感知方式，简单却丰富，直接而锐利，有一股难以仿效的举重若轻之妙；它使主体动作与客体事物自我呈现结合，洞开了世界和灵魂的本性。

朴素的力量

诗人的每种情思与感觉都呼唤着相应的语言形态赖以物化。而

[①] 燎原：《水晶的诗光：王小妮诗歌创作论》，《特区文学》2004年第5期。

语言是什么？它是诗人的故乡、诗歌存在的居所，它本身就体现着存在，它就是存在，甚至可以说不是诗歌创造了语言，而是语言创造了诗歌，诗人的使命就是让语言顺利"出场"。那么何谓理想的诗歌语言？在一些人的观念中，诗与美乃孪生兄弟，其语言符号应如月之皎洁、花之妩媚，典雅、朦胧、含蓄，这样才具有现代感。可在王小妮看来，那种所谓的诗的语言总让人感到"假模假样"，和生命、生活"隔阂"。于是她一开始就有意用自然素朴得近乎"土气"的语言对抗贵族性的优雅，并且硬是把口语化的路子持续地走到今天，越走越沉稳，越练达。

翻阅王小妮的诗，可以发现这样的句子俯拾即是："到今天还不认识的人/就远远地敬着他。/三十年中/我的朋友和敌人都足够了"（《不认识的就不想再认识了》）。"要喊他站起来/看看那些含金量最低的脸/看看他们流出什么颜色的汗"（《11月里的割稻人》）。"我不愿意看见/迎面走过来的人都白发苍苍。/闭紧了眼睛/我在眼睛的内部/仍旧看见了陡峭的白。/我知道没有人能走出它的容纳"（《我看见大风雪》）……它们是最不端架子的语言，不炫耀知识，不卖弄文采，没有艳词丽句，没有象征与隐喻等高难的技巧，毫无"装"的感觉，技术上不显山不露水，完全是随意的、谈话式的语言，不温不火，煞是亲切，那些大白话的起用更使诗本色天然得一如诗人的性情；但它们却直接、健康、有力，在散淡从容中十分到位地道出了灵魂的隐秘感受，和被理性遮蔽的无意识状态，透着洗尽铅华的明朗与清新，显示出一种无技巧化的力量。应该说，一个诗人练就出如此炉火纯青的语言已不容易；但如若王小妮仅停留于此也便一般化了，因为口语化在戴望舒、废名、纪弦、余光中乃至于坚、韩东等人那里都似曾相识，并已渐臻化境，也多有人论及。王小妮的口语化追求自有她令人刮目的动人之处。

因为王小妮的诗具有明白如话、朴素如泥的口语化趋向；加上她多次申明写诗那种一闪而过的东西，不耗时不耗力，速度较快，

第十九章 在"日常生活"和"自己的心情"之间：王小妮诗歌论

像《十枝水莲》"没有事先的'要表达'，写到哪儿算哪儿"①，无形中让一些人觉得她写诗是笔随心走，信手拈来，疏于技巧的讲究，和精警深邃无缘。殊不知这只是表层的假象。其实王小妮很清楚，写诗是在语言刀刃上的舞蹈，在实践中把寻找词和词、句子和句子碰撞那种在刀刃上擦过的感觉都当作享受，"在炒锅的油烟中，她能飞快地抢救出那一闪而过的句子"，"甚至在黑暗中用左手摸写，以至于把那黑暗中的蝌蚪写上了床单"②，对诗如醉如痴的热爱，使她时刻注意诗艺的打磨。正因为她不刻意求新又在表现上下功夫，所以诗写得简单但精确，明朗而含蓄，拙朴又奇巧，语义清白却内存丰富，形成了一种貌似清水实为深潭的个人化风格。

一是能在出色语感的驱动下，迅疾地明心见性，"直指人心"，洞穿事物的本质。如直觉力的强弱决定着诗人成就的高下一样，一个人能否成为真正诗人的关键在于其语言感觉如何，优秀的诗人从生命里直接涌动出来的语言未经处理就诗性盎然，徐志摩、韩东等即为范例。王小妮与生俱来的骄人悟性和直觉，使她"在命中被选定做一个诗人"（《告别》），从唇舌之间吞吐出的离感官最近的言语，就能凭借下意识的直感神助，自然呈现出生命的感觉，在瞬间达成语言与生命的同构，洞开事物和心灵的深层、核心所在。"从来没见过／你有这种不可收拾的神情。／／透明的物体由上而下破裂／一切瓶颈正断成碎片"，"你的神情吓坏了我／我真不知道／你的脆弱／为什么会来得这么快"（《脆弱为什么来得这么快》）。无须再去向诗索求什么意图，它充满着生命意味的语感，已能让人听到诗人惊诧、怜爱的呼吸和起伏，看到她见对方突然脆弱那片刻的表情和神态，出色的语感既是诗感、生命感。"粮食长久了就能结实／一个人长久了／却要四分五裂／五个我中／总有一个最固执地出列／正朝着乡下走去"（《到乡下去》）。在这里人和语言已消除利用和被利用的关系，而因相互砥砺渗透合为一体，作者灵魂里喷发出来的才

---

① 王小妮：《诗不是生活，我们不能活反了》，《半个我正在疼痛》，华艺出版社 2005 年版，第 222 页。
② 徐敬亚：《王小妮的光晕》，《诗探索》1997 年第 2 期。

情，使语言固有的因素获得了对事物直接抵达的能量。不是吗？和长久了就能结实的粮食相比，人却时时要遭遇自我矛盾和分裂的精神苦痛，固执的"返归"冲动是快乐也是折磨。"吃半碟土豆已经饱了/送走一个儿子/人已经老了"（《一个少年遮蔽了整个京城》），不能再平白的口语，不能再单纯的句式；但在自然天成的语感流动中，却把母亲离开儿子那种失落和怅然传达得无以复加，枯涩中见丰润，的确本色质朴地"直指人心"了。也就是说，直觉式语感因艺术的浸润、推动，已具有"点石成金"的神奇魅力，诗人对它出入裕如的运用，使诗简洁到只剩下灵魂树干的程度。它使诗人的口语化追求超越了生活口语的变相移植，进入提纯升华的状态，在情绪节奏中创造一种"散文的音乐"，规避了口水化的泥淖。这也正是王小妮在 90 年代口语化浪潮中出类拔萃、引领潮头的内在根由。

二是巧妙借助各种艺术手段，虽运用口语却常出乎意料，造成陌生化、多义性的效果，"极多岔路"（徐敬亚语），颇具现代风韵。口语化充满陷阱，稍不留意就会流于直白，诗意寡淡。针对口语固有的弊端，王小妮接受拟人、远取譬、改变词性、整体象征等一系列技巧的援助，以避免诗意的稀薄，增加感染力。"猜不出它为什么对水发笑。/站在液体里睡觉的水莲。/跑出梦境窥视人间的水莲。/兴奋把玻璃瓶涨得发紫的水莲"（《十枝水莲·不平静的日子》）。"栀子花跑出卖花人的蓑衣/转弯的路口都香了/我没招手花就悠悠地上楼"（《重庆醉酒》）。拟人手法的运用把水莲的鲜脆、娇嫩和富有灵性写得自然而质感；令栀子花那份柔媚娇美惹人心痒，令人神往不已。远取譬在王诗中更是大面积地存在，"我从没遇到/大过拇指甲的智慧"（《清晨》），"冷的时间/比蟒蛇还要长"（《故乡》），诗中隐喻和比喻两造——本体和喻体之间的关系距离很远，作者硬性地把之拷合在一起，又间以通感和虚实交错，陌生而简约，"反常"又"合道"，它们打破了传统比喻以物比物的想象路线，大胆峭拔得"无套路可循"。在改变词性这一点上王小妮的诗堪称一绝，她对动词的选择十分挑剔，形容词则好易性使用，"我的床上是太阳味了"（《有人悲怆地过生日》），"晴朗，正站在我的头顶/蓝得将近失明"

(《晴朗》),"怎么也叫不出/你疼了几年的名字"(《看望朋友·我的退却》),诗中动词、形容词的用法基本上都超出了读者的想象范围,谨慎节制,在遏制激情滑动的同时,又提供了诸多的诗意联想方向,加深了诗意的浓度。至于整体象征效果的出现和王小妮的拒绝修辞原则并不矛盾。因为正如叶芝在《绘画中的象征主义》一文中所言,一切艺术只要不是单纯地讲故事或单纯地描写人物,就都会有象征意义。这一特质与诗作的悟性发生机制结合,使王小妮的诗时而成为一种充满弦外之响的复调系统,不同人从中会悟出不同的东西。这种整体象征不是作者硬性追求所致,而源于诗人心性和体验融入文本后的自然生发。她落实到字面上的语境具体、质感、透明,而语汇间碰撞、组构为一首诗时,又常氤氲出形而上的象征氛围,俘获一种抽象、高远乃至神秘的审美旨归。如《十枝水莲》即为多声部意趣的复合体,它既是植物的静观,又是母性辉光映射的载体,也可理解为诗人的自我镜像,或诗人借水莲展开自我和世界、自由和限制之间的思考,水莲为婴儿的生命体,玻璃与水乃困境的象喻。当然,作者还能做出另外的解读。《飞是不允许的》也是每句语义清明稳定,全诗却构成高层结构的诗,对之同样允许做出或此或彼、亦此亦彼的诠释。诸多现代性艺术手段的介入,使王小妮的诗歌既充满口语的原汁原味儿,又韵味迭出,张力无穷。

三是充满丰富、多元的语言美感,但无不随意赋形,意形相彰。王小妮诗的题材与手法多种多样,其语言也丰富多元,写实的、抽象的、超现实的兼有,但都能由题材出发选择相应的表现方法,实现意味与形式的共生。如《与爸爸说话》和《重庆醉酒》就呈现出完全不同的风貌,前者朴素亲切,真的像与爸爸说话一样,它去掉了外在的修饰,直接裸露灵魂,体现了王小妮诗的主色调。爸爸是"一个终生都没有得到舒展的人",他病重后为了不增添亲人的痛苦,故作轻松,"你把阴沉了六十年的水泥医院/把它所有的楼层都逗笑了。//太阳每天来到病房正中/在半闭着的窗帘后面/刺透出它光芒的方尖碑。/我认识你有多久了?/和我认识天空上的光明一样长"。作者用这种满溢着生活气息、随意平常甚至有点絮絮叨叨的方式，把父女间的深情，把对父亲的依恋、挚爱和叹惋表现得自然、平和而深厚，给人一种亲历感。而后者则和醉酒的内涵契合，改为另一种姿态："满眼桑林晃得多么好/雨是不是晃停了？/闪闪发光/从玻璃杯到玻璃杯/我上路比神仙架云还快……朝天门这盒袖珍火柴/挑担子的火柴头儿们全给我跳动。/火种不断钻出水。//是什么配置了笑酒/我一笑/这城市立即擦出了光"。其中意识流似的多变视点、思维结构随意的跳跃、怪诞想象的自由无羁，可视为诗人醉酒后断续起伏思想感觉碎片的载体，外化、折射出了诗人隐秘又活跃的心理动感，通透而有余味，信息密度大，先锋味道浓。王小妮这种多色调的语言，增强了她诗歌整体风格的肌体活力与绚烂美感，开拓出读者多样化的期待视野。

在《从北京一直沉默到广州》一诗中，诗人写到："在中国的火车上/我什么也不说"。岂止在车上，王小妮在诗坛上也始终是一个边缘的沉默者，从不表白什么，也不拉帮结伙，更不做炒作宣言。进入喧嚣、浮躁、欲望化的90年代后，一方面人们嘲笑诗人，另一方面很多诗人的文学史焦虑愈发严重；而王小妮却以一颗平常心，淡化一切，要重新做一个诗人，没有企图地为自己一个人写诗，那种"水"一般沉静的姿态和她的诗歌一道，对诗坛构成了绝妙的启迪。作为女性诗人，她的诗歌内质和视境远非女性诗歌所能涵盖，其更为博大、普范化的超性言说，对一度嚣张不已的女性写作不啻一剂清醒的药方；在如今崇尚先锋、努力把诗写得像诗的时尚性潮流中，她返璞归真的朴素向度，既是一种有力的制衡，也将唤起人们对诗歌和生活深层关系的重新思考；置身于诗歌滑坡的尴尬语境里，她虔诚地视诗为宗教，以其独创的个人化比喻和语汇体系，为重新认知、表达世界和情感，打开了一条新的途径。至于其诗歌本身那种纯粹的内质、从容的气度、自然的风范，更非一般人所能企及。难怪翟永明发出没有想到朦胧诗里还有王小妮这样出色的女诗人的感叹了。当然，王小妮时而潜入无意识为诗，直觉力过于快捷，也把一些读者挡在了诗之门外。

后　　记

2008年，我在人民出版社出版过一本名为《20世纪中国先锋诗潮》的书，10多年后即将付梓的《中国先锋诗人论》可以视为它的姊妹篇。我一直以为，一个时代的诗歌是否繁荣的标志，是看其有没有相对稳定的偶像时期和天才代表，如果有，那个时代的诗歌就是繁荣的，如果没有，即便诗坛再怎样群星闪烁，恐怕也会显得苍白无力。事实上，中国先锋诗歌的历史完全是靠重要的先锋诗人和诗作支撑起来的，这也是本书写作的根由。

记得，还是20世纪80年代中期在山东师范大学攻读硕士学位研究生的时候，我就对中国先锋诗歌产生了浓厚的研究兴趣，不过，那时主要集中在现代时段，对朦胧诗、后朦胧诗还只是喜欢。待到后来在武汉大学以"朦胧诗后先锋诗歌研究"为题做博士学位论文，就完全转向了当代。而后出版的数本著作，也基本上未离先锋诗歌左右。或者说，从事中国现当代文学研究这30多年间，始终和先锋诗歌关系密切。

按理，这本书还可以写得更从容厚重些，像冯至、郑敏、北岛、顾城等重要的先锋诗人都应该补足，但是由于种种原因现在没有做到，只能寄希望于来日了。需要指出，书中关于李金发的一章是和导师龙泉明先生合作的，关于舒婷的一章是和研究生王雪红合作的。

如果说愚笨的自己尚有一点儿成绩的话，应该归功于田仲济、吕家乡、龙泉明三位先生的教导有方，和一些前辈学者与朋友的关爱，这里一并向他们表达我特别感谢！

作者
2019 年 1 月 17 日于天津阳光 100 寓所